Wolfgang Stahnke
Der schwarze Fluss

Wolfgang Stahnke

Der schwarze Fluss

Ein Taubertal-Krimi

Silberburg-Verlag

Wolfgang Stahnke, geboren 1936 in Stettin, war 35 Jahre lang zunächst Diakon und später Pfarrer in mehreren badischen Gemeinden, davon zwölf Jahre in Lauda-Königshofen. Er lebt in Bad Mergentheim.

Für Heide

1. Auflage 2008

Umschlaggestaltung: Wager ! Kommunikation, Altenriet.
Druck: CPI books, Leck.
Printed in Germany.

ISBN 978-3-87407-801-6

Besuchen Sie uns im Internet
und entdecken Sie die Vielfalt unseres Verlagsprogramms:
www.silberburg.de

Prolog

Ein alter Mann hastet durch den Wald. So schnell seine schmerzenden Knie ihn tragen, eilt er kurzatmig den holprigen Weg zum kleinen Parkplatz am See hinunter. Der Waldboden ist mit glänzenden Flecken gesprenkelt, als sei das Licht der Sonne in tausend Stücke zerbrochen. »Ach Gott!«, murmelt er immer wieder vor sich hin, »so en Ooglück!«

Ein Angler sitzt am Ufer und rührt sich nicht.

»Habe Sie en Handy ei'stecke?«, ruft der alte Mann ihm im Vorübereilen zu.

Der Angler wirft nur einen kurzen Blick auf ihn, dann schüttelt er stumm den Kopf und wendet sich wieder ab.

Am Parkplatz steigt der alte Mann in sein Auto und fährt auf dem schmalen Sträßchen zwischen Zuckerrübenfeldern eilig dorthin, wo er das nächste Gehöft, Häuser aus dem grauen, harten Kalkstein der Gegend erkennen kann.

Er lenkt seinen Wagen rechts in das erste, offene Hoftor, steigt aus und sucht an der Haustür aufgeregt, aber vergeblich nach einer Klingel. Er klopft und ruft, doch niemand rührt sich.

»Ach Gott«, murmelt er wieder, »die sin' all' drunne in Künshoufe uf der Mess'.« Er läuft um den kleinen Vorgarten herum, wo jetzt, im warmen September, Astern, Dahlien und Sonnenblumen blühen. Er versucht es am Hof schräg gegenüber. Auch hier findet er keine Klingel, doch die Haustür steht offen. Er ruft in den dunklen Hausflur: »Hallo! Ist jemand da?«

Aus dem Dunkel taucht ein misstrauischer, alter Bauer auf, und gleich dahinter in der Küchentür steht ein junger Mann.

»Ja!?«, bellt der Bauer, und der alte Mann wundert sich, wie viel Feindseligkeit dieses eine, kleine Wörtchen enthalten kann. Die Leute im Tauberfränkischen haben nichts gegen Fremde. Misstrauisch sind sie nur, wenn jemand ›nicht von hier‹ ist. Also stellt der alte Mann sich gleich vor: »Mein

Name ist Wirsching.« Das ist ein für die Dörfer der Umgebung typischer und häufiger Name, der ihn als Einheimischen ausweist.

»Ja«, bellt der Bauer ein zweites Mal. »Und?«

»Kann ich bei Ihne mal telefoniere?«, fragt der alte Mann.

»Mit wem?« So leicht lässt der Misstrauische sich nicht erweichen.

»Mit der Polizei in Bischeme.« Auch das soll das Misstrauen beschwichtigen: Nur Einheimische sagen ›Bischeme‹ zu Tauberbischofsheim.

»Da obe«, und der ausgestreckte Arm des alten Mannes weist auf den Wald am Hügel hoch über dem See, »da obe im Jungholz. Da liecht en Doode.« Und er wiederholt zur Sicherheit auf Hochdeutsch: »Ein Toter.«

In der Küchentür taucht der Kopf einer Frau auf. »Was ischt, Edwin?«

»Zeig dem Mann da 's Telefon«, sagt der Bauer zu seiner Frau und dreht dem alten Mann den Rücken zu.

Der Königshöfer Markt

Im Herbst, wenn's uff Micheli geht,
die liewe Sunn scho diefer steht,
do sann die Dauwergrünner froh:
Der Künichshöüfer Markt is do!
Dort find't mer alles z'sammeg'stellt
aus jedem Eck un En' der Welt;
un 's kumme Leut von üwweraal,
von Werde bis uff Merchedaal.

***

Un wenn sie ausenanner genn,
dann drücke sie sich fest die Hänn':
»Gel, wenn's halt nimmi seine söllt',
daß miir uns säh' uff dere Welt,
sou werde-mer doch hoffe däffe,
g'wiiß in Kün'shoufe uns zu treffe«.

1

»Hm!«, brummte Faber überrascht. »Schau dir das doch mal an, Weiche!«

Er stand in seinem Wohnzimmer hinter den Vorhängen des Fensters und blickte angestrengt hinunter auf die Schlossgartenstraße im Bad Mergentheimer Stadtteil Weberdorf.

»Hallo, Weiche!«, rief er.

Faber war ein hagerer und hoch gewachsener Mann. Wer ihn zum ersten Mal sah, der erwartete, im nächsten Augenblick seine knochigen Arme und Beine unkoordiniert herumschlenkern zu sehen, und war verwundert, dass sie es dann doch nicht taten.

Fabers samtbraune Augen, die schmale, gerade Nase und der dunkle Teint zeigten seine südländische Abstammung an. Nahm man seinen ausdrucksstarken Mund, das Grübchen am Kinn und sein langes, zu einem Pferdeschwanz gebundenes, dichtes und grau meliertes Haar dazu, so hätte man ihn durchaus einen hübschen Menschen nennen können. Allerdings taten das nur ganz wenige, denn Faber hatte einen Wesenszug, der den meisten auf die Nerven ging, er war nämlich chronisch brummig. Für jemanden wie Faber konnte ein gegrummeltes ›Hm‹ als Ausdruck der Überraschung schon eine starke Gefühlsäußerung sein.

Fabers Vorfahren hatten noch Fabeur geheißen. Sie hatten als Hugenotten um des Glaubens willen ihre südfranzösische Heimat verlassen und sich in der Gegend um Karlsruhe angesiedelt, wo noch heute die Einwohner ganzer Dörfer stolz auf ihre hugenottische Abstammung waren.

Seine Frau Ursula Weiche, von üppiger Weiblichkeit mit kastanienbrauner Mähne, deutlich jünger als Faber und zu quecksilbrigem Verhalten neigend, kam eilig aus der Küche herein und rieb sich dabei die Hände an ihrer bunten Schürze trocken. »Was ist denn so eilig?«

»Da!«

Er zeigte zum Fenster hinaus auf die Straßenecke schräg gegenüber. »Der Leo Schmidt hat gerade eben das Tablett rausgestellt.«

»Na, Gott sei Dank!«

Seine Frau seufzte, sichtlich erleichtert, machte kehrt und eilte zurück in die Küche.

Faber samt Frau, Kind und Kater hatte die Wohnung im ersten Stock gemietet. Ursula Weiche, die bei der Eheschließung ihren Namen behalten hatte, pflegte er immer nur einfach ›die Weiche‹ zu nennen. Das konnte, je nach Lage und Stimmung, distanziert und zornig, ja abschätzig, oder aber auch zärtlich, in bestimmten Situationen sogar erotisch klingen: ›Meine Weiche!‹ Er fand das praktisch, da brauchte er, je nachdem, was er gerade benötigte, nicht nach Schimpfworten oder Kosenamen zu suchen.

Von Beruf war Faber Zeitungsjournalist, Lokalredakteur bei der Tauber-Post in Bad Mergentheim, und mit vollem Namen hieß er eigentlich Hans-Ulrich Faber, aber sein Vorname klang ihm zu gestelzt, und auch den ›Uli‹ mochte er nicht, der war ihm zu niedlich. Also hieß er bei allen in der Stadt nur ›der Faber‹. Ihm war es recht. Stimmen in der Stadt, die behaupteten, er wollte sich damit nur interessant machen, beachtete er nicht. Ein Mann wie Faber machte sich nicht interessant, auf so eine Idee kam er gar nicht. Dazu war er einfach nicht ehrpusselig genug, und Geltungssucht war ihm ein Gräuel. Zu einer braunen Hose eine blau gestreifte Jacke, eine dunkelrote oder gar grün karierte Krawatte und schwarze Schuhe zu tragen, da fand er gar nichts dabei, zumal all diese Farben mit Ausnahme des Blaus in seinen Augen nur so etwas wie ein warmes Grau ergaben. Seine Augen hatten eine gewisse Schwäche, die Farben Rot und Grün zu unterscheiden. Oder rundheraus: Faber war so gut wie farbenblind. Für ihn, so fand er, hatte das auch Vorteile. So konnte er so gut wie alles anziehen, zu Grau passten halt alle Farben.

Faber behielt das Tablett im Auge, das der Nachbar auf dem aus Ziegelsteinen gemauerten Pfosten an der Ecke seines Gartens abgesetzt hatte. Dieses Tablett erschien ihm recht geräumig und auffällig bunt mit einer Art großem Blumenmuster darauf. Freilich war er sich darin nicht sicher; wie sollte auch einer mit Farbschwäche auf sechzig Meter Entfernung ein Blumenmuster erkennen? Zudem standen Gläser auf dem Tablett, große und kleine, die das Muster zum Teil verdeckten, nicht weniger als sechs oder sieben Stück. Nur leere, saubere Gläser, sonst nichts. Keine Flaschen. Es würde somit, so stellte er fest, noch ein Weilchen dauern, bis die ersten Nachbarn sich dort versammelten.

Mit dem auffällig bunten Tablett auf dem Gartenpfosten hatte es nämlich eine ganz besondere Bewandtnis. Das Tablett war eine Einladung, die Einladung an die Bewohner der umliegenden Häuser zu einem kleinen, aber fröhlichen Nachbarschaftstreffen am Gartenpfosten. Leo Schmidt lud also die Nachbarn zu einem Umtrunk ein, und jeder, der Lust hatte zu kommen, kam und brachte etwas zu trinken mit. Da brachte dann einer eine Flasche Obstschnaps oder Korn, der andere Whisky, der Nächste ein paar Flaschen Bier, und für die Frauen gab es Sherry oder Eierlikör. Willkommen war, wer kommen wollte und etwas mitbrachte. Nur den Fruchtsaft, falls Kinder dabei waren, den steuerte meist der Einladende selbst bei.

Da standen sie dann nahe beieinander um den Gartenpfosten, tranken und redeten über dies und jenes, zogen übereinander und vor allem über Abwesende her und erzählten sich Witze, die, je später der Abend wurde, auch umso derber gerieten. ›Pfostenfeste‹, so hießen deshalb solche spontanen Treffen im Volksmund, wobei es sich bei dem sogenannten Volk um die Bewohner von kaum mehr als einer Handvoll Häuser handelte, dort, wo die Lioba- in die Schlossgartenstraße mündete.

Solche spontanen Pfostenfeste hatte es schon in den vergangenen Jahren nicht sehr häufig gegeben, vielleicht zwei, höchstens drei im Jahr. In diesem Jahr nun war, obgleich man schon mitten im September war, noch gar keines gewesen. Zu sehr lasteten auf allen in der Nachbarschaft immer noch die Trauer und der Schrecken. Denn Leo Schmidt hatte im vergangenen März seine Frau verloren. Aber nicht nur dass, sondern vor allem, wie er sie verloren hatte, das war allen in der Straße in die Glieder gefahren. Denn Geli Schmidt hatte sich in ihrem eigenen Keller erhängt. Depressionen, so hieß es. Schlimm, richtig schlimm war das gewesen. War es genau genommen immer noch.

Leo sprach mit niemandem darüber. Er verließ an jedem Morgen sein Haus, so, wie er das immer getan hatte. Er ging zu Fuß über die Würzburger Straße und durch den Schlosspark hinüber in den großen Schlosshof und dort ins Finanzamt, wo er seit vielen Jahren die Einkommensteuer der Bürger bearbeitete, deren Namen mit einem der Buchstaben von G bis K begannen.

Leo Schmidt, höchstens mittelgroß, war ein schlanker und unauffälliger Mann. In seiner Jugend war er blond gewesen, doch jetzt, Anfang fünfzig und damit nur wenige Jahre älter als Faber, waren seine Haare grau. Seine Bewegungen waren, wie sein Denken, eher bedächtig.

Leo hatte eine Teilglatze, trug immer eine Brille und bei jedem Wetter seinen grauen Hut, und zwar immer denselben. Seine Nachbarn und Arbeitskollegen behaupteten, Leo trage diesen Hut schon seit Menschengedenken. Dabei musste freilich bedacht werden, dass die menschliche Erinnerung in alltäglichen Dingen kaum weiter als zwei oder drei Jahre zurückreichte, soweit es sich um erlebte Veränderungen handelte. Alles, was sich davor verändert hatte, galt als ›schon immer so gewesen‹. Hatte Leo also seinen derzeitigen grauen Hut vor *vier* Jahren gekauft, dann hatte das mit dem ›Menschengedenken‹ durchaus seine Richtigkeit. Faber mochte ihn, denn Leo war ein stiller Mensch, der aber alles, was er tat, sehr genau machte.

Die Mutter von Leos verstorbener Frau hatte im Dachgeschoss des Hauses eine kleine Wohnung. Sie zahlte dafür an den Schwiegersohn nach wie vor Miete und hatte den jungen Leuten so über die Jahre geholfen, ihre Hypothek abzustottern. Sie hieß Edeltraud Sack, aber jeder nannte sie nur Traute.

Traute Sack hatte mit dem Tag, an dem ihre Tochter gestorben war, aufgehört zu sprechen. Sie hatte die folgenden Monate stumm verlebt, ein leidender Mensch, der wie in sich selber verkrallt dahinlebte. Sie hatte sich regelrecht verkrochen hinter einer Mauer aus scheinbarer Teilnahmslosigkeit. Ihre verstorbene Tochter Geli, so erinnerte Faber sich, hatte im letzten Jahr ihres Lebens ein ähnliches Verhalten gezeigt. Einer, der Traute nicht sehr gut kannte, hätte dem Irrtum verfallen können, die Katastrophe sei an ihr vorübergegangen, ohne sie zu berühren. Traute ging nur, so wurde berichtet, an manchen Nachmittagen zum nahen Alten Friedhof an das unauffällige Grab ihrer Tochter. Doch Faber hatte sie schon seit Monaten nicht mehr gesehen.

Und jetzt, an diesem warmen Samstagabend im September, signalisierte Leo Schmidt seinen Nachbarn, dass er versuchen wollte, mit ihrer Hilfe in den Alltag zurückzukehren. Vielleicht, so überlegte Faber, signalisierte er aber auch nur, dass er ihre Hilfe suchte. Faber brauchte nur kurz zu überlegen, um zu seinem Entschluss zu kommen: Er würde auf jeden Fall hinuntergehen.

Also steckte er sich zwei stabile Schnapsgläschen lose in die Hosentasche, eins für sich und eines für seine Frau, wandte sich zur Wohnungstür und rief im Vorbeigehen in die Küche: »Ich geh schon mal schauen, wie es dem Leo so geht.«

Doch die Antwort darauf kam nicht aus der Küche, sondern aus dem Kinderzimmer: »Ich will auch mit, Papa!«

Miriam, Fabers und der Weichen gemeinsame Tochter, die im Dezember fünf würde, kam wie ein Wirbelwind aus ihrem Zimmer, als hätte sie auf jedes Wort ihrer Eltern gelauscht. Faber, der wie die meisten älteren Väter den gestrengen Anteil an der Kindererziehung gerne seiner Frau überließ, konnte sich nicht entscheiden, wie er auf den Angriff seines Augensterns reagieren sollte.

»Miriam, du bleibst hier!«, rief da die Weiche aus der Küche, und Faber nickte erleichtert.

»Es wird gleich dunkel«, fuhr die Weiche fort. »Und außerdem ist das für dich total uninteressant. Da sind ohnehin nur lauter alte Männer.«

»Genau!« Faber beeilte sich zuzustimmen. »Und«, er senkte geheimnisvoll seine Stimme, »die müssen da Schnaps trinken! Der ist überhaupt nicht gut! Brrrr!« Er demonstrierte Abscheu, zog die Schultern hoch und schüttelte dabei den Kopf, dass seine hageren Wangen zu schlottern schienen.

»Iiiih! Schmaps!«, rief die Kleine und verzog das Gesicht. »Männerschmaps! Bäh!«

»Siehst du?« Faber machte sofort ein betont strenges Gesicht. »Sei froh, dass du da nicht dabei sein musst! Aber ich, ich muss da hin!«

Miriam schaute durch die offene Kinderzimmertür ihren Vater aus samtbraunen Augen bewundernd an. »Mein Papa«, so sagten diese Augen, »mein Papa weiß alles, und er kann alles. Er ist ein Held. Er bringt es sogar über sich, mit den Männern auf der Straße Schmaps zu trinken.« Es war deutlich, dass seine Tochter stolz auf ihn war, weil er das in ihren Augen überaus harte Erwachsenenleben so heldenhaft ertrug.

»Morgen gehen wir nach Königshofen auf die Messe«, rief die Weiche aus der Küche und versuchte, ihre Tochter zu trösten, »da gibt es Karussells und Boxautos und eine Geisterbahn und ein Riesenrad.«

»Oh ja!« Miriam sprang auf und tanzte im Flur umher. »Kommst du auch mit, Papa? Fährst du mit mir Boxauto?« Die alten Männer am Gartenpfosten hatte sie schon wieder vergessen.

»Aber sicher doch! Ich will ohnehin zur Eröffnung auf den Rathausplatz, danach essen wir miteinander etwas. Und dann fahren wir beide Boxauto.«

»Kuhl!«, rief Miriam in der Modesprache ihres Kindergartens. »Aber lieber jetzt gleich Boxauto fahren! Ich hab kein Hunger.«

»Das ist doch erst morgen. Also noch einmal schlafen. Und wenn du geschlafen hast, dann wirst du auch bestimmt wieder Hunger haben.«

Das sah die Kleine ein, und sie verschwand zufrieden in ihrem Zimmer.

Faber stand schon halb im Treppenhaus, als ihm einfiel, was die anderen wohl sagen würden, wenn er zum Nachbarschaftstreffen am Gartenpfosten außer seinen beiden Schnapsgläschen nichts mitbrächte. Also kam er noch einmal zurück ins Wohnzimmer und öffnete die kleine Hausbar, die er in einem alten und sehr schön renovierten Schrank untergebracht hatte. Dort standen in der hinteren Ecke eine Flasche mit spanischem Cognac, noch weniger als ein Viertel voll, daneben eine leicht verstaubte Flasche ohne Etikett. Die barg einen Schatz, an dem er, darin war er fest entschlossen, niemanden teilhaben lassen würde, nämlich einen mehr als zwanzig Jahre alten, seinerzeit im Elsass schwarz gebrannten Topinamburschnaps, leider nur noch zwei Fingerbreit gefüllt. Weiter eine halbe Flasche mit gutem Birnenschnaps von einem Freund, einem Obstbaumeister in Messelhausen. Und schließlich stand da noch ein ordinärer Obstler, der, wenn überhaupt, dann nur gut gekühlt genießbar war. Einen Augenblick schwankte er in seinem Entschluss, dann griff er nach dem Obstler. »Kommst du nach?«, rief er im Vorbeigehen in die Küche.

»Vielleicht später«, antwortete die Weiche.

Unten an der Straße waren die Unentwegten schon versammelt. Leo setzte gerade zwei Kerzen auf das Tablett, damit in der Dämmerung jeder sein Glas fand und nichts verschüttet oder zerbrochen wurde. Der Automechaniker Hermann aus Lioba vierzehn, der Mann von Miriams Tagesmutter Susanne, war schon da, und Anton Wies von Lioba neun, der Bauingenieur mit der Hasenscharte, kam gerade an und schwenkte ein Sechserpack Bier mit den Worten: »Wechwerpack gefällig?«

Faber grüßte in die Runde und klopfte mit den Fingerknöcheln an das Tablett, als wäre das der Wirtshaustisch. »Grüß dich, Leo«, sagte er, gab ihm die Hand und fasste ihn dabei nach Art der Südländer mit einer freundschaftlichen Geste am Oberarm, eine Gewohnheit, die er einem Freund auf Mallorca abgeschaut hatte. »Wie geht's dir?« Und Leo und alle anderen merkten dabei, dass Faber sich tatsächlich Sorgen um ihn gemacht hatte.

»Lass nur, Faber«, antwortete der mit leiser Stimme. »Es geht schon. Es muss halt gehen.«

»Und deiner Schwiegermutter? Wie geht es der, und wie verkraftet sie es? Hat sie sich ein bisschen gefangen? Ich hab sie schon lange nicht mehr gesehen.«

»Traute? Och«, Leo winkte ab. »Der geht es schon wieder ganz gut. Na ja, manchmal brütet sie noch vor sich hin, aber sonst ... Seit sie wieder arbeitet, geht es ihr auf jeden Fall schon mal besser.«

»Tatsächlich?«, staunte Faber, »sie arbeitet wieder? Sie war doch längst in Rente!«

»Ja, aber sie hat jetzt einen Nebenjob. Morgens um vier ist sie schon auf den Beinen und trägt Zeitungen aus.«

»Ach? Aber doch nicht bei uns, bei der Tauber-Post?«

»Nein, bei deiner Konkurrenz, beim Tagblatt. Schon seit fünf oder sechs Wochen. Der Arzt hat ihr was verschrieben, schon im Frühjahr, das hat, so scheint's, ganz gut geholfen. Sie war dann in Urlaub in ihrer alten Heimat und hat Verwandte besucht. In Kroatien. Das hast du, scheint's, gar nicht mitbekommen. Seither jedenfalls geht's ihr wieder ganz gut.«

»Ist sie oben?«, fragte Faber. »Wenn sie morgens so früh raus muss, dann geht sie doch bestimmt früh schlafen?«

»Sie ist noch auf. Geh ruhig mal rauf zu ihr.« Leo hielt Anton ein großes Glas hin und ließ sich Bier einschenken.

Faber stellte seine Flasche mit dem Obstler auf das Tablett und ging an die Gartenpforte, ebenfalls von zwei aus Ziegelsteinen gemauerten Pfosten eingerahmt, und weiter durch den Vorgarten. Der war früher, solange Faber zurückdenken konnte, der schönste in der ganzen Liobastraße gewesen, mit Rosen, lila Lavendel und zart weißen Margeriten. Doch jetzt war er verwildert. Dafür, ihn neu anzulegen, schienen Trautes Kräfte doch noch nicht wieder zu reichen. Er läutete, aber hinter ihm rief Leo: »Geh nur hinauf, es ist offen.«

Leos Haus war großzügig gebaut, es war sichtlich für eine Familie mit mehreren Kindern gedacht. Unter dem Dach kam noch eine kleine Wohnung für die Oma dazu. Leo hatte, daran erinnerte sich Faber noch gut, vor etwa fünfzehn Jahren, ziemlich bald, nachdem er Geli geheiratet hatte, das Grundstück gekauft und dieses Haus darauf gebaut. Und dann hatten sie all die Jahre auf Kinder gehofft, doch keine bekommen. Die Nachbarn hatten anfangs noch gestichelt. »Woll ich dir pfeigen, wie's geht?«, hatte Anton gutmütig gewitzelt, aber als sie mit den Jahren gemerkt hatten, dass sich hinter Gelis Kinderlosigkeit eine Tragödie verbarg, waren solche Bemerkungen bald verstummt.

Faber stieg die Treppe hinauf. Auf dem obersten Treppenabsatz blieb er für einen Augenblick stehen, atmete tief aus und sagte laut zu sich selber: »Tino. Wir gehen das ruhig an.« Der Tino-Trick war Teil von seinem persönlichen Anti-Stress-Programm, bei dem er sich zwang, alle Bewegungen halb so schnell wie normal zu machen. Das beruhigte ihn zuverlässig. Im Dachgeschoss klopfte er leicht an die nur angelehnte Wohnungstür.

»Kommen Sie nur herein, Faber!«, hörte er sie rufen. Sie hatte eine ganz typische Art, alle Worte ganz korrekt auszusprechen. »Ich habe es gehört, dass Sie heraufkommen.«

Im Flur war es dunkel, aber er konnte hören, wie sie in ihrem Wohnzimmer aufstand und den Fernseher ausmachte. Dann kam sie ihm an die Tür entgegen.

»Kommen Sie herein«, wiederholte sie, »und setzen Sie sich. Stehen Sie doch nicht draußen.«

Das Zimmer war klein. »Woran haben Sie mich erkannt?«, fragte er, als er sich in einen einfachen, schmalen Sessel setzte.

»Ich habe Sie sprechen gehört. Ihre Stimme ist sehr warm, man kann sie nicht verwechseln. ›Wir gehen das vorsichtig an‹, haben Sie gesagt. Und noch etwas, aber das habe ich nicht verstanden. Ist noch jemand draußen?«

»Nein, nein.« Er fühlte sich ertappt und lachte gequält, aber seinen Tino-Trick würde er niemandem verraten. »Ich spreche nur manchmal mit mir selber«, sagte er. »Guten Abend, Traute. Wie geht es Ihnen?«

»Nun ja.« Sie setzte sich auf einen einfachen Stuhl, spielte mit dem umhäkelten Rand der Tischdecke und wand sich ein Stück Häkelspitze um den Zeigefinger. »Wie soll es einer Mutter schon ergehen, wenn sie ihr einziges Kind verloren hat?« Sie schwieg, und ihr Blick wurde für drei oder vier Sekunden wieder starr. »Schlimm geht es so jemandem. – Sie haben doch eine kleine Tochter, nicht wahr?«, fragte sie dann unvermittelt. »Wie heißt sie noch? Sehen sie, ich habe schon vergessen, wie sie heißt.«

Er sah sie an, erschrocken über den Zusammenhang, den sie da herstellte. »Sie heißt Miriam«, sagte er dann.

»Ja, Miriam. Ein fröhliches und liebes Kind. Sie lacht die Leute an und wickelt sie alle um den Finger«, sagte sie und schwieg.

»Kriegt wahrscheinlich alles, was sie haben will«, fuhr sie nach einer langen Pause fort, und Faber brauchte eine Weile, um zu realisieren, dass sie immer noch von seiner Tochter sprach.

»Nun«, er lachte absichtlich etwas zu laut, weil er Angst hatte, er könne innerlich einfrieren, »nicht immer. Meine Frau gibt schon Acht, dass sie nicht zu sehr verwöhnt wird.«

Traute sah auf, nun wieder lebhafter. »Glauben Sie mir, Faber«, sagte sie und sah wieder auf ihre Hände, die mit der

Tischdecke spielten, »es gibt viel Böses in der Welt, und ich musste in meinem Leben viel Schlimmes sehen und erfahren. Aber nichts ist so schlimm, wie wenn eine Mutter ihrem einzigen Kind ins Grab hinein sehen muss.« Ihre Augen blieben trocken bei diesen Worten, und sie schaute wieder starr vor sich auf den schäbigen Teppich.

Dazu wusste Faber nichts zu sagen. Also schwieg er. Eine Begebenheit fiel ihm ein, die weniger als ein Jahr zurückliegen mochte. Traute Sack war weit über die Sechzig hinaus, aber damals wäre niemand auf den Gedanken gekommen, sie wäre eine alte Frau. Ihr schlanker, beweglicher Körper, dazu ihr jugendliches Gesicht hatten immer in einem auffälligen Gegensatz zu ihren halblangen, feinen, weißen Haaren gestanden. Damals hatte ein Schüler, ein Junge von vielleicht siebzehn Jahren, der auf dem Schulweg vorbeigekommen war, sie von hinten offensichtlich für ein junges Mädchen gehalten. Er hatte ihr auf die Schulter geklopft und gesagt: »Na, du?« Und erst, als ihr beim Umdrehen die Kapuze an ihrem gelben Anorak von den weißen Haaren gerutscht war, war er erschrocken und hatte sich bei ihr entschuldigt. Alle, die wie Faber dabeigestanden hatten, hatten gelacht, auch Traute, ihre immer noch strahlenden Augen hatten geblitzt vor Stolz, und sie hatte dem Jungen einen dankbaren Blick hinterhergeschickt.

Als er sie wieder anschaute, sah er, wie ihre Augen prüfend auf ihn gerichtet waren.

»Was überlegen Sie?«, fragte sie.

»Ich überlegte gerade«, sagte er und dachte: ›Das mit dem Schüler, kann ich ihr das sagen?‹ Er entschied sich, es nicht zu tun. »Leo«, sagte er stattdessen, »er erzählte mir vorhin, dass Sie in Urlaub waren.«

»Ja, in Theresienberg. Trezi Gora sagen die Kroaten heute dazu. Ich habe eine Kusine besucht. Ich hatte sie viele Jahre nicht gesehen. Sechzig Jahre oder noch mehr.« Sie wand sich wieder die Häkelspitze der Tischdecke um den Finger.

»Traute«, Faber atmete tief ein und wieder aus, »bitte erzählen Sie mir, wie Sie es erlebt haben. Das mit Geli. Und es darf ruhig ganz genau sein. Nehmen Sie einfach an, ich wäre neugierig. Aber ich denke, es wäre gut für Sie, wenn Sie mit jemandem darüber reden könnten.« Dabei legte er leicht seine Hand auf ihren Unterarm. In ihren Augen kämpften Furcht und Hoffnung miteinander.

»Sie kamen hinunter in den Keller«, fuhr er fort, um sie zu ermuntern. »Wie ging es weiter?«

»Nein«, widersprach sie, »ich war hier oben. Die ganze Zeit. Und ich habe es nicht gemerkt. Als es passierte, meine ich.«

»Wer hat Geli gefunden?«

»Leo hat sie gefunden. Er kam zurück von der Arbeit. Aus dem Finanzamt. Er arbeitet im Finanzamt.« Sie machte wieder eine Pause.

»Ich weiß«, sagte Faber.

»Er dachte, sie müsste daheim sein, und er hat sie gerufen. Sie hat nicht geantwortet, da hat er sie gesucht. Er hat sich Sorgen gemacht. Dabei ist er in den Keller hinunter gekommen.«

»Er hat sie also richtig gesucht?«

»Ja.«

»Er hat somit gleich etwas Schlimmes befürchtet? Man wusste, dass sie gefährdet war?«

»Ja, sie war krank, Depressionen. Eindeutig. Aber sie wollte keine Behandlung. Von da unten habe ich gehört, wie er geschrien hat, ich soll den Arzt anrufen. Aber es war zu spät.« Sie schwieg. Dann senkte sie tief den Kopf und flüsterte: »So eine Schande!«

»Eine Krankheit zum Tode«, sagte er leise. »Depressionen, das ist eine Krankheit zum Tode. Wie Herzinfarkt oder Krebs. Meinen Sie wirklich, so etwas kann eine Schande sein?«

»Aber die Leute!«, begehrte sie auf.

»Die Leute sind so, wie sie eben sind. Sie denken nicht nach. Man kann sie nicht ändern. Man muss damit leben, und man kann auch damit leben.«

»Es ist so viel Schlimmes in den Menschen«, flüsterte sie, »und in der Welt. So viel Grausames und so viel Dummheit. Schauen Sie die Welt an, in welchem Zustand sie ist. Es könnte alles so viel besser und schöner sein. Wir haben die Welt zu dem gemacht, was sie ist. Zu einem Teil von uns selbst. Zu einem Spiegel unserer armseligen, menschlichen Seele.«

»Die Menschenwelt meinen Sie.«

»Ja. Alles, was schlecht ist, kommt von den Menschen.«

Dazu konnte Faber nichts sagen. »Wie alt war Geli?«, fragte er, um sie auf weniger düstere Gedanken zu bringen.

»Einundvierzig«, antwortete sie. »Im Juli wären es zweiundvierzig geworden. Und sie hätte so gerne Kinder gehabt.« Plötzlich schwammen ihre Augen in Tränen. »Und ich habe so sehr auf Enkelkinder gewartet, wenigstens eines.« Ihre Stimme versagte. »Jetzt werde ich nie mehr welche haben.«

Schnell griff sie nach einem Papiertaschentuch und führte es an die Augen, als würde sie sich für ihre Tränen schämen. Dann richtete sie sich plötzlich auf. »Ich danke Ihnen, Faber, dass Sie an mich gedacht und mich besucht haben.«

Faber verstand, dass sie zum Weinen alleinbleiben wollte. Er stand auf und verabschiedete sich.

»Und geben Sie gut auf Ihre Tochter Acht!«, rief sie ihm nach, als er schon in der Tür war.

Als er aus dem Haus trat, war es schon dunkel. Das improvisierte Nachbarschaftsfest am Gartenpfosten wollte anscheinend nicht recht in Schwung kommen. Die Weiche war gekommen, sie hatte von ihrem Sherry mitgebracht. Das bedeutete, dass Miriam schlief; er brauchte sie nicht zu fragen.

Faber drängte sich neben Leo. Der sah ihn nur einmal kurz an und sagte dann leise: »Du bist lange geblieben.«

»Ja. Wir haben uns lange unterhalten.«

Faber stellte fest, dass von seinem Obstler auf dem bunten Tablett nur noch ein kleiner Anstandsrest übrig war. Er goss ihn in sein Gläschen und roch daran. Der Schnaps war zu warm und roch nach Fusel, aber Faber trank ihn und zog dabei ein Gesicht, als tränke er Galle. Dann blickte er noch einmal in die kleine Runde und sagte laut: »Ich muss morgen arbeiten. Ciao, dann.«

Er drehte sich um und ging.

»'djüs, Faber«, riefen sie ihm nach.

»Warte«, rief hinter ihm die Weiche, »ich geh mit.«

Als die Weiche ihre Haustür aufschloss, sah Faber im Halbdunkel, wie sich auf ihrem Balkon etwas bewegte. Ein vierbeiniger Schatten sprang von der Balkonbrüstung auf das schmale Sims am Obergeschoss und schlich darauf entlang bis zur Hausecke. Dort ließ er sich lautlos am Flieder herunter und huschte unter der Ligusterhecke hindurch ins Dunkle. Unter der Hecke leuchteten noch einmal hell ein Paar neongrüner Augen auf. Dann war der Schatten verschwunden.

»Na, Hemingway?«, rief Faber dem Schatten nach. »Hat dich der Trieb wieder in der Mangel?«

Ihr Kater Hemingway ging auf seine allnächtliche Jagd.

2

»Wir, Kaiser Karl V., von Gottes Gnaden Kaiser zu allen Zeiten und König von Germanien, Mehrer des Reiches, – es folgen dreißig weitere Titel – geruhen hiermit, der flehentlichen Bitte der Einwohner von Tauberkönigshofen nach einem Jahrmarkte, abzuhalten zu St. Matthäi, stattzugeben ...«

Genau zur Mittagszeit, wie die Tradition es vorgab, verlas Bürgermeister Vogeltanz auf dem Rathausbalkon in Königshofen zur Eröffnung der Messe wie in jedem Jahr die kaiserliche Urkunde aus dem Jahr 1530. Er las laut und mit geübter Betonung.

»Somit«, schloss er, »sei ihnen gestattet, den Markt zu halten ungehindert, unbeleidigt und ungeniert.«

Es war Sonntag. Auf dem Rathausplatz stand dicht gedrängt eine bunte Menge, Männer, Frauen und Kinder, ein großer Teil davon phantasiereich und bunt kostümiert.

»Vor allem ungeniert!«, lachte Faber, laut genug, dass alle es hören konnten. Wie verabredet war er mit seiner Familie im Wagen seiner Frau nach Königshofen gefahren. Sie hatten den dunkelroten Golf in einer Gasse an der alten Stadtmauer geparkt, und die Weiche hatte sich mit Miriam an der Hand gleich zum Messeplatz aufgemacht, bevor es dort zu voll wurde. Man hatte vereinbart, sich an der Tauberfrankenhalle zum Mittagessen zu treffen.

Faber war auf dem Rathausplatz geblieben, um die offizielle Eröffnung mit der Verlesung der kaiserlichen Urkunde abzuwarten. Dort hatte er sich mit seiner jungen Kollegin und früheren Volontärin Hebenstreit verabredet, um ihr die sehenswerte, alte Messe zu zeigen. Hebenstreit war allein gekommen, auf Marylin II.

Marylin II. war ihr neuer Motorroller, den sie nur halb im Spaß in übertriebenem Feminismus ›meine Rollerin‹ zu nennen pflegte.

Hebenstreit war eine schlanke Hünin. Selbstverständlich wusste auch Faber, dass es Hüninnen nie gegeben hatte. Aber falls es jemals weibliche Hünen gegeben haben sollte, dachte er, so wäre Hebenstreit so eine Hünin gewesen. Sie überragte Faber um mehr als eine halbe Haupteslänge, und der brachte schon gutes Gardemaß an die Messlatte. Wie groß sie wirklich war, das verriet sie nicht. ›Einspaarundneunzig‹ war alles, was sie zugab.

Hebenstreit hieß mit Vornamen eigentlich Sylke – mit Ypsilon, aber Faber hatte diese Form von Anfang an manieriert gefunden, »affig«, sagte er. Er hatte, weil sie von der dänischen Grenze stammte, »Sühlke« zu ihr gesagt, »Sühlke, die Wikingerin« oder auch »Sühlke, unsere Piratin«. Seither nannten alle in der Redaktion Hebenstreit nur bei ihrem Familiennamen.

Hebenstreit hatte ein Paar auffällig wasserheller Augen, aus denen es, wenn sie zornig war, gefährlich funkeln konnte, und hellblondes Haar, das sie kurz und professionell gestrubbelt trug, eine Chaosfrisur, deren gezielte Unordnung in der Redaktion allgemein bewundert wurde. Ihre unübersehbare Erscheinung mochte den einen oder anderen dazu verleiten, dass er sie, vor allem ihre Intelligenz, unterschätzte. Wer das tat, der musste es ganz sicher bereuen, denn sie besaß einen scharfen Intellekt und schrieb ihre Artikel und vor allem ihre Glossen mit einer unglaublich spitzen Feder. Die Chefin der Zeitung, Luise Blaustein, pflegte Hebenstreits geschliffenen Stil »Florettfeder« zu nennen, »für die sie eigentlich einen Waffenschein beantragen müsste.« Aus dem Munde der Chefin bedeuteten solche Worte höchstes Lob. Luise Blaustein lobte sonst nie etwas.

Vor etwas mehr als zwei Jahren, als Hebenstreit bei der Tauber-Post in Bad Mergentheim angefangen hatte und dem Redakteur Faber als Volontärin zugewiesen – er sagte ›aufgehalst‹ – worden war, hatte sie ein einziges Mal im Zorn etwas geschrieben, wofür man sie hatte tadeln müssen. Benjamin Sperlich, ein Kollege von der Konkurrenz in Tauberbischofsheim, ein unangenehmer Aufschneider, der imstande war, das Blaue vom Himmel herunter zu lügen und seine eigenen Lügen dabei noch selber zu glauben, dieser Sperlich hatte sie abfällig eine blonde Bohnenstange genannt, wobei er ›blond‹ für jedermann ersichtlich im Sinne von ›dumm‹ gebraucht hatte.

Hebenstreit hatte sofort gekontert. Sie hatte in einem internen, nur der regionalen Presse zugänglichen Bericht geschrieben, ›Ben Sperlich, bekannt für seine Spatzenintelligenz‹, habe ebenfalls von einer bestimmten Veranstaltung berichtet. Sie hatte gleich am folgenden Tag die Entschuldigung nachgeschoben und behauptet, es habe sich um einen simplen Tippfehler gehandelt; sie sei eben noch am Anfang ihrer Ausbildung. Es habe ›Spitzenintelligenz‹ heißen sollen, und das sei selbstverständlich ironisch gemeint gewesen.

Die Chefin hatte sie eher milde ermahnt. Man dürfe, so hatte sie gesagt, keine Emotionen in Berichte einfließen lassen, schon gar keinen aus Beleidigung genährten Zorn. Und Faber als stellvertretender Redaktionsleiter und Hebenstreits Ausbildungsredakteur hatte hinzugefügt, in der Sache selber sei man mit ihr durchaus einer Meinung. Ben Sperlich sei in der Tat ein Ekel, nur dürfe man so etwas eben nicht schreiben.

Hebenstreit hatte noch hinzugefügt, sie habe ursprünglich über Sperlich schreiben wollen, dass er ein Macho sei, ein spanisches Wort für einen vulgären Bock, dessen Gedanken statt aus seinem Hirn aus seinen Hoden kämen. Die Chefin hatte darauf gemeint, es sei schon gut, dass sie das nicht getan habe. Es gebe nämlich Männer, die würden solche Aussagen als Anerkennung missverstehen.

Jetzt also standen beide, Faber und Hebenstreit, auf dem Rathausplatz von Königshofen am Rande der Menschenmenge, damit sie sich, wenn das alljährliche Eröffnungsritual zum Ende käme, gleich verkrümeln könnten. Auf dem engen Rathausbalkon drängelten sich neben dem Bürgermeister die Gemeinderäte, Ehrengäste und zahllosen Gernegroße von Königshofen und Umgebung. Die meisten hatten Weingläser in ihren Händen, und einige prosteten, schon sichtlich gut gelaunt, dem Volk unten auf dem Rathausplatz zu.

»Vor allem ungeniert«, wiederholte Faber laut und fuhr fort: »Der Taubergrund war ja vor langer Zeit einmal Meeresboden. Den Taubertälern merkt man das heute noch an, vor allem am Durst.«

Die Großkopfeten drängten sich auf dem Balkon so dicht, dass Hebenstreit schon Bedenken äußerte: »Wenn das alte Ding nur nicht herunterbricht!«

»Dann wären wir sie alle miteinander auf einen Schlag los«, lachte neben ihnen eine Frau in malerischer Tracht.

Direkt unter dem Balkon waren die Musikvereine postiert. Sie spielten die Hymnen, nicht nur eine, sondern gleich drei. Erst das Tedeum vom Barockkomponisten Charpentier, das als Europahymne herhalten musste, dann, selbstverständlich, das Badnerlied und zum Schluss, vom Volk laut mitgesungen, »Königshofen, Stadt an der Tauber«.

Hebenstreits wasserhelle Augen blitzten vor Begeisterung, so eine von Lokalpatriotismus und heimatlichem Trotz schwangere Stimmung, erklärte sie, habe sie erst ein einziges Mal erlebt, sie fühle sich dadurch lebhaft an Schottland erinnert. Sie hatte, so erinnerte Faber sich, ein Semester lang in Edinburgh Politikwissenschaft studiert.

»Die Königshöfer, die Schotten von Tauberfranken? Ha! Damit könnten Sie recht haben«, lachte er. »Kommen Sie, wir verziehen uns. Hier sind sie gleich fertig. Dann kommt man in den Straßen nirgends mehr durch.«

An den Häusern hingen handgemalte Schilder, die zu ›Hausmannskost‹ einluden, und aus kleinen Sprossenfenstern roch es nach Gebratenem.

Auf ihrem Weg zum Messeplatz kamen sie an einem sichtlich alten, ungewöhnlichen Gebäude vorüber, einem Zwischending zwischen Wohnhaus und Turm. Von dort oben roch es köstlich.

Hebenstreit blieb stehen und schaute daran hoch. »Was ist das denn?«

»Forelle vom Rost.« Der Faber schnupperte. Seine Nase war nicht sehr gut, außer wenn es ums Essen ging, da allerdings war sie unschlagbar.

»Ich meine diesen Turm hier.«

»Ach so. Der ›Goude‹ sagen sie hier dazu, ein ›Gaden‹, Wehrbau, Wohnturm, Lagerhaus, alles miteinander, früher mal Teil der Wehranlage um die Kirche.«

»Wird der Turm noch genutzt?«

»Sehen Sie den Eingang da oben im ersten Stock? Heute hat er eine Treppe, aber früher brauchte man eine lange Leiter. Jetzt ist der Turm das Vereinslokal für die Lebensrettung. Die kennen sich ja aus mit dem Schwimmen. Daher die Forellen.«

Er schnupperte wieder und sagte: »Ich kriege Hunger. Kommen Sie, wir essen etwas; ich bin mit meiner Frau an der Halle verabredet. Dort treffen sich auch die oberen Zehntausend vom mittleren Taubertal.«

»Zehntausend ist maßlos übertrieben«, bemerkte Hebenstreit.

»Na gut. Dann eben die oberen Achtundzwanzig.«

So gingen sie zu Fuß durch ein paar Seitenstraßen und betraten das Messegelände von der Rückseite, da, wo die große Geisterbahn aufgebaut war. An den Gassen reihten sich die Stände dicht an dicht, einer bot Zuckerwatte an, daneben war einer, der handgeschnitzte Holzlöffel in allen Größen anbot. Aus dem Korb, der mitten in der Gasse stand, ragten einige heraus, die sicher länger waren als anderthalb Meter. Gegenüber sah man Kleider, Damenunterwäsche und – Hebenstreit rief: »Oh nein!« – doch tatsächlich lange, dicke Männerunterhosen.

Ein großer Stand bot gutes Porzellan an. »Dort«, schwärmte sie, »das traditionelle, blaue Granatapfelmuster! Das hatten wir zu Hause als gutes Geschirr.«

»Hier sagen sie dazu Zwiebelmuster«, lachte Faber.

Als Nächstes kam ein Stand mit lauter unterschiedlichen, mit der Hand geflochtenen Körben.

»Das ist ja alles noch wie früher!«, schwärmte sie.

»Hab ich doch gesagt«, sagte er. »Hier ist man traditionsbewusst und konservativ. Auf dieser Messe können Sie alles kaufen, was man sonst nirgends mehr findet: simple, aber feste Arbeitsschuhe, warme Unterkleidung, Gummistiefel und dicke Wollsocken. Ich hab mir im letzten Jahr hier meine Hosenträger gekauft, die bekommt man sonst in der Gegend nirgends mehr. Und dort«, er zeigte ein Stück die eine Quergasse entlang, »sehen Sie den Stand da vorne? Da könnten Sie sich, wenn Sie wollten, einen Pullover nach Maß stricken lassen. Mit der Maschine, aber immerhin. Sie suchen sich die Wolle in Ihrer Farbe aus, dazu das Muster, die Muster hängen da aus. Dann sagen Sie denen Ihre Größe, also«, er warf einen abschätzenden Blick auf ihren schlanken Körper, »also – was weiß ich, ist ja auch egal, und dann sagen Sie denen noch ›alles um die Hälfte verlängert‹. So. Und am Donnerstag können Sie sich dort einen Pullover abholen, der Ihnen auch wirklich passt.«

Inzwischen füllten sich die Gassen. Hebenstreit und Faber kämpften sich durch die Hauptgasse, links waren Schießbuden, daneben ein Wurfkiosk und ein Würfelstand. Dazwischen hatte sich ein Stand geschoben, der frisch gegrilltes Makrelenfilet anbot. Rechts reihten sich die Karussells, ganz am Anfang das Kettenkarussell, dann mehrere Kinderkarussells und die Boxautobahn. Weit hinten, schon hinter der Halle und am Ende der Hauptgasse, sah man das Riesenrad. Es überragte die große Halle um mehr als das Zweifache und war schon in Betrieb.

»Papa, Papa, guck mal!«, rief eine helle Kinderstimme neben ihnen, die Faber gleich als die seiner kleinen Tochter erkannte. Miriam saß auf einem Karussellpferd, schrie »Hüa!« und ritt, dass einem angst und bange werden konnte.

»Wo ist denn die Mama?«, rief er hinter ihr her, als sie wieder einmal vorüber kam.

»Hier bin ich«, sagte die Weiche so dicht hinter ihm, dass er erschrak.

»Es wird Zeit, dass wir hier rauskommen«, brummte er. »Es wird allmählich zu voll. Nicht, dass wir in der Halle keinen ordentlichen Platz mehr bekommen.«

Die Weiche nickte ihr Einverständnis.

Faber wandte sich an Hebenstreit: »Haben Sie einen zweiten Helm dabei?«

»Klar«, nickte die, »immer. Im Rollerfach. Michael hat mir seinen alten Motorradhelm überlassen.«

»Dann fahre ich nachher mit Ihnen, wenn es Ihnen recht ist. Meine Frau bleibt mit der Kleinen hier.«

Dass er auf der Fahrt zur sonntäglichen Redaktionssitzung am Nachmittag den abgelegten Helm des Kollegen Michael Weis tragen musste, störte ihn nicht weiter.

In den beiden Haupteingängen der Tauberfrankenhalle drängten sich die Menschen. Hebenstreit, die es wie niemand anderes verstand, im Wege stehende Zeitgenossen mit ihren wasserhellen Augen von oben herab anzufunkeln, kämpfte sich voraus. Faber hielt sich dicht hinter ihr. Die Weiche bildete die Nachhut. Miriam, die auf den Schultern ihres Vaters saß, krähte vergnügt, weil sie als Einzige auf Hebenstreit herabgucken konnte.

Obwohl immer mehr Menschen hineindrängten, war die Halle bislang kaum mehr als zur Hälfte gefüllt.

»Hebenstreit, sehen Sie irgendwo Bekannte?«, fragte Faber.

»Ja, die kommunalpolitische Prominenz sitzt schon dort drüben beieinander an einem Tisch. Ein Tisch voller Mergentheimer Lehrer, ein weiterer für die Damen und Herren Studienräte und Direktoren vom Deutschorden-Gymnasium. Und drüben, nicht weit von der Bühne, an einem Tisch sitzt Hauptkommissar Lustig.«

»In Uniform?«

»Nein, in Zivil. Und mit Gattin.«

»Und sonst?«

»An einem Tisch beieinander nicht weit von hier die Konkurrenz, die Kollegen vom Tagblatt Main-Tauber.«

»Ben Sperlich dabei?« Wenn Faber seine Worte so knapp und konzentriert wählte, war das, das wussten sie alle, immer ein Zeichen dafür, dass sich bei ihm der Turbo eingeschaltet hatte.

»Herr Späärlich«, sie führte dazu eine Hand wie einen Scheibenwischer vor ihrer Stirn hin und her, damit deutlich wurde, woran es dem Besagten mangelte, »Herr Späärlich ist auch dabei.«

»Wo genau?«

Hebenstreit wollte schon in ihrer Schulterhöhe auf den Tisch mit den Kollegen zeigen, besann sich aber, weil die das dann hätten sehen können, und machte die Geste deshalb hinter dem Rücken ihres Vordermannes, der ihr nicht einmal bis zu den Schultern reichte. »Dort etwa.«

Faber zeigte in die Gegenrichtung. »Dann gehen wir hier entlang«, entschied er.

3

Die Menschen in Tauberfranken lieben die Umwege. Was gerade ist und direkt, das wird gerne gemieden.

Das gilt nicht nur für die historischen Bauten, die sich im Tauberland zahlreich finden, vor allem die barocken Kirchen. In denen findet der Tauberfranke weder Direktes noch Gerades, statt dessen gibt es hier ein paar rundliche Putten und daneben üppig verschlungenen, gipsernen Pflanzenwuchs. In so einer Dorfkirche steht vielleicht links auf einem Sims der heilige Bernhard, und er steht dort für strenge Rechtgläubigkeit. Doch auf dem Sims gegenüber steht dann bestimmt der heilige Franziskus, und der steht dort für Einfachheit und Weite des Glaubens. Der Tauberfranke aber steht dazwischen und achtet darauf, dass er sich für keinen von beiden entscheiden muss.

Auch im Umgang mit seinen Mitmenschen hält der Tauberfranke den Umweg für selbstverständlich. Der direkte Weg gilt ihm als ungehörig, und es kann als sicher gelten, dass er den oft nicht einmal kennt.

Faber stellte, sobald sie das Gedränge hinter sich gelassen und es in die Tauberfrankenhalle hineingeschafft hatten, die gewohnte Rangordnung wieder her, indem er sich an die Spitze setzte und die Richtung angab. Hinter ihm kamen die Weiche mit Miriam an der Hand und Hebenstreit als Nachhut. Erst einmal durchquerte er fast die ganze Halle, drängte sich dann durch die schmalen Gänge zwischen den langen Tischen hindurch und schaute sich dabei überall um, grüßte hier jemanden und ignorierte dort demonstrativ einen anderen. Dabei näherte er sich in erst weiten, dann immer enger werdenden Kreisen ganz allmählich und wie zufällig dem

Tisch, an welchem seine junge Kollegin Hebenstreit den Leiter des Bad Mergentheimer Polizeireviers, den Ersten Hauptkommissar Karl-Heinz Lustig, mit seiner Frau ausgemacht hatte.

»Ach, Kalleinz«, rief Frau Lustig, als hätte sie die Ankömmlinge erst jetzt bemerkt, »do guck-emol, des is doch der Herr Faber von der Tauber-Post mit seiner Fraa un sei'm Maidle! Un mit seiner Kollegin. Komme Se«, wandte sie sich jetzt direkt an Faber, »setze Se sisch do heä!«

Faber tat überrascht, den Hauptkommissar hier zu treffen, und fragte ihn höflich, ob die Plätze an ihrem Tisch noch frei seien. Der Kommissar, der Fabers aufwändige Unternehmung zweifellos durchschaut hatte, machte keine Umstände, sondern schlug nur mit der flachen Hand neben sich auf die Bank. Als Einladung reichte das und war deutlich genug.

Faber begrüßte erst Frau Lustig, die sich mit ihrer direkten Art und singenden Aussprache als Kurpfälzerin zu erkennen gegeben hatte, dann den Kommissar, der »Jetzt hocke Se sich schon do her!« brummte, während er flüchtig allen die Hand gab. Faber setzte sich neben ihn auf die Bank; die Damen nahmen gegenüber Platz, Miriam in der Mitte.

»Gott, die Klää, is des aber e knitze Krott! Un die selbe samtbraune Aache hot se wie ihr Vadder!«, schwärmte Frau Lustig und beugte sich zu Miriam hinüber. »Wie häätßt du denn?«

»Miriam heißt sie«, antwortete die Weiche.

»Mama! Ich kann selber!«, rief trotzig die Kleine.

»Un wie alt bist du?«

»Ich bin«, die Kleine streckte eine Hand, die Handfläche nach oben gerichtet und alle Fingerchen ausgefahren, vor sich über den Tisch, dann klappte sie den Daumen ein und zeigte die restlichen Finger, »so viel. Vier ist das.«

»Genau!«, rief Frau Lustig, eine gutmütige Matrone, die vom Alter her leicht Miriams Großmutter hätte sein können. »Des sind vier. Du bist also vier Johr alt.«

»Bald«, so drängte sich die Weiche wieder dazwischen, »wird sie fünf. Im Dezember.«

»Ja«, bestätigte altklug die Kleine, »jetzt bin ich schon halb fünf«, und alle am Tisch lachten.

Eine biedermeierliche Stimmung, wie sie für Volksfeste an der Tauber typisch war, begann sich auszubreiten. Es wurde, wofür es außerhalb der deutschen Sprache gar kein Wort gibt, gemütlich nämlich. Nur Lustig schien mit seinen Gedanken woanders zu sein.

Der Erste Hauptkommissar Lustig ähnelte äußerlich durch seinen runden Schädel mit dem kurz geschorenen, grauen Haar und durch seinen Schnurrbart ein wenig einem alten Walross, doch Faber wusste, dass dieser Eindruck täuschte. Lustig war weder träge noch dickfellig, sondern besaß genau die richtige Mischung aus Klarheit und Ruhe, Scharfsinn und Tatkraft, wie er sie als Leiter des großen Mergentheimer Polizeireviers brauchte.

Miriam hatte es sehr genossen, so im Mittelpunkt zu stehen, und es behagte ihr offensichtlich gar nicht, dass die Aufmerksamkeit für sie jetzt nachließ. Sie kramte in ihrem Kindergartenrucksack und zog ihr neues, rosa Handy hervor, ein Spieltelefon, das die Weiche, nach langem Quengeln und Drängeln, ihr gekauft hatte. Sie legte es erst vor sich auf den Tisch, dann steckte sie es wieder in den roten Rucksack und schaute auffällig in der Halle umher. Plötzlich sagte sie laut: »Düdelüt«, holte schnell das Spielhandy wieder hervor, schaute auf das Display und rief: »Oh! Ich hab eine SMS! Wer schreibt mir denn? Die Linda!« Den Namen sang sie in einer abfallenden Melodie, was deutlich Abfälligkeit ausdrückte: Ach so, es ist bloß die Linda.

»Ach, die Klää!«, rief Frau Lustig. »Is des dei' Freundin, die Linda?«

Das Kind nickte eifrig.

»Und was hot se dir g'schriwwe?«

Miriam überlegte. »Ich soll entschuldigen, dass sie mich geschubst hat«, sagte sie dann, ohne einen Blick auf das Display zu werfen.

Auf der Bühne an der Längsseite der Halle spielte die heimische Trachtenkapelle Märsche und Walzer am laufenden Band. Die Weiche griff schnell über den Tisch, berührte kurz Fabers Hand und zeigte, als er zu ihr aufsah, hinüber zur Bühne.

Dort dirigierte ein kleiner Mann mit einem großen, roten Bart tanzend und taumelnd die Kapelle. Er gab sich nicht die Mühe, mit seinen Armen genau den Takt zu halten, geschweige denn, ihn vorzugeben. Er fuchtelte, drehte sich immer wieder im Kreis und machte Verrenkungen, während die Musiker schmunzelnd ihren Marsch bliesen, ohne ihn groß zu beachten.

Der Mann war nicht nur klein, er war auch schmal, jemand, den man hierzulande einen Hänfling zu nennen pflegte. Er steckte in einer um zwei Nummern zu großen, speckigen Lederhose, an deren Kniebünden die Lederbändel die dünnen Waden herunterbaumelten. Sein Pullover, der aussah, als würde er den nie ausziehen, war bestimmt um drei Nummern zu groß. Er trug gestrickte, ursprünglich vermutlich weiße Kniestrümpfe aus grober Wolle und schwere, ausgelatschte Arbeitsschuhe. Auf dem Kopf hatte er einen Tirolerhut, dem man ansah, dass er ihn, wenn er ihn abnahm, in seine Hosentasche zu stecken pflegte. Sein Haar war rot mit grauen Streifen wie sein Bart, und unter dem Hut schauten dicke Büschel davon heraus. Das bisschen, was der Bart von seinem Gesicht sehen ließ, schien nur aus Sommersprossen und darin einem Paar glitzernder, hellgrauer Äuglein zu bestehen.

»Der Herr Wiesinger hat wohl wieder einigen Schaustellern beim Aufbau geholfen«, lachte Lustig, »und jetzt hat er den Lohn gleich verfrühstückt.«

»Der Fuzzy«, staunte Faber. »Dieser alte Schlawiner! Der hat doch irgendwas vor! Der besäuft sich nicht einfach so blindlings und spielt den Clown, wenn er damit nicht etwas ganz Bestimmtes bezweckt.«

»Sie kennen ihn gut, nicht wahr?«, fragte Lustig.

»Ja, sicher kenne ich ihn«, nickte Faber.

»Er hat Ihnen schon öfter Informationen beschafft, soviel ich weiß.«

»Das stimmt«, bestätigte Faber. Sonst sagte er nichts; wenn es um seine Informanten ging, war Faber auffällig schweigsam.

Im Publikum begannen einige, den Takt mitzuklatschen. Fuzzy tanzte jetzt mit dem Rücken zur großen Musikkapelle und feuerte die Zuhörer an. Einige, die direkt unterhalb der Bühne saßen, riefen: »Los, Fuzzy, zeig's ihnen!«

Der Dirigent der Trachtenkapelle, der sich auf die Seite zurückgezogen und von dort aus lachend Fuzzys Darbietung beklatscht hatte, gab den Musikern durch Zeichen Anweisung, und die begannen jetzt, einen Walzer zu spielen. Der kleine Mann tanzte vor der Kapelle taumelnd und mit weit ausgebreiteten Armen, als wollte er die ganze Halle voller Menschen an seine schmale Brust ziehen. Die Stimmung in der Halle begann zu schäumen, und unterhalb der Bühne begannen sie schon, den Schneewalzer mitzusingen.

Doch dann, von einem Augenblick zum nächsten, war Fuzzy von der Bühne verschwunden und tauchte zwischen den Tischen auf, um den Lohn für seine Vorstellung einzusammeln. Es schien ein ganz anderer Fuzzy zu sein, der dort von einem Tisch zum anderen eilte, mit seinem zahnlosen Mund die Leute anlachte und ihnen seinen speckigen Hut entgegenhielt. Er tat das äußerst geschickt, immer lachend, niemals aufdringlich und sichtlich nüchtern. Nichts war mehr zu erkennen von der Weinseligkeit, die er auf der Bühne gezeigt hatte. Wenn er den einen Tisch abkassiert hatte, schwenkte er mit großer Geste hinüber zum nächsten, und es musste einer schon sehr genau hinschauen, wenn er erkennen wollte, wie Fuzzy diesen Schlenker nutzte, um den Hut zu leeren und den Ertrag in der linken Hosentasche verschwinden zu lassen.

Dabei näherte er sich Fabers Tisch. Die Weiche drückte Miriam eine Münze in die Hand und ermahnte sie, Acht zu geben, dass sie den Hut nicht verfehlte.

Fuzzy drehte, als er neben dem Hauptkommissar auftauchte, seine Clownerie erschrocken um zwei Stufen herunter. Es war deutlich, dass er den Kommissar erst jetzt erkannt hatte, und er wusste genau, dass man das, was er da gerade tat, ohne weiteres als Betteln hätte auslegen können. Aber schnell entschlossen sagte er sich wohl, dass Frechheit siegte. Er verbeugte sich tief, dann griff er sich mit einer Hand an die Brust, dahin, wo er offensichtlich sein Herz vermutete, und mümmelte zahnlos: »Der Herr Polizeipräsident!« Er rollte das R nicht, sondern schlug es nach unterfränkischer Art, so dass es so ähnlich klang wie »Bolizeibdäsidend.« Zugleich beugte er sich zum Faber hinunter und flüsterte ihm ins Ohr: »Gomm glei an den obere Ausgang; i muss dir was Wichtigs sang.«

»Guten Tag, Herr Wiesinger«, lachte der Hauptkommissar leutselig.

Aber Fuzzy war schon am nächsten Tisch, machte seine Späßchen, und die großen Taschen seiner Lederhose wurden schwer von den Münzen. Die Kapelle wiederholte noch einmal den Schneewalzer.

»Der hat für die nächsten vierzehn Tage ausgesorgt«, sagte Faber. Er stand auf und bewegte sich gemächlich zwischen den Tischen hindurch in die Richtung, wo über dem oberen Ausgang ›WC‹ stand. Von dort aus beobachtete er den kleinen Mann und bewunderte dessen Geschicklichkeit. Fuzzy surfte auf der Begeisterungswelle, die er selber aufgeschaukelt hatte. Dann, als die Welle abzuebben begann und er feststellte, dass einige Leute sich nicht mehr zu ihm umdrehten, brach er seine Sammeltour von einem auf den nächsten Augenblick ab. Er war klug genug, seine Kunden nicht durch Aufdringlichkeit zu verärgern. Die Kapelle vom Königshöfer Musikverein spielte wieder einen Marsch, und eine Minute später hatte das Publikum den seltsamen Clown schon vergessen.

Faber stellte sich, als er sah, dass Fuzzy zwischen den Tischen verschwunden war, in eine dunkle Ecke hinter der Tür. Fuzzy tauchte auf, und der Faber sagte nur: »Hier.«

Der kleine Mann blieb im Licht stehen und lachte ihn an.

»He!«, rief Faber, »man erkennt dich ja fast nicht wieder! Du hast ja auf einmal den Mund voller Zähne! Gut steht dir das!«

Fuzzy lachte noch einmal stolz mit seiner neuen Zahnprothese. Dann nahm er mit einem Griff beide Teile aus dem Mund und steckte sie wieder lose in die weite Hosentasche.

»I gedrau mi no gar ned, damit zu beiß'n – so daier war des Ding. Du, Faber, kennst du den? Treffe sich zwei Jäächer im Wald.«

»Ja – und?«

»Und was scho! Beide doot natürlich!« Und Fuzzy wollte sich halb krank lachen.

»Geh, Fuzzy«, erwiderte Faber unwillig, »Jetzt übertreib's nicht. Ist das alles, was du mir sagen wolltest?«

Fuzzy kicherte lautlos in sich hinein. »Hab i dich dranbracht? Jetzt, Faber, gib Acht! Der Ulshöfer, den kennst du doch.«

»Welchen? Es gibt zahllose Ulshöfer in der Gegend. Der Name ist häufig. Meinst du den Bürgermeister von Ichenstadt?«

»Möh! Anäh! Den doch ned!« Fuzzy schüttelte energisch den Kopf. »Den Dogder. In Merchentheim. Am Gänsmarkt.«

»Doktor Ulshöfer, Facharzt für Urologie. Klar, kenn ich den. Was ist mit dem?«

»Verschwunn' is er.«

»Was heißt das: verschwunden? Und seit wann?«

»Froch ned so blöd! Verschwunn' heißt verschwunn'! Schon seit Freidach am Morche. Die Bolizei suchd'n.«

»Schon seit mehr als zwei Tagen? Das hört sich aber gar nicht gut an! Doch hoffentlich nichts Ernstes?«

Fuzzy zuckte nur mit den Schultern, machte dabei aber ein Gesicht, das Skepsis ausdrücken sollte. »Weiß mer's?«

»Was sonst noch?«

»Seine Frau had'n vermisst gemeld't heut morche, weil er ned heimgomme is. Sie socht, er is mid'n Geländewang fort, mit ...« er strich sich am viel zu weiten Pullover herunter.

Faber überlegte einen Augenblick, was Fuzzy wohl meinen konnte, dann fiel ihm ein, dass Ulshöfer unter anderem Vorsitzender der Kreisjägerschaft war. »Kleidung! Meinst du Jagdkleidung?«

»Genau. Un en Schießgewehr dabei hot er.«

»Also ist er auf die Jagd gefahren?«

Fuzzy zuckte wieder mit den Schultern. Offenbar war das alles, was er in Erfahrung gebracht hatte.

»Weißt du sonst noch was?«

»Möh.«

»Denk nach! Weißt du, wer ihn zuletzt gesehen hat?«

»Ja. Sei Fraa.«

»Und sonst?«

»Nix mehr sonst.«

»Und woher weißt du das alles?«

»Ich war bei der Bolizei heut morche. Der Schwindling hat mich eingebucht't. Mal widder. Da hab i's midgriggt, wie sei Frau 's gemeld't hat. G'flennt hat se, un wie!«

Jetzt war Faber klar, warum Hauptkommissar Lustig so angespannt war. Dr. Markus Ulshöfer war ein wichtiger Mann, und das nicht nur in Bad Mergentheim, sondern gleich im ganzen Main-Tauber-Kreis. Neben dem Vorsitz der Kreisjägerschaft hatte er auch noch den Vorsitz in der Kreisärzteschaft inne und viele Ämter dazu. Beispielsweise im Kreisvorstand der Konservativen Fortschrittspartei. Er war ein begehrter Facharzt, zu dem vor allem die älteren Männer regelrecht private Wallfahrten unternahmen, und öfter als einmal hatte man teure Limousinen mit Stuttgarter Kennzeichen in der Nähe seiner Praxis am Gänsmarkt gesehen. Fast alle, die an der Tauber etwas zu sagen hatten, waren Männer, und alle waren sie über die Fünfzig. Das bedeutete, wer dort Einfluss hatte, angefangen beim Landrat über die Abgeordneten bis hin zu Bürgermeistern und Vorsitzenden der Vereine, alle waren Männer, die ein Ziehen im Genick spürten, wenn das Wort ›Prostata‹ an ihr Ohr drang, und vielen hatte Dr. Ulshöfer schon Erleichterung verschafft, dem einen oder anderen womöglich gar das Leben gerettet.

Als Faber wieder an seinen Platz kam, bemerkte die Weiche: »Hast aber lang gebraucht. Alles in Ordnung?«

»Ja, ja«, sagte er. Er war noch ganz gefangen in dem Thema, wie das bei ihm häufig war, wenn er den Turbo drauf hatte. Dazu kam, dass ihm ununterbrochen im Kopf herumging, dass er ja auch demnächst über die Fünfzig rutschen würde. »Weißt, bei älteren Männern dauert es halt einfach länger.«

»Ui!«, rief sie. »Schon!? Du wirst doch erst fünfzig!«

Sie kannte ihn lange genug, um zu wissen, wie wichtig ihm sein Selbstmitleid war und wie sorgfältig er es pflegte.

»Nein, nein«, beschwichtigte er sie, »ich meine: Wenn die Männer da so an der Wand stehen, dann unterhalten sie sich halt miteinander.«

»Ja, ich weiß, ihr seid eine kommunikative Schar.« Die Weiche war sichtlich erleichtert. »Ich hab für dich einmal Bratwurst mit Kraut mitbestellt. Und ein Bier. Oder hättest du lieber ein Viertel Schwarzriesling getrunken? Dann musst du gleich der Bedienung Bescheid geben, du kannst noch umbestellen.«

»Nein, nein, schon gut. Ich muss wahrscheinlich gleich an die Arbeit.«

»Ist was Besonders?«

Faber antwortete nicht darauf, sondern wandte sich an Lustig, der gerade von der Bedienung sein halbes Hähnchen entgegennahm.

»Sie haben Ihr freies Wochenende, Herr Lustig«, stellte er fest.

Lustig, der sein Viertel Rotwein balancierte und sich darauf konzentrierte, dass bei der Enge nichts aus dem Glas schwappte, nickte nur.

Die Bedienung reichte Hebenstreit auch ein Hähnchen über den Tisch.

»Dreimal Bratwurst mit Kraut kommt sofort«, verkündete sie.

»Wer hat heute Revierdienst?«, fragte Faber.

»Kommissar Schwindt«, gab Lustig, schon kauend, Auskunft.

»Au weia!«, rief der Faber. »Na, dann gute Nacht!«

»Halb so schlimm«, brummte Lustig. »Ich bin ja in der Nähe.«

»Wenn der Herr Schwindt des Revier leit't, denn kann mein Maa gar net fott«, sagte Frau Lustig über den Tisch um ihren Mann herum zum Faber.

»Elsa, bitte!« Aber Lustigs Tadel galt offensichtlich mehr der Tatsache, dass sie interne Fragen des Reviers an die Presse weitergab, als der Aussage selber.

»Schunscht könne mer immer zu unsere Kinner, bloß, wenn ...« Sie winkte ab, Faber wisse schon, was sie meine.

Faber überlegte, wie er von Lustig mehr über den verschwundenen Dr. Ulshöfer erfahren könnte, und beschloss, sich so zu stellen, als wüsste er schon alles.

»Noch immer keine Nachricht von Ulshöfer?«, fragte er also wie nebenbei, während er sein Paar Bratwürste mit Kraut auf dem schmalen Tisch zurechtrückte.

Lustig blickte ihn erstaunt an. Er schob die Lippen vor und spitzte sie, als wollte er pfeifen. Faber war sich nicht klar darüber, ob das ein Zeichen von Unmut sein sollte oder von Anerkennung. Weil er aber ein Mensch war, der sich Mühe gab, positiv zu denken und vor allem das Gute zu sehen, nahm er es einfach als Anerkennung und senkte, gut erzogen, bescheiden den Blick. Faber war nach außen alles andere als eitel, aber ein gewisses Maß an Bescheidenheit, also Eitelkeit sich selbst gegenüber, das pflegte er sich zu gönnen.

Lustig pfiff nicht wirklich, sondern schüttelte nur stumm den Kopf. Auch er hatte schnell beschlossen, so zu tun, als würde es ihm nichts ausmachen, dass ›der Faber‹ überall seine Informationsquellen hatte. Freilich nannte Lustig sie nicht so vornehm, er nannte sie einfach ›Spitzel‹. »Bisher wissen wir noch nichts«, antwortete er.

»Wenn er seit heute morgen als vermisst gemeldet ist«, meinte Faber laut, »in diesen vier oder fünf Stunden kann man selbstverständlich noch nicht alles abgesucht haben. Was ist mit seinem Jagdrevier? Das ist in ...« Er brach ab.

»Im Reckerstaler Wald nach Harthausen zu«, gab Lustig bereitwillig Auskunft. »Da waren wir heute morgen schon.«

»Und? Nichts?«

Lustig schüttelte nur stumm sein graues, kurzgeschorenes Haupt, während er ohne großen Appetit an seinem halben Hähnchen nagte.

»Spuren?«

»Dort gar keine. Weder am Hochsitz noch sonst. Auch im Gras keine Fahrspuren von seinem Wagen. Da war seit Wochen niemand mehr.«

»Verkehrsunfall?«

»Wäre zweifellos möglich. Aber wir haben gleich alle Krankenhäuser abgefragt bis nach Wertheim, Würzburg und Rothenburg. Nichts.«

»Er wollte anscheinend auf die Jagd. Wenn er nicht in seinem eigenen Revier ...«

»Er könnte eingeladen worden sein«, gab Lustig zu bedenken, »von einem Freund, oder wie heißt das bei Jägern, Waidmannsbruder? Einem, der weiter weg wohnt.«

»Aber wenn er am Freitagmorgen zu irgendeinem Freund, der weiter weg wohnt, auf die Jagd fährt und vorhat, über das Wochenende zu bleiben, dann würde er doch seiner Frau davon etwas sagen.«

»Sollte man wohl meinen, ja. Aber, Herr Faber, weiß man denn, wie das in mancher Ehe ...« Lustig brach den Satz ab.

Vor etwas mehr als zwei Jahren hatte Faber einen Fall gelöst, und dessen letzte Phase, die Festnahme, war nur mit Lustigs Hilfe möglich gewesen. Sie hatten sich dabei gut und fast ohne Worte verstanden. Jetzt stellte sich dieses Einverständnis im Denken, bei dem sie nur wenige Worte brauchten, wieder ein.

»Ein letzter Hoffnungsschimmer also«, dachte Faber laut.

»So ist es«, bestätigte Lustig. »Wir können nichts tun als abwarten. Und hoffen.«

Faber warf einen Blick ein paar Reihen weiter hinüber zum Landratstisch. Dort steckten sie mit ernsten Gesichtern die Köpfe zusammen. In der Mitte saß Landrat Bolz, der in der Bevölkerung wegen seiner Einsachtundfünfzig mit Spitznamen ›der Zwergriese‹ hieß, und das war durchaus respektvoll gemeint. Die Weiche hatte, als sie ihm zum ersten Mal begegnet war, laut geschwärmt: »Ein sehr angenehmer Mensch! Vor allem, weil ich ihm auf gleicher Höhe in die Augen sehen kann.« Den Ellenbogen auf dem Tisch, das Kinn in die Hand gestützt, strich der Landrat nachdenklich über seine Glatze. Neben ihm saß der strohblonde Landtagsabgeordnete Dr. Paulhanns Kurth, der hieß mit Spitznamen ›Grinse-Paule‹, weil er sich auf allen Pressefotos immer neben den Ministerpräsidenten oder neben die Bundeskanzlerin drängte und in die Kamera grinste. Dicht gedrängt saßen daneben die Bürgermeister der Städte und Gemeinden. Sogar der neue Oberbürgermeister Dr. Kahl von Bad Mergentheim, der auf die höheren Weihen der Anerkennung in diesem Kreis noch warten musste, weil er seine Ausbildung im Fach Diplomatie noch nicht abgeschlossen hatte, sogar der durfte mit dabei sein.

»Wenn ich mir vorstelle, was in der Köpfen dieser Herren alles so herumschwirren mag«, sagte Faber leise, und nur, wer Lustig genau ansah, konnte merken, dass sich um dessen Mundwinkel ein leichtes Schmunzeln gebildet hatte. »Ulshöfer war doch für die meisten von denen so etwas wie ein Beichtvater. Wen haben solche Leute denn sonst, dem sie ihre geheimen Gedanken anvertrauen können? Die Kollegen aus der Politik doch bestimmt nicht. Das weiß man doch, dass einer in der Politik, gerade auch in der Kommunalpolitik, neben seinen Parteifreunden keine weiteren Feinde braucht. Und Ulshöfer, bei dessen Arztgeheimnis waren alle Schandtaten gut aufgehoben. Allerdings verstand er auch sehr gut, alles, was er erfuhr, für sich selber einzusetzen, ohne es zu verraten. Vielleicht fürchten sie, er könnte jetzt irgendwo sitzen und plaudern. Ich kann mir denken, dass der eine oder andere von denen heute ganz schön Muffensausen hat.«

»Papa, du hast gesagt, nach dem Essen gehst du mit mir Boxauto fahren!« Miriam war fertig und wurde unruhig.

»Du siehst doch, ich esse noch.«

»Du redest bloß immer, da kannst du ja nicht fertig werden.«

»Ich kann jetzt aber hier nicht weg. Frag mal die Mama, ob sie mit dir geht.«

»Ich will aber mit dir. Mit Mama kann ich immer noch.«

»Soll ich mit dir gehen?«, schaltete Hebenstreit sich ein. »Magst du mit mir Boxauto fahren?«

»Oh ja!« Miriam war schon auf den Beinen.

»Warten Sie, Hebenstreit!«, rief Faber und steckte ihr einen Geldschein zu. »Den darf sie verfahren. Mehr gibt's nicht. Ist Ihr Telefon eingeschaltet?«

Hebenstreit war schon auf dem Weg. Sie holte noch schnell ihr Handy aus der Tasche und schwenkte es, dann zog sie mit Miriam davon. Sie hörten am Tisch noch, wie die Kleine zur Großen sagte: »Heb mich auf deine Schultern!«

»Gebt an der Tür Acht, damit sie sich nicht den Kopf stößt«, rief ihnen die Weiche noch nach.

»Na, Faber, hast du deine Giraffe weggeschickt?«, tönte die arrogante Stimme von Benjamin Sperlich direkt hinter ihm. Alarmiert fuhr Faber herum, denn Sperlich war immer für einen hinterhältigen Angriff gut.

»Hallo, Ben«, brummte Faber, in sein Schicksal ergeben. Er hatte ihn nicht kommen sehen. Der Kommissar und seine Frau waren plötzlich tief in ihr Gespräch versunken, um von dem unangenehm aufdringlichen Reporter nicht Notiz nehmen zu müssen. Sperlich setzte sich neben Faber auf die schmale Bank, und die Weiche sah ihn über den Tisch hinweg an, so wie man ein unangenehm riechendes Insekt anschaut.

»Ich wette, du weißt noch nichts davon«, sagte Sperlich.

»Wovon?«

»Euer Mergentheimer urinologischer Doktor.«

»Meinst du Ulshöfer? Was sollte mit dem schon sein?«

»Mal wieder nicht auf dem Laufenden, was? Ist vermisst gemeldet. Hat den Schwanz eingezogen, der Pinkeldoktor, und sich davongemacht.«

»Ach komm!« Faber machte eine wegwerfende Handbewegung. »Ist doch alles Quatsch.«

»Wenn ich's dir sag! Der Markus hat sich aus dem Staub gemacht! Ich hab schon die Katja ausgequetscht. Kannst es morgen bei uns lesen.«

»Wer ist Katja?«

»Seine Frau.«

»Wieso kennst du die? Und wieso ist Doktor Ulshöfer für dich ›der Markus‹?«

»Tja, mein Lieber!« Sperlich schlug Faber triumphierend auf die Schulter und stand auf. »Den Markus kenn ich schon lang. Schon ewig.«

»Wahrscheinlich vom Rotary-Club her.«

Sperlich bemerkte die Ironie nicht. »Ach was, Rotary-Club, ich bin mit ihm in die Schule gegangen. Lies morgen gut das Main-Tauber-Tagblatt!«

Sperlich eilte davon, als hätte er einen besonderen Treffer gelandet.

»Dess mer so was frei rumlaafe lässt!«, murmelte Frau Lustig, freilich murmelte sie laut genug, dass auch die am Nachbartisch es hören konnten.

»Elsa, bitte!«, sagte Lustig, aber es klang nicht sehr überzeugend.

»Is doch wahr!«, verteidigte sie sich. »Es gibt Mensche, die denke, die Welt besteht aus zwei Teile, aus ihne selber un dem Rest. Wischtisch is er selber, der Rest zählt net. So ääner is des. Isch wett', der ärchert sisch jeden Morche, dess die Sunn uffgeht, ohne dess sie ihn frächt, ob se aa deff.«

»Meine Frau«, Lustig neigte sich zu Faber hinüber und hielt ihm seine offene Handfläche hin, als könnte der darin lesen, »meine Frau beschreibt auf ihre eigene Weise einen narzisstischen Menschen. Einen selbstverliebten.«

»Das habe ich durchaus verstanden«, antwortete Faber, »und sie hat mit ihrer Einschätzung bei Sperlich sicher Recht damit. Benjamin Sperlich ist fest überzeugt davon, dass mit ihm die Welt erst richtig begonnen hat, und dass es sie ohne ihn gar nicht gäbe. Eigentlich ist er eher ein armes Würstchen, aber, zugegeben, ein unangenehm lästiges.«

Plötzlich hörten sie eine Mischung aus Schrillen und Wummern, und an den Nachbartischen flogen erschrocken die Köpfe zu ihnen herum. Lustig holte umständlich sein Mobiltelefon aus der Hosentasche, schaute auf die Anzeige, wozu er das kleine Gerät weit von seinen Augen weg halten musste, weil er seine Brille nicht trug, und drückte auf Empfang.

»Ja, Schwindt«, sagte er unbeeindruckt, »habt ihr was Neues?« Er stand auf und stieg überraschend behände mit dem Telefon am Ohr über die Bank.

»Wo genau?« Er stand jetzt so weit entfernt, dass man seine Worte, wenn er leise sprach, nicht mehr verstehen konnte. Faber sah ganz genau hin, vielleicht, so dachte er, könnte er das eine oder andere Wort von Lustigs Lippen ablesen. Ein Wort dabei hätte die Ortsbezeichnung ›Marstadter See‹ sein können, aber er war sich dessen nicht sicher. Doch dann kam, als Lustig zum besseren Verständnis ein anderes Wort wiederholte, ›Messelhausen‹. Lustig hatte es, wohl im Unmut, weil Schwindt so begriffsstutzig war, lauter gesprochen, und Faber konnte das M, das L und das AU an Lustigs Lippen sehen und die beiden S-Laute hören. Es gab keinen anderen Ort in der Nähe, mit dem man das hätte verwechseln können.

Schnell wählte Faber auf seinem Handy Hebenstreits Nummer aus dem Speicher. Sie meldete sich gleich. Im Hintergrund hörte er die Messegeräusche, das typische Durcheinander von Musik und Geschrei, so dass er betont deutlich sprach. »Kommen Sie gleich her«, sagte er nur. »Es geht los.«

Inzwischen war Lustig wieder an den Tisch zurückgekommen. Er hatte immer noch das Telefon am Ohr. »Das übernehme ich selber«, sagte er knapp, als wollte er jeder Widerrede vorbeugen, ins Handy. Dann drückte er schnell den Aus-Knopf. Faber verstand. Es ging darum, wer Frau Ulshöfer unterrichten sollte.

»Schlechte Nachrichten«, stellte Faber leise fest.

»Das kann man wohl sagen«, bestätigte Lustig und drehte sich nach der Bedienung um, aber seine Frau stand gleich auf. »Mir könne gehe, isch hab zwischedrin schon bezahlt.«

»Einen Tipp könnte ich Ihnen noch geben«, sagte Faber leise.

Lustig hielt inne und sah ihn aufmerksam an.

»Ich würde vorher anrufen. Damit sie Zeit hat, sich darauf einzustellen.«

Lustig schien zu überlegen, dann nickte er. »Keinen Zeitungsbericht!«, sagte er leise, aber entschieden.

»Kein Bericht bei diesem Stand der Ermittlungen«, gab Faber sein Einverständnis, betonte dabei aber ›bei diesem Stand‹.

Lustig nickte wieder. »Ich revanchiere mich bei Gelegenheit«, murmelte er.

Hebenstreit tauchte im oberen Eingang der Halle auf. Sie trug Miriam wieder auf den Schultern, trabte und schnaubte wie ein Pferd.

»Hüah!«, schrie die Kleine.

»Holen Sie Marylin«, rief Faber. »Ich stehe dann vorne an der Straße!«

»Lass mir deinen Geldbeutel hier, damit ich zahlen kann«, rief ihm die Weiche noch nach. Und schon war er fort.

4

Wie immer, wenn er innerlich auf Turbo lief, hatte Faber nicht die Geduld, einfach auf einer Stelle an der Straße zu stehen und zu warten. Aufgeregt und kribbelig rannte er hin und her. Dann, als ihm klar wurde, dass es so nicht ging, schlug er die Richtung ein, aus der Hebenstreit kommen musste, und lief ihr entgegen.

Und dann kam sie, viel früher, als er erwartet hatte. Und viel schneller. Er hörte sie schon, als sie in die Hauptstraße einbog und Marylins Gas bis zum Anschlag aufdrehte. Marilyn war zwar nur ein 125er Wapiti-Roller, aber sie lag auf ihm und fuhr, als hätte sie eine 1100er BMW zwischen den Schenkeln.

Sie erkannte erst im letzten Augenblick, dass er halb auf der Straße stand und wie wild winkte. Sie fuhr eine rasante Linie, holte nach links aus und warf sich so tief nach rechts hinunter, dass er schon in Gedanken die blutige Spur sah, die sie mit ihrem Knie auf das Pflaster zeichnete. Aber die Maschine gleich wieder aufrichten, zum Stehen bringen, abspringen und ihm den Ersatzhelm aus dem Rollerfach zuwerfen – alles eins.

›Ha!‹, dachte Faber, ›die hat den Turbo! Meine Schule!‹

Sie stieg auch gleich wieder auf, musste aber, damit er hinter ihr genug Platz hatte, auf der Sitzbank weit nach vorne rücken. Dadurch reichte der Platz hinter der Rollerfront mit der großsprecherischen Aufschrift »Presse« nicht mehr für ihre langen Beine, und sie musste beide Knie seitlich ausstellen. Sie schaute sich noch einmal kurz um, dann gab sie schon Gas.

»Da lang!«, schrie Faber und zeigte dahin, woher sie gekommen war. Sie ließ Marilyn die Zügel schießen und die sprang wie der Wapitihirsch, der ihr seinen Namen geliehen hatte, davon. Hebenstreit fuhr das linke Bein weit aus, damit sie auf der Straße die enge Kurve schaffte. Faber hatte sich inzwischen zwar den Helm aufgesetzt, aber mit seinem Anorak gab es unerwartete Schwierigkeiten. In der Hektik fand er den Ärmel nicht gleich, und so schwankte und pendelte er hinter ihr hin und her, bis er endlich einigermaßen festen Halt gefunden hatte.

Doch dann kam schon das nächste Problem: Wo konnte er sich festhalten? Das Gegebene und somit Normale wäre gewesen, dass er beide Arme fest um ihren schlanken Körper geschlungen hätte, aber was ist schon normal im Verhältnis zwischen einem fünfzigjährigen Redakteur und seiner sechsundzwanzigjährigen ehemaligen Volontärin? Wie schnell konnte es da passieren, dass er sexueller Belästigung verdächtigt wurde! Zwar wusste er, dass Hebenstreit in solchen Fragen nicht überempfindlich war, aber bei Frauen konnte man bekanntlich nie wissen. Mit denen, das war seine Erfahrung, war es ähnlich wie mit wilden Tieren. Er begegnete ihnen betont vorsichtig, etwa so, wie er es immer bei seinem Kater Hemingway machte. Dem musste er sich auch immer ganz behutsam nähern, wenn er nicht riskieren wollte, dass der ihn kratzte oder erschrocken davonsprang.

Also formte er aus seinen Armen vorsichtig einen großen Kreis, an dem sie rechtzeitig erkennen konnte, was er vorhatte, und ihr Zeit genug blieb, Widerspruch einzulegen. Als der Widerspruch ausblieb, verkleinerte er den Kreis behutsam, bis der Kontakt geschlossen war, und wartete auf ihre Reaktion. Sie ruckelte ein bisschen, damit alles saß, wie es sitzen musste. Das war alles.

»Da vorne – sehen Sie die Tankstelle?«

Sie nickte mit ihrem Helm.

»Dort links ab.« Er fuhr seinen linken Arm aus und achtete darauf, dass er auch in ihrem Blickfeld war.

»Gas geben!«, schrie er, »es geht weit bergauf. Wir müssen hinauf auf die Hochebene. Ungefähr eine Viertelstunde weit.«

Marilyn wieherte und rannte die schmale Straße hinauf.

»Wow!«, schrie Hebenstreit. »Quäl dich, Alte!« Sie streckte triumphierend die Faust nach oben und schrie: »Acht PS! Dat löpt, wat?«

Das kleine Sträßchen stieg weiter an und führte durch den Wald, der, je weiter sie hinaufkamen, immer herbstlicher wurde. Als sie ihn oben auf der Höhe wieder verließen, ging es erst links, dann wieder rechts, dann bergab. Vor sich in einer großen Senke sahen sie ein hübsches Dorf liegen, und Marilyn galoppierte, so schnell sie konnte. Faber war die Sicht auf ihre Armaturen versperrt, aber neunzig Ka-em-ha, so schätzte er, die schaffte sie sicher. Das hübsch gelegene Dorf hieß laut Ortsschild ›Messelhausen‹, diesen Namen hatte Lustig mit seinen Lippen geformt.

»Da vorne am Wegweiser rechts!«, schrie er unter seinem Helm und kam sich dabei für einen Augenblick reichlich dämlich vor. Aber dann siegten wieder der Jagdeifer und der Ehrgeiz, der Erste an dem Ort zu sein, von dem es etwas Wichtiges zu berichten gab. Nach dem Dorf bogen sie noch einmal nach links ab. Die Straße wurde wieder schmal.

»Jetzt langsam!«, rief er. Sie passierten ein paar Häuser, meist landwirtschaftliche Anwesen. In den Vorgärten blühten Dahlien, Astern und Sonnenblumen. Dann wurde die Straße noch schmäler, war nur noch ein asphaltierter Weg, und sie rollten gemächlicher zwischen Zuckerrübenfeldern dahin.

»Da vorne«, zeigte er, »das ist der See. Dahinter im Wald muss es irgendwo sein. Sieht so aus, als wären wir die Ersten. Jetzt – wo sind sie? Können Sie irgendetwas sehen? Oder hören?«

Sie nahmen ihre Helme ab.

»Wen denn?«

»Die Kripo. Die sind bestimmt hier. Nur: Wo genau?«

Am Ufer war nichts Ungewöhnliches zu erkennen. Der See war von drei Seiten vom Wald umschlossen, der sich einen steilen Hügel hinaufzog.

Am Ufer saß ein Angler. »Ist hier die Polizei vorbeigekommen?«, rief Faber zu ihm hinüber.

Der Mann drehte sich langsam zu ihm um und musterte ihn verdrossen.

»Grüß Gott und guten Tag«, grüßte Faber höflich. »Zum Unfall, meine ich.«

Der Angler drehte ihm wortlos wieder den Rücken zu. Faber wollte schon aufgeben, da hob der Mann langsam den Arm, beschrieb damit einen großen Bogen und zeigte schließlich über den See den Hügel hinauf.

»Danke«, rief Faber und wandte sich wieder Hebenstreit zu. »Da oben also«, grübelte er laut. »Nur wo? Hier«, entschied er, »wir fahren links um den See herum.«

»Sie kennen sich hier aber gut aus!«

»Ja. Ich war schon oft hier, vor allem im Winter. Es gibt da oben einen Rundweg, den kann man gut als Langlaufloipe benutzen. Aber nur bei Schnee.«

Sie drehte sich um, wollte doch sehen, ob er die letzten Worte ernst gemeint hatte, und er grinste sie an.

Sie fuhren langsam den Berg hinan, ohne Helm, damit sie auf alle Geräusche lauschen konnten. Von rechts hörten sie im Wald menschliche Stimmen.

»Der Querweg da vorne, das ist der Hauptweg. Auf dem nach rechts. Stopp. Sehen Sie? Da vorne sind sie.«

Auf dem Waldweg standen zwei einfache Pkw und ein Kleinbus, die Faber als Fahrzeuge der Kriminalpolizei Tauberbischofsheim erkannte, dabei mehrere Personen, Männer und Frauen, von denen er aber niemanden kannte. Die Schiebetür des Kleinbusses stand offen, drinnen saß eine Polizistin in Uniform. Auf ihren Schulterstücken glänzte ein silberner Stern, eine junge Kommissarin also. Sie befragte einen alten Mann in Wanderkleidung.

Vor ihnen auf dem Tischchen lag ein dunkelgrüner Rucksack, daneben ein Jägerhut in einer Plastiktüte. Der Mann redete laut und viel, und die Beamtin musste sichtlich all ihre Geduld aufbringen, weil der Mann offenbar schier endlos unbedeutende Einzelheiten berichtete. Das, so dachte Faber, musste der Zeuge sein, der den Toten gefunden hatte.

Rechts bog ein Weg ab. Er führte steil abwärts und endete, das wusste Faber, unten am anderen Seeufer. An der Ecke stand ein halb verwitterter Pfahl mit einem kaum noch lesbaren Schild daran. ›Jagen Goldgrube‹ stand darauf und darunter ›Kath. Stiftsschaffnei Mosbach‹.

Faber hatte schon seine Digitalkamera in der Hand, und Hebenstreit ging einfach auf die nächste Person zu, deren sie habhaft werden konnte. Es war die Polizistin im Wagen. Links, im Hochwald, konnte man einen auffälligen, mit alten Buchen bewachsenen Hügel erkennen. Ein kleines Stück weiter links stand ein alter und sehr einfach zusammengenagelter Hochsitz. Das Holz war angefault, an einigen Stellen schon halb zerfallen, und die Stangen waren von der langen Regenperiode im vergangenen August aufgeweicht, aber er war nicht so morsch, dass er unter dem Gewicht eines Mannes zusammenbrechen musste.

Eine der oberen Querstangen war gesplittert, und die Enden, die noch an rostigen Nägeln hingen, standen nach außen, die eine waagerecht, die andere zeigte schräg nach oben. Auch eine der Eckstützen war in der Mitte angebrochen. Faber sah vor seinem inneren Auge die Flugbahn eines menschlichen Körpers, der oben durch die gebrochene Stange fiel, gegen die Eckstange stürzte und auf dem Waldboden im dichten Farn aufschlug. Der ganze Platz war mit rot-weißem Plastikband abgesperrt. Männer von der Spurensicherung suchten im Dickicht, das gleich neben dem Hügel begann. Einer brachte einen langen Gegenstand und gab ihn vorsichtig einem anderen, der ebenfalls Handschuhe trug. Faber erkannte den Oberkommissar Federolf. Mit vier, fünf schnellen Schritten war er so weit in der Nähe, dass er fotografieren konnte, denn was der Kommissar da entgegennahm und vorsichtig in eine Plastikhülle einwickelte, war ein Gewehr, eine kurze, dreiläufige Jagdflinte. Von Fabers Fotoblitz aufgeschreckt, sah Federolf den Reporter mit finsterer Miene an und drehte ihm ungnädig den Rücken zu.

»Nicht näher!«, rief er. Und: »Wo kommen Sie denn auf einmal her!?«

»Wer leitet die Arbeiten?«, fragte Faber höflich, als hätte er die Abfuhr, die der andere ihm erteilt hatte, nicht gehört. »Sie?«

Federolf zeigte hinüber ins Dunkle, wo Faber hinter der Absperrung den Kriminalhauptkommissar Vierneisel erkannte. Der stand bis zu den Knien im Farn, sah angestrengt nach unten und sprach mit einem Mann, der auf dem Waldboden kniete. Faber erkannte den Polizeiarzt. Dort, im Farn verborgen, musste also der verunglückte Ulshöfer liegen. Der Arzt stand auf, wandte sich ab und sagte etwas zu Vierneisel. Faber trat vorsichtig näher. Er hatte beizeiten von seinem Kater daheim gelernt, dass man sich einem gefährlichen Tier nur vorsichtig und unaufgeregt nähern durfte, und Vierneisel war dafür bekannt, dass er unkontrolliert ausrasten konnte. Also schlich er sich leise neben ihn, atmete ganz ruhig und tat in allem, als gehörte er wie selbstverständlich dazu.

»Böse Sache«, murmelte er und tat einen weiteren Schritt nach vorne ins Dickicht hinein. Dort, vielleicht drei Schritte entfernt, lag der Tote, und Faber fuhr bei dessen Anblick erschrocken zurück. Der Körper war gekrümmt, Faber sah das hellgraue, dichte Haar des Hinterkopfes. Der Mann lag also mit dem Gesicht nach unten.

»Keine Fotos!«, sagte Vierneisel herrisch und hielt schützend seine Hand über den Toten. Faber drückte trotzdem ab, aber er fotografierte nicht etwa die Leiche des Verunglückten, sondern den auffälligen Hochsitz mit den beiden herausragenden Enden der hölzernen Stangen.

»Sein Wagen?«, fragte er dann, als gehörte er zur Kommission.

Vierneisel zeigte stumm in eine Richtung, wo der Wald am dichtesten war.

»An der Wegkreuzung beim bayrischen Grenzstein?«

»Was für ein Grenzstein?«, bellte Vierneisel.

»Der mit der Jahreszahl 1862 drauf, und auf der einen Seite ›KB‹ für Königreich Bayern und ›GB‹ für Großherzogtum Baden auf der anderen.«

Vierneisel blickte ihn überrascht an, dann nickte er stumm. »Nichts anfassen!«, sagte er nur.

»Irgendwas Besonderes?«

»Am Landrover? Nichts. Der steht seit mindestens vorgestern Nachmittag da.«

Faber war schon dankbar, dass Vierneisel wenigstens so viel an Information freigab.

Vom See her kam ein Auto langsam den steilen Waldweg herauf gefahren. Der Leichenwagen. Sie luden den Unfallsarg aus, brachten ihn herüber und stellten ihn in das abgesperrte Gelände. Der Sarg verschwand im Farn.

Gleich darauf kam ein weiteres Auto vom See herauf, dieses Mal ein grün-weißer Streifenwagen der Polizei, und der Mann, der ausstieg, war Polizeiobermeister Kirchofer vom Bad Mergentheimer Revier. Hinter ihm stieg Hauptkommissar Lustig aus. Er trug jetzt seine dunkelblaue Uniform, und die vier silbernen Sterne auf seiner Schulter blitzten auf. Er blieb stehen, setzte seine Dienstmütze auf und hielt die Wagentür auf. Eine schlanke, in Schwarz gekleidete Frau stieg aus. Faber schätzte sie auf deutlich mehr als vierzig Jahre. Frau Ulshöfer, Dr. Markus Ulshöfers Ehefrau, auf den ersten Blick eine elegante Erscheinung. ›Die Witwe‹, dachte der Faber. Lustig mutet ihr viel zu. Er hat sie mitgebracht, damit sie sich der schrecklichen Situation aussetzen und sie so besser verarbeiten kann. Abschied nehmen musste sein, auch wenn es noch so schwer fiel. Das war eine alte Erfahrung, dass der Abschied leichter war, wenn man den Toten gesehen hatte. Fabers Achtung vor Lustig wuchs noch einmal um ein ganzes Stück.

Vierneisel ging dem Hauptkommissar von der Mergentheimer Schutzpolizei, mit dem er sonst kaum etwas zu tun hatte, entgegen. Sie sprachen leise miteinander, und Vierneisel nickte. Sie führten die Frau durch die Absperrung, Lustig hielt sie vorsichtig am Ellenbogen. Die Frau warf einen schnellen Blick auf die am Boden liegende Gestalt und wandte vor Schreck und Schmerz schnell das Gesicht ab. Dann sah sie ein zweites Mal hin, dieses Mal länger. Sie nickte. Vierneisel fragte noch etwas und hielt dabei eine, offenbar leere, Flasche in der einen und ein Bündel Papiere in der anderen Hand. Sie warf einen Blick auf die Flasche, schüttelte kurz den Kopf und nahm ihm die Papiere ab. Sie sah sie genau an und nickte mehrmals. Ulshöfer, so dachte Faber, hatte seinen Ausweis dabeigehabt, wahrscheinlich im Rucksack, und eine Schnapsflasche. Dann führte Lustig die Frau vorsichtig wieder zurück zum Streifenwagen. Dort stand sie und sah den Weg zum See hinunter.

Vierneisel und Federolf standen miteinander vor dem Hochsitz und betrachteten den Weg, den der Körper beim Fall genommen hatte. Einer der Männer von der Spurensuche brachte aus dem Unterholz ein Stück Schnur, etwa einen Meter lang. Sie fotografierten den Hochsitz von allen Seiten, immer wieder. Alles lief sehr ruhig, konzentriert und professionell ab. Einer der Männer ging zu einem Auto und holte eine Bügelsäge. Er stieg vorsichtig die Leiter hoch. »Das hier oben ist so was von wacklig«, rief er, »da musst du dich ja anseilen!« Er sägte vorsichtig die beiden Enden der zerbrochenen Stange ab, die steckten sie in einen Plastiksack und brachten sie zum Kleinbus, wo schon die Jagdflinte lag, zusammen mit Hut, Rucksack und Bindfaden.

Den Toten legten die Bestatter in den Unfallsarg und brachten ihn zum Leichenwagen. Faber beobachtete die Witwe. Ihm fiel auf, dass die Frau des verunglückten Arztes sehr aufgewühlt zu sein schien, aber Trauer konnte er bei ihr noch nicht erkennen. Sie machte eine Geste des Abschieds. Der Leichenwagen fuhr langsam den Waldweg zum See hinunter, und sie schaute ihm nach. Lustig sagte etwas zu ihr, dann sah er Kirchofer an. Die Frau nickte. Die Drei stiegen wieder in den Streifenwagen und fuhren hinunter.

Lustig hatte sich die ganze Zeit über nur auf die Frau konzentriert und Faber nicht ein einziges Mal angesehen. Der schaute dem Streifenwagen nach, dann warf er ungeduldig einen Blick auf seine Uhr und sah sich nach seiner jungen Kollegin um.

Hebenstreit stand mit dem Rücken gegen den glatten Stamm einer alten Buche gelehnt und befragte den Rentner, der den Toten gefunden hatte. Der Mann reichte ihr nicht einmal bis an die Schultern und hatte Mühe, zu ihr aufzusehen. Sie wandte dauernd ihren Kopf nach hier und nach dort, als versuchte sie, möglichst alles zugleich zu beobachten. Dabei hielt sie in der Linken ihren Notizblock und schrieb ohne daraufzuschauen mit, was der Mann wortreich und in vielen Einzelheiten berichtete.

»Also ich fasse mal für einen Augenblick zusammen«, unterbrach sie seinen Wortschwall, »was wir bisher haben.« Dabei warf sie einen kurzen Blick auf ihre persönliche Kurzschrift, die nur sie selber lesen konnte. »Sie heißen Friedrich – wie? Wirsching? Richtig? – und waren früher Rektor an der ...«

»Konrektor«, unterbrach er sie.

»Konrektor an der Grund- und Hauptschule in Königshofen.« Sie korrigierte schnell in ihren Notizen. »Sie waren heute früh hier im Wald, um Pilze zu suchen. Ihr Auto stand auf dem kleinen Parkplatz am See. Auf dem See waren Blesshühner und Wildenten – das können wir weglassen.« Sie strich gleich mit dem Stift in ihrem Block. »Der Wald roch schon herbstlich. – Das auch.« Wieder strich sie eine Zeile. »Sie hatten einen Korb dabei und haben besonders auf Baumstümpfe geachtet und Stockschwämmchen gesucht.«

»Ja«, unterbrach er, »das sind so kleine ...«

Aber sie schnitt seine Rede mit einer raschen Handbewegung ab. »Sie kennen das Revier sehr genau, Sie kommen schon seit Jahren hierher, und das zu allen Jahreszeiten.«

Diesmal, eingeschüchtert durch ihre resolute Art, nickte der Mann nur. Faber trat leise näher, zückte die Kamera und schoss von dem Mann ein paar Aufnahmen von allen Seiten.

»An diesem Hügel dort, einem, mega – wie war das?«

»Megalithischen Grabhügel«, antwortete der alte Mann. »Darunter ist ein Dolmen, so ein Grab aus großen Steinplatten.«

Hebenstreits wasserhelle Augen sprühten Zweifel.

»Doch!«, versicherte er. »Bandkeramiker! Man müsste nur graben!«

»Nun gut. Hinter dem Hügel sahen Sie an dem alten, morschen Hochsitz schon von weitem, dass mit dem etwas nicht in Ordnung war. Die obere Stange war heruntergebrochen, – das ist wichtig. Und eine andere weiter unten war geknickt, also angebrochen. Sie haben nachgeschaut und im Unterholz einen Mann in Jagdkleidung gefunden. Der Hut lag ein Stück entfernt unter einer – wie noch?«

»Unter einer jungen Douglasie. Das ist ein Nadelbaum, ein ...«

»Ja, ich weiß, was eine Douglasie ist. Neben dem Mann lag ein Jagdgewehr. Sie sind vorsichtig herangegangen und haben gesehen, dass der Mann tot war.«

»Genau. Es war ein grauenvoller Anblick. Er lag mit dem Gesicht am Waldboden, aber drum herum war Blut. Ich habe ihn angefasst, nur ganz kurz und nur die Hand. Der Arm war schon steif, ich konnte ihn gar nicht bewegen, und die Hand war ganz kalt.«

»Das ist auch wichtig wegen der Todeszeit. Wann genau war das? Ich meine, als Sie ihn gefunden haben?«

»Heute Vormittag um elf Uhr siebzehn.«

»Danke, das reicht.« Sie steckte ihren Notizblock wieder ein. »Das können wir mühelos auf eine halbe Seite auseinanderziehen.«

Vom See her wurde es zunehmend unruhig. Mehrere Wagen kamen den Weg herauf.

»Auf geht's, wir fahren«, drängte Faber leise. »Die Konkurrenz kommt. Das ist der Sperlich, da unten der zweite Wagen. Nichts wie weg! Da lang, dann sieht er uns nicht.«

Sie kamen seitlich aus dem Wald heraus auf ein kleines Verbindungssträßchen. Sie fuhren jetzt gemächlich und genossen die Landschaft.

»Hier bin ich noch nie gewesen«, sagte Hebenstreit. »Das ist ja richtig schön hier!«

»Ja, nicht?«

»Und hier in der Ecke kennen Sie alles so genau?«

»Klar«, antwortete er, »ich bin ja seit mehr als zwanzig Jahren hier. Bald fünfundzwanzig Jahre. Wie spät ist es?«

»Gleich halb drei.«

»Ich ruf schnell die Chefin an, damit sie weiß, wo wir sind, und sag ihr, dass wir ein paar Minuten später zur Redaktionssitzung kommen. Wir fahren da lang zurück, über die Dörfer. Da ist die Gegend schöner, und der Weg ist kürzer.«

5

›Oberbürgermeister Dr. Kahl legt großzügigen Zeitplan für Sofortmaßnahmen vor.‹

Die tägliche Redaktionskonferenz, sonntags ausnahmsweise von der Chefin für den frühen Nachmittag angesetzt, war bereits seit einer Viertelstunde im Gange, als Hebenstreit auf ihrem Roller und Faber hinten darauf in der Burgstraße eintrafen.

Faber verschwand erst einmal in seinem Arbeitszimmer, während Hebenstreit sich im Konferenzzimmer bei der Chefin meldete.

Dort stritt man sich gerade über die geplante Einkaufsgalerie auf dem Bahngelände, welche die letzten Einzelhandelsgeschäfte der Innenstadt zum Aufgeben zwingen würde. Die Chefin hatte verfügt, der Bericht darüber sollte auf die erste Seite des Lokalteils kommen. Die Dreiecksverhandlungen zwischen Bahn, Stadt und Investor hatten sich als schwierig erwiesen, weil die Leute mehr übereinander als miteinander redeten. Doch jedermann wusste, das war eine landesübliche Unsitte. Luise Blaustein beschrieb das Einkaufszentrum gerne als »die Mall«, gelegentlich, weil die Galerie Oberbürgermeister Kahls Idee und Projekt war, auch als »die Kahl-Mall«. »In Stuttgart«, so belehrte sie ihre Mannschaft, »da haben sie eine Klett-Passage, die haben sie auch nach ihrem Oberbürgermeister benannt.« Sie wunderte sich, dass außer ihr niemand diesen in ihren Augen doch deutlichen Zusammenhang erkannte.

Die Chefin selber hatte den Artikel samt Kommentar geschrieben und auch die Schlagzeile festgelegt: ›Oberbürgermeister legt großzügigen Zeitplan für Sofortmaßnahmen vor‹.

Luise Blaustein, geborene Thoma, hatte vor zwanzig Jahren die Leitung der Lokalredaktion mit Einverständnis der Überzeitung von ihrem Vater, dem legendären Charly Thoma, übernommen. Sie leitete die Redaktionssitzungen, als wäre sie ein General, der hoch vom Drillberg aus das Kaisermanöver befehligte. Außer dem Namen hatte sie von ihrem geschiedenen und inzwischen längst verschollenen Ehemann, dem unbegabten, aber anspruchsvollen Maler Peter Blaustein, nichts zurückbehalten. Eine fähige Journalistin war sie immer gewesen, doch in der letzten Zeit litten ihre Redakteure mehr und mehr unter ihrem herrischen Wesen. Sie war weit über die Fünfzig hinaus und hatte sich mit Hilfe einer randloser Brille, dezent gefärbtem Haar, geliftetem Doppelkinn und großzügig ausgewählter Kleidung das Image ›kluge Frau‹ zugelegt.

»Erste Seite drei Spalten für die Zeitplansache«, legte sie fest, »zu je vier Modulen.« Damit beanspruchte die Chefin, so schien es ihrer frustrierten Mannschaft, fast die halbe Seite für sich.

»Wo bleibt denn der Faber?«, schimpfte sie. »Hebenstreit, berichten Sie genauer über die Ulshöfersache. Was für ein Facharzt ist der noch mal? HNO? Hälse, Nasen, Ohren?«

Es entging der Chefin nicht, dass darauf ein unterdrücktes Grinsen wie die La-Ola-Welle um die Runde ging.

»Lachen Sie nur!«, rief sie beleidigt. »Man wird noch darüber nachdenken dürfen, wie viele Nasen und Ohren der Mensch hat! Es muss entweder Hals-Nase-Ohren-Arzt heißen, weil der Mensch *einen* Hals und *eine* Nase, aber *zwei* Ohren hat! Oder aber, wenn die Bezeichnung sich nicht nur auf eine Person, sondern auf die Vielzahl bezieht, dann muss es, weil ja nicht alle Menschen ihren Kopf auf einem gemeinsamen Hals stecken haben, eben Hälse-Nasen-Ohren-Arzt heißen. Oder sehe ich das etwa falsch?«

»Sie sehen das selbstverständlich richtig, Chefin.« Andreas Oehm konnte sich bei seinem Versuch, Luise Blaustein zu beschwichtigen, das Grinsen immer noch nicht verkneifen. »Aber Doktor Markus Ulshöfer ist – oder war – Urologe, Facharzt für Abwasseranlagen und Entwässerung. Also Nieren, Blase und alles, was da dranhängt.«

Die Chefin nickte, ging aber nicht darauf ein, damit ihr jugendlicher Redakteur nicht auch noch Gelegenheit bekam, sich über das, ›was alles da dranhängt‹, näher auszulassen. In solchen Dingen war Luise Blaustein penibel, um nicht zu sagen: prüde.

»Hebenstreit, Ihr Bericht!«, befahl sie darum knapp.

Hebenstreit berichtete in wenigen Sätzen, aber klar, was sie und Faber im Wald erfahren hatten. Alle zeigten sich betroffen, einige fragten nach dieser oder jener Einzelheit.

»Du schilderst es als Unfall«, sagte Oehm und sah Hebenstreit genau an. »Aber der Ton, in dem du das aussprichst, scheint mir etwas anderes zu sagen. Du hast also Zweifel. Oder sehe ich das falsch?«

»Du siehst das durchaus richtig, Andreas«, erwiderte Hebenstreit, »aber die Polizei hält alle Informationen zurück. Klar, das würde jeder von uns an deren Stelle auch so machen, bis wir genau wüssten, was passiert ist. Der Polizeiarzt hat nur gesagt, dass er schon länger da gelegen hat, es sei wahrscheinlich am Freitagabend oder in der Nacht zum

Samstag passiert. Mehr sagen sie nicht. Der Faber hat die Fotos. Wenn er kommt, wird darauf, denke ich, Genaueres zu erkennen sein.«

»Das wird auf jeden Fall ein größeres Ding.« Luise Blaustein holte die Sache wieder in ihre zupackenden Hände zurück. »Ich sehe Fabers Weinartikel davonschwimmen. Die Weinlese steht vor der Tür. ›Wie sind in diesem Herbst die Aussichten zu Qualität und Menge bei Silvaner, Bacchus, Trollinger und Tauberschwarz? Gibt es Einbußen durch den nassen Monat August, Stichwort: Essigfäule?‹ Darüber sollte er schreiben, aber das müssen wir dann auf morgen verschieben. Außerdem liegt sein neuer Artikel über die Landesanstalt für Schweinezucht in Boxberg endlich vor. Inzwischen haben sie ja die – Dings« –sie hatte ›Schweinerei‹ sagen wollen, korrigierte sich aber im letzten Augenblick – »Sie wissen schon, die Sauzuchtanlage fertig gebaut. Sie suchen, habe ich gelesen, dafür schon einen Zuchtmeister. Ich habe Fabers Text hier.«

Sie holte sich den fertigen Artikel auf den Bildschirm und warf einen Blick hinein. »Sie haben da eine neue Methode der Ferkelproduktion. Zwischen den Sauen gibt es einen Ebergang, in dem läuft der Eber, von Männlichkeit nur so strotzend, hin und her. Er tut nichts weiter, als mit den Mädels, also mit den Sauen, zu tändeln, damit sie, hm, ›in Stimmung kommen‹. So nennt der Faber das hier jedenfalls.«

»Wow!«, schrie Andreas Oehm. »Was für ein Job! Der Kerl ist zu beneiden! Stellt euch mal vor, den ganzen Tag nichts wie durch die Straße stolzieren und alle Mädels anmachen!«

»In diesem Falle, Oehm«, die Chefin warf dem jungen Redakteur einen strengen Blick zu, »müssten Sie aber sehr genügsam sein. Die Sauen werden nämlich künstlich besamt. Der Eber ist für sie nur zum Anschauen.«

»Na«, schimpfte Oehm, »das nenn ich aber mal eine Gemeinheit! Das ist Betrug!«

»Das wäre das.« Luise Blaustein schloss, sichtlich zufrieden damit, wie sie dem vorlauten Redakteur Paroli geboten hatte, das Thema Ferkelzucht ab. »Drei unserer fünf Spalten zu je drei Absätzen á fünf Zentimeter, im Text zweispaltig das Foto vom Zuchteber. Da schauen Sie mal. Ist schon ein flotter Bursche, was? ›Boxer‹ heißt der Kerl. Fabers Titel: ›Gewitterwolken am Schweinehimmel.‹ Na ja, eine Schlagzeile ist das nicht grade, aber – was soll's.« Sie schloss mit einer Handbewegung, die ihrer Betroffenheit und ihrer Resignation zugleich Ausdruck verleihen sollte, die ihr aber nur zur theatralischen Geste geriet.

Andreas Oehm legte seinen ausführlichen Bericht über die Proklamation des Ichenstädter Schützenkönigs vor: »Der Wettergott schickte herrlichstes Spätsommerwetter auf den Rathausplatz von Ichenstadt.« Die Chefin warf nur einen Blick auf den Bildschirm, um den ganzen Artikel zu überfliegen, und entschied, um den Frieden wieder herzustellen, spontan: »Ganze Breite. Vier Spalten Text zu je vier Absätzen, darin die beiden großen Fotos, fünfte Spalte rechts außen die Siegerliste, die wird blau unterlegt.«

Der Körper des jungen Redakteurs reckte sich vor Stolz, und seine Miene strahlte Genugtuung aus. »Die Überschrift«, fuhr die Chefin fort, »wird ebenfalls vier Spalten breit und lautet: Der Wettergott und der Ichenstädter Schützenkönig. – Hebenstreit, wo bleibt denn nur der Faber?«

»Ich bin hier. Mach nur weiter, Chefin«, kam Fabers Stimme aus dem Nachbarzimmer herüber, und keiner außer ihm hätte sich der Chefin gegenüber eine so vertrauliche Form erlauben dürfen. »Ich bin gleich fertig. Ich drucke nur schnell die Fotos aus.«

Luise Blaustein hatte schon verstanden, dass Faber wichtige Fotos geschossen hatte, die er sofort am Bildschirm ansehen und ausdrucken wollte. Folgerichtig setzte sie dazu an, in ihrem Programm der Redaktionssitzung fortzufahren, aber wenn Faber den Turbo drauf hatte, dann gingen alle Dinge bei ihm ruck-zuck, das war bekannt, auch der Chefin. Also wartete sie einen kleinen Augenblick, setzte sich auf ihrem Chefinnenstuhl mit der hohen Lehne gerade, um einmal tief Luft zu holen und einen Blick auf das Papier mit dem Programm zu werfen. Die Versammlung horchte gespannt auf die Mischung aus konzentriertem Ächzen, geheimnisvollem Rascheln und verhaltenem Schimpfen, die durch die offene Tür aus dem Nebenzimmer drang, und die ganze Redaktion erlebte auf diese Weise mit, wie Faber wieder einmal mit dem Drucker kämpfte. Dann stand er schon wieder in der Tür, den Blick noch auf einen Stapel Blätter gerichtet, die er wie einen Fächer ausgebreitet in der Hand trug.

»Die Fotos aus dem Wald«, sagte er mit einer Stimme, die schwanger schien von Bedeutung. »Das müsst ihr euch ansehen!« Er legte den Stoß Blätter vor der Chefin auf den Tisch, huschte zu seinem Platz, setzte sich und sagte laut zu sich selbst: »Tino!« Von diesem Augenblick an saß er mucksmäuschenstill. Erst als die Fotos, von der Chefin, nachdem sie die ersten betrachtet hatte, langsam eines nach dem anderen in die Runde gegeben, bei ihm ankamen, bewegte er sich wieder. Er tat es auffällig bedächtig, um nicht zu sagen: lächerlich langsam; jede seiner Bewegungen war höchstens halb so schnell wie normal.

Selbst Hebenstreit, die ihn inzwischen dafür doch eigentlich hätte gut genug kennen müssen, wusste nur, dass das seine ganz persönliche Anti-Stress-Methode war, die er ›Tinomethode‹ nannte. Er hatte sie sich irgendwo abgeguckt, und bei ihm wirkte sie zuverlässig und schnell, aber wo er sie kennengelernt hatte, das wusste auch sie nicht.

Faber nahm die groß ausgedruckten Fotos eines nach dem anderen langsam in die Hand, neigte bedächtig das Haupt und versenkte seinen Blick darin. »Klare Sache«, sagte er dann. Alle warteten, bis jeder in der Runde Gelegenheit gehabt hatte, sie genau anzusehen.

»Der Faber hat, glaube ich, Recht«, stimmte Andreas Oehm zu. Hebenstreit äußerte sich nicht laut, sie nickte nur.

»Was meinst du damit?«, fragte die Chefin und zeigte auf das erste Foto. »Der Hochsitz ist zusammengebrochen. Er war alt und morsch, das sieht man. Es könnte eine Schadenersatzklage gegen den Eigentümer geben. Ansonsten: Tragischer Unglücksfall.«

»So versucht die Polizei es hinzustellen«, antwortete Faber. »Bisher jedenfalls.« Er schaute weiter schweigend in die Runde, offensichtlich wartete er, ob auch andere dasselbe wie er aus den Fotos herauslasen.

»Wie soll das nach offizieller Verlautbarung abgelaufen sein?«, fragte Oehm.

»Offiziell ist noch gar nichts«, erklärte Faber. »Bisher erklärt man es sich so: Doktor Ulshöfer war auf Wildschweinjagd. Er hat sich auf dem Hochsitz gegen die morsche Stange gelehnt, und die Stange ist gebrochen. Er ist gefallen, dabei ging der tödliche Schuss los. Offenbar denken sie, das sei schon irgendwann am Freitag passiert.«

»Was für ein Gewehr?«, fragte Oehm.

»Eine kurze, dreiläufige Jagdflinte«, antwortete der Faber. »Ein Lauf normalerweise geladen mit Schrot für Hase oder Federwild, der zweite mit Kleinkaliber für Fuchs, der dritte mit Kugel für Wildschwein. Die tödliche Verletzung ist am Kopf entstanden, wahrscheinlich von unten her. Der Tote lag auf dem Gesicht«, er legte den Finger auf die entsprechende Stelle im Foto, »deshalb kann man nichts Genaueres sagen. Doch es sieht so aus, als sei nur der Lauf für die Kugel geladen gewesen.«

»Klar doch«, warf die Chefin ein, »weil er ein Wildschwein schießen wollte! Die sind doch eine richtige Plage geworden hier in der Gegend!«

»Wenn erst die Stange gebrochen, er dann gefallen und danach erst der Schuss losgegangen ist«, wandte Oehm ein, »dann müssten die beiden gebrochenen Enden der Stange nach unten zeigen.«

Faber redete darauf nichts, aber er nickte ganz langsam und senkte dabei den Kopf bis auf die Brust herunter. Und Hebenstreit sagte nur: »Andreas!« und streckte den Daumen hoch. Und Oehm, dadurch sichtlich ermutigt, fuhr fort: »Auf diesem Foto hier sieht man deutlich, dass die eine Stange nach oben zeigt und die andere fast waagerecht nach außen.«

»Und?« fragte Faber mit Samtstimme. »Was könnte das bedeuten?«

»Bruch der Stange, Schuss und Fall des Körpers lagen zeitlich sehr nah beieinander«, antwortete Oehm. »Vielleicht sogar alles zugleich?«

»Denk noch mal nach«, ermunterte Faber ihn. »Welches sind die stärksten Kräfte in so einem Fall, und in welche Richtung wirken sie?«

»Die unmittelbarste Kraft hat die abgeschossene Kugel«, dachte Oehm laut nach, »und die muss, wenn sie ihn so treffen soll, wie sie ihn getroffen hat, von unten kommen. Er hatte ja, davon gehe ich aus, die Flinte neben sich stehen. Hätte er sie angelegt gehabt auf ein Stück Wild, dann könnte die Kugel ihn nicht treffen, selbst wenn die Stange bräche und er fiele. Auf diese Weise könnte er sich höchstens den Hals brechen, aber erschießen könnte er sich so nicht. Der Schuss ist also von unten gekommen und hat die Enden der Stange – ja, was? Nach oben geschlagen? Ist das morsche Holz folglich durch den Schuss gebrochen und nicht durch das Gewicht des Körpers? Aber wann ist der dann gefallen? Erst nachher?«

»Schiet!«, rief plötzlich Hebenstreit erschrocken in ihrem heimatlichen Platt aus. »De Keerl het sick dörcht Hult ... nee!« Und sie barg eilig ihr Gesicht in ihren großen Händen.

Als Hebenstreit wieder aufsah, schwammen ihre wasserhellen Augen in Tränen.

»Das darf nicht wahr sein«, stöhnte Luise Blaustein leise. »Meinst du wirklich, er hat sein Kinn auf die Stange gelegt und abgedrückt?«

»Ja, Chefin«, sagte Faber leise zu ihr. »Ich bin sicher, Doktor Markus Ulshöfer hat sich selber absichtlich erschossen.«

»Aber durch das Holz hindurch?«, zweifelte sie noch.

»Durch die morsche Stange hindurch, um seinen Selbstmord als Unfall zu tarnen. Da bin ich ebenfalls sicher. Es wäre ihm ja auch fast gelungen.«

»Aber geht das denn überhaupt? Ich meine: Kommt er so an den Abzug?«

»Schau mal hier.« Er nahm eines der großen Fotos und zeigte auf eine Stelle. »Mit einem Stück Schnur geht es, das muss gar nicht lang sein. Ein knapper Meter genügt. Siehst du das Stück Balken, das hier herausschaut? Da hat er die Schnur drumgelegt bis an den Abzug. So konnte er von oben ziehen.«

»Aber warum denn?« fragte sie. »Das ist doch alles ein riesiger Aufwand!«

»Das Warum kennen wir alle noch nicht. Und ich denke, wir sind uns alle darin einig, dass wir es herausfinden müssen. Und das bedeutet, dass wir für die nächste Zeit einen Berg aus Arbeit vor uns haben. Wenn du einverstanden bist.«

»Selbstverständlich werden wir recherchieren«, antwortete Luise Blaustein, nun schon wieder den General herauskehrend, »aber vorsichtig und zurückhaltend, und nicht etwa übereilt. Und wir werden alles, was wir zu Tage fördern, genau daraufhin prüfen, ob wir es der Öffentlichkeit zumuten können.«

»Und wer soll das machen?«, fragte er mit unschuldiger Stimme, aber alle merkten, dass er nur scheinheilig daherredete.

»Na wer schon?« Sie sah ihn mit bitterer Miene an. »Wer hat denn die guten Beziehungen zur Kripo, du oder ich? Du brauchst doch nur in Tauberbischofsheim den Kriminaldirektor anzurufen, dich kennt der doch. Mich nicht!«

»Chefin«, sagte Faber mit seiner samtweichen Stimme. »Das hat doch überhaupt nichts zu bedeuten.« Er beugte sich zu ihr hinüber und berührte für einen kurzen Augenblick vorsichtig mit seiner breiten Pratze ihre rundliche, mit zahlreichen Ringen bestückte Hand. Faber war schon ein seltsamer Mann, bei dem ein dickes Fell und eine empfindsame Haut auf demselben Körper wuchsen.

Luise Blaustein antwortete nicht sofort. Sie wartete und ließ das Gefühl der Berührung für einen Augenblick in sich nachklingen. »Also, wie gesagt: Das ist dein Tschopp. Du wirst das übernehmen.« Sie hatte ihre sehr deutsche Art, englische Wörter auszusprechen, einigen Moderatoren im Fernsehen abgelauscht.

»Also gut, mein Job, wenn du es sagst. Aber bitte nicht wieder in meiner Freizeit!«, warf er ein.

»Wir machen es wie immer«, entschied sie. »Bei Sonderaufgaben arbeitet jeder, so viel er kann, egal, ob es Tag ist oder Nacht. Tschopp ist Tschopp! Freizeit gibt es wieder, wenn die Sonderaufgabe erledigt ist.« Und versöhnlicher setzte sie hinzu: »Faber, bitte, das kann ja nicht so lange gehen. Die Hälfte hast du ja schon herausgefunden. Es geht doch nur noch um die Frage, warum er das getan hat.«

»Aber das ist von allem am schwersten herauszufinden.«

»Na und? Wer hier bei uns ist denn der große Rausfinder? Du wirst am besten gleich anfangen. Was willst du als Erstes tun?«

»Vor allem anderen werde ich versuchen, mit der Witwe zu sprechen, am besten noch heute. Ich rufe sie gleich an. Hebenstreit kann inzwischen alles Material, das wir im Archiv über Ulshöfer haben, heraussuchen und zusammentragen.«

Luise Blaustein nickte huldvoll und gab damit ihr Einverständnis zum vorgeschlagenen Vorgehen. Faber sah zu Hebenstreit hinüber und fuhr fort: »Über unsere Suchmaschine, Stichworte Ulshöfer, Männerarzt, Urologe, Kreisjägervereinigung, Kreisärzteschaft, Rotary-Club und was Ihnen sonst noch einfällt. Ein gutes Foto nicht vergessen. Mailen Sie mir das Ergebnis nach Hause.« Wieder zur Chefin: »Halt mir bitte noch Platz frei in der Montagausgabe, am besten die obere Hälfte der ersten Lokalseite, drei Spalten bis zur Mitte der Seite. Dazu gehört, das wäre mein Vorschlag, ein richtig pathetischer Nachruf. Den kann ich schreiben, sobald ich genug Material habe.« Die Tino-Phase war vorüber. Faber hatte jetzt wieder richtig den Turbo.

»Gut«, entschied Luise Blaustein. »Das wäre geklärt. Jetzt weiter. Die Grabungen nach dem keltischen Dingsbums bei Creglingen – ist das fertig?«

»Ist schon seit gestern fertig«, berichtete Hebenstreit. »Keltisches Oppidum. Also Siedlung. Eine Spalte, drei Absätze, ein Foto.«

»Warum nicht mehr?«

»Die fangen gerade erst an, und man sieht noch nichts außer einem Bagger. Bisher geht es nur darum: Ein keltisches Oppidum, was ist das überhaupt? Was haben die Kelten hier gemacht? Tauber, Jagst und Kocher als keltische Flussnamen, so etwa.«

»Was für ein Foto haben wir?«

»Nur den Bagger.«

»Na gut. Aber bleiben Sie dran. Und Ihr Thema Finanzpolitik. Wie weit ist das?«

»Selbstverständlich fertig, Chefin. Schon seit vorgestern. Aber nicht eigentlich Finanzpolitik, sondern mehr Kultur in der Politik. Genauer: Wie die Finanzpolitik von den Politikern in den Medien verkauft wird.«

»Gut. Wie viel Text?«, fragte die Chefin, während sie den kurzen Artikel auf ihren Bildschirm holte.

»Nur zwei Absätze, eine Spalte, zehn.« Gemeint waren zehn Zentimeter.

»Bilder?«

»Keine Bilder.«

»Warum nicht? Nichts verkauft sich ohne Bilder. Die Leute wollen Bilder sehen, sonst nehmen sie die Sache gar nicht wahr.«

»Die Bilder dazu hat schon das Fernsehen geliefert«, verteidigte sich Hebenstreit. »Als Beispiel bringe ich aus der Talkshow vom Mittwoch in ›Unserm Dritten‹ den nichtssagenden Wortschwall vom Landtagsabgeordneten Doktor

Kurth über seine, Zitat: ›geleistete Sockelanhebung der Deckelpauschale‹. Geleistete Sockelanhebung der Deckelpauschale, das ist fast noch besser, als wenn jemand einen großzügigen Zeitplan für Sofortmaßnahmen vorlegt.«

»Gut!«, alberte Faber eilig dazwischen, damit die Chefin von Hebenstreits hinterhältigem Seitenhieb abgelenkt wurde, »Grinse-Paules pauschalierte Deckelhebung der Sockelleisten!«

»Faber, nimm dich zusammen«, schalt die Chefin halbherzig. Alle wussten es, dass Faber, wenn ihn der Frust plagte, albern sein konnte wie ein Realschüler. Und an Hebenstreit gewandt: »Zwei Module, das ist kein Artikel, das ist eine Notiz. So etwas nimmt niemand ernst. Also ausweiten auf das Doppelte!«, befahl sie.

Die Chefin drängte, sie wollte endlich fertig werden. »So sehr viel Platz haben wir nicht mehr. Jetzt müsste Michael Weis ja bald hier sein mit seinem Sport. Wo bleibt der nur schon wieder?«

Im Nebenzimmer düdelte Fabers Telefon, und er ging hinüber und schloss die Tür hinter sich.

Er hatte sich für ein paar Wochen der neuen Mode angeschlossen, mit einem Chip in der Anlage das Telefon seinen Namen rufen zu lassen. Sein Telefon hatte also nicht mehr wie früher geklingelt, geschrillt oder gedüdelt, sondern laut »Hallo, Faber! Hallo Faber!« gerufen.

Zuerst hatte er es mit seiner eigenen Stimme probiert, aber das war ihm bald öde und zu selbstverliebt vorgekommen. Dann hatte er es mit der Stimme seiner Frau versucht, aber die Weiche hatte sich einen Spaß gemacht und hatte das »Hallo, Faber!« so betont erotisch gerufen, dass ihm bei jedem Anruf erst einmal ein wollüstiger Schauer in die Lenden gefahren war. Schließlich hatte er es noch mit der Stimme der Chefin versucht, aber bei deren Feldwebelstimme war ihm jedes Mal der Frust in die Glieder gekrochen. Also hatte er den Versuch, besonders modern sein zu wollen, aufgegeben, und war zum klassischen »Düdldadl düdldadl« zurückgekehrt.

Zu seiner Überraschung meldete sich aus dem Hörer die frisch gebackene Witwe Ulshöfer, um sich wegen der Todesanzeige zu erkundigen. Weil sonntags die Anzeigenabteilung nicht besetzt war, musste heute die Redaktion deren Aufgaben mit übernehmen. Faber nutzte die Situation.

»Am besten wäre es, ich käme gleich zu ihnen und brächte Ihnen einige Vorlagen mit«, schlug er ihr vor.

6

Faber schlug den Weg über den Marktplatz und durch den Ledermarkt ein. Er ging die kurze Strecke zu Fuß im gemächlichen Tino-Schritt, er brauchte Zeit zum Nachdenken und um sich auf das schwierige Gespräch mit Ulshöfers Witwe vorzubereiten.

Dr. Markus Ulshöfer, der so plötzlich dahingeschiedene Facharzt für Urologie, hatte sowohl Praxis als auch Wohnung in einem der neu gebauten, großen Häuser am Gänsmarkt, also in einer der besten Geschäftslagen der Stadt. Faber kannte das Haus. Vor etwa zehn Jahren hatte ein Geschäftsmann aus der Nachbarschaft heimlich die vier alten Häuser an diesem Platz eines nach dem anderen aufgekauft, hatte sie abreißen lassen und an ihrer Stelle zwei große Neubauten hingeklotzt. Damals hatte das in der Stadt viel Staub aufgewirbelt, und Faber hatte mehrmals kritisch darüber berichtet. Inzwischen waren sich längst alle, die damals Zeter und Mordio geschrien hatten, darin einig, dass die beiden neuen Häuser sich gut in das historische Stadtbild fügten.

Im zweiten, dem hellblauen Haus hatte Dr. Ulshöfer, damals noch Oberarzt im hiesigen Caritaskrankenhaus, zwei Etagen gekauft. Im ersten Obergeschoss hatte er seine Praxis und in der Etage darüber seine Wohnung.

Genau genommen hatte er, so überlegte Faber, Praxis und Wohnung dort *gehabt*, denn derzeit, nun ja, beides befand sich selbstverständlich immer noch dort, aber im Grunde *hatte* er sie ja nicht mehr.

Solche und ähnliche Gedanken über die tragische Beziehung von Eigentum und Ableben gingen ihm durch den Kopf, als er das Haus mit der aufwändig gestalteten Metalltür erreichte. Faber war von den Ereignissen durchaus ehrlich erschüttert, aber seine berufliche Erfahrung riet ihm, es könnte nicht schaden, wenn er sich in eine innerliche Leidensstimmung hineinarbeitete, damit man ihm seine Erschütterung auch wirklich anmerkte.

Das Erdgeschoss wurde von einer Bankfiliale eingenommen. Jetzt, am späten Sonntagnachmittag, war sie geschlossen. Das Treppenhaus begegnete ihm hell und freundlich mit breiten, nicht zu hohen Marmorstufen. An den Wänden hingen Aquarelle im modernen Volkshochschulstil, meist Klatschmohn, Rittersporn, Margeriten oder Stiefmütterchen darstellend, die meisten davon hübsch, aber nichtssagend wie das Mädchengesicht auf dem Titelbild einer Fernsehzeitung.

Faber hatte sich darauf eingestellt, dass er die zwei Treppen zur Wohnung hinaufsteigen müsste, aber schon nach einer Treppe hörte er Frau Ulshöfers Stimme.

»Da sind Sie ja schon! Kommen Sie hier herein!« Sie stand in der offenen Tür zur Praxis. Kurz hob sie die Hand, in der sie ein kleines Taschentuch hielt, wies damit zur Tür, und ließ sie gleich wieder fallen.

Faber ließ sich Zeit, um einen Eindruck von Ulshöfer Frau zu bekommen. Sie war eine bemerkenswerte Person, hochgewachsen und sehr schlank, fast mager hätte man sie nennen können, und dadurch wirkte sie noch größer, als sie ohnehin war. ›Ein Mannequintyp‹, so dachte Faber. Sie trug ein schwarzes, hochgeschlossenes Kleid mit langen Ärmeln. Es war einfach geschnitten und sah trotzdem elegant und teuer aus, genau so, dachte Faber, wie die Leute es lieben, die gerne zeigen möchten, dass sie wohlhabend, aber zugleich bescheiden sind. Außer zwei Perlen als Ohrclips trug sie keinen Schmuck.

Ihr Gesicht war hager, die Wangenknochen breit, doch die Nase schmal und gerade, die Augen von einem sehr hellen Braun, alles sorgfältig zurechtgemacht. Ihr Haar war dunkel und lang, sie hatte es strikt nach hinten gekämmt. Das betonte ihre schlanke Gestalt und gab ihr eine strenge Note. Hinten wurde es zusammen gehalten von etwas, von dem Faber nicht wusste, wie es hieß. Ein Ding mit Zacken, das klemmte; Fabers sonst so flinke Intelligenz wurde auffällig unbeholfen, wenn es um weibliche Utensilien ging.

Eine lange, dunkle, sichtlich genau berechnete Haarsträne hatte sich aus dem gefährlich aussehenden Ding gelöst und fiel neben ihrem Gesicht herunter bis auf das Kleid. Eine Frau, so urteilte Faber, die großen Wert auf ihre Erscheinung legte. Sicherheit jedoch und Souveränität gingen von ihr nicht aus. Vor etwas mehr als zwei Stunden, als sie im Wald die Leiche ihres Mannes identifiziert hatte, hatte er sie aus der Entfernung als elegante Erscheinung wahrgenommen. Nun, aus der Nähe, stellte er fest, dass die beobachtete Eleganz lediglich von ihrer Haltung und von ihrer Kleidung ausging.

Sie war schon um einige Schritte vorausgegangen. Faber stand noch in der Tür, und sie blieb stehen. Gleich links neben der Eingangstür stand eine Vitrine, in der Windeln und Einlagen ausgestellt waren.

»Werbung für Inkontinenzartikel«, erklärte sie, als Faber davor stehenblieb. »Wir dürfen nicht selber verkaufen, höchstens den Platz für Werbung vermieten.« Ihm fiel auf, dass sie *wir* sagte, nicht *mein Mann* oder *die Praxis*. Gegenüber an der Wand hing ein Plakat. Es zeigte einen riesigen Kürbis in Prostataform und warb damit für Kürbiskernprodukte gegen Prostataleiden.

Frau Ulshöfer ging voraus in eines der Sprechzimmer. Faber ließ seinen Blick durch die Praxis schweifen. Sie war geräumig und strahlte optische Kühle ab. Ohne Personal und ohne Patienten wirkte sie leer und wie tot.

»Nehmen Sie doch Platz.« Dr. Ulshöfers Witwe setzte sich in den Arbeitssessel ihres Mannes. Sie hatte eine tiefe, angenehme Stimme. Sie hielt den Kopf gesenkt und wischte ununterbrochen mit dem kleinen Taschentuch auf der ausladenden, glänzenden Tischplatte herum. Irgendetwas, dachte er, ist unecht an ihr. Sie übertreibt. Aber das, so wusste er auch, taten frischgebackene Witwen häufig. Er setzte sich auf den Patientenstuhl und sah sich um. In einer Ecke stand ein plastisches Modell, das in natürlicher Größe von den Nieren abwärts den gesamten männlichen Harntrakt darstellte. Der große, glänzende Schreibtisch war leer bis auf einen Kalender und ein Glasdöschen mit einer Handvoll unterschiedlicher, kantiger Bröckchen. Das mussten Nierensteine sein. Warum, so dachte er, stellte ein Arzt so etwas auf seinen Arbeitstisch? Um sie seinen Patienten zu zeigen?

An den Wänden hingen medizinische Darstellungen, darunter einige sehr drastische von verschiedenen Krebstumoren, die jedem Mann Alpträume verursachen mussten. Er fragte sich, wie jemand zwischen all den entzündeten Harnblasen, vergrößerten Vorsteherdrüsen, männlichen Geschlechtsorganen und von Tumoren verunstalteten Nieren den ganzen Tag lang leben und arbeiten konnte.

»Ich habe Ihnen ein paar Vorschläge für die Todesanzeige mitgebracht«, sagte er und öffnete seine vom Alter abgeschabte Ledertasche, holte einen Stapel Papierbögen hervor und legte ihn auf den Tisch.

»Die Muster für die Todesanzeige«, sagte er leise und zeigte auf den Stapel.

Er wagte nicht, auch die Tasche auf der polierten Nussbaumplatte des Schreibtisches abzulegen, weil er fürchtete, das Metallschloss könnte dort Kratzer hinterlassen. Also setzte er sie, an seinen Stuhl gelehnt, auf dem nicht mehr neuen, aber ursprünglich doch teuren Teppich ab. Allem Anschein nach hatte Ulshöfer, als er für seine Wohnung einen neuen Teppich angeschafft hatte, den alten hierher in sein Sprechzimmer verbannt. Dann, weil er nicht wusste, wie er das Gespräch beginnen sollte, stützte Faber den Ellbogen auf den Tisch, legte die Stirn in die Hand und bedeckte damit seine Augen. Nach einer Weile setzte er sich wieder gerade hin und schüttelte langsam den Kopf.

»Furchtbare Sache«, murmelte er.

Damit hatte er zweifellos Recht, und es war ihm auch ernst damit. Trotzdem war ihm nicht wohl in seiner Haut, er kam sich ein kleines bisschen schäbig vor, denn eigentlich ging es ihm ja vor allem darum, etwas über Ulshöfers Motiv herauszufinden. Aber wie danach fragen, wenn die Frau, die ihm hier halb zusammengesunken gegenübersaß, fest daran glaubte, dass ihr Mann das Opfer eines Unfalls geworden war?

»Haben Sie schon entschieden, wann die Beerdigung sein soll?«, fragte er.

Sie hielt sich ihr Taschentuch ans Gesicht und schüttelte zugleich den Kopf.

»Das kann ich noch nicht«, sagte sie. »Die Polizei hat mir gesagt, ich kann den Termin erst festlegen, wenn sie ihn freigegeben haben.«

»Das hört sich gar nicht gut an«, sagte er leise, und sie nickte dazu.

»Sie sagen, sie müssen eben alles untersuchen und dürfen keine Möglichkeit auslassen.«

»Das stimmt ja auch«, erwiderte er.

»Was denken die in Tauberbischofsheim denn, was da passiert sein soll? Im Wald, meine ich.« Sie wehrte sich sichtlich gegen den einen Gedanken, der sich in ihr Bewusstsein drängte.

»Wann genau haben Sie Ihren Mann zum letzten Mal gesehen?«, fragte er.

»Vorgestern.«

»Am Freitag also. Morgens?«

»Am Vormittag.«

»Haben Sie da mit ihm gesprochen?«

»Nein. Ich habe ihn nur unten im Hof gesehen. Er hatte seine Jagdsachen dabei und ist hinunter in die Tiefgarage gegangen. Dort stand der Geländewagen, mit dem er immer auf die Jagd fuhr.«

»Die Tiefgarage geht nach hinten hinaus?«
»Ja, über das Reichengässle in die Nonnengasse.«
»War er allein? Oder war jemand bei ihm?«
»Im Hof war er allein.«
»Hat er einen Hund mitgenommen? Ein Jäger besitzt doch einen Jagdhund, nehme ich an?«
»Ja, aber den Hund hat er hier gelassen.«
»Wo ist der jetzt?«
»Der Hund? Oben in der Wohnung.«
»Ist Ihnen an Ihrem Mann in der letzten Zeit irgendetwas aufgefallen?«, fragte er und legte unauffällig den Notizblock auf sein Knie. »Ich meine: War er anders als sonst? Mit seinen Gedanken abwesend vielleicht? Oder unzugänglich und abweisend? Hat er sich zurückgezogen? Vielleicht in sein Zimmer eingeschlossen oder etwas in der Art?«
Faber musste eine Weile warten, bis sie vorsichtig antwortete. »Ja, er hatte sich verändert.«
»Seit wann etwa?«
»So genau kann ich das nicht sagen. Seit einigen Wochen.«
»Und wie hat sich das geäußert?«
»Er war oft gereizt. Das war er früher nie, da war er immer sehr ruhig. Aber zuletzt war er oft unkonzentriert und hat wichtige Sachen vergessen. Dann wieder war er aufbrausend und hat mich angeschrien. Ich habe gedacht, das hätte mit mir zu tun, weil unsere Ehe seit einigen Jahren ... Ich dachte, er ist so, weil er nichts mehr von mir wissen will, und vielleicht sitzt schon irgendwo eine andere, eine Jüngere. Man hört ja so oft, mancher Arzt würde gern seine Frau, wenn sie auf die Fünfzig zugeht, gegen zwei Fünfundzwanzigjährige eintauschen.«
»Ja«, bestätigte der Faber, »so kann man es hören. Eine fünfundzwanzigjährige Pharmareferentin, die ihm einheizt, und eine junge Krankenschwester, die ihn nachher pflegt.«
Sie sah ihn überrascht an und musste lachen. Dann, als ihr klar wurde, dass das in dieser Situation unpassend war, hustete sie schnell, um das Lachen zu kaschieren. Es war ihm ge-

lungen, einen Blick hinter ihre Deckung zu werfen. Sie sah auf und schaute ihm schnell in die Augen. Er tat, als würde er es nicht wahrnehmen und sah auf seinen Notizblock.

»Sie wollten mir noch sagen, wie er sich verändert hatte«, sagte er leise. »Auf welche Weise er anders war.«

»Ja. Das ist schwer zu beschreiben. Er war bedrückt, als hätte ihn etwas – wie soll ich sagen? Als würde ihn etwas quälen.«

»Haben Sie das der Polizei gesagt?«

»Nein.«

»Warum nicht?«

»Die von der Polizei haben mich bisher nicht danach gefragt.«

»Sie werden es bestimmt noch tun. Einen Brief oder etwas Ähnliches hat er nicht hinterlassen?«

»Sie meinen ein Testament? Oder einen Abschiedsbrief?«

»Ja, etwas in dieser Art.«

»Ich habe bisher nichts gefunden. Aber ich habe auch noch nicht danach gesucht.«

Faber fragte jetzt nach den Lebensdaten des Toten.

Aufgewachsen, sagte sie, sei Ulshöfer in Ichenstadt, dort, auf dem Riemenschneider-Gymnasium, habe er auch sein Abitur gemacht. Mit einer Note von 1,4.

Faber schürzte die Lippen, hob die Augenbrauen und brummte kurz: »Hm.« Das hieß bei ihm so viel wie: »Alle Achtung!«

Ulshöfer habe, so berichtete sie weiter, dann in Heidelberg Medizin studiert. Dort hätten sie auch geheiratet. »Seine Eltern«, sagte sie bitter, »waren gegen die Heirat und sind zu unserer Hochzeit nicht erschienen. Ich war ihnen nicht genehm, mein Vater war nur ein kleiner Handwerker in Sandhausen. Wir sind, zusammen mit zwei seiner Kommilitonen als Trauzeugen, aufs Rathaus gegangen – fertig. Das war die ganze Hochzeit. Sein Vater hat richtig Terror gemacht und hat ihm von da an das Geld total gesperrt.«

Sie habe, so berichtete sie weiter, ihm bei seiner Doktorarbeit geholfen und die Dissertation, als sie fertig gewesen sei, für ihn auf seiner alten Reiseschreibmaschine abgetippt. Daneben habe sie gearbeitet, damit sie etwas zu essen kaufen und die kleine Wohnung bezahlen konnten.

»In Heidelberg sind die Wohnungen sehr teuer«, erklärte sie ihm, und Faber lachte:

»Wem erzählen Sie das! Ich erinnere mich sehr gut. Das war zu meiner Zeit nicht anders.«

Faber erkannte überrascht, dass sie älter sein musste, als er sie von weitem geschätzt hatte, wahrscheinlich älter als ihr Mann. »Ihr Mann hat studiert«, überlegte er laut, »und Sie haben für den Lebensunterhalt gearbeitet. Was für eine Art von Arbeit war das?«

»Ich habe Buchhaltung gelernt«, antwortete sie, »und in der Uniklinik gearbeitet. Wir haben uns kennengelernt, als Markus dort seine Famulatur gemacht hat. Er war ja manchmal ein bisschen phlegmatisch, vor allem als Student«, fuhr sie fort. »Ein großer Mann, der meist nicht viel geredet, sondern mehr in sich gekehrt gelebt hat.«

»Ich erinnere mich«, sagte Faber, »ich habe ihn gekannt, wenn auch nur vom Sehen. Immer in Eile, mit seinen grauen kurzgeschnittenen Haaren ...« Er machte mit der flachen Hand eine Bewegung über seinen Kopf hinweg und zeigte dann mit Daumen und Zeigefinger, wie kurz Ulshöfers Haare gewesen waren.

»Ja. Dabei war er erst vierundvierzig.«

»Sie sagen, er war phlegmatisch?«

»Nur früher«, unterbrach sie ihn. »Später nicht mehr.«

»Eben, das wollte ich sagen. Er muss ja ziemlich ehrgeizig gewesen sein, denn er war ein vielbeschäftigter und gefragter Mann mit vielen, wichtigen Ämtern. Er müsste also durchaus auch machtbewusst gewesen sein.«

»Ja, aber zugleich konnte er auch sehr feinfühlig sein. Vor allem konnte er gut zuhören, und die Leute, vor allem seine Patienten, haben ihm immer alles erzählt, was sie bewegt hat.«

»Was, zum Beispiel?«, fragte er scheinbar harmlos und schaute dabei auf seinen Schreibblock.

»Das hat er mir nicht gesagt.« Sie schien kein bisschen überrascht durch seine Frage nach den Geheimnissen der Patienten.

›Schau an‹, dachte er, ›sie ist gewarnt und wachsam.‹ »Natürlich«, antwortete er. »War ja auch nur so eine Frage.«

Faber war überrascht, dass er all die Nieren und Harnblasen, zwischen denen er saß, in der letzten halben Stunde gar nicht mehr wahrgenommen hatte. Er erklärte ihr zum Schluss, sie würden morgen, also in der Montagsausgabe, zum plötzlichen Tode von Markus Ulshöfer einen größeren Artikel bringen. Er selber werde den Artikel schreiben, und er versicherte ihr, er werde sorgfältig darauf achten, dass die Frage nach der Todesursache so wenig wie möglich berührt würde und vorerst möglichst im Ungewissen bleiben sollte. Der Polizei allerdings werde er von ihrem Gespräch berichten.

Und als sie zögerte und fragte: »Muss das sein?«, fasste er leicht ihre Hand und sagte leise mit seiner Samtstimme: »Nur die Wahrheit kann heilen.«

7

Als Faber in der Schlossgartenstraße seine Wohnungstür aufschloss, hörte er schon aus dem Wohnzimmer den Wetterbericht aus dem Radio. Der warme Spätsommer, so verkündete der Sprecher, werde demnächst einem kalten und unangenehm nassen Herbstwetter weichen müssen.

Die Weiche hatte das Radio so laut gestellt, damit sie in der Küche, wo sie dabei war, das Abendessen zu richten, die ersten Abendnachrichten hören konnte. Faber fiel ein, was er ihr zum nächsten Geburtstag schenken könnte, nämlich ein Küchenradio, das man unter einem Hängeschrank anschrauben konnte.

Miriam war in ihrem Zimmer. Die Tür stand offen, und als er vorüberkam, rief sie: »Hallo, Papa! Guck mal hier!«

Er warf einen Blick ins Kinderzimmer. Sie saß auf dem Teppich, und um sie lagen die Kärtchen eines Zahlenspiels verstreut. Sie stand auf und stellte sich vor ihn hin. Dabei fiel ihm auf, dass sie deutlich größer und vor allem schlanker war, als noch vor wenigen Wochen. Sie hatte einen richtigen Schub getan. Der Babyspeck war verschwunden. ›So schnell kann das gehen‹, dachte er, und in ihm regten sich Beschützerinstinkt und Stolz zugleich.

Er nahm an, sie wolle ihm ein Gedicht aufsagen, das sie im Kindergarten gelernt hatte. Aber:

»Ich kann schon bis vierundzwanzig zählen«, erklärte sie stolz und fing auch gleich damit an: »Eins, zwei, drei, vier …«. Mit ernstem Gesicht zählte sie langsam und gleichmäßig weiter, »… dreiundzwanzig, vierundzwanzig«, schloss sie und schaute ihn an, gespannt auf das Lob, das sie erwartete.

»Du hast sechzehn und siebzehn vergessen«, tadelte er.

»Jetzt warte doch ab, ich bin doch noch gar nicht fertig! Dreiundzwanzig, vierundzwanzig, sechzehn, siebzehn. So, jetzt.«

Faber, den Dr. Ulshöfers Tod stärker beschäftigte, als er es wahrhaben wollte, musste nun doch lachen. »Gut machst du das.« Eigentlich hatte er immer der Meinung gehuldigt, dass der Verzicht auf Tadel genug des Lobes sei, aber im Elternabend des Kindergartens hatten sie ihm erklärt, dass man ein Kind häufig loben müsse, um es zu ermutigen. Also lobte er sie: »Richtig super.« Sie strahlte ihn an, und er musste im Stillen eingestehen, dass die Kindergartenleiterin Recht gehabt hatte.

Er ging in sein Arbeitszimmer, das sehr klein war, so klein, dass er es immer ›mein Kämmerchen‹ nannte. Er wählte Hebenstreits Nummer aus dem Speicher seines Mobiltelefons und fragte sie, als sie sich meldete, wie weit sie im Archiv mit ihrer Materialsammlung sei. Sie sei fertig, antwortete sie.

»Können Sie mir den ganzen Packen gleich rüberschicken?«, bat er sie. »Ich schreibe den Nachruf gleich hier.«

»An faber@tauber-post.de? Wird gleich erledigt.«

Er fuhr den PC hoch, wartete, bis ihm eine weibliche Stimme mit erotischem Timbre mitteilte: »Sie haben Post!«, öffnete die Mail und begann gleich damit, Ulshöfers Nachruf zu schreiben. Es dauerte nicht sehr lange; Hebenstreit hatte gut vorgearbeitet.

Als er fertig war, mailte er den Artikel hinüber in die Redaktion. Ein Hinweis auf Ulshöfers möglichen Selbstmord stand nicht darin.

»Abendessen ist fertig!«, rief die Weiche aus der Küche. »Ihr könnt euch schon die Hände waschen!«

»Kuhl!«, rief die Kleine, »ich hab Hunger wie ein Grache!«, und sprang ins Bad.

»Du hast gleich zwei hungrige Drachen am Tisch!«, rief er und betonte dabei das D, um sie auf ihren sprachlichen Fehler aufmerksam zu machen, »zwei Derachen.«

Dann setzte er sich mit seiner Familie zum Essen.

»Du bist mit deinen Gedanken immer noch ganz woanders«, sagte die Weiche nach einer Weile. »Was war eigentlich los heute Nachmittag?«

Der Faber berichtete, was er im Wald erlebt und erfahren hatte.

»Die Stadt, der Landkreis, alle sind erschüttert«, sagte er. »Ulshöfer war eine der wichtigsten Persönlichkeiten in Tauberfranken.«

»Er kannte alle Geheimnisse«, ergänzte zustimmend die Weiche.

»Genau«, bestätigte Faber, aber es klang halb wie eine Frage, weil er merkte, dass sie auf etwas Bestimmtes hinauswollte, doch er wusste nicht, worauf.

»Er wusste einfach alles über jede wichtige Person«, ergänzte sie, »oder genauer: über jeden wichtigen Mann in der Gegend.«

Faber merkte: Sie wollte ihn auf die Folter spannen.

»Ja, schon. Und ...«

»Zum Beispiel« – sie ließ sich nicht unterbrechen – »zum Beispiel war er Facharzt für, wie soll ich sagen, für Männerfragen. Also, wenn ältere Männer irgendwo nebenher ...«, sie suchte nach einem Wort, das Miriam nicht verstehen würde.

»Potenzstörungen meinst du?«

»Genau. Und damit wusste er auch, wer nicht nur daheim – also wer seinen zweiten oder dritten Frühling in einem fremden Garten gesucht hat.«

»Klar.«

»Mit solchem Wissen kann einer die anderen, von denen er so etwas weiß, ganz schön beeinflussen. Wenn es, sagen wir nur mal so zum Beispiel, um ein Amt geht.«

»Solche Vorgehensweise ist schäbig, hierzulande aber üblich«, bestätigte er.

»Und er kannte alle Fälle von Korruption. Oder doch die meisten.«

»Korruption?«, rief er in gespieltem Erstaunen. »So etwas ist hier unbekannt. Oder hast du in dieser Gegend schon mal was von Korruption gehört? Die Leute kennen doch das Wort gar nicht!«

»Ich hab ja auch nicht das Wort gemeint, sondern den Sachverhalt. Was einem bei uns in der Kreditabteilung alles so unter die Augen kommt, das kannst du dir wahrscheinlich gar nicht vorstellen. Ich kann dir selbstverständlich keine Namen nennen und auch nicht über Einzelheiten sprechen, aber ...« Sie winkte ab mit ihrer kleinen, rundlichen Hand.

»Und ich werde dich, ebenso selbstverständlich, nicht danach fragen«, erwiderte er. »Wir werden ja nicht so dumm sein, deinen Job in der Sparkasse aufs Spiel zu setzen. Aber so viel können wir sagen, und etwas verklausuliert werde ich das auch schreiben: Er wusste einfach das Arztgeheimnis geschickt für sich und für seine Karriere zu nutzen. Er war Schaltstation, Beichtvater und Geheimnisträger. Es genügte ja, wenn der Betroffene wusste, dass Ulshöfer etwas wusste. Und nun sind eine ganze Menge Leute nervös und fürchten, er könnte irgendwo Beweise, oder vielleicht auch nur Notizen, hinterlegt haben. Verstehst du, sie denken, dass er vielleicht belastendes Material über einflussreiche Leute gehortet hat, aber sie wissen nicht, ob er das wirklich getan hat, und wenn ja, wo er es versteckt hat. Wenn das in die falschen Hände käme!«

»Zum Beispiel in deine«, sagte die Weiche und bemühte sich um einen trockenen Ton, aber dann musste sie doch lachen.

»Zum Beispiel in meine«, bestätigte Faber ernst. »Seine Frau behauptet, sie hat bisher nichts gefunden, weder einen Abschiedsbrief noch sonst etwas, aber sie habe auch noch nicht gesucht.«

»Möglich wär's doch.«

»Möglich wäre es sicher«, bestätigte er wieder. »Aber es wäre genau so gut möglich, dass bei ihr etwas ganz anderes dahintersteckt.«

»Papa, ich möchte noch die Kassette mit Pippi Langstrumpf sehen.« Damit drängte sich die Kleine zwischen ihre Eltern, aber sie wandte sich absichtlich an Faber, weil sie wusste, dass der ihr gegenüber nicht so streng war wie ihre Mutter. Vergebens freilich, denn die Weiche nahm sofort wieder das Heft in die Hand.

»Eine halbe Stunde lang. Nicht länger!«

»Also gut. Bis Blum und Donner-Karlsson zu Pippi ins Haus kommen und fragen, was die Uhr ist«, schlug Miriam vor, die den ganzen Film offenbar schon auswendig kannte. »Ich kenne die Uhr ja noch nicht; dann kann ich es dort erfahren.«

»Aber Pippi sagt ihnen doch gar nicht, wie spät es ist«, warf Faber ein, während die Weiche zum Fernseher hinüberging, um die Kassette in den Videorecorder zu schieben. »Die beiden Gauner müssen doch unverrichteter Dinge wieder abziehen.«

»Ach«, lachte die Kleine verschmitzt, »stimmt ja! Nun, dann guck ich von da noch ein bisschen weiter.«

»Ja, ja, probier du's nur!«, lachte die Weiche. »Wir sind ja hier, wir werden dich rechtzeitig erlösen.«

Sie stellte, als der Film anlief, noch die Lautstärke so ein, dass man sich dabei unterhalten konnte, und kehrte an den Esstisch zurück.

»Was meinst du denn, was sich noch dahinter verstecken könnte?«, fragte sie Faber, als wären sie gar nicht unterbrochen worden, während sie sich wieder setzte.

»Nun«, überlegte er laut, »Ulshöfers Frau stammt, so hat sie mir erzählt, aus recht einfachen Verhältnissen ...«

»Das hat gar nichts zu bedeuten«, warf sie dazwischen.

»Selbstverständlich nicht!«, rief er, zornig darüber, dass sie ihn unterbrochen hatte. Er hatte die Angewohnheit, in komplizierten Fragen seine Gedanken im Reden zu entwickeln, quasi alles laut zu denken, und wenn ihn dabei jemand unterbrach, dann zerschlug es ihm die Gedanken. Das weckte jedes Mal seinen leicht entzündbaren Zorn, besonders, wenn die Weiche es tat, die seine Art zu denken genau kannte. Er warf ihr dann Rücksichtslosigkeit und Mangel an Disziplin vor.

»Könnt ihr nicht ein bisschen leiser sprechen?«, rief Miriam, die, auch wenn sie alle Dialoge im Film auswendig kannte, sich doch kein Wort entgehen lassen wollte.

»Du hattest keine Ahnung, was ich sagen wollte«, flüsterte Faber erbost zu seiner Frau hinüber. »Ich hatte den Satz gerade erst angefangen.«

Sie nickte und hob die Hand. »Schon gut. Entschuldigung.«

»Sie stammt aus einfachen Verhältnissen«, wiederholte er, »aus Sandhausen bei Heidelberg. Ulshöfers Vater war gegen die Wahl seines Sohnes. Er hat erst versucht, die Heirat zu verhindern, und als ihm das nicht gelang, hat er dem Sohn den Geldhahn zugedreht. Der Vater war bis vor ein paar Jahren Präsident am Landgericht in Ellwangen. Davor war er Chef am Amtsgericht Tauberbischofsheim.«

»Ich erinnere mich, dass der so hieß«, sagte die Weiche, »aber ich wusste nicht, dass er der Vater von unserem Ulshöfer war.«

»Zu der Zeit hat die Familie in Ichenstadt gewohnt, und Markus Ulshöfer hat dort am Riemenschneider-Gymnasium das Abitur gemacht. Mit einem Schnitt von eins Komma vier.«

Die Weiche wollte anerkennend pfeifen; weil sie aber gleichzeitig aus Fabers Glas trinken wollte, in dem sich noch ein guter Schluck vom Tauberschwarz befand, kam sie mit beidem durcheinander und verschluckte sich. »Alle Achtung!«, hustete sie.

»Genau. Das bedeutete, er konnte direkt, ohne dass ihm der Numerus clausus in die Quere kam, Medizin studieren. In Heidelberg. Dort hat er seine Frau Katja kennengelernt: geschätzte vier oder fünf Jahre älter als er, einfach, aber fleißig. Als er sie gegen den Willen seiner Eltern geheiratet hat, hat sie weiter gearbeitet, damit das junge Paar seine Miete bezahlen konnte und etwas zu essen hatte.«

»Was hat sie gemacht? Gearbeitet, meine ich.«

»Buchhaltung in der Uni-Klinik. Sie haben sich kennengelernt, als er dort in Ausbildung war. Und als er an seiner Doktorarbeit saß, hat sie ihn angetrieben, wenn sein Phlegma und seine Melancholie ihn bremsten, und sie hat ihm die ganze Dissertation schließlich auf seiner Reiseschreibmaschine abgetippt.«

»Und dann«, setzte die Weiche die Geschichte aus eigener Phantasie fort, »ist er zum bekannten, um nicht zu sagen: berühmten Männerarzt im größten Heilbad von Baden-Württemberg aufgestiegen. Mit Kunden aus ...«

»Bei Ärzten heißt das trotz allem immer noch Patienten«, unterbrach Faber sie.

»Mit Patienten aus Stuttgart und von wer weiß wo. Mit großer Praxis in einem neuen Haus in der besten Geschäftslage. Und das war dann auf einmal nicht mehr ihre Welt. Richtig?«

»Genau so war es«, fing er den Ball wieder auf. »Er ist seiner Frau im Grunde schlicht und einfach davongewachsen. Wenn du sie siehst, dann verstehst du, was ich meine. Sie hat wohl versucht, gesellschaftlich mitzuhalten mit ihm, aber bei ihr wirkt das immer gewollt und verkrampft. Dauernd wachsam, als würde sie denken: Nur nichts falsch machen!«

»Etwa so: Angenommen, du wärest Chefredakteur bei der Bildzeitung oder sonst einer Daily Horror geworden, und ich – was würde dann aus mir? Du wärest in einer ganz anderen Welt. – Bedeutet das, sie fürchtete, er wollte sie loswerden?«

»Sie hat es befürchtet, ja. Das hat sie mir sogar gesagt, und aus ihren Worten war eindeutig Eifersucht herauszuhören. Ob sie damit Recht hatte, darin bin ich mir noch nicht einmal sicher. Und ob er, falls ja, die Nachfolge schon heimlich geregelt hatte, das habe ich bisher auch nicht erfahren können. Aber sie hat gesagt, viele Ärzte würden ja, wenn sie deutlich über die Vierzig hinaus wären, statt einer Fünfzigjährigen lieber zwei Fünfundzwanzigjährige nehmen.«

»Willst du damit etwa sagen, sie hätte ihre Finger in der Sache? Wie sollte sie das denn eingefädelt haben?«

»Was weiß denn ich?« Er zog die Schultern hoch. »Vielleicht könnte sie an der Flinte herumgebastelt haben?«

»Ich dachte, du hältst es für Selbstmord?«

»Das tue ich auch – in erster Linie jedenfalls. Aber man darf andere Möglichkeiten nicht außer Acht lassen, solange nichts bewiesen ist.«

Vom Fernseher her knallte es wie von Schüssen oder gar Explosionen, aber Faber ließ das kalt. Er hatte zusammen mit seiner kleinen Tochter den Film so oft ansehen müssen, dass auch er ihn auswendig kannte. Die beiden dummen Polizisten im Film verfolgten nur mit ihrem knallenden Motorrad den fliegenden Ballon mit der klugen und starken Pippi Langstrumpf.

»Schluss!«, rief die Weiche. »Ab ins Bett!«

Miriam gehorchte. »Papa, kommst du noch Gute NDoktor sagen?«

Faber versprach es: »In zehn Minuten.«

Nach den Fernsehnachrichten ging er hinüber ins Kinderzimmer, wo seine Tochter mit einem Bilderbuch in ihrem Bett saß und sich standhaft weigerte einzuschlafen, bevor nicht ihr Vater zu ihr gekommen war, um ihr eine gute Nacht zu wünschen. Sie hatte ein neues Hochbett bekommen und genoss es sichtlich, dass sie darin wie eine Erwachsene mit ihrem Vater auf derselben Augenhöhe war. Erst reckte sie ihre Hände so hoch sie konnte, dann schlang sie ihm ihre Ärmchen um den Hals und gab ihm einen dicken Schmatz auf die Wange.

»Gute Nacht, mein dicker Papa«, sagte sie, ganz, als wäre sie die Pippi und er der schwergewichtige Kapitän Langstrumpf und nicht der dünne und schlenkrige Faber. »Puh, du stachelst! Schlaf gut!«

»Gute Nacht, mein starkes Mädchen«, antwortete er mit der Stimme des gutmütigen Seeräuberkapitäns. »Ich verspreche dir, mich morgen früh wieder zu rasieren.«

»Gut!«, nickte sie wie eine Erwachsene. »Mein Hase? Hase, wo bist du? Komm her!« Sie löste sich von ihrem Vater, nahm ihr Stofftier in den Arm und drehte sich zur Wand. »Du kannst jetzt das Licht ausmachen«, sagte sie.

Er ließ die Tür zum Kinderzimmer halb offen und ging leise wieder hinüber in sein Kämmerchen. Er hoffte, dass Miriam es sich nicht wieder anders überlegen und gleich einschlafen würde. Sie war seit einigen Monaten in ihrer Entwicklung auf einer Stufe, in der sie sich vor dem Einschlafen fürchtete. Sie wehrte sich gegen den Schlaf, kam spät abends noch mit ihrem Stoffhasen im Arm im Schlafanzug angetrappelt. »Mama, ich hab Durst«, jammerte sie dann, oder »Mir ist es zu warm«.

In Wirklichkeit, so hatte er es beim Elternabend in Kindergarten gelernt, fürchtete sie sich nur vor dem Schlaf, weil sie sich selber darin nicht mehr wahrnahm. Für seine kleine Tochter bekam die Nacht dadurch etwas Endgültiges, und es bestand in ihren Augen die Gefahr, dass sie vielleicht gar kein Ende nehmen würde. Sie verspürte vor der Nacht die gleiche Angst wie ein Erwachsener davor, dass es ihn eines Tages nicht mehr geben würde. Miriam würde diese Angst verlieren, wenn sie alt genug war zu verstehen, wie ein Tag ablief, und dass der Morgen die Zeit nach der Nacht war. So wie ein Erwachsener seine Angst verlieren konnte, wenn er erwachsen genug war, um an den Morgen nach dem Tode zu glauben.

Es war spät in der Nacht. Faber fuhr erschrocken aus dem Schlaf hoch. Er hatte im Traum ein Wort gehört, ein hartes, ein hässliches Wort, voller Gewalt, voller Leid und Trauer. Es hing noch wie ein Echo im Schlafzimmer. Eine Erinnerung, die plötzlich aus der Tiefe aufgetaucht war und die er nicht festhalten konnte. Als wäre sie ein Stück nasser Seife, so entglitt sie ihm, verschwand wieder in der Tiefe und ließ ihn beunruhigt allein zurück.

8

Nachruf in der Tauber-Post vom Montag, die Überschrift in fetten Buchstaben:

Dr. med. Markus Ulshöfer gestorben
Der bekannte und beliebte Arzt kam bei einem Jagdunfall ums Leben *(von unserem stellvertretenden Redaktionsleiter Hans-Ulrich Faber)*

Dr. Markus Ulshöfer ist in der Nacht zum vergangenen Samstag einem Unfall zum Opfer gefallen.

Der bekannte und beliebte Bad Mergentheimer Facharzt für Urologie, der eine geschätzte Persönlichkeit des öffentlichen Lebens und zugleich passionierter Jäger war, ist am späten Freitag Opfer eines tödlichen Unfalls geworden.

Dr. Ulshöfer befand sich auf der Jagd im Wald oberhalb des Marstadter Sees im sogenannten Jungholz, auf dem Gebiet der Stadt Lauda-Königshofen nahe an der Grenze zum Freistaat Bayern. Der Hochsitz, den er als Anstand gewählt hatte, brach ein, wahrscheinlich, weil er schadhaft war. Dabei löste sich die Kugel aus der schussbereiten Büchse. Sie traf den Jäger tödlich.

Der Verunglückte war nach Auskunft des Polizeiarztes sofort tot und hat also nicht lange leiden müssen. Die Leiche wurde am Sonntagvormittag von einem Rentner, der dort Pilze suchte, gefunden.

Dr. Ulshöfer war als Facharzt für Urologie weit über die Grenzen des Main-Tauber-Kreises hinaus bekannt und wegen seiner fachlichen wie auch menschlichen Kompetenz geachtet und geschätzt. Sogar Mitglieder der Landesregierung gehörten zu seinen Patienten und kamen mit ihren Dienstwagen extra nach Bad Mergentheim, um ihn zu konsultieren.

Zugleich war er eine bekannte und allseits geachtete Persönlichkeit des öffentlichen Lebens mit vielen verantwortungsvollen Ämtern in Kommunalpolitik, Gemeinschaften, Vereinen und Kultur.

Sein Tod ist ein unersetzlicher Verlust für die Allgemeinheit.

Siehe auch den Kasten ›Ein arbeits- und verdienstvolles Leben nahm ein jähes Ende‹ auf dieser Seite und den Artikel ›Goldene Prostata und silbernes Wildschwein-Gewaff: Ulshöfer hortete Ehrungen‹ auf Seite 22.

Die Weiche hatte am Montagmorgen ihre Tochter in den Kindergarten gebracht und auf dem Rückweg beim Bäcker frische Brötchen geholt. Nun saß sie am Frühstückstisch, las die Zeitung und trank schon einmal eine Tasse Tee.

Ursula Weiche hatte eine 75-Prozent-Stelle bei der Sparkasse Tauberfranken, und ihre Arbeitszeit war gleichmäßig über vier Tage der Woche verteilt. Den Montag hatte sie frei und nutzte ihn in der Regel für Einkäufe und größere Erledigungen. Daneben hatte sie nur noch die ersten zwei Stunden am Donnerstag für sich. Sonst musste sie jeden Tag um 8 Uhr vor ihrem Bildschirm sitzen oder vor dem Schreibtisch ihres Chefs stehen. Ihr Vorgesetzter war der Leiter der Kreditabteilung. Genauer gesagt: Er war das gewesen, denn er war in der letzten Woche in Rente gegangen. Am Montag, dem 17. September, also heute, sollte der neue Abteilungsleiter aus Tauberbischofsheim kommen, und der Neue, so konnte man von den dortigen Kolleginnen hören, heiße Honegg und sei ein scharfer Hund. Nicht zu vergleichen mit dem bisherigen, mit Günther Retzbach, den sie heimlich ›Papa Retzbach‹ genannt hatten. Michael Honegg, das mochte zwar ein bisschen wie ›Milch und Honig‹ klingen, aber, so sagten sie alle, das täusche.

Mehr wusste die Weiche bisher nicht über ihn. Und dieser neue Abteilungsleiter würde heute anfangen. Er würde die Abteilung übernehmen und sie, die Weiche, würde nicht dort sein. Es konnte ihr zwar egal sein, notfalls konnte sie ihm sogar ihren Arbeitsvertrag vorlegen, darin war ihre Arbeitszeit genau geregelt. Aber wer weiß schon, wie so einer reagiert, wenn er in sein neues Reich kommt, und die Untertanen sind nicht vollzählig angetreten, um seiner Thronrede zu applaudieren? Ach was! Sie würde einfach abwarten und Tee trinken.

Und dabei war sie dann auch, als Faber sich zu ihr an den gedeckten Frühstückstisch setzte.

»Du warst schon fleißig«, stellte er fest. »Was hast du Besonderes vor?«

»Ich habe Kathrin versprochen, ihr beim Streichen zu helfen. Es kann spät werden heute Abend.«

»Muss das sein?« Faber liebte es gar nicht, wenn seine Frau Freunden, oder in diesem Falle einer Kollegin, solche Zusagen machte. »Was ist mit Miriam?«

»Kannst nicht du sie vom Kindergarten abholen und zu Susanne bringen? Da kann sie bis zum Abend bleiben, ich habe es mit ihr abgesprochen.«

Das, so fand er, ging ja noch; es hätte schlimmer kommen können. Aber immerhin musste er möglichst pünktlich um halb eins im Kindergarten sein.

»Kann sie nicht alleine die paar Schritte laufen?«, brummte er. »Ist doch nur eben hier um die Ecke. Und wer weiß, was bei uns gerade um die Zeit los ist.«

»Sie musste ja unbedingt ihr Fahrrad mitnehmen.« Die Weiche war unerbittlich. »Da muss jemand nach ihr schauen. Ob sie auch nichts vergisst, ob sie den Helm richtig aufhat, und so weiter. Vergiss nicht, sie ist erst vier. Nach dem Winter, wenn sie dann fünf ist oder fünfeinhalb, kann sie, denke ich, alleine laufen oder fahren. Sie kann bei Susanne zu Mittag essen. Du kannst dir, wenn du willst, hier was zu essen machen.«

»Wie läuft es denn so bei Kathrin und, und ...« – ihm fiel der Name von Kathrins Mann gerade nicht ein – »... in ihrem neuen Haus?«

»Die ärgsten Renovierungen seien geschafft, sagt sie, die Handwerker sind fertig. Nur streichen wollen sie selber.«

»Und wo ist das genau?«

»Na, in Tauber doch.« ›Tauber‹ war die hochdeutsche Abkürzung, wenn Eingeweihte von Tauberbischofsheim sprachen. Die entsprechende Abkürzung im tauberfränkischen Dialekt lautete ›Bischeme‹.

»Ja, in Tauber, klar, das weiß ich. Aber wo da?«

»In der Wolfstalflur. Ziemlich weit den Berg hinauf. Das Haus ist ungefähr dreißig Jahre alt. Papa Retzbach hat ihr beim Kredit gute Bedingungen gemacht.«

»Und bei dir wird es also spät? Wie spät?«

Seit er anfing, so dachte sie, sich alt zu fühlen, weil er fünfzig würde, begann er auch, sich wie ein alter Mensch zu benehmen. Das war reines Selbstmitleid, da war sie sicher. Sie würde es ihm schon noch austreiben. »Ich muss einfach mal raus«, sagte sie entschieden. »Hol Miriam nicht zu spät. Bis sie ins Bett geht, bin ich wieder da.«

Faber nahm für den Weg in die Redaktion sein Fahrrad. Er querte die stark befahrene Würzburger Straße an der Ampel und fuhr durch den Schlosspark. Es war unangenehm kalt, und er fror. Als er beim Kloster das Schild ›Kapuzinerstraße‹ las, fiel ihm ein, dass sein Anorak ja eine Kapuze hatte. Er zog sie im Fahren über und radelte weiter zum Deutschordensplatz. Dort bog er nach links ab und betrat das Zeitungsgebäude von der Funkengasse her. Es war kurz vor neun Uhr, und er war der Erste in der Redaktion.

Oben, an seinem Schreibtisch, hing an der Wand neben dem Schifferdecker-Preis für vorbildlichen Journalismus auch die Ehrenurkunde, die er für die Aufklärung des Rotkäppchenmordes bekommen hatte, unterschrieben vom Ministerpräsidenten. Er überflog mit zwei schnellen Blicken seinen eigenen Artikel in der Tauber-Post und fand den Gesamteindruck zufriedenstellend. Danach überflog er noch die Konkurrenzblätter, vor allem das Tagblatt Main-Tauber. Dann rief er die Zentrale des Polizeireviers im Schloss an und hoffte, dass sich nicht gleich wieder der Schwindling melden würde.

Es meldete sich der junge Polizeiobermeister Kirchofer.

»Ist der Erste Polizeihauptkommissar Lustig zu sprechen?«, fragte Faber höflich.

»Einen Moment bitte, Herr Faber, ich verbinde.« Es machte zweimal Knack, dann kam Musik aus dem Hörer. ›Üb immer Treu und Redlichkeit‹, ein hübscher, dreistimmiger Satz für Glockenspiel, aber so laut, dass Faber den Hörer vom Ohr nehmen musste.

»Lustig. ’n Morgen, Faber. Sie rufen an wegen Ulshöfer, nehme ich an. Da kann ich Ihnen aber jetzt noch nichts sagen.«

»Guten Morgen. Ja, das denke ich mir. Aber Sie haben die Stelle im Wald so gut gesehen wie ich, und ich bin mir sicher, dass wir es mit einem Selbstmord zu tun haben.«

»Es ist Ihr gutes Recht, solche Vermutungen anzustellen, aber laut äußern sollten Sie die nicht. Wenigstens vorläufig nicht, und vor allem sollten Sie die auf keinen Fall schreiben. Es müssen vorher noch ein paar Dinge geklärt werden.«

»Ich habe gute Fotos, die so gut wie eindeutig beweisen, dass ...«

»Unsere Fotos sind nicht schlechter als Ihre, da können Sie sicher sein«, unterbrach Lustig ihn.

»Wann wird die Polizei offiziell von Selbstmord sprechen?«

»Warten Sie einfach die Beerdigung ab. Danach sehen wir weiter.«

»Es geht also um Rücksicht auf die Familie?«

»In erster Linie wohl, ja. Und natürlich, dass wir das Obduktionsergebnis noch abwarten müssen.«

»Wann rechnen Sie mit dem Bericht?«

»Am Dienstag, also morgen, vielleicht sogar schon heute Abend. Ich habe Kriminalhauptkommissar Vierneisel gebeten, mir eine Kopie zu mailen. Und ich werde an Sie denken, darauf können Sie sich verlassen. Rufen Sie mich nach der Beerdigung noch mal an.«

»Die Freigabe zur Beerdigung, wann wird die kommen?«

»Mit der rechne ich noch heute. Irgendwann im Laufe des Nachmittags. Die kommt ja telefonisch, und sie kommt, sobald die in Heilbronn fertig sind.«

Faber verstand Lustigs Verzögerungstaktik nur zu gut. Im deutschordentlich-katholischen Fußvolk war Selbsttötung noch immer ein Horrorgedanke, ein Tabu, bei dessen Übertretung alle Sicherungen durchbrennen konnten. Und wenn es dabei auch noch um ein Alphatier wie Dr. Ulshöfer ging, das nach landläufiger tauberfränkischer Vorstellung ein Vorbild für viele zu sein hatte und dessen Leben und Handeln das Volk nachzueifern hatte – nicht auszudenken, was das anrichten konnte. Da war Lustigs Mischung aus Verschleierung und Verzögerung keine Lüge, sondern Voraussicht und eine barmherzige Tat zugleich.

»Ich denke, Sie verstehen das«, unterbrach Lustig Fabers Gedankengang.

»Das tue ich. Das hieße, die Beerdigung sollte so früh wie möglich sein.«

»Ja, das sehe ich auch so.«

»Wann etwa?«

»Auf Mittwoch sollte es reichen, sagen wir mal: Mittwochnachmittag. Wenn die Freigabe da ist, werden wir gleich die Witwe benachrichtigen, damit sie den Zeitpunkt festlegen kann. Es ist zeitlich alles sehr knapp, aber wir müssen das so schnell wie möglich und mit Anstand hinter uns bringen.«

Faber hörte, dass ein bitterer und trauriger Tonfall in Lustigs Worten mitschwang, und er dachte sich, dass den ebenfalls viele Gedanken beschäftigten, vielleicht ähnliche, wie sie ihm selber auf der Seele lasteten. Noch gestern, auf dem Weg zu Ulshöfers Praxis, hatte er versucht, seine inneren Windungen, wie er das gerne nannte – wobei er offen ließ, ob es sich dabei um die Windungen des Gehirns oder die des Gedärms handelte –, von Emotionen freizuhalten. Doch jetzt hatte es ihn auch erwischt. Ihm war ein Gedanke gekommen, der ihn erschreckte.

»Nur noch eine Frage«, sagte er in die nachdenkliche Pause hinein, »eine allgemeine.«

»Sprechen Sie.«

»Es hat doch in der Stadt in der letzten Zeit noch einen Sclbstmord gegeben.«

»Sogar mehr als einen.«

»Was ist da los? Wie kommt das? Wie viele? Was für Leute? Gibt es dafür eine Erklärung?«

Auch Faber fiel immer mal wieder zurück in die Unsitte, die es bei Journalisten häufig gibt, nämlich gleich eine Handvoll Fragen oder noch mehr, abzuschießen. Lustig, so stellte er sich vor, würde sich vor diesem Fragengewitter erst einmal ducken, und er schob schnell nach: »Entschuldigen Sie. Es beschäftigt mich eben.«

»Schon gut«, antwortete Lustig, »mich beschäftigt das auch. Mit dem einen Fall meinen Sie wahrscheinlich die junge Frau aus dem Weberdorf.«

»Ja, Geli Schmidt. Das war bei mir in der Nachbarschaft.«

»Richtig«, bestätigte Lustig, »Angelika Schmidt aus der Liobastraße. Das war Anfang März, wenn ich mich recht erinnere. Aber es gab eine ganze Reihe weiterer Fälle, die in der Öffentlichkeit gar nicht bekannt geworden sind, überwiegend Männer, darunter auch junge Männer. Viele von denen tarnen es als Unfall, vor allem im Straßenverkehr. Die Leute fragen sich natürlich, wie das kommen kann, dass jemand, ohne dass irgendein anderer Verkehrsteilnehmer in der Nähe gewesen wäre, gegen einen Brückenpfeiler oder in der Kurve gegen einen Baum fährt oder auf der falschen Straßenseite frontal gegen einen schweren Laster. Bei einem Teil der Fälle ist wahrscheinlich Unachtsamkeit die Ursache oder gelegentlich auch, dass dem Fahrer schlecht wurde oder schwindlig oder so etwas. Aber bei einem anderen Teil steckt sicher auch Absicht dahinter, manchmal nur für einen kurzen Augenblick, aber danach kann es schon zu spät sein. Wir hängen solche Dinge selbstverständlich nicht an die große Glocke, aber ich mache mir da schon so meine Gedanken.«

»Hat man bei Geli Schmidt etwas über die Hintergründe herausgefunden?«

»Nein. Das ist ja nicht unsere Aufgabe, und von anderer Seite habe ich nichts gehört. Die Gründe lagen wohl am ehesten in der Vergangenheit. Es könnte sein, dass irgendwann einmal etwas passiert ist, das sie nicht verkraftet hat.«

»Ein Trauma?«

»So etwas in der Art wohl. Eine seelische Verwundung, die nicht geheilt und die irgendwann wieder aufgebrochen ist.«

»Also gut.« Faber holte ausgiebig Luft und stieß einen so tiefen Seufzer durch das Telefon aus, dass er meinte zu hören, wie dessen Echo aus den Räumen des Polizeireviers, aus Zentrale, Flur, drei Vernehmungszimmern und zwei Arrestzellen wieder durch das Telefon zu ihm zurückschwappte. »Dann bekomme ich den Obduktionsbericht heute Abend.« Mit Bauerntricks dieser Art versuchte Faber es immer wieder mal. Er wollte eben allen, auch sich selber, beweisen, dass er ein richtiger Terrier war.

Aber Lustig war auf der Hut. »Kommt nicht in Frage!«, sagte er ruhig, aber bestimmt. »Der bleibt bei mir unter Verschluss.«

9

Die Redaktion der Tauber-Post befand sich in einem alten, schmalen Fachwerkhaus. Wie alt das Haus wirklich war, hatte noch niemand nachgeprüft, und die Baupläne waren beim Einmarsch der Württemberger im Jahr 1809 verloren gegangen.

Aber im Deutschordensschloss gab es ein Stadtmodell, das aus dem Jahr 1740 stammte. Das konnte jedermann besichtigen, und darin war an dieser Stelle der Burgstraße das alte, schmale Zeitungshaus mit den drei Stockwerken schon zu erkennen.

Vieles in dem Haus war altersschwach und hätte erneuert werden müssen, die Treppen waren zu schmal und zu steil, und die Decken waren vor allem in den oberen Stockwerken viel zu niedrig. Aber dazu hätte man das ganze Haus verändern müssen, und das ging nicht, weil es unter Denkmalschutz stand.

Im Erdgeschoss waren die Anzeigenabteilung und der Vertrieb untergebracht, im ersten Obergeschoss hatte die Redaktion ihre viel zu engen Räume und im zweiten und dem Dachstock befand sich das Große Archiv. Das Große Archiv der Tauber-Post, das war allgemein unbestritten, war ein ganz besonderer Schatz. Dort war alles gespeichert, was jemals in der Tauber-Post erschienen war, die Jahre 1934 bis 45, in denen die Zeitung ›Völkische Post‹ geheißen hatte, eingeschlossen. Von jeder Ausgabe fand sich im Archiv ein Exemplar, und die Sammlung reichte fast lückenlos mehr als zweihundert Jahre zurück. Das Archiv hatte erst Napoleon, dann die Württemberger und alle weiteren Kriege glücklich überlebt. Es war so alt wie das Haus, und es beanspruchte mehr Platz als die Redaktion.

Am anderen Ende des schmalen Grundstückes, zur Funkengasse hinaus, befand sich die Druckerei.

Faber saß in seinem kleinen Büro im ersten Obergeschoss. Hebenstreit war in die Funkengasse gegangen, um sich beim Türken einen Döner für die Mittagspause zu holen. Aus dem kleinen Radio auf seinem Schreibtisch hatten sie schon zum zweiten oder dritten Mal gemeldet, heute gegen Abend werde das Wetter umschlagen. Sie klangen, wie wenn ein Tornado im Anzug wäre, nur weil das Wetter herbstlich nass und kalt werden sollte. Heutzutage mussten sie, dachte Faber, alles zu einem Event machen, sogar das Wetter. Also beschloss er, in der Mittagspause auf dem Weg zum Kindergarten mit dem Fahrrad einen Umweg durch den Schlosspark zu machen und dabei den vielleicht für längere Zeit letzten Sonnenschein zu genießen.

Durch den Schlosshof schob er sein Rad; zu groß war ihm in der Nähe des Polizeireviers die Gefahr, dass der Schwindling ihn erwischte. Er pflegte sein altes, bockiges und hochbeiniges Fahrrad, bei dem er immer Mühe hatte, sein Knie über den Sattel zu schwingen, ›Asinus ferrari‹ zu nennen, weil er das für die angemessene Übersetzung für ›Drahtesel‹ hielt. Faber hatte früher mal, in seiner Studienzeit, ganz gut Latein gekonnt. Nur inzwischen war ein großer Teil davon nun mal dem Zahn der Zeit zum Opfer gefallen.

Er spazierte gemächlich, die Hände an der Lenkstange, neben seinem lila gestrichenen Fahrrad her. Seine Hosenbeine hatte er, damit sie an der Fahrradkette nicht schmutzig wurden, mit einem sportlich wirkenden Band mit Leuchtstreifen und Klettverschluss zusammengebunden. Die unnatürliche Haltung mit dem Fahrrad neben sich musste er durch seinen Gang ausgleichen, indem er die Knie nach außen drückte. Er wusste, dass er damit o-beinig aussah und eine komische Figur abgab, aber er redete sich ein, dass ihm das egal sei. Um den komischen Eindruck, den er hinterließ, zu kaschieren, schaute er steil nach oben. Er liebte große, alte Bäume über alles, in seinen Augen waren sie Symbole für Standhaftigkeit, Aufrichtigkeit und Ruhe, und die bald zweihundertfünfzig Jahre alten Platanen im Schlosshof fand er besonders schön. Die ganze Tauber entlang bis nach Rothenburg hinauf, davon war er überzeugt, konnte es keine größeren und schöneren geben.

Sobald er durch das Tor hinaus in den Schlosspark kam, schwang er sich wieder aufs Rad. Um diese Zeit, kurz vor halb eins, war kaum Betrieb auf den meist breiten Wegen. Die Patienten der Kurkliniken waren schon alle beim Mittagessen, und die Schüler, die später die Wege bevölkerten, steckten noch im Unterricht. Aufrecht sitzend und nur eine Hand am Lenker, trat er langsam in die Pedale, fuhr am jetzt verlassenen Kinderspielplatz vorüber, bis er das Tauberwehr sah. Dort wandte er sich nach rechts und fuhr, jetzt etwas flotter, den Radweg entlang, der parallel zur Würzburger Straße verlief. Er nahm nicht wahr, dass seit der Höhe des Tauberwehrs ihm auf der Hauptstraße ein weiß-grüner Streifenwagen langsam folgte. Genau in dem Moment, in dem Faber die Würzburger Straße überqueren wollte, hielt der Wagen direkt neben der Ampel.

›Der Schwindling!‹, dachte Faber, ›der hat mir gerade noch gefehlt!‹

Auf der Beifahrerseite stieg Polizeikommissar Schwindt betont gemächlich aus. So langsam, dass es sichtlich drohend wirken sollte, bedeckte er seinen schütter behaarten Schädel mit der imposanten Polizeimütze und zog den Gürtel samt Hose über seinen Bauch herauf. Ganz die Staatsgewalt in Person, so baute er sich neben dem Wagen auf.

»Halten Sie mal an!«, befahl er in Richtung Faber und nestelte bedrohlich an seinem Pistolenhalfter herum. Dabei war Faber längst abgestiegen und wartete an der Ampel auf das grüne Männchen. »Wissen Sie nicht, dass im Schlosspark Radfahren verboten ist?«

Der Fehler, den Faber machte, war typisch, er ließ sich nämlich ins Bockshorn jagen. Sofort schoss ihm ein Gewitter aus Gedanken durch den Kopf: Was sollte er sagen? Sollte er lügen und behaupten, er hätte es nicht gewusst? Dann wäre von Schwindt sofort die dämliche Frage gekommen: »Können Sie nicht lesen?« Und ein Zeitungsredakteur, der nicht lesen konnte – nein, das ging nicht. Also stöberte er seinen gesamten Entschuldigungsvorrat durch, aber alles, was er in der Eile dort fand, war: »Es war ja niemand dort.«

»Sie geben es also zu!« Während Schwindts Äuglein vor Triumph glitzerten, fiel Faber auf, dass an der Sache irgendetwas nicht stimmte, aber er wusste immer noch nicht, was das war. Ein Gedanke hoppelte in seinem Hirn herum wie ein Kaninchen, aber dann bekam er ihn doch zu fassen:

»Im Kurpark ist Radfahren verboten. Im Schlosspark nicht! Das weiß ich ganz genau! Sie brauchen also nicht mit Ihrer Artillerie zu drohen.«

Schwindts Miene zeigte keine Überraschung. »So? – Na, dann machen Sie mal das Licht an Ihrem Fahrrad an!«

»Es ist heller Mittag, niemand braucht jetzt Licht zum Fahren!«, protestierte Faber, aber vergeblich.

Faber und Schwindt waren seit Jahren die engsten Feinde, die ganze Stadt kannte die Geschichte, und an den Stammtischen erzählte man sie sich mit Genuss in immer neuen Variationen: Vor Jahren hatte Faber, die einen behaupteten, bei einer Podiumsdiskussion, die anderen sagten, bei einer Pressekonferenz, den schon damals ungeduldig auf seine Beförderung zum Oberkommissar wartenden einfachen Kommissar mit seinen Fragen in Widersprüche verwickelt und so aufs Glatteis geführt, dass der öffentlich als Dummkopf dagestanden hatte. Wenig mehr als drei Wochen später hatte Schwindt dem Faber wegen Parkvergehens direkt vor dem Zeitungshaus in der Burgstraße gleich drei Strafzettel an nur einem Tag hinter die Scheibenwischer geklemmt. Danach hatte Faber sein Auto verkauft und war auf das alte Fahrrad umgestiegen.

Die Begebenheit musste schon sehr lange her sein, so lange, dass die Legendenbildung im Volk schon weit fortgeschritten war. So musste es damals noch Autoverkehr in der Burgstraße gegeben haben; wer wusste heute denn noch, vor wie vielen Jahren die Burgstraße Fußgängerzone geworden war?

Aber seither waren Schwindt und Faber erbitterte Feinde, und jeder wischte dem anderen eins aus, wenn sich dazu eine Gelegenheit bot.

»Wissen Sie nicht«, und von Schwindts belehrenden Worten trieften Bosheit und Häme nur so in Fabers empfindliche Seele, »wissen Sie nicht, dass ein Verkehrsmittel immer und überall verkehrssicher und fahrbereit sein muss? Denken Sie etwa, Sie könnten mit einem Kraftfahrzeug ohne Bremsen fahren, nur weil es jetzt gerade bergauf geht? Eine Lichtanlage muss immer in Ordnung sein, egal, ob es hell ist oder dunkel!« Bei Schwindt schien alles immer nur von Dienst-, Verkehrs-, Fahr- und Funktionsbereitschaft abhängig zu sein.

»Ich wiederhole«, und seine Stimme schwoll zum Sturm, »machen Sie an Ihrem Fahrrad das Licht an!«

»Ich denke gar nicht daran!«

»Wenn Sie meckern und der Aufforderung nicht nachkommen, dann gibt es nicht nur eine gebührenpflichtige Verwarnung, sondern eine Anzeige wegen Wiederholung! Das bedeutet dann Strafverfahren mit Bußgeldbescheid und zwei Punkten in Flensburg.«

»Strafzettel«, gab der Faber klein bei. »Das Licht brennt nicht. Und ich sage nichts, weil – alles andere legen Sie mir ja doch als Frechheit aus.«

»So ist es«, bestätigte der Kommissar, während er den Zettel ausfüllte, vom Block riss und dem Faber reichte. »Warum nicht gleich so? Es war mir eine Freude«, sagte er, tippte an die Mütze und stieg wieder zu seinem Kollegen in den Wagen.

Aus lauter Ärger beschloss Faber, in die Redaktion zurückzukehren und die Mittagspause für seine Arbeit zu nutzen. Von dort aus rief er Miriams Tagesmutter Susanne an. Die versprach, seinen Augenstern vom Kindergarten abzuholen und Miriam in ihrer Familie mitessen zu lassen. Miriam würde das nichts ausmachen; sie war gerne bei ihrer ›Sanne‹. Er fragte Hebenstreit, die noch an ihrem Döner mampfte, ob es beim Türken auch andere als vegetarische Döner gebe. Sie antwortete, während sie nickte, es gebe auch »Gemplügel umd Lamm«, worauf sie sich entschuldigte, aber wenn er sie frage, dann müsse sie auch antworten.

Als Faber seinen Geflügeldöner mehr verzehrt als genossen hatte, nutzte er den Nachmittag, um möglichst viel von seiner Kleinarbeit, vom G'rümpel, wie er es nannte, hinter sich zu bringen. Er war tief darin versunken, erst gegen Abend tauchte er daraus wieder auf. Eine sexy weibliche Stimme hauchte aus seinem Computer: »Sie haben Post!«

Er öffnete die E-Mails. Die Kripo teilte mit, Ulshöfers Leiche sei zur Beerdigung freigegeben. Vom Obduktionsbericht stand kein Wort dabei. Faber rief gleich bei Frau Ulshöfer an und teilte ihr die Freigabe mit. Ja, sagte sie, sie habe es gerade eben erfahren. Hauptkommissar Lustig habe sie angerufen.

»Wann soll die Beerdigung sein?«, fragte er.

»Übermorgen. Also am Mittwoch.«

»Welche Uhrzeit?«

»Um vierzehn Uhr.«

»Danke, wir werden morgen auf der Mergentheimer Seite darauf hinweisen. Und von uns wird jemand dort sein, um danach darüber zu berichten.«

Er legte auf und sagte zu Hebenstreit, die am Nebentisch arbeitete und bei der man förmlich meinte beobachten zu können, wie ihr der Kopf rauchte vor lauter Gedankenarbeit: »Haben Sie gehört?«

»Nein. Gibt's was Neues?«

Er sagte es ihr und setzte hinzu. »Merken Sie sich den Termin. Sie werden hingehen und von dort berichten.«

Sie nickte nur, und er sah, wie ihre Hand mit dem Stift gleich hinüber zum Kalender langte, der immer auf dem Tisch bereitlag, und etwas schrieb. Dann war sie schon wieder in ihre Arbeit versunken.

Während Faber mit seiner kleinen Tochter beim Abendessen saß, begann es heftig zu regnen, und er schloss eilig die Balkontür. Miriam ließ sich beim Essen immer viel Zeit. Sie kaute bedächtig an ihrem Leberwurstbrot; seit einigen Monaten hatte sie eine besondere Vorliebe für grobe Leberwurst. Dazu trank sie schwarzen Johannisbeersaft, der in ihrem Glas ganz genau so aussah wie Fabers Tauberschwarz, von dem er sich, wenn er dazu kam, in Ruhe zu essen, ein Glas gönnte. Er hatte sich so an den Tisch gesetzt, dass er das einfache Bild, das sie bei Susanne gemalt und das er mit Klebestreifen an den Wandschrank geheftet hatte, gut sehen konnte.

Das Bild zeigte drei Gestalten: eine lange, dünne, die zweite kürzer und üppiger, und dazwischen eine kleine, die so sehr lachte, dass ihr Mund einen Bogen von einem Ohr bis zum anderen bildete. Sie trug ein Krönchen auf ihren langen Haaren und ein halblanges, weit ausgestelltes Kleid. Die Beine darunter ragten als dünne Stecken heraus, und die Schuhe bestanden nur aus ein paar Strichen.

Die größere Figur links daneben war offensichtlich ebenfalls weiblich und der kleineren in vielem ähnlich. Ihr Kleid war jedoch lang, und es ging oben erst auseinander, wurde weiter unten enger, ging noch einmal auseinander und wurde unten wieder eng. Darunter schauten hochhackige Schuhe hervor. Die Haare waren noch länger als bei ihrem kleineren Abbild, und sie trug ebenfalls ein Krönchen. Die Augen waren groß, und der Mund bestand aus einem kurzen Querstrich, gerade und streng.

Die dritte, die lange Gestalt, hatte so gut wie keine Ähnlichkeit mit den beiden anderen. Sie bestand zu zwei Dritteln aus Beinen. Die Arme dagegen waren viel zu kurz und die Hände bestanden nur aus Fingerstummeln. Das deutete Faber wohlmeinend als Ergebnis der besonderen Perspektive eines Kindes, also von unten. Die lange Gestalt trug, und das beseitigte alle Zweifel an der Identität der Gruppe, einen Zopf, der, zweimal abgebunden, locker über die Schulter hing. Faber hatte seit drei Jahren keinen Friseur mehr besucht und trug seinen inzwischen schon ziemlich grauen Zopf genau so. Das Gesicht dieser Gestalt bestand aus zwei kleinen Kreisen als Augen, einem schmalen Querstrich als Mund und dazwischen einer interessanten Y-Linie, die Augen und Mund verband. Es sah aus wie ein Löwengesicht.

Erst nach längerem Betrachten fiel ihm auf, dass zwei dieser Gestalten mitten im Kleid einen kleinen, senkrechten Strich hatten, den er nicht zu deuten wusste. Aber dann fiel ihm ein, dass sie im Kindergarten in der letzten Woche spielerisch darüber belehrt worden waren, was kleine Mädchen und Buben voneinander unterscheidet. Vorsichtshalber suchte er mit einem langen Blick auch bei der langen, dünnen Gestalt nach einer vergleichbaren Kennzeichnung des Geschlechtes, aber mit einem Seufzer der Erleichterung konnte er feststellen, dass seine Tochter dort auf Einzelheiten verzichtet hatte.

Faber räumte das Geschirr in die Spülmaschine und Miriam holte aus ihrem Zimmer das Buch, aus dem er ihr vorlesen sollte: ›Wie der Maulwurf Pauli zu seiner blauen Arbeitshose kam‹.

Als sie draußen den dunkelroten Golf der Weichen vorfahren hörten, war es schon stockdunkel. Es regnete noch immer. Faber ging mit einem Schirm hinunter. Schon an der Art, wie die Weiche die Autotür zuschlug und zu ihm unter den Schirm flüchtete, merkte er, dass sie mit Zorn geladen war. Sie war sauer, sogar stinkesauer.

»Scheißkerle!«, schimpfte sie, während sie sich bei ihm einhängte. »Das Ding gehört verboten! Um ein Haar wär ich nebenei' g'rast. Zum Glück kam grad keiner entgegen. Ich hab schlicht und einfach überhaupt nichts mehr gesehen, so geblendet war ich. Wie blind! Und das bei dem Tempo! Das hätte einen Riesenunfall geben können!« Im Treppenhaus schimpfte sie stumm weiter. Sie ballte ihre rundliche Faust und formte mit dem Mund lautlos grausliche und lästerliche Schimpfworte.

Faber, dem nur ganz allmählich schwante, wovon sie redete, nämlich dass sie zu schnell gefahren und deswegen geblitzt worden war, fragte, während er die Wohnungstür aufschloss: »Wie schnell bist du denn gefahren?«

»Na, so ein bisschen über sechzig. Fünfundsechzig vielleicht.«

»Wo? In Edelfingen?«

»Ja. Aber da war weit und breit kein Mensch in der Nähe. Nur Regen, Finsternis, und dann dieser Blitz!«

»Also noch im Ort«, stellte Faber fest. »Fünfundsechzig, tachobereinigt werden das vielleicht ein- oder zweiundsechzig sein. Davon drei weg als Sicherheitsdifferenz. Wenn du Glück hast, kommst du damit unter sechzig. Das ergäbe dann dreißig Euro, sonst nichts. Das ginge noch.«

»Aber dieser schreckliche Blitz aus finsterer Nacht! Ich hab ehrlich gemeint, die Welt geht unter und ich komm nicht mehr lebendig heim.«

»Jetzt komm erst mal rein und beruhige dich. Hast du schon was gegessen?«

»Ja. Bei Kathrin.«

»Aha. Und getrunken?«

»Ein Glas Trollinger zum Essen.«

»Dann hast du noch Glück gehabt. Vergiss es erst einmal. Der Brief dazu kommt nicht so schnell.«

»Ich geh zu denen in die Mörikestraße.« Sie war immer noch aufgebracht. »Das sag ich denen, was das für ein gefährliches Ding ist.«

»Wenn du das unbedingt tun willst, dann kannst du bei der Gelegenheit meinen Strafzettel gleich mit bezahlen.«

»Du? Was hast du denn?«

»Lichtanlage am Fahrrad kaputt. Wiederholungsfall. Seit drei Jahren. Der Schwindling hat mich erwischt. Zwanzig Euro.«

»Mal eine Frage: Ist der spanische Cognac schon alle? Jetzt könnte ich einen brauchen.«

»Ich auch«, sagte er. »Der reicht gerade noch für uns beide.«

10

Tauber-Post, Ausgabe von Dienstag, 18. September. Todesanzeige, vier Spalten breit, zwölf Zentimeter hoch:

Unser Herrgott sprach das Große Amen!
Plötzlich und unerwartet wurde mein innigst geliebter Gatte,
unser hoffnungsvoller Sohn und verehrter Bruder und Onkel

Dr. med. Markus Ulshöfer
Facharzt für Urologie
im blühenden Alter von nur 44 Jahren aus seinem
arbeits- und erfolgreichen Leben hinweggerissen.

In tiefster Trauer erschüttert:
Katja Ulshöfer geb. Schadt
Dr. Heinrich Ulshöfer, Landgerichtsdirektor a. D.,
und Ilse geb. Dürr
Matthias Ulshöfer und Bente Olafson-Ulshöfer
mit Maike und Lars.
Bad Mergentheim, den 17. September

Die Beerdigung findet am Mittwoch, den 19. September,
um 14:00 Uhr auf dem Alten Friedhof statt.
Seelenamt am Mittwoch um 19:00 Uhr im Münster
zu Bad Mergentheim.

Darunter standen vier weitere Anzeigen, die alle denselben Todesfall betrafen, so dass Ulshöfer mehr als eine halbe Seite für sich allein hatte. Eine dieser Annoncen kam von der Kreisärzteschaft, die zweite von der Konservativen Fortschrittspartei, eine stammte vom Roten Kreuz und eine vom Rotary-Club.

Eine Anzeige der Kreisjägerschaft fehlte. In der Redaktion konnte sich niemand erklären, warum das so war.

Gleich nach der Redaktionskonferenz, am späten Vormittag, radelte Faber hinüber in die Breslauer Straße zum vereinbarten Interview mit einem Jubilar, dem neunzigjährigen Dr. Schreck.

Oberstudiendirektor a. D. Otto Schreck, so stellte Faber verblüfft fest, war eine positive Überraschung, nämlich ein ungewöhnlicher alter Herr. Nach dem Anruf gestern hatte er sich auf einen leicht verknöcherten und unter beginnender Demenz leidenden Greis eingestellt gehabt.

»Wollen Sie nicht zum Tee kommen? Meine Frau wird kewiss ein pisschen Gepäck beisteuern«, so hatte es affektiert und überlaut aus dem Telefon geklungen. Er redet, so hatte Faber gedacht, überteutlich, tamit ihn auch kanz kewiss jeder versteht. Alte Deutschlehrer, das war ihm bekannt, hatten manchmal diese Angewohnheit.

Und jetzt stand vor ihm in der Tür ein schmales, zartes Wesen mit dichtem, schlohweißem Haarschopf und einem feinen, glatten Gesicht. Faber, der davon ausging, dass es sich dabei um die Gattin des Jubilars handelte, grüßte höflich und stellte sich vor. Gerade setzte er zu einer Erklärung an: »Ich habe mit Ihrem Gatten vereinbart ...«, da sagte das weißhaarige, zarte Wesen mit tiefer Stimme: »Kommen Sie herein. Meine Frau ist einkaufen kekangen.« Und als Faber im Flur stand und immer noch dabei war, sich von seiner Überraschung zu erholen, wies der Jubilar durch eine offene Tür auf einen Sessel im Wohnzimmer. »Nehmen Sie doch Platz!«

Während Faber sich in den Ledersessel sinken ließ, aus seiner alten Ledertasche den Notizblock hervorkramte und seine Digitalkamera schussbreit vor sich auf den niedrigen Couchtisch legte, fragte Schreck: »Was darf ich Ihnen anbieten? Kaffee? Tee? Oder einen Cognac?«

»Kaffee«, entschied Faber, »wenn Sie gerade einen da haben.«

»Alles fertig. Etwas zu knabbern dazu? Süß? Oder lieber salzig?«

Wenn man mit ihm so von Angesicht zu Angesicht sprach, dachte Faber, dann gewöhnte man sich schnell an die teutliche Aussprache und nahm sie kaum noch wahr.

»Salzig«, entschied der Faber.

»Eine Salzbrezel?«

»Gute Idee.«

»Schwäbische oder Fränkische?«

»Gibt es da einen Unterschied?«

»Die Fränkische ist mit Butter drauf.«

Faber musste lachen. Offenbar hatte der alte Herr sich vorgenommen, das Gespräch durch kleine Überraschungen aufzulockern.

»Fränkisch«, entschied Faber.

An der Längswand hingen zwischen den drei Fenstern ungewöhnliche Bilder. Faber stand auf, um sie sich näher anzusehen. Es waren farbige Drucke, aber offensichtlich mit der Hand gefertigt. Holzschnitte. Ein Flötenspieler, überschlank, und ein Reiter auf einem unbändigen Pferd, beide in einer Art archaisch-klassischem Stil. Sie waren signiert, aber er konnte den Namen nicht entziffern.

»Na? Sie interessieren sich für meine Bilder? Das sind Holzschnitte von Norbert Gleich in Lauda.«

Der alte Herr kam aus der Küche zurück und trug vorsichtig ein Tablett mit zwei Kännchen und zwei Tassen darauf, dazu in einem Körbchen zwei Brezeln, eine große Butterdose und ein Messer. Das Messer war auffällig groß und schwer, versilbert und überreich verziert. Faber erinnerte sich, dass er als Kind ähnliche Jugendstilmesser bei seinen Großeltern gesehen hatte. Die hatten dieses große und schwere Besteck nur an Festtagen benutzt. ›Tafelsilber‹, dachte er. Offenbar hatte er laut überlegt, denn der alte Herr sagte, während er in die eine Tasse Kaffee und in die andere Tee eingoss: »Ja. Ein Erbstück. Noch von meiner Mutter.«

Er ging mit kleinen, aber sicheren Schritten zu seinem Schreibtisch am Fenster und holte sich einen einfachen, nur leicht gepolsterten Stuhl.

»Wenn man Sie so sieht«, sagte Faber, »dann brauche ich offensichtlich nicht zu fragen, wie es Ihnen geht.«

»Kut«, bescheinigte Schreck, »wirklich kut. Ich kann es nicht anders nennen. Nur im Sessel sitze ich nicht mehr so gerne« – er bat mit einer Handbewegung um Verständnis – »das ist mir inzwischen zu weich und zu tief unten. Da komme ich so schlecht wieder hoch.«

»Nun«, lachte Faber und leitete damit gekonnt zum eigentlichen Interview über, »wenn das alles ist, was Ihnen zu schaffen macht, dann können Sie sich aber nicht beklagen. Sie sind doch erstaunlich gut beieinander für Ihre neunzig Jahre!«

Der alte Herr widersprach, erstens seien die neunzig noch nicht vollständig, bis dahin seien es noch zwei Tage, und in zwei Tagen könne viel passieren. »Und zweitens«, fuhr er fort, »gibt es genügend Stellen, wo es mich zwickt.« Aber es sei schon richtig, aufs Ganze gesehen könne er sich nicht beklagen und sei dafür auch dankbar.

»Haben Sie ein besonderes Rezept, wie man im Alter so gesund und frisch bleiben kann?«, fragte Faber.

Schreck lachte, und Faber konnte eine ebenmäßige Perlenschnur porzellanweißer Zähne bewundern. ›Teurer Zahnarzt‹, dachte er.

»Ja, das kann ich. Ganz einfach: Gesunde Gene braucht man. Mit anderen Worten: Eltern und Großeltern, die sind bei mir alle über neunzig geworden. Und alle waren Lehrer. Früher war das noch ein Beruf, in dem einer alt werden konnte.« Er dachte einen Augenblick lang nach, aber Faber wartete einfach. Er meinte, es sei besser, den alten Herrn einfach reden zu lassen.

»Humor ist wichtig«, sagte Schreck dann und lachte plötzlich über das ganze Gesicht. »Ich heiße doch Otto mit Vornamen.«

Faber wartete wieder ab. »Ich weiß«, sagte er dann.

»Aber was Sie nicht wissen: Ich habe früher gerne die Zeugnisse meiner Schüler, und manchmal sogar die Klassenarbeiten, mit ›O Schreck‹ unterschrieben. Darunter selbstverständlich, damals noch mit Schreibmaschine, ›Dr. Otto Schreck, OStDir‹« – er sagte wirklich ›Ostdir‹ – »behördliche Abkürzung für Oberstudiendirektor. Und dann darüber, ganz groß: O Schreck!« Er musste immer noch kichern.

»Der Karl Schreck, der Ehrenbürger in Lauda war«, fiel Faber dabei ein, »und der das interessante Buch über die Geschichte von Lauda geschrieben hat ...«

»... war mein Onkel«, unterbrach ihn der alte Herr. »Genauer: ein Vetter meines Vaters. Ebenfalls Lehrer.«

»Also erstens: die Gene. Das ist schon mal klar. Und zweitens?«

»Zweitens: gesund leben. Dazu gehört, dass man dem Klima in Deutschland mit all dem Staub und den Abgasen nach Möglichkeit aus dem Wege geht.« Er ereiferte sich, und prompt brach seine Gewohnheit wieder durch. Er sagte: »Teutschland«, und: »Abkase«.

Und dann berichtete er zu Fabers Überraschung, er habe seit nun bald fünfundzwanzig Jahren alle Winter, immer von November bis März, auf den Kanarischen Inseln verbracht. Dort habe er sich schon in den achtziger Jahren an der Nordküste von Teneriffa in einer Art Ferienanlage eine kleine Wohnung gekauft. »Eigentlich ist es nur ein größeres Zimmer, ein Studio, aber mit phantastischer Aussicht. Das hat damals, am Anfang der Achtziger, noch nicht viel gekostet. Seither sind wir, meine Frau und ich, Zugvögel«, lachte er. »Die Luft dort, salzig, staubfrei und mild, die tut mir gut. Hat mir bestimmt zehn zusätzliche Lebensjahre eingebracht.«

Und auf Fabers Frage, womit sich denn einer da so den ganzen Winter beschäftigen könnte, antwortete er, Beschäftigung gebe es mehr als genug. Er lese vor allem viel, schreibe auch, Zeitungsartikel beispielsweise für das Feuilleton einiger Zeitungen, daneben wandere er viel zusammen mit seiner Frau und nerve im Hotel die Bewohner mit seinen Vorträgen. »Nerven«, so sagte er tatsächlich.

»Worüber?«, fragte Faber. Zu seinen Stärken gehörte es, sich mit nur einem Wort in die Gedankengänge seines Gesprächspartners hineinzuschleichen und dort die Weichen zu stellen.

»Worüber?«, wiederholte Dr. Schreck. »Nun, über die Antike, griechische Philosophen etwa, oder über die Kelten hier bei uns. Die Flussnamen bei uns sind keltischen Ursprungs, Main, Kocher, Jagst. Und natürlich die Tauber. ›Dubra‹ heißt Wasser, hier in der Gegend sagen einige, es habe eigentlich ›schwarze Wasser‹ oder ›dunkle Wasser‹ geheißen. Das mag zwar zu dem Eindruck passen, den die Tauber als dunkler Fluss auf uns macht, aber die Übersetzung ist falsch. ›Tauber‹ heißt einfach nur ›Wasser.‹ Oder ich spreche über Megalithkulturen. Die waren vor fünftausend und noch mehr Jahren über ganz Europa verbreitet. Bei uns hier haben auf den Höhen im Taubergau die Bandkeramiker gesiedelt, die gehören dazu. Die haben in den Mulden, wo sich in der Eiszeit der Löß angesammelt hatte, Ackerbau betrieben. Sie haben im Grunde unser Land erst urbar gemacht. Ihre Wohnsiedlungen hatten sie aber auf den Höhen. Schauen Sie sich unter diesem Gesichtspunkt einmal die Ortschaften im Gau an: Krensheim, Poppenhausen, Bowiesen bei Vilchband und die Waldhöhen oberhalb des Marstadter Sees, wo heute das Jungholz ist. Dort oben hatten sie Sichtverbindung untereinander, konnten einander also vor Feinden warnen, tags mit Rauchzeichen, nachts mit Feuer. Das waren die ersten, festen Siedlungen hier in der Gegend. Dreieinhalbtausend Jahre vor Christus.«

Faber fand das durchaus interessant, dachte aber, er hätte davon jetzt genug gehört. »Sie sind Doktor phil.«, leitete er deshalb zum nächsten Thema über.

»Ja. Meine Doktorarbeit habe ich gleich nach dem Kriege geschrieben.«

»Wissen Sie das Thema noch?«

»Aber selbstverständlich! ›Das Androgynenideal im antiken Griechenland‹. Was meinen Sie wohl, was damit auch nur irgendjemand anfangen konnte! Aber was soll's.«

Der Faber sah sein Gegenüber überrascht an. »Androgyn? Ist das nicht so etwas wie männlich und weiblich zugleich?«

»Genau. Ich sehe, Sie haben irgendwann einmal Altgriechisch gelernt. Im alten Griechenland, und noch viel früher in Afrika, galt das als göttlich. Nur die Menschen waren in Geschlechter getrennt. Die Götter waren männlich und weiblich zugleich. Die Annäherung der Geschlechter wird ja wieder modern. Damit meine ich: Männer stellen ihre weiblichen Wesenszüge heraus, und Frauen betonen ihre männlichen Eigenschaften.«

Faber sah bei diesen Worten Dr. Schreck an.

»Ja, ich weiß, was Sie jetzt denken«, lachte der alte Herr. »Sie denken, der altersbedingte Abfall meines Testosteronspiegels habe auch mich selber androgyn werden lassen. Das macht mir nichts aus, und es ist auch schon lange so. Schon, als ich noch im Dienst war, also vor mehr als fünfundzwanzig Jahren, haben die Schüler gesagt: ›Der alte Schreck sieht aus wie eine alte Frau, die wie ein alter Mann aussieht.‹ Natürlich haben das nur die älteren gesagt, und auch die nur hinter vorgehaltener Hand.«

»Sie waren erst am Deutschorden-Gymnasium hier in Mergentheim.«

»Richtig. Bis zweiundsiebzig.«

»Danach wurden Sie der erste Direktor am Riemenschneider-Gymnasium Ichenstadt.«

»So ist es, das ist damals eröffnet worden. Sie haben gut vorrecherchiert.«

»Wir haben ein gutes Archiv. Wie hat es Ihnen in Ichenstadt gefallen?«

»Mäßig. Die Menschen in den kleinen Landstädten sind für meinen Geschmack ein bisschen zu sehr Untertanen geblieben, obgleich es ja die Herren von Ychen oder die von Rieneck oder von Luden schon seit Jahrhunderten nicht mehr gibt.«

»Sie sagten vorhin, mit dem Lehrerberuf habe man früher noch alt werden können. Früher noch – das bedeutet ja: heute nicht mehr.«

»Richtig.«

»Wann hat sich das geändert?«

»Etwa in den späten siebziger Jahren oder Anfang der achtziger.«

»Fällt Ihnen dazu etwas ein, das diese Wende deutlich macht?«

Der alte Herr nickte schnell, aber dann besann er sich und sagte: »Nur so allgemein. Früher gab es, zum Beispiel, in den Keschäften eine Waage, wo der Kunde sein Obst und Kemüße selbst abwog.«

Faber merkte, wenn der alte Herr in seine ›Kewohnheit‹ verfiel, bedeutete das, er war innerlich beteiligt oder gar aufgewühlt.

»Das ging so ein ganze Weile kut. Dann, ziemlich plötzlich, ging es nicht mehr, weil die Leute begannen zu betrüken. Auf einmal fanden sie nichts mehr dabei, beim Betrug. Die Teutschen galten früher allgemein als ehrlich, und das mit Recht. Heute ist das anders.«

Faber, der den Umschwung in seinen Gedanken bemerkt hatte, hakte sofort nach: »Das mit den Waagen hat auch noch andere Gründe. Aber Sie haben gezögert. Sie wollten zuerst etwas anderes sagen. Was für eine Sache war das, an die Sie da gedacht haben? Wir sprachen ja über Unehrlichkeit.«

»Nichts«, sagte Dr. Schreck. »Da war nichts. Man kann darüber nicht reden. Sie haben sich getäuscht.«

»Es ist damals etwas geschehen, was Ihnen bis heute zu schaffen macht. Wann war das? Am Ende der siebziger Jahre oder am Anfang der achtziger?«

»Anfang der achtziger Jahre. Kurz, bevor ich in Pension gegangen bin.«

»Da war etwas Bestimmtes, aber Sie wollen mir nicht sagen, was das war?«

»Nein. Ich kann nicht. Die Beteiligten leben noch.«

Dann schien ihm etwas einzufallen. Nach einer Pause sprach er: »Wie ich gerade sagte: Ein Teil der Beteiligten lebt noch.«

Faber beschloss, einen Schuss ins Blaue zu wagen. »War Markus Ulshöfer damals daran beteiligt?«

Der Herr Direktor Schreck war sichtlich erschocken. »Wie kommen Sie darauf?«, fragte er. »Ich habe kein Wort davon gesagt.«

»Sie sagten zuerst, *die* Beteiligten würden noch leben. Dann fiel Ihnen etwas ein, und Sie haben sich korrigiert, *ein Teil* sei noch am Leben. Ist also einer der Beteiligten kürzlich gestorben?«

»Und wenn schon! Was sollte das schon bedeuten?«

»Also lautet die Antwort Ja. Markus Ulshöfer hat, kurz bevor Sie in Pension gingen, bei Ihnen das Abitur gemacht. Der aber ist kürzlich gestorben, vor noch nicht einmal vier Tagen. Da ist es verständlich, wenn sich Ihr Gedächtnis noch nicht umgestellt hat. War also Markus Ulshöfer damals einer der Beteiligten?«

»Ich sage kein Wort mehr«, flüsterte Dr. Schreck.

11

Faber strampelte auf seinem violetten Fahrrad gemächlich nach Hause. Er wählte nicht den kürzeren Weg über den Mühlwehrkreisel und durch die Altstadt, sondern nahm den längeren, aber ruhigeren Weg über Neunkirchen und die Wachbacher Straße. Er wollte nachdenken. Was war das, was Dr. Schreck ihm nicht sagen konnte?

Er fuhr direkt zum Kindergarten und holte Miriam ab. Die war am Morgen die kurze Strecke auf ihrem grün-roten Kinderfahrrad mit dem bunten Windrädchen dran alleine gefahren, selbstverständlich auf dem Umweg über die Lioba- und die Milchling- in die Frankenstraße, und, ebenfalls selbstverständlich, so schnell, dass das Windrädchen an der langen Stange hinter ihr nur so wirbelte und schnurrte. Auch jetzt bestand sie darauf, das Weberdorf, ihr Stadtviertel, kennen zu lernen.

»Aber Papa, du sagst doch immer, ich muss immer alles genau anschauen! Und da vorne wohnt die Linda aus mein' Kindergarten. Die hat noch gaaar kein Fahrrad und kann auch noch gaaar nicht fahren.«

»Ach! Und die soll dich sehen, wie du dort bei ihr vorbeifährst?«

»Genau. Und dann ärgert sie sich. Wir beide sind nämlich verfreundet.«

»Verfreundet? Das hört sich nach unserem Gemeinderat an. Aber du fährst nur mit mir. Du fährst nicht allein, da vorne in der Milchlingstraße ist Autoverkehr. Und du bleibst auf dem Gehweg.«

»Okay. Aber du fährst hinter mir. Du hast doch gesagt, du willst sehen, wie ich fahren kann.«

»Also gut.«

Als sie in die Schlossgartenstraße kamen, stand der dunkelrote Golf vor der Tür; die Weiche war also schon daheim.

Faber schob seinen Asinus ferrari durch den Flur und zur Hoftür hinaus. Dort hatte Miriam ihr grün-rotes Kinderfahrrad mit dem bunten Windrädchen daran schon gegen die Hauswand gelehnt. Faber stellte sein Fahrrad davor und war gerade dabei, beide Räder abzuschließen, als der Nachbar vom zweiten Hauseingang vorüberschlurfte.

»Guten Tag, Herr Bender!«, rief Faber dem in sich versunkenen, alten Mann zu. »Man sieht sich so wenig. Wie geht's denn?«

»Nu«, sagte der Russlanddeutsche bedächtig. Er nahm seinen Hut ab, wischte sich über die Stirn und sah Faber ins Gesicht. »Wie soll's denn schon gehen? Es geht, wie's geht. Immer langsam einen Fuß vor den anderen. Es muss eben gehen.«

»Was ist? Gab es Schwierigkeiten?«, fragte Faber, besorgt, der alte Mann oder seine an Arthritis leidende Frau könnten krank sein. Er hatte dem freundlichen, alten Ehepaar schon ein paar Mal bei den Behörden helfen können.

»Näi, näi«, winkte der Nachbar ab. »Ich mäin bloß, man muss Acht geben, dass man langsam macht und nicht vorausgeht. Wenn äiner vorausgeht, dann sagen die Leute gläich: Er geht voraus, es geht ihm zu gut. Also muss man immer drauf achten, dass man langsam geht.«

Faber fiel auf, dass er noch nie eine so treffliche Beschreibung des berühmten, deutschen Neides gehört hatte, und er musste lachen. »Sie sind unter die Philosophen gegangen«, rief er dem Nachbarn nach, der auf die Tür zum anderen Teil des Doppelhauses zusteuerte. »Grüßen Sie Ihre Frau von uns«, rief er noch.

»Gläichfalls«, rief der zurück, winkte kurz mit der Hand und verschwand in der Tür.

Als Faber die Wohnung aufschloss, kam die Weiche an die Tür und er begrüßte sie mit einem Küsschen auf die Wange. »Na?«, sagte er, »steht eure Sparkasse noch? Oder hat er sie schon auf den Kopf gestellt?«

»Von wem redest du?«

»Von deinem neuen Chef, selbstverständlich. Wie ist er denn?«

»Augenblick«, antwortete sie und brachte ein großes Blatt Papier in einer Plastikhülle zum Vorschein. Sie hielt es ihm hin.

»Wie er ist? Komisch ist er. Hier, lies das mal. Das hat er bei sich im Büro an der Wand hängen, sauber gerahmt. Ich hab's, als er drüben in der Immobilienabteilung war, schnell kopiert.«

Faber las, erst leise, dann mit vor Staunen großen Augen ein zweites Mal laut:

Geld, Finanzen, Kies und Kröten
für das deutsche Vaterland.
Pinke, Mittel, Moos, Moneten
Brüderlich mit Herz und Hand.
Kies, Finanzen, Gold und Kröten,
Cash und Kohle und Kommerz!
Blüh im Glanze dieses Glückes
Brüderlich mit Hand und Herz!

»Wow! Spinnt der?« Er reichte ihr das Blatt zurück. »Was ist denn das für ein seltsamer Bursche?«

»Ehrlich gesagt: Ich habe keine Ahnung. Ich dachte, er wird mir erst einmal Schwierigkeiten machen, du erinnerst dich. Aber nein. Ich hab ihm gesagt: Dreiviertelstelle, montags frei. Er hat nur ›Hm‹ gesagt. Ich glaub, der hat mich gar nicht richtig wahrgenommen.«

»Mikka Honegg, hast du gesagt. So heißt er. Ursprünglich also Michael?«

»Vermutlich.«

»Hm. Mikka Honegg, wo ist mir der Name schon mal begegnet?«, grübelte der Faber laut. »Irgendwo in einem ganz anderen Zusammenhang. Wie alt etwa?«

»So etwa Mitte der Vierzig.«

»Verheiratet?«

»Keine Ahnung.«

»Tatsächlich? Ich dachte, das wäre immer das Erste, was Frauen herausfinden?«

»Dann sag ich mal: Wahrscheinlich eher nicht. Verheiratet, meine ich.«

»Typ?«

»Juppie. Wie geleckt.«

»Schwul vielleicht?«

»Wieso das denn? Aber wenn dich das wirklich interessiert, ich find es raus. – Ich muss in die Küche. Das Huhn ruft.«

»Ah, ja! Ich rieche Huhn in der Pfanne mit Paprika und Speck!«, rief Faber. »Das wollen wir nicht unnötig hinausschieben!«

»Ich will eine Keule!« Miriam tauchte aus dem Kinderzimmer auf.

»Die bekommst du, wenn du deinem Vater hilfst, den Tisch zu decken!«, rief die Weiche streng.

»Äh!«, krächzte Faber überrascht. »Ja, komm, Miriam, das machen wir am besten gleich.«

Beim Essen rutschte Miriam aufgeregt auf ihrem Stuhl herum. »Der Kasper, Papa ...«

»Was musst du uns denn so dringend erzählen?«

»Vom Kasper muss ich dir erzählen, Papa. Der Kasper im Kindergarten heute, das war der Pfarrer Snell!«

»Der Pfarrer heißt Schnell«, unterbrach ihre Mutter streng. »Sag mal nach: Schschschnell.«

Miriam sprach sonst alle Laute gut und genau aus, nur bei manchen Zischlauten lispelte sie noch ein bisschen, und das auch nicht immer. Die Weiche sah darin einen Versuch ihrer Tochter, kleiner und hilfsbedürftiger zu erscheinen, als sie wirklich war. »Schschschnell! Du bist kein Baby mehr!«

»Ach, Mama, jetzt unterbrich mich doch nicht, wenn ich mitten im Erzählen bin! Jedes Mal, wenn ich dich unterbreche, dann sagt du, ich darf das nicht, aber du machst es bei mir!«

Faber, dessen Sinne sich gerade auf ein Stück vom köstlichen Paprikahuhn konzentrierten, lachte heimlich und dachte, es hätte nicht viel gefehlt, und die Kleine hätte mit ihrer Hühnerkeule in der Hand auf den Tisch geschlagen.

»Fängt der Mutter-Tochter-Krieg zwischen euch beiden schon jetzt an?«, fragte er. »Wie war das? Pfarrer Schnell war der Kasper?«

»Aber nein, doch nicht er selber!« Sie sagte es nicht mit Worten, dass sie sich darüber wunderte, wie dumm doch ein erwachsener Vater sein konnte, aber ihre Miene und der Tonfall drückten es deutlich aus. »Er hat den Kasper an der Hand gehabt und hat mit seinem Mund immer das gesprochen, was der Kasper gesagt hat. Das ist doch eine Puppe! Die kann doch gar nicht richtig sprechen! Das muss doch ein Mensch machen!«

»Das war heute im Kindergarten«, erklärte die Weiche. »Dienstags kommt immer Pfarrer Schnell und erzählt den Kindern erst eine Geschichte aus der Bibel und manchmal macht er für sie danach noch Puppentheater, so richtig nach der alten Art mit Wunderblume und Drachen und Räuber. Die Kinder sind ganz wild darauf.«

Faber, der zum Mittagessen meist Wasser trank, nahm einen Schluck. »Also, das kann ich mir bei dem gut vorstellen«, lachte er. »Beim Pfarrer Schnell, meine ich. Der tät selber ohne allzu große Mühe einen ganz passablen Kasper abgeben.«

»Er hat die Prinzessin befreit! Vom Räuber! Und jetzt rate mal, womit! Mit einer Pfanne, einer Bratpfanne!«, berichtete atemlos die Kleine, der Wirklichkeit und Phantasie manchmal noch durcheinander kamen.

»Nein!«, rief Faber und spielte den Begeisterten. »Tatsächlich?«

»Er kann eben gut mit Kindern umgehen«, sagte die Weiche. »Miriam lässt nichts auf ihn kommen.«

»Genau das habe ich gemeint«, erklärte Faber, damit die Weiche nicht auf falsche Gedanken kam. Er kannte den Pfarrer Dr. Schnell recht gut und schätzte ihn. Schnell war im Auftrag des kirchlichen Dekanats der Verbindungsmann zur Presse, und er, Faber, war bei der Zeitung derjenige, dem alles anvertraut wurde, was mit Kirche, Glauben, Nachdenken, Kultur und Geschichte zu tun hatte. Da hatten sie einander kennen- und schätzen gelernt.

»Und er hat den Habakuk dabeigehabt«, berichtete Miriam aufgeregt.

Faber, der mit seinen Gedanken abgeschweift war, fragte zerstreut: »Habakuk? Ist das sein Sohn? Sein Bub?«

»Ach, nein!«, lachte die Kleine, »der Habakuk, das ist doch ein Esel!«

»Eine Handpuppe«, ergänzte die Weiche, »die bringt er immer mit, wenn er Geschichten aus der Bibel erzählt.«

»Nun ja«, sagte Faber leicht verlegen, »bei evangelischen Pfarrern, da kann man nie wissen, was die ihren Kindern für Namen geben. Da hat man schon seltsame Dinge erlebt.«

»Faber! Komm mal rüber!«

Aber Faber saß in der Redaktion an seinem Computer und tat, als hörte er nichts. Es war Nachmittag, und er war dabei, die gesammelten und gespeicherten Informationen zusammen mit seinen eigenen Notizen aus dem Gespräch mit Direktor Schreck zu einem Artikel zu verdichten. Dabei wollte er auf keinen Fall gestört werden. Also stellte er sich erst einmal taub. Das war eine bewährte Methode, der Chefin zu entgehen. Oft vergaß sie in ihrem chaotischen Gehirn nämlich, dass sie ihn gerufen hatte, und er konnte notfalls sagen, er habe sie nicht gehört, weil er so in seine Arbeit vertieft gewesen sei. Selbst, wenn das glatt gelogen war, so war daran immer noch ein kleines Körnchen Wahrheit, denn Faber war ein ausgeprägter Konzentrationsarbeiter, der mit seinen Gedanken so tief in eine komplizierte Sache eintauchen konnte, dass einer hätte neben ihm stehen oder mit der Hand vor ihm auf den Tisch schlagen können, und er hätte es nicht einmal wahrgenommen. Es gab nicht viele Menschen, die diesen Wesenszug an ihm wirklich verstanden. Dabei war das eine wertvolle Begabung, die es ihm möglich machte, eine Sache so konzentriert, so zielstrebig und so zügig zu bearbeiten, dass er, verglichen mit den meisten Kollegen, nur die Hälfte der Zeit dafür brauchte. Allerdings für den Fall, dass sie ein zweites Mal rief ...

»Faber! Bist du nicht da? Kannst du *bitte* mal rüberkommen?«

Faber verdrehte einmal kurz die Augen und tauchte endgültig aus dem Lebensnetzwerk des alten Oberstudiendirektors auf. »Moment!«, rief er, »ich muss nur schnell speichern!« Wenn die Chefin so deutlich das Zauberwort aussprach, dann konnte man sich nicht mehr taub stellen.

Die Redaktionszimmer in dem alten, schmalen Zeitungshaus verteilten sich auf übersichtliche Weise. Sie lagen sämtlich an einem schmalen Mittelgang. Das Büro der Chefin war gleich der erste Raum rechts, Faber hatte, zusammen mit seiner ehemaligen Volontärin Hebenstreit, das Zimmer genau gegenüber. Man arbeitete üblicherweise bei offenen Türen, so dass jeder sich im Stockwerk bewegen konnte, ohne dass die anderen durch quietschende, knarrende oder zufallende Türen gestört wurden. Sogar die Chefin hatte sich in der letzten Zeit dieser Gewohnheit angeschlossen, freilich mehr mit dem Hintergedanken, sie könnte so ihre Redakteure besser beaufsichtigen. Faber jedenfalls war überzeugt davon, dass das der wahre Grund war, und nicht, wie Luise Blaustein vorgab, dass sie sich ihrer kleinen Mannschaft näher verbunden zeigen wollte. Die Chefin hatte auf einer Unternehmertagung gehört, Angestellte würden fleißiger arbeiten, wenn das Betriebsklima besser sei. Also versuchte sie, die Stimmung ihrer Leute zu heben, indem sie ihre eigene Stimmung auf Touren brachte, und hoffte, dass sich das ansteckend auswirkte. So sang sie manchmal an ihrem riesigen Mahagonischreibtisch bei ihrer Arbeit laut Songs ihrer Lieblingsband aus der Zeit, als sie noch jung gewesen war: »Ser wos zampzing in sie Ähr ...«

Faber schlenderte also hinüber, klopfte kurz mit dem Knöchel an die Türfüllung und trat ein. Sie blickte auf.

»Was machst du gerade?«

»Oberstudiendirektor Otto Schreck.«

Sie holte sich, was er zusammengetragen hatte, von seinem auf ihren Bildschirm herüber, warf einen kurzen Blick darauf und nickte. »Irgendwas Besonderes?«

»Nein. Das heißt: eigentlich doch. Da wäre etwas, aber wir wissen nicht, was es ist.«

»Ach?«

»Kurz bevor er in Pension ging, das war, Moment«, er suchte mit den Augen in seinen Notizen, »das war zweiundachtzig, hat es am Gymnasium Ichenstadt etwas gegeben, was Schreck noch heute belastet. Jetzt pass auf, ich hab da so eine Idee.«

Die Chefin verzog das Gesicht. Ideen liebte sie nicht. Immer, wenn einer hemmungslos drauflos spekulierte, dann sagte sie: »Der hat Ideen.« Aber sie ließ Faber reden.

»Schreck will nichts sagen«, erklärte ihr Faber. »Er will schweigen, weil, so hat er zuerst gesagt, *die Beteiligten* noch leben. Das bedeutet, er will sie nicht belasten. Also sind sie nicht in Neuseeland oder sonst irgendwo weit weg, sondern sie sind in der Nähe und damit erreichbar. Jedenfalls so nah, dass es ihnen etwas ausmacht, wenn er redet. Er schweigt, weil er fürchtet, dass sie Schaden nehmen könnten, möglicherweise nur Schaden an ihrem guten Ruf. Aber das kann ja manchmal schon ausreichen, um einen Menschen zu ruinieren.«

»Hm«, antwortete die Chefin. Sie folgte jetzt seinen Gedanken sehr genau. »Du meinst, wenn wir jetzt eine Liste seiner beiden letzten Abiturjahrgänge hätten ...«

»Er hat sich verplappert«, unterbrach er sie. »Er hat sich korrigiert, weil ihm eingefallen ist, dass mindestens einer der Beteiligten nicht mehr lebt. So, und jetzt kommt die Frage: Wie viele Menschen aus ein oder zwei Jahrgängen, die derzeit um die Mitte der Vierzig sind, sind in diesen fünf- oder sechsundzwanzig Jahren gestorben? Wie viel Prozent, meine ich, also statistisch gesehen. In normalen Friedenszeiten, ohne Krieg, ohne Epidemie – das alles hat es in den letzten vierzig Jahren nicht gegeben. Also, wie viel Prozent der

Menschen aus den Jahrgängen zweiundsechzig und dreiundsechzig sind bisher gestorben? Was meinst du?«

»Alle aus der Generation um die Mitte der Vierzig? Maximal fünf Prozent, so denke ich mal.«

»Gut. 1981 und 82 waren in Ichenstadt die beiden ersten Abiturjahrgänge überhaupt. Lass sie zusammen vierzig Personen sein, allerhöchstens. Möglicherweise auch nur dreißig. Aber sagen wir mal: vierzig. Fünf Prozent von Vierzig, das sind ...?«

»Äh ...«

»Das sind zwei. *Ungefähr* zwei. Lass es meinetwegen auch drei sein oder nur einen, weil wir ja nicht wissen, ob es genau vierzig sind. Vielleicht sind es ja weniger. Aber einer davon ist in jedem Fall Markus Ulshöfer gewesen. Schreck ist, während er geredet hat, eingefallen, dass Markus Ulshöfer seit wenigen Tagen tot ist. Deshalb hat er gesagt, dass *ein Teil* der damals Beteiligten noch lebt. Deshalb habe ich ihn gefragt, ob Ulshöfer damals beteiligt war. Und er hat es nicht bestritten.«

»Du hast bei ihm auf den Busch geklopft.«

»Und der Hase ist rausgesprungen, genau. Ich will herausfinden, was hinter Ulshöfers Selbstmord steckt. Jetzt habe ich einen Anhaltspunkt. Vielleicht habe ich damit das lose Ende von einem langen Faden in der Hand, den ich aufrollen kann.«

»Was meinst du, worum hat es sich damals gehandelt? Wenn es dem alten Herrn noch heute zu schaffen macht, dann könnte es was ziemlich Böses gewesen sein.«

»Vielleicht hängt es mit dem Abitur selber zusammen, er hat nämlich einen Notenschnitt von eins Komma vier geschafft, aber mit Sicherheit ist es mehr als eine unbedeutende Betrugssache.«

»Vielleicht sind die Buben mit Vaters Mercedes wie die Irren durch die Gegend gerast und haben einen Unfall gebaut?«

»Möglich wär's, aber nur, wenn jemand dabei bleibende Schäden davongetragen hätte. Von so etwas ist uns aber nichts bekannt. Ulshöfers Vater war zu der Zeit noch Direktor am Amtsgericht in Tauberbischofsheim. Da wäre es denkbar, dass da mal was vertuscht worden ist.«

»Du meinst, die Ereignisse damals hängen irgendwie zusammen mit seinem Selbstmord?«

»Das weiß ich noch nicht. Aber ich werde auf jeden Fall versuchen dahinterzukommen.«

»Gut. Tu das. Und Schreck weigert sich, darüber zu reden? Vielleicht erpresst ihn jemand?«

»Stimmt, wenn Schreck denkt, er muss immer noch dicht halten, dann muss das damals ja was gewesen sein, womit man jemanden eventuell erpressen könnte.« Auf diesen Gedanken war Faber noch gar nicht gekommen.

»Vielleicht war er damals selber beteiligt?«, fragte sie.

»Auch das wäre möglich. Ich werde ihn schon noch zum Reden bringen. Es ist ja noch nicht aller Tage Abend.«

»Gut. Dann bleib da dran, du bist schließlich der Terrier bei uns. Und wenn du Hilfe brauchst, dann nimm Hebenstreit mit.« Sie senkte ihr gestyltes Haupt und kramte auf ihrem mit einer dicken Schicht verschiedenster Papiere bedeckten Schreibtisch.

Faber stand da und wartete. »War das alles?«

»Ach ja! Am Donnerstag ist Pressekonferenz! Du gehst hin! Eben ist die Einladung per E-Mail gekommen.«

»Wann? Wo? Mit wem?«

»Die Kripo Tauber gibt Einzelheiten zum Tod von Doktor Markus Ulshöfer bekannt, in ihrem Presseraum im alten Gymnasium Tauberbischofsheim.«

»Ha!«, rief Faber aus. »Nachtigall, ick hör dir trampeln! Dem Ulshöfer seine Lebensversicherung macht Dampf, wetten? Der Tote ist noch nicht unter der Erde, da blasen sie schon zum Sturm! Wann geht's los?«

»Donnerstag um zehn Uhr.«

»Gut. Und wie komm ich nach Bischeme?«

»Na, wie wohl? Du bist doch ein so geübter Drahteselreiter! – Also gut. Du darfst den Wagen der Redaktion nehmen.«

»Ui! Den Kolibri? Wen soll ich denn in der Kreisstadt damit beeindrucken?«

»Aber gib ja Acht! Und fahr vorsichtig!«

»Ja, und ich schneid mir auch die Fingernägel, bevor ich ihn anfasse. Ich bin doch kein Möchtegern-Schumacher, das weißt du. Für mich ist jeder Wagen ein Nutzgerät, sonst nichts.«

Die Chefin sah ihn skeptisch an, um prüfen zu können, ob er das ernst gemeint hatte. Sie tat es betont auffällig und schaute dazu über ihre randlose Brille. »Tatsächlich? Mach dich nicht lächerlich«, brummte sie dann und entließ ihn mit einer lässigen Handbewegung.

12

Faber kam, weil er daheim nach dem Abendessen noch arbeiten wollte, früher als gewöhnlich nach Hause. Er hielt, wie immer, zuerst Ausschau nach dem dunkelroten Golf der Weichen, sah ihn aber nirgends. Also ging er ein paar Häuser weiter zu Susanne, um Miriam abzuholen, und begann anschließend damit, das Abendessen vorzubereiten. Die Weiche würde, wie an jedem Dienstag, frische Regensburger vom Metzger mitbringen.

Ihr rotgestreifter Kater strich ihm um die Beine. »Na, Hemingway? Bist du froh, dass mal wieder jemand daheim ist? Ja, ja, so ’n Kater ist auch nur ein Mensch. Wenn zu viele Leute um einen rum sind, dann will man seine Freiheit, aber wenn dann lange genug niemand mehr da war, dann ist man froh, wenn mal wieder einer vorbeikommt, mit dem man ein bisschen schmusen kann.« Faber sprach mit seinem Kater gerne so von Mann zu Mann,

Hemingway schnurrte Zustimmung.

Niemand wusste, wie Hemingway zu seinem Namen gekommen war, auf den er als richtiger Kater freilich nicht hörte. Er hieß nur so, damit seine Menschen ihn irgendwie nennen konnten. Hören – hören tat er auf gar nichts, außer auf seine eigene, innere Raubtierstimme. Seine Menschen wussten nicht einmal, woher der Kater gekommen war. Kater und Name waren plötzlich da gewesen, als wären sie miteinander vom Himmel gefallen; möglicherweise, so überlegte Faber, hatte also Hemingway ihnen seinen Namen selber auf einem Wege, in den sie keinen Einblick hatten, mitgeteilt. Das war schon vor Jahren gewesen, als Faber und die Weiche in die Mietwohnung in der Schloßgartenstraße eingezogen waren. Da hatte der rote, gestreifte Kater mit den blonden Querstreifen an der Schwanzspitze plötzlich auf dem Balkon ihrer neuen Wohnung gesessen, als wäre er schon immer dort gewesen. Hemingway war offenbar der Ansicht, er habe dort ältere Rechte, und vielleicht, so dachte Faber, gehörte die Wohnung sogar ihm und er hielt sich die Menschen nur, damit sie einen Teil seiner Bedürfnisse befriedigten.

Von dem Tag an, an welchem die Weiche mit der kleinen Miriam aus dem Caritaskrankenhaus heimgekommen war, hatte Hemingway begonnen, seine Jagdanstrengungen zu verdoppeln, so als wollte er sagen: »Wir haben Junge, wir haben jetzt eine Familie zu ernähren.« Seither lag fast an jedem Morgen eine Maus, manchmal auch nur eine halbe, oder ein anderes Kleintier auf dem Balkon vor der Küchentür. Wenn im Sommer die Küchentür über Nacht offen blieb, dann lag die Beute auf dem Fußabtreter in der Küche.

Faber hatte sich mit Hemingway ein bisschen angefreundet, soweit der Kater es eben toleriert hatte. Er hatte ihn gekrault, wenn er gekommen war, um sich seine Streicheleinheiten abzuholen, und im Übrigen hatte er ihn in Ruhe gelassen, was seit jeher gegenüber Katzen die gesellschaftlich korrekte Form war, um einem Freunde Respekt zu bekunden. Außerdem hatte er versucht, einige Begriffe der Katzensprache zu erlernen, und hatte dabei, so fand er, durchaus respektable Fortschritte gemacht. ›Man muss sich eben nur Mühe geben‹, dachte er und ahmte Hemingways Streichel-,

Kuschel- und Schmuselaut nach, bei dem der Kater zugleich miaute und schnurrte. Faber setzte sich also in die Hocke, miaute lang gezogen in höchsten Tönen und ließ zugleich seine Kehle vibrieren. Es klang scheußlich: »Grrrioaorrr«, das ›r‹ lag dabei ganz hinten im Hals. Überrascht und ungläubig schaute Hemingway mit großen Augen zu ihm herüber. Faber setzte seine Rufe fort und änderte immer wieder leicht das Timbre, um auch ja den richtigen Ton zu treffen. Hemingway erhob sich, erst zögernd, als überlegte er, ob er auch wirklich gemeint sei, doch dann kam er, warf sich vor Faber auf den Teppich, drehte sich auf den Rücken und streckte alle Viere von sich. »Na also!«, sagte der Faber triumphierend und belohnte ihn mit ausgiebigem Kraulen.

Plötzlich rief Miriam, die das feinere Gehör hatte: »Mama kommt!«, und Faber gab Hemingway einen leichten Klaps. »Genug für heute«, hieß das. Er sah auf die Uhr an der Küchenwand. Es war schon nach halb sieben.

Kurz darauf hörte auch er sie im Treppenhaus. Er ging ihr bis zur Wohnungstür entgegen. Sie stand draußen, atemlos und mit dem Schlüsselbund in der Hand. Aber anstatt ihm die Wange zum Kuss anzubieten oder ihn sonst wie nach ihrer Gewohnheit zu begrüßen, schimpfte sie sofort los: »So en Lackaff'!«

Fabers Kopf zuckte zurück. Klar, dass ihm der Schreck in die Glieder fuhr, wenn ihm als Allerserstes solche Worte um die Ohren gehauen wurden. Allerdings, dass er selber damit gemeint sein könnte, auf diesen Gedanken kam er nicht. Und das selbstverständlich mit Recht, denn dem Faber hätte einer alles Mögliche vorwerfen können, dass er eigensinnig war, beispielsweise, und brummig, querköpfig, eigenbrötlerisch und egoistisch. Sogar eine Art von geistigem Hochmut samt intellektuellem Sadismus hätte man ihm nachsagen können, wenn er Großmäuler, die im Denken nicht so beweglich waren wie er selber, so aufs Glatteis führte, dass sie selber es gar nicht merkten. Mit dem Polizeikommissar Schwindt zum Beispiel hatte er es schon oft so gemacht und manchmal auch mit seiner Chefin. Man konnte ihm folglich eine ganze Menge unangenehmer Eigenschaften nachsagen, aber Eitelkeit gehörte ganz sicher nicht dazu.

Er begrüßte seine Frau also mit einem demonstrativen Kuss auf die Wange und sagte: »Du hast Recht, ganz sicher. Von wem redest du?«

»Vom Honegg«, schimpfte sie. »Ein richtiger Lackaffe, ein Juppie, wie er im Buch steht. Kleidung, Mimik, Gestik, Bräunungsstudio, Haarschnitt, Auftreten, Tonfall, alles genormt und auf Wirkung gestylt, die da lautet: ›erfolgreicher Banker und Broker‹. Treibt Sport, aber nicht etwa, um seinen Körper zu trainieren, sondern um sportlich *auszusehen*. Alles Mainstream, Scheitel links wie mit dem Lineal gezogen. ›Finanzoptimierer‹, behauptet er, sei er von Beruf, nicht einfach nur Bankkaufmann. Beraterberatung würde er anbieten und zeigen, wie man schnell reich wird. In Amerika, so sagt er, da würden sie ... als ob die Amerikaner in Sachen Kredite für uns Vorbild sein könnten. Dabei war der am Anfang ganz normal Azubi wie jeder andere auch. ›Das Geld zu Gast bei Freunden‹, das soll der neue PR-Slogan der Sparkasse Tauberfranken werden. Mer könnt' meine, der will von hier aus, von der Sparkass' aus, direkter Nachfolger von Flick werde oder vom Rockefeller oder von wem auch immer. Na ja, vielleicht packe mir's ja, ihn bald wieder wegzukatapultieren, möglichst weit. Notfalls au na obe.«

Die Weiche, die bei dieser einseitigen Beschreibung – klar, als Betroffene – den größten Teil vom angestauten Dampf abgelassen hatte, konnte sich endlich wieder halbwegs beruhigen.

»Warum bist du so aufgebracht? Was hat er dir getan?«, fragte Faber einfühlsam, so wie er das manchmal konnte.

»Nachsitze! Nachsitze hat er mi lasse!« Schon fing sie wieder an, sich aufzuregen. Und wie immer, wenn sie sich aufregte, brach bei ihr der heimische Dialekt wieder durch, den man ihr früher in der Schule fast gewaltsam abtrainiert hatte.

»Lass nur«, versuchte Faber sie zu beruhigen. »Der Bursche ist es bestimmt nicht wert, dass man sich seinetwegen aufregt. Denk einfach an Tino. Stell ihn dir vor, wie er alles besonders langsam tut. Der regt sich nie auf.«

Die Weiche atmete tief einen Eimer voll Luft ein und ließ dann alles ganz langsam wieder ausströmen. Sie reckte ihre Einsachtundfünfzig, schob ihre Schultern nach hinten und sah an sich herunter auf ihre Schuhe. Freilich, weil sie von üppiger Weiblichkeit war, konnte sie in dieser Haltung höchstens die Schuhspitzen sehen, und das auch nur, wenn sie ein Auge zukniff und mit dem anderen durch die Mitte nach unten schielte, doch das war in diesem Zusammenhang unerheblich. So wurde sie wieder ruhig; Fabers Anti-Stressprogramm wirkte fast immer.

»Also«, seine Stimme wärmte sie, »was ist passiert? Erzähl einfach.«

Sie zog umständlich ihren Anorak aus und hängte ihn an die Garderobe.

»I bin halt, genau so, wie i's scho immer g'macht hab, g'schwind die paar Schritt grad über d' Stroß' zum Metzger Müller-dusse g'spronge. Schnell hinüber gerannt«, korrigierte sie sich.

Faber versuchte, sich vorzustellen, wie seine üppig ausgestattete Weiche ›g'schwind über d' Stroß sprang‹ und musste lachen.

»Würstchen holen, nehme ich an«, sagte er.

»Genau, Regensburger für uns zum Nachtessen.« Sie hatte sich wieder beruhigt. »'s war ja schon fast fünf, und um halber sechse macht der schon zu.«

»Hm«, brummte Faber. Früher, so erinnerte er sich, hatte es in der Stadt zwei Metzger mit dem Namen Müller gegeben, einen mitten in der Stadt am Marktplatz, Müller-hinne, und den anderen am Rande der Altstadt an der Ecke der Unteren Mauergasse, den hatten alle Müller-dusse genannt. Das Geschäft Müller-hinne gab es schon seit Jahrzehnten nicht mehr, aber die Metzgerei in der Mauergasse, schräg gegenüber von der Sparkasse, hieß immer noch Müller-dusse, Müller-draußen.

»Lass mich mal raten«, fuhr er fort. »Du musstest warten. Ziemlich lange.«

»Na, ja«, gab sie kleinlaut zu, »das kann schon sein. Da war ein ziemlicher Andrang. Aber die Regensburger, die sind nun mal am Dienstag immer ganz frisch. – Ach ja, hier sind sie.« Und sie holte die Tüte aus der Tasche.

Faber nahm sie und ging damit in die Küche. Er setzte den Topf aufs Gas, um die Würstchen heißzumachen; Regensburger, das wusste er, durften nur ganz langsam erhitzt, sie mussten aber gleich heiß gegessen werden. Er drehte das Gas entsprechend klein.

In dieser Nacht träumte Faber von einem Wal. Der kam aus dem Dunkel der Tiefe und ließ sich an die Oberfläche treiben wie ein dicker Ballon. Er versuchte nicht, die Wasseroberfläche zu durchstoßen, sondern trieb wieder abwärts. Dann kam er langsam wieder nach oben und sah ihn, den Faber, an, als wollte er ihm etwas sagen. Plötzlich senkte er den riesigen Kopf, als wollte er schnell abtauchen und verschwinden. An seiner Stelle schwammen menschliche Gestalten im Wasser, drei oder vier junge Leute, darunter ein Mädchen. Die Gesichter konnte er nicht erkennen, aber das Gesicht des Mädchens war weiß, als wäre es tot, ertrunken.

Faber wachte auf. Das weiße Gesicht des Mädchens stand als Nachbild noch vor seinem inneren Auge; die anderen Gestalten verschwammen und trieben davon. Dann löste sich auch das Bild des Mädchens auf.

Endlich, am Mittwochmorgen, stand auch die Todesanzeige der Jäger in den Zeitungen. Sie war wie die von Rotary-Club, Mehrheitspartei und Kreisärzteschaft drei Spalten breit und acht Zentimeter hoch, aber während diese drei sich über den Text abgestimmt hatten, lautete dieser ganz anders.

Wotan, der große Jäger, rief seinen Getreuen zu sich in die ewigen Jagdgründe.
Die Kreisjägerschaft des Landkreises Mergentheim trauert um den Ersten Vorsitzenden ihres Vorstandes

Dr. med. Markus Ulshöfer
Oberichenstadt, den 18. September

Zur Beisetzung am Mittwoch um 14:00 Uhr erscheint der Vorstand geschlossen in voller Tracht samt Ordensschmuck.
Die Jäger tragen nur den Jägerhut.
Jagdhornblasen. Salut am Grab.

Hebenstreit zeigte dem Faber, als er in die Redaktion kam, die Anzeige. Der sagte nur: »Das kann ja wohl nicht wahr sein!«, und nahm sie mit hinüber zur Chefin.

Er stand noch gar nicht richtig in der Tür, da redete Luise Blaustein schon, als hätte sie ihn erwartet: »Ich weiß, was du sagen willst, Faber, und du hast ja Recht. Ich habe den Mädels in der Anzeigenabteilung schon den Kopf gewaschen. Die hätten das so gar nicht annehmen dürfen. Oder noch richtiger wäre gewesen, sie hätten es angenommen und dann stillschweigend korrigiert. Nur den Wotan und vielleicht noch Landkreis Mergentheim, den es seit mehr als dreißig Jahren gar nicht mehr gibt. Das andere hätte man stehen lassen können.«

»Das würde ich aber gerne sehen«, tönte es hinter Faber, »wenn die Herren Jäger, nur mit dem Jägerhut bekleidet, über das Grab hinweg Salut bollern!«

Hebenstreit stand in der Tür und grinste. Man sah nur ihren breiten Mund; Nase und alles darüber verschwand über der Tür. Als sie vor etwas mehr als zwei Jahren in die Redaktion gekommen war, hatte sie in den ersten Wochen immer ihren leichten Motorradhelm auf dem Schreibtisch liegen gehabt und ihn aufgesetzt, sobald sie aufstanden war, damit sie sich nicht alle naselang am Türbalken den Kopf anschlug. Inzwischen hatte sie sich daran gewöhnt, dass sie in dem alten Haus mit ihrem Kopf bis fast an die Zimmerdecke reichte.

»Wer hat das denn verbrochen?«, fragte Faber, wedelte mit der Zeitung und sah sich dabei um, damit auch Hebenstreit sich angesprochen fühlte. Die zuckte mit ihren sportlichen Schultern. »Ich denke mir nur, das muss etwas damit zu tun haben, dass sie spät dran sind mit der Anzeige«, sagte sie.

»Die Kreisjägerschaft«, so vermutete Luise Blaustein, »ist schlicht und einfach orientierungslos. Ulshöfer war der unumstrittene Vorsitzende, dem sie alles überlassen haben. Sein Stellvertreter, ein Anwalt aus Creglingen ...«

»Name?«, fragte Faber kurz dazwischen.

»Weiß ich nicht mehr. Irgendwas mit -ke oder -ki hinten. Der ist, wie ich höre, seit mehr als zwei Wochen in Norwegen in Urlaub. Der weiß möglicherweise noch gar nichts davon, dass er derzeit eigentlich der amtierende Vorsitzende zu sein hat. Da waren sie halt kopflos, niemand wollte das in die Hand nehmen.«

»Und das«, so setzte Faber den Gedanken der Chefin fort, »das hat der alte Ehrenvorsitzende ausgenutzt. Wie hieß der noch gleich?«

»Der hieß nicht nur, der heißt immer noch Frey. Es gibt ihn noch, er ist immer noch aktiv. Vitus Frey aus Oberichenstadt, ein unbelehrbarer, alter Knochen.«

»Genau. Der hat also seine Chance gesehen und die Sache an sich gerissen. Den haben sie doch damals ziemlich gewaltsam aufs Altenteil abschieben müssen. Der unterschreibt seine zahlreichen und penetranten Leserbriefe bis heute mit ›Vorsitzender a. D.‹. Das verspricht heute Nachmittag eine interessante Beerdigung zu werden.«

»Du könntest hingehen und davon Bilder machen; Bilder in der Zeitung, auf denen die Leute sich selber suchen können, sind beliebt.«

»Schade«, rief Hebenstreit, nun schon wieder im Zimmer gegenüber an ihrem Schreibtisch, »auf diese Beerdigung hab ich mich schon so gefreut!«

»Ihr könnt beide gehen«, entschied die Chefin. Wenn die Chefin, dachte Faber, generöser Laune war, dann musste man das ausnutzen.

»Gut«, sagte er. »Dann soll Hebenstreit den Bericht schreiben, und ich mache ein paar Aufnahmen von den Jägern.«

»Was hast du weiter vor?« Selbst, wenn sie auf ihrem Chefinnenstuhl saß und der andere vor ihr stand, verstand die Chefin es, ihn von oben herab anzusehen. »Willst du mit als Trauergast auf den Leichenschmaus?«

»Guter Gedanke«, lachte Faber. »Da kann ich mich mal umschauen und versuchen, mich an die Witwe ranzumachen.«

Faber ging also etwas früher in die Mittagspause, damit er sich für die Beerdigung umziehen konnte. Einen richtigen schwarzen Anzug besaß er nicht. Also musste das graue Sakko mit den braunen Nadelstreifen genügen, dazu seine neueste, anthrazitfarbene Hose. Die war erst zwei Jahre alt. Er würde, weil man mit Regen rechnen musste, ohnehin seinen gewohnten Anorak darüber tragen. Eine schwarze Krawatte besaß er. Sie war uralt, war seine allererste Krawatte überhaupt gewesen und stammte noch aus der Zeit, als die Dinger schmal und die Krawattenknoten festgezurrt waren, als sollten sie einen erwürgen. Es würde nichts ausmachen, alle in der Stadt kannten ihn und wussten, dass er keinen Wert auf modische Dinge legte und sich auch nicht darum kümmerte, wenn andere ihn deswegen scheel ansahen.

»Papa, wo gehst du hin?« Seine kleine Tochter stand in der Tür und sah mit staunenden Augen seiner Verwandlung zu.

»Zu einer Beerdigung«, sagte er. »Erinnerst du dich, da war in unserer Zeitung ein Mann, also das Foto, ganz groß, und da war ein schwarzes Kreuz dran? Hast du das gesehen?«

»Ja, das Kreuz dran bedeutet, dass er tot ist.«

»Genau.«

»Hat den der liebe Gott von alleine geholt oder hat ihn einer umgetötet?«

»Ob er umgebracht worden ist, meinst du? Also von jemand anderem getötet? Nein, wie kommst du denn darauf?«

»Im Kindergarten sagen sie, er ist nicht so von allein, also von selber ... aber du findest das raus. Sagen sie.«

»So? Sagen sie? Wer sagt das denn?«

»Na, die Linda natürlich. Und die Grete auch.«

»Grete, die Leiterin?«

»Ja, die sagen alle, der Faber findet das raus. Stimmt das?«

»Nun ja, ich hoffe, dass ich herausfinde, warum er gestorben ist. Ich arbeite daran.«

»Und wird der tote Mann jetzt heute eingegraben?«

»Ja.«

»Ich will mit!«

»Das geht leider nicht.«

»Ich will aber!« Fußstampfen. »Den Friedhof kenn ich, bis dahin ist es nicht weit. Nur ein Stück unsere Straße lang, dann da rum.« Rechts und links konnte sie noch nicht auseinanderhalten, streckte aber richtig den rechten Arm aus, »da lang und nach der nächsten Straße kommt schon der Alte Friedhof. Da ist doch die lange Mauer. Ich fahr mit dem Fahrrad. Ich war damit schon ein paar Mal bis dorthin.« Im Grunde genommen hatte sie damit den Weg über Kolbstraße und Alemannenweg richtig beschrieben.

»Es geht trotzdem nicht. Außerdem gehe ich zu Fuß.«

»Miriam!«, rief es da aus der Küche. »Komm, dein Apfelsaft steht noch hier! Das Glas soll in die Spülmaschine!«

Das Hilfsangebot der Weichen kam im richtigen Moment. Auf dem Wohnzimmertisch standen drei rote Nelken in der Porzellanvase mit dem abgeschlagenen Henkel. Die, so fand er, mussten reichen. Er griff sie sich schnell, schlich sich, den Anorak über dem Arm, aus der Wohnungstür und war, als die ins Schloss fiel, schon die Treppe hinunter.

13

Der goldene Michael auf der Spitze der sechseckigen, alten Friedhofskapelle glänzte vor dem blau-weißen Himmel in der Sonne, als Faber sich dem Alten Friedhof näherte. Gekleidet in die volle Waffenrüstung Gottes mit Glaubensschild, Helm des Heils, Schwert des Geistes und Harnisch der Gerechtigkeit, so hielt der machtvolle Erzengel dort oben den Teufel, ein schwarzes, eher armseliges Männlein mit Fledermausflügeln, mit seiner langen Lanze nieder. Faber hatte die eindrückliche Gruppe schon oft betrachtet, aber bisher war ihm noch nie aufgefallen, dass der Böse nicht endgültig besiegt war, sondern dass er trotzig und drohend den Kopf erhoben hielt. Die Michaelskapelle war schon lange nicht mehr in Betrieb, sie diente nur noch als eine Art Mausoleum. Nur bei besonderen Gelegenheiten wurde sie geöffnet, und das Publikum konnte den Totentanz betrachten, der als Fries innen einmal um die ganze Kapelle reichte. Die Beerdigungen wurden von der Neuen Kapelle aus abgehalten. Deren Name täuschte, auch sie war schon sehr alt.

Die Leichenhalle war, als er ankam, schon hoffnungslos überfüllt. Die Leute standen dicht bis zum Eingang und füllten bereits den nicht sehr großen Vorplatz. Viele mussten von außerhalb gekommen sein, Faber kannte nur wenige vom Sehen. Er drängte sich höflich, aber energisch bis zur Tür. Als ihn dort jemand aufhalten wollte, der aussah, als gehörte er zur Trauerfamilie, sagte er leise, aber deutlich: »Presse.«

»Da drüben links«, sagte der junge Mann, »aber keine Fotos, bevor die Gastredner dran sind!« Und er zeigte mit der Hand dorthin, wo schon mehrere Kolleginnen und Kollegen, darunter Benjamin Sperlich, an die Wand gelehnt standen. Faber drängte sich langsam, immerzu »Entschuldigung! Entschuldigen Sie bitte!« murmelnd, durch die Menge, bis er neben ihm stand. Sperlich warf nur einen Blick auf ihn und beachtete ihn danach nicht mehr.

Faber begrüßte die übrigen Kollegen mit einem Kopfnicken und hielt sich den Finger an die Lippen: »Keine Unruhe!«

Imponier-Ignoranz, so dachte er, könnte er das nennen, was er da gegenüber Sperlich übte. Das Wort gefiel ihm. Er sollte es irgendwann in einem Artikel unterbringen oder der Chefin verraten, damit die es als ihre eigene Wortschöpfung ausgeben konnte. Imponier-Ignoranz, das klang so schön wissenschaftlich.

Er sah sich nach Hebenstreit um. Sie war schon da, er entdeckte sie weiter vorne. Sie saß auf dem äußersten Stuhl der dritten Reihe und überragte, blond und mit chaotischer Kurzhaarfrisur, alle anderen.

Faber sah, wie eine alte Frau mit Kopftuch von hinten an sie herantrat. Hebenstreit schaute sich schnell nach ihr um, lachte sie freundlich an und stand auf. Das alte Weiblein wich, als die junge Frau mit dem Riesenwuchs so plötzlich über ihr stand, vor Schreck zwei Schritte zurück an die Wand. Wahrscheinlich hatte die Frau die junge Journalistin, die im Sitzen größer war als das Weiblein im Stehen, bitten wollen, sich zu setzen. Hebenstreit, so dachte der Faber, musste ihr vorkommen wie eine riesige Walküre.

Hebenstreit klagte nie über ihren außergewöhnlichen Wuchs, im Gegenteil, sie konnte darüber lachen oder ihre Größe auch einsetzen, um sich Respekt zu verschaffen. Faber hatte sich bisher nie mit dem Gedanken befasst, wie schwer das Leben für eine Frau sein musste, die fast zwei Meter hoch gewachsen war. Sie trug meist Pullover oder großkarierte Holzfällerhemden und Turnschuhe, die größer waren als seine eigenen, und seine hatten die Größe 45. Sie bezog sie, das hatte sie ihm verraten, immer noch direkt von ihrem früheren Sponsor, denn bevor sie sich als Volontärin bei der kleinen Provinzzeitung verdingt hatte, hatte sie in München Germanistik studiert und war dort Mitglied der deutschen Universitätsauswahl im Volleyball gewesen. Sie war hochintelligent, auch ihre unangenehmeren Eigenschaften hatten mit ihrer Intelligenz zu tun, sie war nämlich auch vorlaut und manchmal sogar arrogant. Das hatte sich allerdings in den zwei Jahren, die sie unter seinem, Fabers, Einfluss stand, deutlich gebessert. Aber was ihre Intelligenz anging, da konnte niemand in der ganzen Redaktion sich mit ihr messen, ihn selber, so überlegte Faber durchaus ernsthaft, selbstverständlich ausgenommen. Sie würde, daran hatte er keinen Zweifel, ihren Weg machen und ihr Ziel erreichen. Ihr Ziel war bekannt, ein Platz in der Redaktion des ›Spiegel‹ oder der ›Zeit‹.

»Du Heuchler!«, raunte ihm jemand ins Ohr. »Stehst hier trübsinnig rum und heuchelst den Niedergeschlagenen. Schau dir den Markus an! Hat sich das Hirn wegblasen lassen, der Idiot!«

Ben Sperlich stand neben ihm und grinste ihn hämisch an. Sperlich trug einen langen, schwarzen Übergangsmantel, dessen Kragen er hochgeklappt hatte. Sein graudurchwirktes Haar trug er kurz geschnitten und nach vorne in die Stirn gebürstet. Hinten war sein Kopf kahl. Das Auffälligste in seinem glatt rasierten Gesicht war die leicht gekrümmte, weit vorspringende Nase.

Es war offensichtlich, dass Sperlich versuchte, gegenüber seinen Gesprächspartnern den Eindruck von Überlegenheit zu wecken, indem er sie durch seine randlose Brille scheinbar von oben ansah. Seine Lippen waren schmal, und der eine Mundwinkel zeigte dauernd nach oben, als würde er sich ununterbrochen über alles und jeden in seiner Umgebung lustig machen.

Überrascht und angeekelt trat Faber einen Schritt zur Seite. Bis dahin hatten Trauergäste ihm den Blick auf den vorderen Teil der Kapelle verstellt. Jetzt sah er, dass nach alter Sitte der Sarg noch offen stand, damit, bevor die eigentliche Trauerfeier begann, Freunde und Angehörige vom Verstorbenen Abschied nehmen konnten. Zudem wohl auch, um das Gerücht, Ulshöfer habe sich den ganzen Kopf weggeschossen, Lügen zu strafen. Ein weißes Tuch gab das Gesicht von der halben Stirn ab frei, und ein zweites Tuch bedeckte Hals und Kinn bis direkt an den Mund, wahrscheinlich, so vermutete der Faber, weil Kinn und Hals so schwer beschädigt waren, dass der Bestatter sie nicht mehr hatte rekonstruieren können. Die Augen des Toten waren fest geschlossen, die grünlichen Wangen tief eingefallen und die Nase stach spitz und knochig weiß in die Luft. Der von vielen fast als heilig verehrte Doktor sah mit den gestärkten, weißen Tüchern oben und unten tatsächlich ein bisschen wie eine sehr spitznasige, tote Nonne aus.

Die Trauergäste standen in einer langen Reihe auf der rechten, der Angehörigenseite, um einer nach dem andern an den Sarg zu treten, sich den Toten genau anzusehen und dann mit einem kurzen, stummen Gebet und einigen Spritzern Weihwasser aus dem Thujazweig von ihm Abschied zu nehmen.

Auch ein Kind stand brav in der Reihe, doch es war nicht zu erkennen, zu wem es gehörte. Es hatte ein paar gelbe, kurzstielige Blüten in der Hand, Astern, wie sie weiter unten am Friedhofsweg wucherten. Das Kind ging nahe heran und fasste die Kante des offenen Sarges, sichtlich, um sich daran hochzuziehen und einen Blick hineinzuwerfen. Das Mädchen hatte dunkelbraunes Haar und trug einen leuchtend blauen Anorak, darunter einen Jeansrock und eine helle Strumpfhose mit irgendwelchen Figürchen drauf.

In genau diesem Augenblick fuhr dem Faber der Schreck in die Glieder wie ein elektrischer Schlag, denn ihm wurde klar, dass diese Figürchen nur Windmühlen und Delphine sein konnten, denn so eine Strumpfhose hatten die Weiche und er im letzten Mallorca-Urlaub ihrer Tochter Miriam gekauft.

Miriam. Faber konnte es nicht glauben und wusste vor Schreck nicht, was er tun sollte. Niemand schritt ein. Wahrscheinlich dachte jeder, das Mädchen gehöre zu einem der Angehörigen.

Aber da machte sich Hebenstreit auf, gemessen, als wäre es das Selbstverständlichste auf der Welt, und ging mit nur wenigen Schritten nach vorne, ruhig, aber jeder ihrer Schritte war mehr als anderthalb Meter lang. Miriam erkannte sie, lief ihr entgegen und ließ sich von ihr auf den Arm nehmen. Faber musste laut aufseufzen vor Erleichterung. Von dort oben, hoch über allen Trauergästen, hatte die Kleine einen erstklassigen Überblick. Jetzt hatte sie einen Logenplatz, und sie ließ ihre neugierigen Blicke hemmungslos erst über den toten Mann im Sarg, dann über die dicht gedrängt sitzende und stehende, schwarze Trauergesellschaft gleiten. Als sie ihren Vater an der Wand stehend entdeckte, bekam sie für einen kurzen Moment große Augen. Sie zog die Lippen zwischen die Zähne und presste sie zusammen. Aber dann tat sie ganz schnell so, als hätte sie ihn nicht gesehen.

Faber drängte sich an der Wand entlang, bis er an Hebenstreits Seite stand. Er fasste seine kleine Tochter an der Hand, um sie von Hebenstreits Arm zu ziehen.

»Du nimmst auf der Stelle dein Fahrrad und fährst wieder nach Hause!«, flüsterte er streng.

»Ich will aber noch sehen, wie er eingegraben wird!«, flüsterte sie zurück.

In den Reihen hinter ihnen breitete sich Unruhe aus. Die Leute nahmen eindeutig für das kleine Mädchen Partei. Für einen so engstirnigen Menschen, der einem Kind die Anwesenheit bei der Trauerfeier des Onkels verbieten wollte, hatten sie kein Verständnis. Man sah es ihren Gesichtern an, dass sie so dachten.

»Lassen Sie nur«, flüsterte Hebenstreit. »Wenn Sie sie jetzt heimschicken, dann gibt es mehr Unruhe, als wenn sie hier bei mir bleibt.«

In diesem Augenblick kamen die vier Friedhofsdiener von der Seite herein. Sie schraubten den Deckel auf den Sarg und begannen schon, die Kränze und Gestecke, die davorlagen, auf einen Wagen zu laden. Der Organist begann mit dem Präludium auf der kleinen elektronischen Orgel, und von der Seite trat der Geistliche in die Kapelle.

Faber hatte fest vorgehabt, noch vor der Trauerfeier Frau Ulshöfer zu begrüßen, die jetzt vorne auf der rechten Seite in der ersten Reihe saß. Sie musste sich dort hingesetzt haben, während er den Schrecken mit seiner Tochter überstanden hatte. Jetzt war es zu spät, nach vorne zu gehen und mit ihr zu sprechen.

Zwischen Katja Ulshöfer und den jüngeren Angehörigen in der ersten Reihe waren mindestens drei Stühle frei. Faber erkannte am Ende der Reihe den jungen Mann, der ihn vorhin am Eingang aufgehalten hatte, wohl der jüngere Bruder des Toten, neben ihm saß seine Frau. Faber erinnerte sich, wie Katja Ulshöfer sich darüber beklagt hatte, dass Ulshöfers Eltern sie nicht als Schwiegertochter akzeptiert hatten. Anscheinend hatte der Tod ihres Mannes die Kluft zwischen ihnen nicht geschlossen, sie hatte sich möglicherweise sogar noch tiefer geöffnet. Der Vater hatte bis vor ungefähr zehn Jahren das Landgericht in Ellwangen geleitet. Jetzt saß er in der zweiten Reihe und presste die ohnehin schon dünnen Lippen aufeinander, ein strenger, alter Mann mit vor Kummer eingefallenen Wangen, Stirnglatze und an den Seiten streng nach hinten gekämmten, weißen Haaren. Als er sich für einen Augenblick in der Kapelle umschaute, konnte man sehen – und alle sahen es: Das Machtbewusstsein, das der Landgerichtspräsident a. D. abstrahlte, war nur noch ein Echo vergangener Tage. Sein Blick war trüb. Der Tod des Sohnes hatte den Vater gebrochen.

»Wir sind hier, um Abschied zu nehmen von unserem Bruder Markus Ulshöfer, den Gott plötzlich und unerwartet zu sich heimgerufen ...«

Erst jetzt fiel Faber auf, dass nicht wie erwartet der Kaplan die Beerdigung hielt, sondern der Pastoralreferent Wirth, in der katholischen Gemeinde arbeitender Theologe ohne Priesterweihe, dafür mit Familie. Ein sympathischer Mann, den er recht gut kannte.

Fabers Gedanken machten sich selbstständig. Sie wandten sich der Mutter des Toten zu, die neben ihrem Mann saß, so unauffällig, dass man sie fast übersah. Faber dachte: ›Sie tut, als gäbe es sie gar nicht.‹ Der Bruder des Verstorbenen, der mit seiner Frau in der ersten Reihe saß, wenn auch mit deutlichem Abstand zu seiner Schwägerin, der jungen Witwe, war äußerlich ein blasser Abklatsch von Markus Ulshöfer. Faber meinte sich zu erinnern, dass er Jurist war wie der Vater, Anwalt in der Gegend um Creglingen oder Rothenburg, jedenfalls irgendwo die Tauber hinauf. Die Frau an seiner Seite, eine dunkelhaarige Norwegerin mit üppiger Mähne, saß hoch aufgerichtet auf ihrem unbequemen Stuhl. Sie strahlte Selbstbewusstsein und Selbstvertrauen aus.

»Meine Gedanken sind nicht eure Gedanken, und eure Wege sind meine Wege, spricht der Herr. Denn so viel der Himmel höher ist als die Erde …« Der noch junge Pastoralreferent Wirth sprach mit ruhiger, klarer Stimme.

›Ja‹, dachte Faber, ›wie hatte Charly Thoma immer gesagt?‹ ›Von der Erde bis zum Himmel ist es genauso weit wie von Ichenstadt bis Pfingsten.‹

Er hörte mit einem Ohr, wie die Trauerfeier ihren Fortgang nahm. *»Herr, erbarme dich, Christus erbarme …«*

Der Pastoralreferent sprach die Angehörigen unmittelbar an und machte seine Sache gut. Er fand den schmalen Weg zwischen der Trauer über den Tod – »hilflos stehen wir dem Sterben gegenüber« – und der Hoffnung auf Auferstehung – »wie wir Christus im Tode gleich sind, so werden wir ihm auch in der Auferstehung gleich sein«. Er hatte, so dachte Faber, die Liebe zu den Menschen noch nicht verloren, das gab ihm die Kraft, seine Zuhörer in der Dunkelheit abzuholen und sie behutsam auf helleres Terrain zu führen.

Fabers Gedanken kehrten zurück zu Charly Thoma. ›Wenn der‹, so dachte er, noch lebte, ›was alles würde ich den fragen!‹ Damals, vor mehr als zwanzig Jahren, als Faber von seiner Lebenskrise gebeutelt worden war und sich schließlich ans Ufer der Tauber gespült wiedergefunden hatte, da war Karl Wilhelm Thoma derjenige gewesen, der ihn aufgefangen und wieder aufgerichtet hatte. Außerdem war da natürlich auch Carla gewesen, die junge Medizinerin, seine Studentenliebe, der er orientierungslos ins Taubertal gefolgt war. Aber Karl Wilhelm, genannt Charly, Thoma, der einarmige Chef der Tauber-Post, hatte ihn wieder auf die Beine gestellt und war sein väterlicher Freund geworden. Er war es immer noch, auch wenn ihn inzwischen schon sechs Jahre lang die Erde deckte. Faber ertappte sich in der letzten Zeit immer häufiger dabei, dass er sich fragte: ›Was hätte Charly Thoma dazu gesagt?‹

»Lesung aus dem Buche der Weisheit: Der Gerechte, kommt sein Ende auch früh, geht in Gottes Ruhe ein ...«

Was, zum Beispiel, hätte Charly zu diesem undurchsichtigen Fall Ulshöfer gesagt? Weshalb hatte Ulshöfer sich so plötzlich das Leben genommen? Ein Gerechter, kommt sein Ende auch früh – ha, ja.

Als Angehöriger des vom Krieg am meisten geschundenen Geburtsjahrganges 1922 war Charly Thoma, nachdem er in Stalingrad seinen linken Arm verloren hatte und in russische Gefangenschaft gekommen war, 1946 halb verhungert nach Deutschland entlassen worden. Einen Krüppel konnten die Russen nicht mehr als Arbeitskraft gebrauchen. Charly hatte sich zu Fuß von Frankfurt an der Oder in seine Heimat Bad Mergentheim durchgeschlagen. Dort hatte Charlys Vater, der Großvater der heutigen Chefin, Friedrich Thoma, die von den Nazis gleichgeschaltete Zeitung ›Völkische Post‹ mit Erlaubnis der Amerikaner zurückbekommen und unter ihrem alten Namen ›Tauber-Post‹ weitergeführt.

»Leben wir, so leben wir dem Herrn; sterben wir, so sterben wir dem Herrn. Darum, ob wir leben oder sterben, so gehören wir doch dem Herrn.«

Das, so fand Faber, hätte Charly Thoma auch sagen können. Der war Volontär beim ›Mannheimer Morgen‹ geworden, hatte einen Teil seines Volontariats bei dessen Ableger, den ›Fränkischen Nachrichten‹ in Tauberbischofsheim, abgeleistet und wurde danach Redakteur bei der Tauber-Post seines Vaters. Der »einarmige Charly« war ein wegen seiner

Objektivität allgemein geschätzter Journalist, sogar der damalige Oberbürgermeister hatte ihn respektiert, und der war ein tyrannisches Ekel gewesen.

»Mitten im Leben sind wir vom Tod umfangen«, sagte vorne der Mann im Ornat.

1962 hatte Charly Thoma von seinem Vater die Zeitung übernommen und hatte sie zu neuer Blüte geführt. Kaum jemand, der Faber kannte, wusste so viel über die Menschen und über die Verflechtungen von Leid und Schuld wie Charly Thoma. Überrascht stellte Faber fest, dass er hier, mitten in der Trauerfeier für Markus Ulshöfer, um Charly Thoma trauerte.

»Der Herr gebe ihm den verdienten, ewigen Frieden«, sagte der sympathische Mann vorne am Pult, und Faber sah dabei Charly Thoma vor sich.

Der Mann im Ornat hatte die ganze Zeit über nur ein einziges Mal, ganz am Anfang, das Wort »Unfall« benutzt. Von anderen Todesursachen war nicht die Rede gewesen.

Vorne stand jetzt der Vertreter der Kreisärzteschaft, und Faber machte sein erstes Foto. Nach ihm sprach ein Vertreter der über Tauberfranken verbreiteten Mehrheitspartei. Beide machten es gnädig, also kurz.

Dann trat der alte Oberjägermeister Vitus Frey an das Pult; füllig, mit grauem Schnauzbart und in vollem Ordensschmuck. Faber trat dicht vor ihn, um ihn abzulichten. Der Oberjägermeister machte eine Pause und strich sich den Schnurrbart. Dann stellte er sich in Positur und blickte kernig in die Kamera.

Miriam, die inzwischen auf Hebenstreits Schoß saß, zeigte begeistert nach vorne und rief laut: »Oh, guck mal, der hat aber viele Ansteckerle!«

Frey hatte einen Stapel Papier in der Hand, von dem er Blatt für Blatt ablas. Vom Heldenleben las er vor und vom einäugigen Jäger Wotan, von Thor, der mit seinem fliegenden Hammer die Helden nach Walhall holt, wo sie mit den

Asen ... Hier endlich wurden der Unmut und die Unruhe in der Kapelle so laut, dass der Redner abbrechen musste. »Markus, wir sehen uns wieder!«, rief er noch schnell, um seinen fluchtartigen Abgang zu kaschieren.

Faber sah, wie Hebenstreit, die Miriam auf ihrem linken Knie sitzen hatte, in ihren Block auf dem rechten Knie mitstenografierte.

Der Musikverein, in welchem der verblichene Doktor ebenfalls Mitglied gewesen war, wenn auch nur ein passives, führte den feierlichen Zug zum Grab mit dem schwülstigen Trauermarsch ›Ruhe in Frieden‹ an, den er zweimal wiederholte. Es folgten der Geistliche, die Friedhofsdiener mit dem Sargwagen, die Witwe und die übrige Verwandtschaft, die Vertreter von Staat und Organisationen, darunter Landrat Zwergriese, Abgeordneter Grinse-Paule und zwei Staatssekretäre aus Stuttgart, und schließlich das Volk, das so zahlreich vertreten war, dass es sich weit über die Gräberfelder verteilte, Gräber zertrampelte und sich hinter den dichten Thujahecken versteckte.

Faber nahm seine kleine Tochter fest an die Hand und reihte sich möglichst weit vorne ein. Miriam versuchte, ganz brav zu sein und wie eine Erwachsene an seiner Hand zu gehen. Sie zog oder zerrte nicht, schaute weder nach rechts noch nach links und gehorchte ihrem Vater aufs Wort, alles offensichtlich in der Hoffnung, das Unwetter, das sie später daheim erwartete, so weit wie möglich durch besonderen Gehorsam abzuwenden.

Faber hatte endlich eingesehen, dass es klüger war, sich geschlagen zu geben, freilich nur, was Miriams Bestreben anging, Genaueres über Sterben und Tod herauszufinden. Und wenn er es bei Licht betrachtete, dann war schließlich er selber derjenige, der Dinge, die er für richtig hielt, unnachgiebig und zäh durchzusetzen pflegte, notfalls auch mit List und Tücke. Seine Weiche pflegte in solchen Fällen eher zu schmollen, zu zürnen oder notfalls Tränen einzusetzen. Er durfte sich also nicht beklagen, und er konnte seine Tochter nicht dafür bestrafen, dass sie nach ihrem Vater geriet.

Das Grab war direkt am Hauptweg ausgehoben, nicht weit von der Michaelskapelle, wo jedermann vorüber kam. Dort ruhten auf der einen Seite des Weges nacheinander erst die verblichenen Kurdirektoren, dann die Herren Professoren vom Caritaskrankenhaus. Danach kam Ulshöfer. Der Platz auf diesem Alten Friedhof spiegelte immer auch den Platz, den einer in der Gesellschaft eingenommen hatte. Gegenüber, auf der anderen Seite des Weges, lagen die Kommandeure der damals noch kaiserlichen Kaserne, daneben die Bürgermeister und Landräte. Der Musikverein spielte neben der Grube ›Über den Sternen‹. Das Grab war schon so dicht umlagert, dass Faber sich für ein Umgehungsmanöver entschied. Er fand mit seiner kleinen Tochter einen Platz im benachbarten Gräberfeld neben dem Grab des Apothekers. Der war vor drei Jahren gestorben.

In der Stadt ging das Gerücht um, auf dem Grab würden Tulpen blühen, leuchtend rot mit weißem Rand. ›Lustige Witwe‹, so hieß die Sorte, und die Frau des Apothekers habe eigenhändig die Zwiebeln eingesteckt, so hieß es. Seither blühten auf dem Apothekergrab in jedem Frühjahr leuchtende Tulpen. Sie waren so gesteckt, dass sie die Ziffern 04 bildeten, die Jahreszahl seines Todes. Aber alle Anfragen in Form hochgezogener Augenbrauen beantwortete die Witwe mit der Auskunft, ihr Mann sei ein Anhänger des Bundesligavereins Schalke 04 gewesen. Faber hatte das Gerücht nie nachgeprüft. Jetzt, im September, blühten innerhalb der Buchsbaumumrandung bunte Löwenmäulchen und gelbe, einjährige Zwergdahlien.

Faber suchte sich einen Platz hinter einer großen Hecke unter einer Hainbuche, lehnte sich gegen deren rauen Stamm und machte für die Donnerstagsausgabe noch schnell ein paar Aufnahmen von der Menge. Er richtete es so ein, dass auf jedem Foto ein paar bekannte Gesichter waren. Dann setzte er Miriam auf seine Schultern, einmal, damit sie aus sicherer Entfernung sehen konnte, wie der Sarg ins Grab hinuntergelassen wurde, und außerdem, damit sie sich nicht losreißen und wegrennen konnte.

Hinter einer der für seine Augen dunkelgrauen Hecken sah er eine Frau mit gelb leuchtendem Anorak, der für einen Besuch auf dem Friedhof eigentlich zu auffällig schien. Die Frau verschwand immer wieder hinter der Hecke, wohl um an einem Grab zu arbeiten. Dann wieder stand sie mit dem Rücken zur Trauergesellschaft. Von den vielen Menschen schien sie gar keine Notiz zu nehmen. Er sah immer wieder hinüber, irgendetwas, so fand er, war ungewöhnlich dabei, bis er an dem neuen, aber sehr einfachen Grabstein erkannte, dass es das Grab von Angelika Schmidt war, von Geli, die sich vor einem halben Jahr das Leben genommen hatte. Faber war seltsam berührt von der Doppelung der Ereignisse, freilich ohne sich erklären zu können, was ihm daran auffiel, außer dass eben hier zwei Menschen nahe beieinander in der Erde lagen, die beide ihr Leben nicht mehr hatten ertragen können, so sehr, dass sie es weggeworfen hatten. Aber beide waren sie noch jung gewesen, Geli sogar noch jünger als Markus Ulshöfer. Faber fiel ein, was Hauptkommissar Lustig über die unerwartet große Zahl der Selbstmorde gesagt hatte, und begann die Reihe der Grabsteine abzusuchen nach einem Hinweis darauf, wer denn vielleicht sonst noch zu dieser Reihe gehörte.

»Von Erde bist du genommen, und zur Erde kehrst du zurück«, sprach drüben an Markus Ulshöfers Grab der Geistliche. *»Herr, gib ihm die ewige Ruhe.«*

»Und das ewige Licht leuchte ihm«, antworteten die Angehörigen, die um das offene Grab standen.

Nach dem Segen begann die Musikkapelle, ›Ich hatt' einen Kameraden‹ zu spielen. Also machte er schnell ein paar Aufnahmen von Kapelle, Jagdhornbläsern und Schützen. Dann trat er unauffällig einen Schritt zurück und ging hinter dem Stamm der Hainbuche in Deckung, denn die zweite Strophe dieses Liedes lautete: »Eine Kugel kommt geflogen, gilt sie dir oder gilt sie mir?« Dort blieb er vorsichtshalber, bis die Jagdhörner geblasen und die vier Jäger über das Grab hinweg dreimal mit Platzpatronen in die Wolken geschossen hatten. Er konnte sich nicht genau erklären, warum er sich so verhielt, wahrscheinlich war er von Ulshöfers Tod doch stärker mitgenommen, als er dachte, und der hatte immerhin sich selber erschossen. Da wurde es ihm einfach zuviel mit der Schießerei.

Er warf noch schnell einen weiteren Blick hinüber zu der Frau am Grab von Geli. Sie stand jetzt am Fußende des Grabes und richtete ihr Werkzeug. Überrascht erkannte er, dass sie weißes Haar hatte und somit viel älter sein musste, als er vorher geschätzt hatte. Es war Traute Sack, Gelis Mutter.

Eilig drängte er sich, Miriam immer noch auf seinen Schultern, durch die unentschlossene Menge und reihte sich ganz vorne in die Kondolenzschlange ein, die sich bei den Angehörigen gebildet hatte, noch vor den beiden Staatssekretären. Er konnte gerade noch seine kleine Tochter von den Schultern nehmen und ihr zuflüstern: »Du machst alles ganz genau so wie ich, verstanden?« Dann standen sie schon vor dem Grab.

Fabers Ohren vernahmen hinter sich eine hörbar um Bewegung bemühte, ölige Stimme, die sagte so etwas wie: »Meine tiefste und herzlichste Bestürzung!« Er musste die Augen schließen und sich mit aller Kraft konzentrieren, damit er sich nicht umdrehte und dem kondolierenden Abgeordneten Kurth empört in die blassen Augen sah.

Er gab Miriam eine von seinen drei alten Nelken, trat ganz dicht an den Abgrund und sah hinunter auf den schweren und repräsentativ ausgestatteten Eichensarg.

Miriam beugte sich mit großen Augen so weit vor, dass sie um ein Haar hineingefallen wäre. Schnell packte er seine Tochter um das Handgelenk, um sie sicher zu halten.

Das Grab war nicht sehr tief. Katja Ulshöfer hatte sich anstelle des bei Eheleuten üblichen Doppelgrabes für ein Einzelgrab entschieden. ›Sie macht schon Pläne‹, dachte Faber. Er warf seine beiden leicht angewelkten Nelken hinunter. Sofort warf Miriam ihre einzelne hinterher. Er stand da, kerzengerade, aber den Kopf gesenkt, und wartete darauf, dass ihm Worte der Fürbitte für den Toten einfielen. Er wartete vergebens. Stattdessen kamen ihm nur die Worte »Herr, erbarme dich über uns alle!« in den Sinn.

Miriam zog einmal kurz an seiner Hand. Sie hatte genug gesehen.

Er trat, immer noch mit seiner Tochter fest an seiner linken Hand, zu Frau Ulshöfer, die drei Schritte vor dem Grab stand. Sie trug einen schwarzen Hut, ein Schleier verdeckte ihr Gesicht. Die Familie Ulshöfer stand dicht bei ihr und umringte die ungeliebte Schwiegertochter. Zwei Männer hatten sie in die Mitte genommen, jeder hatte eine Hand fest an ihrem Ellenbogen. Den an ihrem linken Arm erkannte Faber wieder, es war der jüngere Bruder des Verstorbenen. Faber hatte den Eindruck, es handelte sich dabei weniger um Helfer als um Bewacher, und die zwei waren dort mehr, um sie zu kontrollieren, als um sie zu stützen.

Katja Ulshöfer gab ihm die Hand, und er verbeugte sich. Prompt verbeugte sich Miriam an seiner Hand mit ihm.

»Mein Beileid«, murmelte er.

»Danke, Herr Faber«, sagte sie leise. Mit einer schnellen Handbewegung hob sie für eine Sekunde den Schleier und sah ihm in die Augen. Dann ließ sie den Schleier schon wieder fallen und drückte kurz, aber überraschend kräftig seine Hand. »Rufen Sie mich bitte bald an!« Dann wartete schon ungeduldig der Nächste in der Schlange.

Nicht weit vom Friedhofstor stand Ben Sperlich mit einem Unbekannten. Beide waren im selben Alter. Der unbekannte Mann trug seinen schwarzen Trenchcoat offen, darunter einen schwarzen Anzug, ein weißes Hemd und eine schwarze Krawatte – alles betont und auffällig korrekt. Er schaute zu Faber herüber, als der mit seiner kleinen Tochter an der Hand vorüberging. Der Scheitel, der sein dunkles Haar auf der einen Seite teilte, leuchtete weiß zum

Faber herüber. Er war gerade, als hätte der Mann ihn mit dem Lineal gezogen. Auf beiden Seiten des Scheitels war das Haar schräg nach hinten gekämmt und gerade so lang, dass keine Strähne sich selbstständig machen konnte. Die beiden Männer standen unter den Linden mitten zwischen den Kriegsgräbern, rauchten und unterhielten sich lebhaft. Es sah aus, dachte Faber, als würden zwei sich streiten, die seit langem miteinander vertraut waren. Sperlich schaute nicht zum Faber herüber, sondern sah starr geradeaus.

Faber spürte, als er endlich vorbei war, die Blicke der beiden im Rücken und mit ihnen ein unangenehmes Ziehen im Nacken.

»Kennst du den?«, hörte er den Unbekannten fragen.

»Der ist von der Konkurrenz«, antwortete Sperlich so laut, dass Faber es auch sicher hören konnte. »Der markiert hier den großen Zampano.«

Miriams Kinderfahrrad leuchtete bunt in der tristen Reihe im Fahrradständer, ihr blauer Helm hing ordentlich an der Lenkstange. Sie fuhr los, blieb aber, während er zu Fuß nach Hause ging, immer in seiner Nähe und umkurvte ihn in großen Kreisen, so dass das Windrädchen am Hinterrad nur so schnurrte.

Zu Fabers Stärken und Schwächen zugleich gehörte es, dass er über eine reiche Phantasie verfügte. Seine Chefin, das wusste er nur zu genau, schätzte Phantasie überhaupt nicht. In ihren Augen hatte ein Journalist genau das zu beschreiben, was er sah und was jeder andere genauso sehen konnte. Phantasie war deshalb in ihren Augen etwas Störendes, und sie pflegte nur abschätzig von ›Phantastereien‹ zu sprechen, wenn die Rede darauf kam. Doch dem Faber hatte seine Phantasie schon oft geholfen, Zusammenhänge zu erkennen, die anderen Menschen verborgen geblieben waren. Außerdem half sie ihm, wenn sein leicht entflammbarer Zorn sich meldete.

Also nutzte er den Heimweg vom Friedhof dazu, sich in Gedanken an Benjamin Sperlich zu rächen, indem er sich für dessen Haupt ein Gerät ausdachte, das seine überhebliche Selbsteinschätzung für alle sichtbar machen könnte. Einen Arroganzsprinkler, so stellte er sich vor, der würde wie ein Rasensprenger auf Sperlichs graublondem Haupte kreiselnd seine Überheblichkeit über die Menschen sprühen. Diese Vorstellung gefiel ihm, er musste darüber lachen, und damit war sein Rachebedürfnis schon wieder so gut wie befriedigt.

14

Als er heimkam, rief er gleich in der Praxis Ulshöfer an. Katja Ulshöfer hatte es, so hatte er es verstanden, dringend gemacht: »Rufen Sie mich bald an.« Also probierte er es sofort. Er ließ es fünf- oder sechsmal läuten und wollte schon wieder auflegen, doch dann meldete sich eine schwer atmende, weibliche Stimme mit einem leichten Akzent: »Wirhabengeschlossen.« Schnaufer. »Wendensiesichan ...«

»Moment bitte«, unterbrach der Faber schnell das unbekannte Wesen am anderen Ende, bevor es wieder auflegen konnte, »ich will keinen Termin. Frau Ulshöfer hat mich gebeten, sie anzurufen. Faber ist mein Name, von der Tauber-Post. Sie wird es Ihnen bestätigen.«

»Sie ist noch auf der Beerdigung«, erklärte das Wesen nun etwas weniger außer Atem. »Unser Chef ist tot. Gestorben.«

»Das weiß ich.« Faber bemühte sich, ruhig und, weil es sich allem Anschein nach um eine der jungen Sprechstundenhilfen handelte, väterlich zu sprechen. »Ich war auf der Beerdigung und habe dort mit ihr gesprochen. Sie hat mir gesagt, ich sollte sie gleich anrufen. Könnten Sie mir vielleicht ihre Privatnummer geben?«

»Meine Privatnummer? Wieso das denn?«

»Nein, die von Frau Ulshöfer.«

»Sie ist auf dem Familientreffen. Bis heute Abend.«

»In Erlenbach?«

»Ich weiß nicht, ob ich Ihnen das sagen darf.«

»Wie lange wird das Treffen dauern?«

»Bis – heute Abend ist noch Kirche.«

Natürlich, das Seelenamt, das hatte er vergessen. Katja Ulshöfer würde folglich nicht vor halb acht Uhr abends daheim sein.

»Darf ich bei Ihnen kurz vorbeischauen?«, fragte er und schaltete dazu seine Samtstimme ein. »Ich würde mich gerne mit Ihnen über den Herrn Doktor unterhalten. Die von der Familie, die sitzen jetzt und reden, und ich darf nicht dabei sein und Sie auch nicht. Aber man muss bei so etwas doch reden können. Machen Sie mir auf, wenn ich komme? Ich läute an der Praxis zweimal kurz.«

Er zog sich nicht erst um, sondern schwang sich gleich aufs Rad und fuhr schnell durch die Altstadt zum Gänsmarkt. Im Parterre schlossen sie gerade die Tür der Bankfiliale ab, doch die schwere Haustür stand noch offen. Im Flur stellte er das Rad am Fuß der Treppe gegen die Wand, streifte die Hosenschützer von den Beinen und vergewisserte sich, dass die Kamera in der Anoraktasche war. Oben an der Praxistür klingelte er zweimal kurz.

Das junge Mädchen, das öffnete, hatte ein bemaltes und verweintes Puppengesicht. Die Augen waren schwarz umrandet, aber ihre Tränen hatten durch die viel zu dick aufgetragene Farbe lange Spuren über ihre runden Wangen gezogen.

»Hat man Sie einfach so allein gelassen?«, fragte er schnell und trat ein, bevor sie sich überlegen konnte, ob sie ihn auch hereinlassen durfte.

Sie nickte und schluchzte.

Er zog seinen Anorak aus und hängte ihn an die Patientengarderobe.

»Wo sind denn die anderen?«, fragte er. »Ihre Kolleginnen?«

»Die machen Urlaub. Diese Woche und die nächste sollten alle Urlaub machen, hat der Herr Doktor gesagt.« Ihre

Aussprache war ein bisschen hart, aber ihr Deutsch war fließend.

›Ulshöfer‹, so dachte Faber erstaunt, ›hatte seine Angestellten erst in Urlaub geschickt und sich gleich darauf erschossen?‹ »Wann hat er das mit dem Urlaub gesagt?«, fragte er.

»Letzte Woche. Er hat gesagt, wir sollen wieder Urlaub nehmen. Das haben wir immer so gemacht die letzten Wochen im Quartal. Da ist der Herr Doktor immer auf Fachtagung.«

Im selben Augenblick fiel ihr ein, dass der Herr Doktor sich nicht, wie er seinen Mitarbeiterinnen offenbar gesagt hatte, auf einer medizinischen Fachtagung, sondern auf dem Alten Friedhof in einem kühlen Grab befand, und sie bekam einen Weinkrampf.

»Jetzt kommen Sie«, sagte Faber väterlich. »Wo können wir uns denn setzen?«

Sie zeigte auf die große Warteecke für Patienten, der Rezeption genau gegenüber.

»Hier, nehmen Sie das, und wischen Sie sich die Augen.« Er reichte ihr ein Papiertaschentuch, aber sie verschmierte anfangs das vermalte Gesicht eher noch mehr.

»Hier noch.« Er zeigte auf die Stellen, die sie noch säubern musste, bis ihr Gesicht halbwegs sauber war.

»Danke«, sagte sie und setzte sich.

»Der Herr Doktor hatte sich also für diese und die nächste Woche zu einer Fachtagung angemeldet? Ist das so etwas wie eine medizinische Fortbildung?«

»Ja. Bis Ende September. So lange haben wir Urlaub.«

»Wie viele sind das: wir?«

»Personal? Das sind fünf.« Sie hatte leichte Schwierigkeiten mit dem deutschen Ü und sagte ›fiumpf‹.

»Wer alles?«

Sie zählte auf und benutzte dazu ihre Finger: »Karin macht die Rezeption. Und ich. Wir machen das abwechselnd. Termine und so weiter.«

»Sie heißen?«

»Elena.«

»Danke, Elena. Wer gehört noch dazu?«

»Zwei Arzthelferinnen, eine davon noch ganz jung, eine Azubi. Und eine Laborantin. Die macht manchmal auch Röntgen, weil die Auszubildende noch zu jung ist.« Sie sagte ›Rentgen‹. »Und Rechnungen«, fiel ihr dann noch ein, »die macht Frau Ulsefer. Die ganze Buchhaltung.«

»War die Praxis an jedem Quartalsende geschlossen?«, fragte er. »Befand sich der Herr Doktor also immer auf Fachtagung oder Fortbildung? Jeden März, Juni, September und Dezember?«

»Nein, Dezember nicht.«

»Klar, über Weihnachten nicht. Aber sonst immer?«

»Nicht immer, aber fast. Wenn zum Ende des Quartals das Bjudsché ausgeschöpft war.«

»Das Budget? Das spielt doch für ihn so gut wie gar keine Rolle. Er hatte doch nur Privatpatienten. Oder doch überwiegend.«

»Ja, das schon. Er hätte die Kassenpatienten gar nicht gebraucht. Aber er hat sich immer so geärgert über die Sache mit dem Budget. Er hat oft angekündigt, er gibt die Zulassung für die Kassen zurück. Im Zorn hat er das gesagt, getan hat er es dann doch nicht. Aber er hat, wenn das Budget leer war, die Praxis zugemacht und ist weggefahren. Viele Tagungen und Fortbildungen werden darum extra auf diese Zeit gelegt. Auf die Quartalsenden.«

»Hatte er da eine bestimmte Vorliebe? Bestimmte Orte zum Beispiel, an die er jedes Mal fuhr zur Fortbildung?«

»Ja, meist war das auf Mallorca. Da gibt es viele Hotels, in denen machen Firmen solche Tagungen. Pharmafirmen, oft im Auftrag von der KV.«

»KV, das ist?«

»Kassenärztliche Vereinigung.«

»Ah, ja. Die Kassenärztliche Vereinigung beauftragt Pharmafirmen mit der Fortbildung der Ärzte? Das ist interessant. Sind denn diese Fachtagungen auch von Pharmafirmen bezahlt worden?«

»Weiß ich nicht. Ich glaube nicht.«

»Oder hat die Praxis die Kosten übernommen?«

»Das müssen Sie Frau Ulsefer fragen.«

»Führt Frau Ulshöfer auch die privaten Konten vom Herrn Doktor?«

»Ja.«

»Natürlich, das ist ja auch nur logisch. Sie ist ja vom Fach. Das bedeutet, sie hat, wenn er auf Mallorca war, in jedem Fall die Hotelrechnung geprüft. Entweder für die Praxis, da musste sie ja die Rechnungen prüfen und bezahlen, oder, wenn er die Kosten selber getragen hat, dann konnte sie die Summe von der Steuer absetzen. – Sehen Sie, jetzt schmunzeln Sie. Es geht uns also schon besser. Oder worüber haben Sie sich gerade gefreut?«

»Sag ich nicht.« Das klang zwar entschieden, aber in ihren Augen blitzte der Schalk. Faber merkte: Sie spielte ein Spiel mit ihm. Sie wollte ihn etwas wissen lassen, ohne es zu verraten. Er sollte selber darauf kommen. Da gab es, so dachte er, eigentlich nur eine Richtung, in die das führen konnte.

»Sie hat also«, so tastete er sich vor, »die Rechnungen geprüft, und da – lassen Sie mich raten – stand auf der Rechnung ›Doppelzimmer‹ oder ›zwei Personen‹. Richtig so?«

»Das nicht, nein.«

»Ganz kalt?«, fragte er.

»Wieso? Was ist kalt?«

»Kennen Sie das Ratespiel Kalt-Warm?«

»Ach so, ja. Nein, nicht kalt. Warm.«

»Ich bin auf der richtigen Spur?«

Sie lächelte verschmitzt. Dann nickte sie.

Er überlegte. Was kam sonst in Frage? »Angenommen, er wollte nicht, dass seine Frau die Hotelrechnung sieht. Er hätte sie verschwinden lassen können und behaupten, er habe sie verloren.«

»Ja, er hatte die Hotelrechnung verloren. Aber das Geld war vom Konto abgebucht. Er hatte mit EC-Karte bezahlt.«

»Nachtigall, ick hör dir trampeln!«, rief er.

»Was ist mit dem Vogel?«, fragte sie irritiert.

»Nichts, nur so eine Redensart. Was also hat Frau Ulshöfer getan?«

»Sie hat angerufen in Mallorca bei dem Hotel.«

»Hatte sie denn die Telefonnummer?«

»Die hat sie gefunden. Auf der Einladung zur Tagung. Ich habe hier gesessen an der Rezeption, und sie saß mit dem Telefon an dem Tisch dort drüben. Ich konnte alles hören.«

»Es war ihr demnach egal, ob Sie mithören konnten?«

»Sie hat nicht zu mir gesagt, dass ich weggehen soll. Sie hätte ja auch von der Wohnung oben anrufen können oder aus einem anderen Zimmer.«

»Sie wollte Sie als Zeugin haben?«

»Ich weiß nicht. Sie hat sich gemeldet am Telefon mit ›Praxis Doktor Ulsefer‹ und gesagt, sie macht hier die Abrechnungen, und sie kann die Schrift auf der Hotelrechnung nicht lesen. Es ist zu blass gedruckt, hat sie gesagt, sie kann nur am Ende die Summe lesen. Dabei hat sie gar keine Hotelrechnung gehabt, weil – der Herr Doktor hat sie ja verloren.«

»Hoppla!«, rief er. »Schau einer an! Und – hat sie dabei deutsch gesprochen?«

»Ja – stimmt!« Auf Elenas Puppengesicht erschien ein Ausdruck, der von Überraschung bis Nachdenklichkeit alles bedeuten konnte.

Faber kam der Gedanke, dass Ulshöfer möglicherweise mit Absicht dieses wenig attraktive Mädchen eingestellt haben könnte, um jeder Versuchung für sich selber in den eigenen Räumen vorzubeugen. Er winkte ab: »Lassen Sie nur. Auf Mallorca haben sie in jedem ordentlichen Hotel wenigstens eine Person, die deutsch spricht. – Und was hat sie erfahren?«

»Sie hat gefragt, wie viel kostet eine Person um diese Zeit, also Nebensaison, und wie viel kosten zwei.«

»Nebensaison«, überlegte Faber laut, »und zugleich Quartalsende. War das Ende März?«

»Ja.«

»In welchem Jahr?«

»In diesem Jahr.«

»Das ist jetzt also ein halbes Jahr her. Und was hat sie erfahren?«

»Die Summe war der Preis für zwei Personen.«

Faber schwieg. Elenas Mitteilungsbedürfnis würde sich, wenn sie schon so viel verraten hatte, von selbst Bahn brechen. So dachte er, und er täuschte sich nicht.

»Von da ab«, fuhr sie nach einer Pause fort, »hat sie angefangen, sich zu erkundigen.«

»Wo überall?«

»Zuerst bei uns. Bei den Kolleginnen in der Praxis. Bei mir auch.«

»Und? Hat sie etwas herausgefunden?«

»Ja. Es ist – es war eine Kollegin.«

»Eine Ärztin?«

»Nein, eine Kollegin von mir. Sprechstundenhilfe in einer anderen Praxis, aber hier in der Stadt.«

»Natürlich!«, rief er. »Die hatte ja auch Urlaub am Ende des Quartals! Deren Doktor befand sich ja ebenfalls in Fortbildung. Hat der sich dann auch eine aus Ihrer Praxis als Gespielin mitgenommen? Gibt es am Ende in der Stadt jeweils auf das Quartalsende hin so eine Art Sprechstundenhilfentausch?«

Sie starrte ihn überrascht an. Ihre schwarz umrandeten Augen waren weit geöffnet. Die Iris war braun und passte nicht zu ihren gelb gebleichten Haaren.

»Entschuldigen Sie!« Eilig versuchte er, sie zu beruhigen. »Jetzt habe ich Sie erschreckt. Der Herr Doktor war, so erinnere ich mich, ein großer, stattlicher Mann mit einem angenehmen Wesen.«

Sie nickte nur, aber ihre Augen leuchteten verräterisch. »Er konnte, wenn er wollte, jeden um den Finger wickeln«, sagte sie nach einer kurzen Pause.

»Auch jede?«, fragte er.

»Auch«, bestätigte sie.

»Weiß Frau Ulshöfer, dass er immer wieder Abwechslung gesucht hat?«

»Sie weiß manches, aber nicht alles. Aber sie hat nie etwas gesagt. Nicht ein Wort darüber.«

»Die Sache mit Mallorca«, überlegte er laut, »zeigt, dass sie sich nicht mehr alles gefallen lassen wollte. So, wie Sie es geschildert haben, ging das ja ruckzuck, dann wusste sie schon, was sie wissen wollte. Hatte die denn keine Angst?«

»Wer, wovor?«

»Nun, dass die betroffene Kollegin Ärger mit Frau Ulshöfer bekommen könnte.«

Elena zuckte nur geringschätzig mit den Schultern. Das musste, so hieß das wohl, die Kollegin selber wissen.

»Hat es ähnliche Fälle schon früher gegeben?«, fragte er.

»Ähnliche?«

»Andere Frauen, meine ich.«

»Nicht direkt«, antwortete sie.

»Was bedeutet das? Meinen Sie: ja, aber heimlicher?«

Sie nickte.

»Oft?«

Wieder nickte sie.

»Wie hat Frau Ulshöfer reagiert?«

»Gar nicht. Sie hat getan, als würde sie es nicht merken.«

In diesem Augenblick klingelte an der Rezeption das Telefon. Elena ging hinüber. Bevor sie die Hand an den Hörer legte, schaute sie auf das Display und notierte etwas auf der Unterlage. Sie schaute bedeutsam zu ihm herüber.

»Es ist die Handynummer von Frau Ulsefer«, sagte sie. »Sie müssen ganz still sein.« Dann hob sie den Hörer ab.

»Praxis Doktor Ulshöfer«, sprach sie mit klarer, professioneller Stimme hinein. »Wir haben geschlossen. – Ach, Sie sind es! Guten Tag, Frau Ulsefer.«

Luder!, konnte Faber da nur denken.

»Nein, ich bin hiergeblieben in der Praxis, ich wollte nicht allein in meine ... nein, nur einige Anrufe. Dann war noch ein Herr Faber da und hat gefragt nach Ihnen, sonst niemand.«

›Au weia!‹, dachte Faber, ›wenn die mich die ganze Zeit genauso angeschmiert hat, wie sie das jetzt mit Frau Ulshöfer macht ...‹

Schnell nahm er seinen Anorak von der Garderobe und schlich hinüber zur Rezeption. Er nahm sich einen Notizzettel vom Stoß auf der Theke, schrieb darauf: ›Ihre Telefonnummer?‹, legte ihn so hin, dass beim Telefonieren ihr Blick darauffiel, und hielt ihr den Kugelschreiber griffbereit hin.

Sie lächelte ihn an und schrieb die Nummer auf den Zettel. Er steckte ihn ein, warf ihr eine Kusshand zu, formte mit seinen Lippen lautlos die Worte: »Ich bin schon weg!«, und schlich sich hinaus.

Er fuhr direkt nach Hause, zog sich um und radelte gleich wieder hinüber in die Redaktion. Dort saß Hebenstreit schon an ihrem Bildschirm und schrieb den Bericht über die Beerdigung. Er lud die Fotos, die er gemacht hatte, ins Programm, sonst störte er sie nicht.

»Wie heißt das Stück, das die auf den Jagdhörnern geblasen haben?«, rief Hebenstreit plötzlich laut durch das ganze Stockwerk.

»Hirsch tot!«, sagte Faber mit unbewegter Miene.

»Halali, die Sau ist tot!«, schrie Andreas Oehm aus dem Nebenzimmer.

»Jagd zu Ende!«, rief Michael Weis.

»Ja, wat nu!?«, fragte sie ungeduldig. »Ich will doch fertig werden!«

»Denken Sie sich einen schönen Titel aus«, wies Faber seine junge Kollegin an. »Nur glaubhaft muss er klingen.«

»Na gut«, überlegte sie laut. »Also dann: ›Jägers Abschied‹. Klingt doch nach was, oder?«

15

Kurz vor acht Uhr am Abend rief Faber aus der Redaktion ein zweites Mal bei Frau Ulshöfer an. Sie meldete sich sofort, als hätte sie in der Nähe des Telefons gewartet. Er habe heute bereits versucht, sie zu erreichen, erklärte er ihr. Ja, sagte sie, die Sprechstundenhilfe habe es ihr ausgerichtet.

»Können Sie gleich kommen?«, fragte sie, bevor er sich lange entschuldigen konnte.

»Ist etwas passiert?«

»Ja. Ich habe etwas gefunden.«

»Einen Abschiedsbrief?«

»Ja. Das heißt: nein. Briefe, ja, zwei. Aber die hat nicht mein Mann geschrieben. Es könnten so etwas wie Drohbriefe sein.«

»Wo haben Sie die gefunden?«

»In seinem Safe, unten in der Praxis. Ich wusste bis gestern gar nicht, dass es dort einen Safe gibt.«

»Worum geht es darin? Nehmen die Briefe Bezug auf bestimmte Dinge? Geht es um verschiedene Sachen oder bei beiden um dieselbe? Oder sind sie mehr allgemein?«

»Ich glaube, es geht bei beiden um etwas Bestimmtes.«

»In beiden um die selbe Sache?«

»Ich glaube, ja.«

»Kennen Sie den oder die Absender?«

»Beide sind ohne Absender.«

»Ich komme sofort.«

Die Burgstraße lag schon im Halbdunkel, und das Licht an seinem Asinus ferrari funktionierte natürlich immer noch nicht, aber um diese Tageszeit war die Gefahr, dass er erwischt wurde, nur gering. Es hatte zu regnen begonnen, und der Schwindling hatte bei solchem Wetter anderes zu tun, als Radfahrern aufzulauern. Der glaubte, alle anderen Menschen würden so wie er mit zwei Flaschen Herbsthäuser Doppelbock vor dem Fernseher unter der lauwarmen Volksmusikdusche mit Marianne und Michael sitzen.

An dem üppigen Metallportal am Gänsmarkt klingelte er bei dem Schildchen ›Privat‹, meldete sich einfach mit »Faber« und drückte die schwere Tür auf. Er stellte sein Fahrrad im Flur gegen die Wand. Nach der ersten Treppe kam sie ihm von oben entgegen.

»Kommen Sie hier herein«, sagte sie und schloss die Tür zur Praxis auf. Dieses Mal war er gewappnet und schritt tapfer durch die Reihen der urologischen Abbildungen. Trotzdem hatte er das Gefühl, die ekligen Prostatabilder sähen ihn drohend an: Wir sehen uns nochmal wieder!

Sie führte ihn in dasselbe Sprechzimmer wie bei seinem Besuch am Sonntag. Dort ging sie zu einer besonders scheußlichen Darstellung eines Penistumors und nahm, ohne hinzusehen, die Tafel von der Wand. Dahinter verbarg sich ein kleiner Wandsafe. Sie schloss ihn auf, nahm zwei Briefumschläge heraus und legte sie auf die große, polierte Nussbaumplatte des Schreibtisches.

»Die waren hier drin«, sagte sie und setzte sich in den Arbeitssessel. »Schauen Sie sich die bitte an!«

Das eine Kuvert war ein einfacher, billiger Umschlag, wie man ihn überall kaufen konnte, das andere war aus kräftigem, teurem, gelblichem Papier. Faber überlegte einen Augenblick. Dann griff er in seine Anoraktasche und zog ein Papiertaschentusch aus dem Päckchen. Er entfaltete es und legte es so in seine Hand, dass er die Umschläge nicht berührte. Er seufzte theatralisch und rückte die Lesebrille auf seiner Nase zurecht.

Der gelbliche Umschlag schien ursprünglich ein Schreiben von einer Versicherung enthalten zu haben. ›Berliner Leben‹ stand aufgedruckt als Absender in der linken, oberen Ecke. Daneben stand die Adresse ›Herrn Dr. Markus Ulshöfer‹ in einer steilen Handschrift mit blauem Kugelschreiber. Dieser Umschlag war auf der Rückseite ein paar Zentimeter vom oberen Rand mit einer Schere aufgeschnitten und danach mit Klebefilm wieder verschlossen worden.

Der andere Umschlag war wie üblich zugeklebt gewesen. Am Ende waren beide mit einem scharfen Messer oben aufgeschlitzt worden.

»Nehmen Sie ruhig die Briefe heraus«, sagte sie.

Er nahm ein zweites Papiertaschentuch und versuchte, es so einzurichten, dass er mit beiden Händen arbeiten konnte, ohne das Papier zu berühren.

»Moment«, sagte sie und war mit zwei Schritten bei einem weißen Schränkchen, zog schnell eine Schublade auf und kam mit zwei dünnen Plastikhandschuhen zurück. »Da«, sagte sie, »damit geht's leichter.«

Im Umschlag von der Lebensversicherung war ein einzelner Papierbogen, einfaches Druckerpapier, wie man es in jedem Schreibwarengeschäft kaufen konnte. Er entfaltete ihn, warf einen langen Blick über die ganze Seite und stellte, bevor er las, fest: »Kein Absender und keine Unterschrift.«

»Bitte!«, sagte Katja Ulshöfer und machte eine auffordernde Handbewegung.

Der obere Teil des Bogens war mit Computerschrift beschrieben. Der Text lautete:

Sehr geehrter Herr Dr. Ulshöfer! Lesen Sie, was hier aufgeschrieben steht, und dann horchen Sie in sich hinein, ob Sie sich daran erinnern! Und ob Ihr Gewissen Sie schlägt! Wenn Sie denn eins haben!!! Denn bald, sehr bald, werden wir dieses ganze Tagebuch den Behörden übergeben und der Öffentlichkeit und dem Staatsanwalt und der Bildzeitung! Denn dort in dem Tagebuch hat Ihr Opfer alles ganz genau beschrieben, was Sie getan haben! Dem Wahren Gericht entkommt niemand!

Auf der unteren Hälfte des Blattes war eine Fotokopie eingefügt, etwa eine halbe Seite von liniertem Papier, das im Original eine helle Farbe haben musste, rosa oder hellblau vielleicht, die in der Schwarz-Weiß-Kopie aber grau herauskam. Der obere Teil der Seite war abgedeckt. Auf diesem grauen Hintergrund stand in großen, runden Buchstaben:

... es war das Furchtbarste, was ich überhaupt in meinem ganzen Leben erlebt habe. Sie haben mich gepackt, haben mich gemeinsam hinter die Büsche geschleppt und haben mich ausgezogen. Ich habe geschrien, aber der Klaus Ramsthäler hat mir den Mund zugehalten und der Markus Ulshöfer ...

Hier war die Seite zu Ende.

»Das könnte wirklich eine Kopie aus einem Tagebuch sein«, vermutete Faber. »Ein kurzer Auszug, aus dem übrigen Zusammenhang herausgenommen und direkt auf den Bogen kopiert. Die Schrift mit den sehr runden Bögen und den Kringeln, das sieht mir nach einem ziemlich jungen Mädchen aus. Ist hier eine Vergewaltigung geschildert?«

»Eindeutig«, antwortete sie. »Was denn sonst?«

»Wieso sind Sie da so sicher?«

»Eine Frau spürt, was hinter solchen Zeilen steckt.«

»Hm«, brummte er. Er beschloss, ihr zu glauben, aber bei Hebenstreit oder der Weichen nachzufragen und sich abzusichern.

Dann verglich er die Handschrift von der Kopie mit der Adresse auf dem Umschlag, konnte aber, zumindest auf den ersten Blick, keine Gemeinsamkeit entdecken. Die Handschrift auf dem Umschlag war sehr steil und eckig, eine Art Druckschrift, und offensichtlich verstellt.

Auch im zweiten, dem einfachen Umschlag steckte nur ein Bogen. Hier war nichts aufgedruckt, und das Kuvert trug auch keine Briefmarke. Die Adresse war wie beim anderen Umschlag in steiler, eckiger Schrift mit der Hand geschrieben, der Brief selbst aber mit dem Computer ausgedruckt, auf einfachem Papier wie dem vorigen. Faber las:

Sehr geehrter Herr Dr. Ulshöfer! Dem Wahren Gericht der Öffentlichkeit entkommt niemand! Haben Sie in sich hineingehorcht und sich erinnert? Schlägt Ihr Gewissen Sie? Oder nicht? Tut Ihnen Ihr Opfer immer noch nicht leid und was Sie ihm angetan haben? Wenn das Tagebuch veröffentlicht wird, dann werden Sie sich schämen! Aber dann ist es zu spät!

Wieder fanden sich weder Unterschrift noch ein anderer Hinweis auf den Absender.

»Es sieht so aus, als wäre der hier der zweite Brief und der in dem Umschlag von der Lebensversicherung der erste«, sagte er. »Wann sind die gekommen?«

»Das weiß ich nicht«, sagte sie und schaute ihm dabei in die Augen. »Sie lagen gestern im Safe. Ich habe den Schlüssel an seinem Bund gefunden, habe den Safe geöffnet, und da lagen sie beide drin.«

»Das war alles? Sonst war nichts im Safe?«

»Nichts, was mit diesen Briefen zu tun hätte«, antwortete sie.

»Keine Beweise, Hinweise, Kopien über Parteifreunde, Vorstandskollegen, Vorsitzende anderer Vereine, die diese mit heimlichen Seitensprüngen, Schmiergeldern oder Vetternwirtschaft in Verbindung gebracht werden?«

Wieder schaute sie ihm treuherzig in die Augen. »Wie kommen Sie denn darauf?«, fragte sie.

›Peng!‹, dachte er, ›inzwischen, Mädchen, kenne ich deinen treuherzigen Blick. Es sieht so aus, als hätte ich ins Schwarze getroffen!‹

»Ich dachte«, sagte er dann, »das sei bei Männern in öffentlichen Ämtern so üblich. So einer muss sich doch wehren können in seinem Kampf um Amt und Einfluss.«

»Wie können Sie so etwas behaupten? Das sind doch alles nur Vermutungen!«

›Selbstverständlich‹, dachte er im Stillen, ›sind das Vermutungen, aber es sollte mich doch sehr wundern, wenn da nicht ein Körnchen Wahrheit drin steckte.‹

»Er hat also Vermutungen über seine Konkurrenten gesammelt?«, fragte er und verdrehte mit Absicht, was sie gesagt hatte.

»Es war nichts weiter im Safe, das Sie etwas anginge«, sagte sie bestimmt.

»Na gut«, lenkte er ein. »Ihr Mann hat nie mit Ihnen über diese Briefe gesprochen? Auch nicht über einen von ihnen, da sind Sie sicher?«

»Daran würde ich mich ganz bestimmt erinnern.«

»Sagt Ihnen der Name Klaus Ramsthäler etwas?«

»Nein. Ich bin sicher, den habe ich noch nie gehört.«

Darüber hast du wohl schon gründlich nachgedacht, überlegte Faber. Laut fragte er: »Und die Handschrift auf den beiden Umschlägen erkennen Sie auch nicht?«

»Nein.«

»In diesem Brief hier, dem früheren, ist der obere Teil der Seite aus dem Tagebuch beim Kopieren abgedeckt worden. Unten ist die Seite zu Ende, aber der Satz geht auf der nächsten Seite weiter. Da könnten eventuell noch mehr Namen stehen.«

»Ich möchte, dass Sie das aufklären«, sagte sie.

»Einfach so? Mich kann man nicht kaufen.«

Das war eine Unterstellung, die sie eigentlich hätte beleidigen müssen. Er wurde das Gefühl nicht los, dass mit ihr und dem, was sie ihm erzählte, irgendetwas nicht stimmen konnte, er wusste nur nicht, was. Das war also das Nächste, was er herausfinden musste. Sie aber steckte den Schlag einfach weg. »Selbstverständlich kann man Sie nicht kaufen«, sagte sie. »Davon habe ich auch nicht gesprochen.«

»Warum sollte ich mich also einmischen und mich anstrengen?«

»Es geht um die Wahrheit. Alle wissen, dass Sie hier derjenige sind, der unbestechlich für die Wahrheit kämpft.«

›Sieh an‹, dachte er, ›sie versucht, mich einzuwickeln! Ich habe sie unterschätzt. Sie schmiert mir Honig um die Schnauze, behauptet, ich sei der Ritter ohne Furcht und Tadel.‹

Er sah sie an und schniefte, um zu verbergen, dass er sich gegen seinen Willen in der Tat geschmeichelt fühlte. »Sind Sie sicher, dass Sie wissen wollen, was alles dahintersteckt?«

»Ja«, sagte sie und sah ihm wieder in die Augen.

»Die Wahrheit. Ein großes Wort«, sagte er lakonisch. »Was ist das, die Wahrheit? Die eine Wahrheit, welche die Menschen gemeinsam anerkennen, so etwas gibt es nicht mehr. Heute hat jeder seine eigene Wahrheit.«

»Darum geht es mir nicht. Ich will einfach nur wissen, was wirklich passiert ist.«

»Ich kann Ihnen jetzt schon sagen, was passiert ist, und das ist grausam. Wenigstens deutet alles darauf hin. Er hat sich selber erschossen da oben auf dem alten, morschen Hochsitz. Und zwar schon am Freitagabend. Das ist passiert! Wenn Sie das die Wahrheit nennen wollen, dann bitte.«

Er wartete darauf, dass sie auf ihn losgehen oder doch wenigstens schockiert reagieren würde, aber sie blieb ruhig. »Ich weiß, dass Sie das denken, Sie haben es schon angedeutet, als Sie am Sonntag hier waren. Aber bisher konnte ich mir nicht denken, warum er das getan haben könnte. Erst gestern, seit ich diese Briefe gefunden habe. Denn dass es mit denen zu tun hat, da bin ich mir sicher.«

»Hm«, sagte der Faber.

»Was sagten Sie?«

»Ich sagte ›Hm!‹. Das kann bei mir alles Mögliche heißen, oder auch gar nichts.«

»Können Sie das nicht aufklären? Ich meine, die Zusammenhänge?«

»In Zusammenhängen, also, darin bin ich eigentlich eher gut, sagt man. Ich meine, Zusammenhänge zu erkennen.«

»Deswegen bitte ich Sie ja auch darum. Keiner ist so gut geeignet, wenn es darum geht, die Wahrheit ans Licht zu bringen, wie Sie, Faber, das weiß man doch in der Stadt.«

›Jetzt sagt sie also schon nicht mal mehr Herr Faber‹, dachte er. Irgendwas an der Sache und wie sie lief, passte ihm nicht. Katja Ulshöfer war ihm zu eifrig. Und er war sicher, dass sie log.

»Ich bin Journalist und kein Privatdetektiv.« Er lehnte sich auf seinem Patientenstuhl zurück, zog sich mit betonter Geste den grau und schwarz melierten und mehrfach abgebundenen Zopf über die Schulter, so dass er vorne über seine Brust herunterfiel, und starrte sie herausfordernd an. »Wenn ich etwas herausfinde, dann werde ich es veröffentlichen.« Das klang schon ein bisschen nach einer Drohung.

Aber sie ließ sich nicht einschüchtern. »Es wird am Ende ohnehin alles herauskommen«, sagte sie. »Und Sie könnten doch mit der Veröffentlichung warten, bis alle Einzelheiten aufgeklärt sind.«

Er schien einen Augenblick lang zu überlegen.

»Kann ich mir das mitnehmen?«, fragte er und zeigte auf die Briefe. »Ich würde mir das gerne ein bisschen genauer ansehen.«

»Das geht leider nicht«, antwortete sie bestimmt. »Die Polizei – verstehen Sie? Ist das nicht klar?«

»Doch«, gab er zu. Er legte die beiden Umschläge nebeneinander. Der teure aus dickem, gelblichem Papier war mit braunem Seidenpapier gefüttert, aber Futter und Außenpapier waren fest miteinander verbunden, verklebt wahrscheinlich. Er trug eine Briefmarke für einen Brief, schwerer als ein Standardbrief. Im Stempel war nur das Wort »Briefzentrum« zu entziffern, Postleitzahl und Datum waren dafür zu blass.

Unter den Blockbuchstaben »Berliner Leben« in der linken, oberen Ecke stand groß, es könnte, so dachte er, rot sein, in schwungvoller Schrift, aber ebenfalls aufgedruckt: »Wichtig für Ihre Lebensversicherung«. Darunter standen, aber nachträglich mit vermutlich ebenfalls rotem Filzstift in steiler Handschrift dazugeschrieben, die Worte: »Gleich bearbeiten!«

Der zweite Umschlag war dünn, weiß und ungefüttert. Er trug weder Briefmarke noch Aufdruck.

Faber verglich die Adressen auf beiden Kuverts. Sie lauteten genau gleich, aber ihm schien auf den zweiten Blick, dass die Handschriften leicht voneinander abwichen. ›So‹, dachte er, ›als hätte jemand auf dem weißen Umschlag eine fremde, verstellte Handschrift nachgemacht.‹

»Mich wundert ein bisschen«, sagte er, »dass der zweite Brief keinen Auszug aus dem Tagebuch enthält. Eigentlich müssten wir doch erwarten ... haben Sie einen Kopierer?«

»Gleich hier drüben in der Rezeption«, antwortete sie und stand schon auf.

»Gut«, sagte er. »Würden Sie mir bitte von beiden Briefen Kopien machen?«

Sobald sie aus dem Zimmer war, griff er hinter sind und holte aus dem Anorak, der über seiner Stuhllehne hing, die Kamera hervor. Schnell, aber ohne Hast legt er die beiden Umschläge nebeneinander auf die Tischplatte und machte von beiden fünf oder sechs Fotos, je zwei davon waren stark vergrößerte Makroaufnahmen aus geringer Entfernung. Als Katja Ulshöfer zurückkam, saß er schon wieder auf seinem Stuhl.

»Was mache ich mit den Originalen?«, fragte sie.

»Machen Sie für sich selber auch Kopien, und lassen Sie die Originale am besten im Safe liegen, bis die Polizei danach fragt. Die werden nicht lange auf sich warten lassen, da können Sie sicher sein. Fassen Sie die Stücke am besten gar nicht mehr an.«

»Also übernehmen Sie die Sache?«

»Ja, ich übernehme sie.«

»Es wird Ihr Schade nicht sein«, sagte sie und dehnte ihren schlanken Körper.

»Darüber können wir später reden«, antwortete er und schaute weg.

Auf dem Heimweg regnete es noch immer. Faber wurde klitschnass, und seine Körpertemperatur, die in der Gegenwart von Katja Ulshöfer langsam, aber stetig angestiegen war, wurde gleich wieder heruntergekühlt. Die Stadt war dunkel, um nicht zu sagen stockfinster, und bis auf den Wirt von der ›Alten Apotheke‹, der noch schnell ein paar vergessene Stühle vom Marktplatz hereinholte, sah er unterwegs keinen einzigen Menschen.

Er fuhr durch die Burgstraße, ohne Licht, über das holprige Bonbonpflaster aus bröckeligem, chinesischem Porphyr, und von da hinüber auf den Radweg am Rande des Schlossparks. Bei diesem Sauwetter rechnete er zwar nicht damit, dass ihm dort jemand entgegenkam, aber sicherheitshalber gab er im Dunkeln immer wieder Laute von sich, um einen Fußgänger, der vielleicht doch auf dem Radweg wäre, zu warnen. Laut zu singen, wie er das sonst in solchen Situationen manchmal tat, getraute er sich nicht aus Angst, er könnte sich dabei erkälten. So begnügte er sich mit lautem Niesen, Husten oder Schniefen.

»Du bist ja ganz durcheinander«, sagte die Weiche, als sie ihm aus dem nassen Anorak half. »Was war denn los im Gemeinderat? Haben sie sich untereinander geprügelt oder nur wieder den Oberbürgermeister wegen seiner Alleingänge vertrimmt?« Er berichtete, er sei gar nicht im Gemeinderat gewesen, sondern bei Katja Ulshöfer und dort habe er seltsame Briefe gefunden, und er wisse noch nicht, was er von denen halten solle. Möglicherweise habe die Katja Ulshöfer sogar selber ...

Plötzlich unterbrach sie ihn: »Du hast so ein Glitzern im Blick! Du hast mit ihr was angefangen, oder? Nein? Aber doch wenigsten ein bisschen, lüg nicht, ich seh's dir an.« Nur halb im Spaß sagte sie das, aber er fühlte sich trotzdem ein kleines bisschen ertappt. Das war ja manchmal so bei Männern, auch wenn einer gar nichts wirklich getan hatte. Und für die Hormone, die seine Augen lenkten, für die konnte ein Mann nun wirklich nichts.

Also erwiderte er erschrocken, davon könne überhaupt nicht die Rede sein. Sie merkte, dass sein Schrecken ehrlich war, und entspannte sich. »Aber sie hat versucht, dich anzumachen. Oder? Gib es zu!«

Er zögerte mit der Antwort: »Ich weiß es nicht. Und wenn, dann hab ich so getan, als würde ich es nicht merken.«

»Vergiss nicht: Woanders die Speisekarte anschauen, das ist erlaubt, aber gemampft wird daheim und sonst nirgends! Das ist dir doch hoffentlich klar?!« Sie war der Meinung, dass er solche Erinnerungen manchmal brauchte, und er ließ sie meist wortlos über sich ergehen. »Ich sehe doch, wie du in der letzten Zeit mit dem Kater umgehst. Ich habe noch nie gehört, dass eine Katze kommt, wenn ein Mensch sie ruft. Außer natürlich, einer ruft mit dem vollen Fressnapf in der Hand. Nur du, du kannst das. Du rufst auf kätzisch oder katerisch oder wie man das nennt, und Hemingway kommt, um sich von dir kraulen zu lassen. Ein richtiger Katzenflüsterer bist du geworden. Eine Frau spürt so etwas an der Ausstrahlung. Ein richtiger Katzenflüsterer, verstehst du, der könnte nämlich auch ein guter Weiberflüsterer werden. Die Begabung dazu hast du. Erklär mir nur, wie Hemingway es geschafft hat, dass du dich so intensiv mit ihm beschäftigst. Oder muss ich dich auch mit dem Fressnapf locken? Möchtest du vielleicht etwas trinken? Oder hast du sonst auf irgendetwas Appetit?«

Da miaute er und schnurrte zugleich tief in der Kehle, legte sich auf den Teppich, sah sie mit großen, flehenden Augen an und machte: »Grrriiaaorrr!«

»Oh«, lachte sie, »alter Kater! Komm, du bist ja ganz durchgefroren! Du musst gekuschelt und gewärmt werden, sonst wirst du mir noch krank!«

16

Am Donnerstagmorgen war Faber der Erste in der Redaktion. Er setzte sich gleich an seinen Schreibtisch, lud die Fotos von den Briefumschlägen in den Computer und untersuchte jede Aufnahme genau. Er wählte das jeweils deutlichste Foto aus und öffnete sie in zwei Fenstern übereinander, um sie besser vergleichen zu können. Dann sah er sich die Makroaufnahmen an und verglich die vergrößerten, mit der Hand geschriebenen Buchstaben der Adressen.

»Hallo, Faber! So früh heute? Ist was Besonderes los?« Hebenstreit bückte sich, als sie ins Zimmer kam, um nicht mit dem Kopf an die Tür zu stoßen.

»Schauen Sie sich das mal an«, sagte er, ohne auf ihren Gruß einzugehen.

»Moment«, erwiderte sie, »eine Minute.« Sie bückte sich wieder, um hinauszugehen.

›Ihre Rückenmuskulatur‹, dachte Faber, ›ist unter Garantie übertrainiert, so viel, wie die sich jeden Tag bücken und wieder strecken muss. Und ihre Wirbelsäule wird in spätestens dreißig Jahren hinüber sein.‹

»So«, sagte sie, als sie wieder hereinkam. Sie holte sich den Stuhl von ihrem Schreibtisch, setzte sich links neben ihn und warf einen Blick auf den Bildschirm.

»Moment«, sagte er, »erst das hier!«

Er legte die Kopien der beiden ausgedruckten Briefe nebeneinander auf den Schreibtisch.

»Woher kommt das?«, fragte sie, als sie beide überflogen hatte.

»Von Katja Ulshöfer.«

»Au weia! Dor slöcht di doch glik de ...« Sie beendete den Satz nicht, und so erfuhr Faber auch nicht, was da gleich in ihrem Gemüt einschlug. Sie warf einen Blick auf den Bildschirm. »An ihn gerichtet«, stellte sie fest. Dann zeigte sie mit ihrem langen Finger auf eine Stelle in der linken Kopie.

»Auszug aus einem Tagebuch«, erklärte er.

Sie nickte. »Sieht nach einem jungen Mädchen aus«, dachte sie laut.

»Können Sie aus diesem Text auf etwas Bestimmtes schließen?«, fragte er.

Sie wiegte den Kopf bedächtig hin und her. »Nun ja ... ›Ich habe geschrien, sie haben mich gepackt und gemeinsam hinter die Büsche ... der Markus Ulshöfer‹ – also nicht der Herr Doktor. Von wann ist das Tagebuch?«

»Das weiß ich noch nicht«, antwortete er.

»Der andere – Klaus Ramsthäler – wer ist das?«

»Der Name sagt mir nichts. Wir haben also noch viel Arbeit vor uns. Für mich ist erst einmal die wichtigste Frage: Was ist das, was da geschildert wird?«

»Eine Vergewaltigung«, sagte sie bestimmt.

»Wie sicher sind Sie?«

»So gut wie ganz sicher. ›Sie haben mich gemeinsam hinter die Büsche geschleppt und mich ... es war das Furchtbarste, was ich in meinem ganzen Leben ...‹ Stellen Sie sich doch mal ein junges Mädchen vor, das so etwas schreibt!«

»Könnte es nicht doch etwas anderes sein?«, fragte er hartnäckig.

»Nein, es geht um Vergewaltigung«, entschied sie sich. »Für mich ist das sicher. Warum wollen Sie unbedingt, dass es etwas anderes ist?«

»Sehen Männer und Frauen solche Dinge verschieden?«, fragte er. »Vielleicht mit anderen Augen?«

»Selbstverständlich!«, antwortete sie prompt. »Frauen identifizieren sich intuitiv mit Frauen, also mit den Opfern. Und Männer – denken Sie an den Jagdinstinkt und an die Kameradschaft der Jäger – identifizieren sich ganz selbstverständlich und ohne zu überlegen mit den Jägern. Also mit den Tätern. Das ist ganz natürlich. Warum also wollen Sie, dass es sich um etwas anderes handelt?«

»Will ich ja gar nicht!«, ereiferte er sich. »Ich will nur, dass wir ganz sicher sind. Vor uns liegen zwei Drohbriefe an Ulshöfer. Dieser Ulshöfer hat Selbstmord begangen. Wir wissen nicht, wie diese Sache sich weiterentwickelt. Da müssen wir genau wissen, worum es hier geht. Und wir müssen uns einig sein. Also, einverstanden: Es geht in den Briefen hier um Vergewaltigung. Aber wir wissen noch nicht, ob das etwas mit seinem Selbstmord zu tun hat. So weit einig?«

»Einig«, bestätigte sie.

»Gut. Weiter!«

»Ein bisschen seltsam sehen diese Briefe schon aus«, fand sie.

»Aha!« Das war auch sein erster Eindruck gewesen. »Und was genau ist seltsam daran?«

»Das hier«, sie zeigte mit ihrem langen Finger auf den linken Bogen, »ist der erste Brief. Oder der frühere. Jedenfalls ist er vor dem anderen geschrieben. Der hier, der rechte, bezieht sich im Text auf den linken. Also ist der rechte später geschrieben.«

Faber schwieg und wartete ab. »Fällt Ihnen noch etwas auf?«, fragte er nach der Pause.

»Ja.« Er konnte ihren Kopf richtig rauchen sehen. »Warum«, dachte sie laut weiter, »warum hat der Schreiber im zweiten Brief keinen neuen Ausschnitt aus dem Tagebuch mitgeschickt?«

Faber stach mit seinem ausgestreckten Zeigefinger in die Luft und machte mit seinen Lippen einen Schnalzlaut, als würde ein Korken aus der Flasche springen. »Treffer! Ein Punkt!«, sagte er. »Weiter!«

»Das hier«, dachte sie weiter, »sind Kopien ...«

»Normales Kopierpapier auch im Original, alle beide«, antwortete er schon, bevor sie die Frage beendet hatte.

Sie nickte. »Beide Texte ähneln sich«, fuhr sie fort. »Beide sind unlogisch, aber der erste, den kann man schon richtig verwirrt nennen.«

»Zweiter Pluspunkt!« Er zeigte Daumen und Zeigefinger.

Als sie nichts weiter sagte, legte er den Zeigefinger an den Rand eines der Blätter. »Noch was?«

»Im Augenblick nicht«, antwortete sie.

»Gut. Jetzt hier weiter.« Er zeigte auf den Bildschirm mit den Fotos von den beiden Umschlägen. Sie schaute angestrengt.

»War das ein echtes Kuvert von der ›Berliner Leben‹?«

Er erklärte ihr, wie der teurere Umschlag genau ausgesehen und sich angefühlt hatte und beschrieb auch das Futter aus Seidenpapier. Den Farbunterschied zum billigen Kuvert konnte sie auch auf dem Bildschirm gut erkennen.

»Hm«, machte sie. »Das sieht so aus, als hätte das Kuvert ursprünglich einen echten Brief von dieser Versicherung enthalten.«

»Ursprünglich schon«, stimmte er zu, »das denke ich auch.«

»Vielleicht könnte man über diese Lebensversicherung den Absender dieser Briefe finden.«

»Möglicherweise«, gab er zu. »aber das wäre bestimmt sehr umständlich.«

»Das Rote hier«, – sie zeigte auf die Worte ›Gleich bearbeiten‹ – »ist das Filzstift, mit der Hand geschrieben?«

»Sieht so aus, auch im Original.«

»Und das darüber?«

»Ist aufgedruckt.«

»Hatte Ulshöfer eine Lebensversicherung bei der ›Berliner Leben‹?«

»Ähm – das weiß ich nicht. Hab ich vergessen zu fragen. Kriegen wir aber noch raus.«

»Die Briefmarke«, sagte sie. »Das sieht aus, als wäre in dem Kuvert ursprünglich ein ziemlich dicker und schwerer Brief von der Versicherung gewesen. Die ursprüngliche Adresse stand auf einem Aufkleber, der ist, möglicherweise mit Dampf, abgelöst und die neue Adresse mit der Hand darüber geschrieben worden. Die Schrift kommt mir ziemlich verstellt vor.«

»Mann oder Frau?«, fragte er. »Was meinen Sie?«

»Schwer zu sagen. Auf den ersten Eindruck hin würde ich ›Frau‹ sagen. Eine Frau, die ihre Schrift verstellt und wie ein Mann zu schreiben versucht.«

»Sehr gut! Darauf bin ich nicht gekommen. Dritter Punkt! Noch was?«

»Ja. Die Handschrift in den Adressen ist in beiden Fällen verstellt, aber es sind trotzdem zwei Personen.«

»Sicher?« Er richtete sich auf und spähte angestrengt.

»Zunächst nur Vermutung«, sagte sie. »Haben Sie keine Makroaufnahmen?«

Wortlos holte er erst die eine, dann die zweite Vergrößerung auf den Bildschirm.

»Zwei Fenster, bitte!«, bat sie.

Jetzt lagen beide Adressen vergrößert übereinander. Sie suchten gemeinsam mit den Augen.

»Das Rot mit dem Filzstift hier«, fragte sie und zeigte mit dem Finger, »ist das dasselbe wie ...« – doch sie besann sich schnell und zog den Finger wieder zurück. »Entschuldigung!«

»Macht nichts«, antwortete er und verzog keine Miene.

»Die untere Schrift ist noch spitzer als die obere«, dachte sie laut. »Die Schlingen oben beim k, beim l, h und f, die sind zwar eckig, aber sie sind doch noch leicht gebogen. Es sind noch Schlingen. Die anderen hier unten sind noch spitzer, fast schon Dreiecke.«

»Hm, ich sehe es, ja.« Das war ihm beim ersten Durchsehen auch aufgefallen.

»Und hier«, fuhr sie fort, »in der Postleitzahl. Zwei Neunen hier und zwei da. Die oben sind ganz offen, die unten nur halb.«

»Stimmt«, bestätigte er. »Das mit den Bogen hatte ich gesehen, das mit den Neunern nicht. Sehen Sie noch was?«

»Ja. Hier das r am Schluss vom Namen Ulshöfer. Das oben ist eingerollt und zeigt nach innen, das unten läuft mit Schwung aus und zeigt nach außen.«

»Ich denke, das reicht«, sagte er und lehnte sich zurück. »Wir sind uns also einig: Die zwei Umschläge sind von verschiedenen Personen geschrieben worden, und beide haben ihre Schrift verstellt. Dabei hat der zweite Schreiber versucht, den Eindruck zu erwecken, es handle sich nur um eine einzige Person. Ein Trittbrettfahrer also?«

»Oder mehrere Personen«, überlegte sie, »die das gemeinsam machen, Ulshöfer aber glauben machen wollen, sie seien nur eine Person. Eine Gruppe. Aber was sollte das? Das ergäbe doch keinen Sinn.«

»Somit wäre ein Trittbrettfahrer die logischere Erklärung. Aber was wollte der erreichen? Es wird in keinem der

Briefe von Ulshöfer etwas gefordert. Und noch etwas: Woher hat der zweite Schreiber von dem ersten Brief erfahren? Er müsste entweder in unmittelbarer Nähe des ersten Schreibers sich befinden, oder …«

»Oder – genau!«, stimmte sie ein, »oder in der Nähe des Empfängers! In der Praxis! Der Trittbrettfahrer muss in Ulshöfers Praxis sitzen!«

»Das Personal, in der Tat. Daran habe ich bisher noch nicht gedacht«, gab er zu.

»Die Mädels dort – wie viele?«

»Fünf.«

»Die fünf Mädels in der Praxis hätten sich gegen ihren Chef verschworen – halten Sie das für möglich oder auch nur für wahrscheinlich?«

»Ob möglich – ja. Ob wahrscheinlich – keine Ahnung«, antwortete er.

»Wissen Sie, wie dort die Stimmung war?«

»Mit einer von denen hab ich gestern geredet. Die hat es faustdick hinter ihren hübschen, kleinen Öhrchen – übrigens das einzig Hübsche an ihr. Und sie hat mir eine Menge Geheimnisse über ihren Herrn Doktor erzählt.«

»Na also! Was, zum Beispiel?«

»Nun ja, die üblichen Sachen. Ausflug mit heimlicher Gespielin, aber seine Ehefrau hat's gemerkt. War, so scheint's, in dieser Hinsicht nicht sehr wählerisch, der Herr Doktor, und hat im Vorübergehen mitgenommen, was er gekriegt hat. Die Sprechstundenhilfe ließ so etwas durchblicken.«

»Dann stammt das Tagebuch vielleicht von einer von denen? Aus der Praxis, meine ich? Und vielleicht haben die Mädels sich daraufhin zusammengetan?«

»Und sie hätten ihn miteinander in den Tod getrieben? Das wäre in der Tat mal was Neues: ›Mobbing in der Praxis, Personal treibt Doktor in den Selbstmord‹ – Das wäre eine Schlagzeile! Doch falls tatsächlich das Praxispersonal dahinter steckt, dann steckt auch seine Frau da mit drin. Sie macht dort seit zehn Jahren die Buchführung und das ganze Rechnungswesen, gehört also fest dazu. Und sie hat behauptet, sie habe die Briefe nicht gekannt, habe sie erst am Dienstag, also vorgestern, gefunden. Was die mir erzählt hat, das passt vorn und hinten nicht zusammen. Sie hat, sagt sie, beide Briefe in einem Safe gefunden, von dem sie vor Ulshöfers Tod gar nichts gewusst hat. *Angeblich* nichts gewusst hat. Sie ist seit zehn Jahren in der Praxis – und da hat sie von dem kleinen Safe im Sprechzimmer nichts gewusst? Dann, als ich sie gefragt habe, ob sie den Namen Klaus Ramsthäler, der hier in dem Brief im Tagebuchauszug auftaucht, schon einmal gehört hat, da hat sie spontan behauptet: Nein, den hat sie noch nie gehört. So antwortet jemand nur, wenn er sich vorher überlegt hat, dass er danach gefragt wird. Und vor allem, so behauptet sie, war sie gleich sicher, dass Ulshöfers Selbstmord etwas mit diesen Briefen zu tun hat. Woher wollte sie das wohl wissen? Also, das war deutlich, dass sie sich etwas zurecht gelegt hatte, um mich aufs Glatteis zu führen.«

»Wollen Sie wissen, was mir dabei einfällt, wenn ich das so höre?«, fragte Hebenstreit. »Mir kommt dabei ein ganz dringender Verdacht, wer dieser Trittbrettfahrer ist. Unsere Trittbrettfahrerin, um genauer zu sein.«

Zur Pressekonferenz der Kripo war nur ein Häuflein Journalisten erschienen. Faber zählte sieben, ihn selber mitgerechnet. Der Fall Ulshöfer wurde von der Allgemeinheit noch immer als Unfall bewertet, daher hatte das öffentliche Interesse in den letzten Tagen schon deutlich nachgelassen. Informationen waren den Menschen nicht so wichtig, Gerüchte waren vielen lieber.

Die Chefin hatte Wort gehalten und ihm ihren Oldie-Pkw rausgerückt, das blau und grün schillernde Alfa-Romeo Cabriolet, das in der Stadt allgemein ›der Kolibri‹ genannt wurde. Eigentlich hatte Faber vorgehabt, sich auf halbem Weg nach Tauberbischofsheim in Königshofen auf der Messe endlich zwei Paar neue Hosenträger zu kaufen, schön längs gestreift sollten sie sein, aber es war noch zu früh am Tag und die Stände waren noch geschlossen gewesen. Während er sich jetzt im Presseraum umschaute, dachte er, er hätte die Wartezeit auch auf dem Messeplatz verbringen können, bis sie dort geöffnet hätten. Denn die Herren von der Kripo gedachten offenbar, die Pressekonferenz mit einer langen Pause zu beginnen. Nach einem Event sah das hier jedenfalls nicht aus.

Kriminaldirektor Schiller eröffnete die Versammlung geziert, als befände er sich auf einer Opernbühne. Er ließ seinen Blick durch das Pressezentrum der Polizeidirektion schweifen. ›Er zählt‹, dachte Faber, ›er zählt seine Zuhörer, während er sie begrüßt, und ist enttäuscht, dass nur so wenige gekommen sind, denn er hat ja, so denkt er, für uns eine Riesenüberraschung.‹ Neben ihm auf dem Podium saßen die beiden mit dem Fall befassten Kommissare Vierneisel und Federolf, Vierneisel links, Federolf rechts vom Direktor. Beide musterten das im Raum dünn verstreute Publikum mit finsteren Blicken, als suchten sie in den spärlich besetzten Reihen einen entflohenen Sträfling.

Kriminaldirektor Schiller war ein rundlicher Mann mit glatt rasiertem Schädel und einem von tiefen Falten zerfurchten Gesicht. Die auffällige Brille verhinderte, dass er aussah wie der Knautschhund im Heckfenster eines Autos. So aber sah er, fand Faber, nur noch aus wie ein Eierkopf mit Dackelfalten. Er hatte eine angenehme, kultivierte Stimme. Er musste, meinte Faber, irgendwann eine klassische Gesangsausbildung genossen haben. Bariton. Aber für die Oper hatte es nicht gereicht, somit war er zur Polizei gegangen. Das war, dachte Faber weiter, bestimmt für beide Seiten besser gewesen, für die Oper und für die Polizei.

Der Chef der Tauberbischofsheimer Kripo verkündete, im Fall Ulshöfer habe sich eine Wendung ergeben. Es handle sich in diesem Fall eindeutig um einen Suizid. Er schaute über seine Brille hinweg in die Runde, um die Überraschung zu genießen, welche die beiläufig vorgetragene Meldung auslösen würde, aber im Presseraum blieb alles ruhig. Also wiederholte er etwas lauter: »Suizid. Also Selbstmord.« Das hätten die Ermittlungen von Hauptkommissar Vierneisel und Oberkommissar Federolf eindeutig ergeben.

Niemand schrie vor Überraschung auf, keiner stöhnte oder sprang auf oder zeigte sich auf andere Weise innerlich beteiligt. Einige schrieben in ihre Notizblöcke. Faber tat gar nichts, außer auf Einzelheiten zu warten.

»Könnten wir dazu bitte ein paar Einzelheiten hören?«, fragte jemand hinter ihm. Er drehte sich nach der weiblichen Stimme um. Dort, in der letzten Reihe, saß Veronika Herschlein vom Tagblatt Main-Tauber, zu welcher Faber ein kollegial distanziertes Verhältnis hatte. Er winkte ihr mit der Hand einen schnellen Gruß zu.

»Hauptkommissar Vierneisel, bitte!«, sagte Schiller.

Vierneisel schilderte umständlich, wie der Verdacht auf Selbstmord durch die Lage des Toten und den Zustand der gebrochenen Stange aufgekommen war. Die Untersuchung im Labor habe dann ergeben, dass die Kugel von unten durch das Holz gekommen sei, und bei der Obduktion habe sich gezeigt, dass sich tief in der Schusswunde Holzsplitter befunden hätten.

Faber meldete sich.

Der Direktor sah es. »Herr Faber, bitte.«

»Es ist eigentlich nicht üblich, dass die Polizei einen Suizid öffentlich macht. Wer hat Sie veranlasst, das trotzdem zu tun?«, fragte Faber. »War es der Eigentümer des Waldes, der Schadenersatzforderungen vorbeugen will, oder war es seine Lebensversicherung?«

Vierneisel und Federolf sahen ihren Direktor an. Man konnte genau erkennen: Sie waren gespannt, was der darauf sagen würde.

»Alle beide«, bekannte der Kriminaldirektor schließlich.

»Wer ist der Eigentümer?«, setzte der Faber nach.

Der Wald gehöre, berichtete der Direktor, der katholischen Kirche. Deren Behörde für die Verwaltung solcher

Waldstücke heiße Stiftsschaffnei, und die habe ihren Sitz in Mosbach. Die Kirche, in diesem Falle die Erzdiözese Freiburg, bezahle von den Erträgen der Wälder die Pensionen ihrer Pfarrer und Beamten.

Oberkommissar Federolf setzte zum Sprechen an, aber Faber redete schneller: »Und die Lebensversicherung? Bei welcher war er versichert?«

»Warum wollen Sie denn das wissen?« Der überraschte Kriminaldirektor Schiller zog sein Gesicht in zusätzliche Falten.

»Ich habe einen Grund, Sie können sich darauf verlassen«, versicherte Faber.

»Das kann ich Ihnen nicht sagen, Herr Faber, haben Sie dafür bitte Verständnis. Ich darf es nicht.«

»Aber er hatte eine Lebensversicherung? Und Sie wissen auch, bei welcher Gesellschaft?«

»Ja, das haben wir vorliegen. Die haben sich ja an uns gewandt.«

»Ist es die ›Berliner Leben‹?«

Der Direktor warf einen Blick auf seine Notizen. »›Berliner Leben‹ – nein, ist es nicht. Und jetzt hat Oberkommissar Federolf das Wort.«

Der Hochsitz, berichtete Federolf, der schon längere Zeit ungeduldig darauf gewartet hatte, reden zu dürfen, der Hochsitz sei illegal, also ungenehmigt errichtet und alles andere als fachgerecht aus dünnen Stämmen einer benachbarten Fichtenschonung zusammengenagelt gewesen, habe aber wahrscheinlich mehr als zwanzig Jahre lang dort gestanden.

»Heißt das, da hat früher mal einer gewildert?«, fragte überrascht die Vertreterin des Tagblattes Main-Tauber.

»Schon möglich«, erwiderte der Direktor lakonisch. »Aber das wäre dann ja Sache der örtlichen Polizei. Und natürlich der kirchlichen Forstverwaltung. Die hat jedenfalls von diesem illegalen Hochsitz nichts gewusst.«

»War das Stück nicht verpachtet?«, fragte jemand.

»Nein. Verpachtet ist nur der See unten am Waldrand. An einen Fischereiverein.«

»Ha!«, rief jemand von der Fensterseite her unnötig laut. »Die haben sich oben den Wildschweinbraten geholt und unten die Forellen für die Vorspeise!« Der Faber drehte sich zu ihm um, konnte aber gegen das Licht nichts erkennen. ›Offenbar‹, dachte er, ›jemand, der gerne sich selber reden hört.‹

»Gibt es einen Abschiedsbrief?«, fragte er deshalb betont sachlich.

»Nein«, antwortete Vierneisel, der die Ermittlungen leitete.

»Das ist sicher?«, stieß der Faber nach.

»Kein *Abschiedsbrief*. Das ist sicher«, bestätigte Vierneisel ausdrücklich.

Die Art, wie Vierneisel das Wort ›Abschiedsbrief‹ betont hatte, schloss Faber, sollte bedeuten: kein Abschiedsbrief zwar, aber ... Vierneisel war folglich heute früh schon vor der Pressekonferenz in Mergentheim bei Katja Ulshöfer gewesen und kannte somit die Drohbriefe, welche die Witwe im Safe gefunden hatte – angeblich gefunden hatte. Und er hatte der Witwe das Ergebnis der Ermittlungen noch vor der Pressekonferenz mitgeteilt. Bemerkenswert anständig war das, fand Faber. Es hätte ihm ja auch egal sein können, dann hätte die Witwe vom Selbstmord ihres Mannes erst aus der Zeitung erfahren. Faber kannte viele Beamte, die sich so verhalten hätten: ›Möglichst wenig Arbeit, möglichst wenig Stress, möglichst wenig Kontakt mit Menschen, das gibt nur Ärger, und mir kann ja keiner was.‹

Damit, so verkündete der Kriminaldirektor, sei der Tod zum Nachteil des Doktor Ulshöfer aufgeklärt. Weiteres gehe sie nichts an, Selbstmordmotive seien nicht Sache der Kriminalpolizei.

Noch ein paar andere Dinge kamen zur Sprache, die aber alle unbedeutend waren, bis auf die Frage nach den neuesten Erfolgen der Drogenfahndung. Dort, so berichtete der Direktor, sei man leider noch nicht sehr viel weitergekommen, die Verteilsysteme, welche seinerzeit die Amerikaner von Frankfurt aus bis in den Main-Tauber-Kreis hinein, vor allem bis nach Wertheim aufgebaut hätten, bestünden nach deren Abzug weiter. Dort würden alle harten Sachen gehandelt, die man sich nur denken könne: Heroin, Kokain, Crack, Medikamente. Beispielsweise Ketaneol, das sei ein Betäubungsmittel für kurze Narkosen, entwickelt aus Phenicyclidin, der als »Angel Dust« bekannten Droge, ein Teufelszeug, das bereits vorhandene Wesenseigenschaften in den Menschen extrem verstärke. Genaueres könnte auf Wunsch der Leiter der Rauschgiftabteilung, der Kollege Haffelder, berichten, aber der sei heute leider nicht im Hause.

Nach kaum mehr als einer Viertelstunde war die so groß angekündigte Pressekonferenz schon vorüber. Faber fand, er müsse jetzt nicht gleich wieder an seinen Schreibtisch zurückkehren, der Bericht aus der Gemeinderatssitzung sei für Hebenstreit keine große Sache. Und für eine Dienstreise, so dachte er, sind weniger als sechzig Minuten eine viel zu kurze Zeit, und wer es nicht ausnutzt, wenn die Chefin schon mal den Kolibri herausgerückt hat, der ist selber schuld. Ein kleiner Umweg, solange die Sonne noch wärmte, so fand er, der sei erlaubt. Im Südwestfernsehen gestern Abend hatte der Kachelmann verbreitet, heute gegen Mittag käme schon die nächste Kaltfront. Da musste man jede Minute ausnützen.

Auf der Treppe traf er die Kollegin vom Tagblatt.

»Hallo, Veronika!«

»Hallo, Faber!«

»Vorhin, als es anfing, hab ich dich gar nicht gesehen.« Das sollte reichen, dachte er, um zu erklären, dass er sie nicht begrüßt hatte. Zu Kollegen, vor allem zu denen von der Konkurrenz, sollte man immer gute Beziehungen pflegen. Wenigstens solange es möglich war. Man konnte nie wissen, wann man das einmal brauchte.

»Konntest du auch nicht. Ich bin später gekommen.« Dann noch schnell das Übliche: »Geht's gut?«, »Naja, alles okay, und bei dir?«, »Schlechten Menschen geht's immer gut« oder »Unkraut vergeht nicht«, irgendetwas in der Art. Dann noch ein kurzes Winken: »'djüs, bis zum nächsten Mal.«

Auf dem Parkplatz zwischen dem Kurmainzischen Schloss, von dem der Türmersturm herüberschaute, und dem alten, sandsteinernen Gebäude, vor langer Zeit großherzoglich-badisches Gymnasium, jetzt Polizeidirektion unter Stuttgarter Führung, leuchtete der Kolibri zwischen all den silbergrauen und bronzebraunen Wagen heraus. Faber fuhr gemächlich mit offenem Verdeck, um sich die Luft kräftig um die Nase wehen zu lassen und dabei nachzudenken. Als er auf der Taubertalstraße etwas Tempo zulegte, kam ihm sein Zopf immer wieder über die rechte Schulter geweht und drohte, ihm die Sicht zu nehmen. Er musste kurz anhalten, um ihn unter den Anorak zu stecken.

Nach ein paar Minuten bog er nach links ab und folgte einem hübschen Seitental bis Grünsfeld, von dort fuhr er auf einem Schleichweg durch Wald und Felder hinüber nach Messelhausen. Dort schaute er für einen Augenblick bei seinem Freund, dem Obstbauern, herein, ihm war eingefallen, dass der Vorrat an Birnenschnaps in seinem Wohnzimmerschrank zur Neige ging. Der goss ihm gleich einen ein.

»Komm, Faber, trink einen.«

»Nein, danke, Albert, ich muss arbeiten.«

»Ich trink einen mit dir.«

»Also gut. Aber nur einen ganz klitzekleinen. Ich will gleich weiter.«

»Ach, du willst noch zu ›Ulshöfers Platz‹? Da wirst du wohl nichts mehr finden. Die haben schon alles weggeräumt.«

Zehn Minuten später fuhr er über die Hochfläche an den See. Er genoss den weiten Blick über den Grünsfelder Gau mit dem gelbbraunen Lößboden und den Wäldern, in denen sich die ersten herbstlichen Farben zeigten. Im kleinen Weiler blühten in den Vorgärten immer noch Astern, Dahlien und Sonnenblumen.

Am See stellte er den Wagen auf die kleine Parkfläche, ließ aber, weil der Himmel noch blau war und er in der Nähe keinen Menschen sah, das Verdeck offen. Selbst wenn jemand vorbeikommen würde, hier auf den Dörfern wurde nichts gestohlen. Dass einer im Streit einen anderen totschlug, das konnte schon einmal passieren, oder auch, dass ein Bauer den Grenzstein zum Nachbarn ausgrub. Aber die Türen, auch die der Autos, konnte man immer offen lassen. Allerdings, dass einer ein Wildschwein, das ihm den Garten oder den Acker verwüstet hatte, heimlich und beim Morgengrauen abschoss, das konnte auch vorkommen. Meist verschlossen die Nachbarn vor solch nächtlichen Unternehmungen die Augen und redeten nicht darüber, solange es diskret geschah.

So, dachte Faber, hatte jede Gesellschaft ihre eigenen Regeln. Die Leute weiter unten in der Stadt pflegten es mit ihren außerehelichen Beziehungen so ähnlich zu halten, wie die Menschen auf den Dörfern mit der heimlichen Wildschweinjagd.

Er stapfte auf dem steilen, durch den Regen der letzten Tage aufgeweichten Weg vom See hinauf zu ›Ulshöfers Platz‹, wie sie also inzwischen im Dorf diese Stelle im Wald schon nannten.

Dort oben sah er nichts Auffälliges mehr. Der alte Hochsitz stand noch, sie hatten ihn noch nicht abgerissen. Er stand noch genau so da wie am vergangenen Sonntag, unten war die Stange angebrochen, und oben ragten die beiden Stummel der gebrochenen Querstange in die Luft. Nur der Farn hatte sich wieder aufgerichtet.

Er ging auf dem schmalen, morastigen Weg weiter, der tiefer ins Dickicht hineinführte. Er brauchte nicht weit zu gehen, da wurde es plötzlich wieder heller, und der Weg wurde fester und mündete in einen breiten Waldweg. Am Waldrand stand der große, mit Wappen geschmückte Grenzstein, der früher Bayern und Baden voneinander getrennt hatte. Dort, weiter vorne, an der Wegkreuzung musste Ulshöfers Landrover gestanden haben. Der Weg war hier befestigt. Er führte aus dem Wald hinaus, an militärischen Anlagen vorbei, die zur Luftüberwachung gehörten, zur großen Radaranlage bei Löffelstelzen und dem Bunker bei Königshofen. Von hier ab war es eine feste Straße, die vorne, am Waldeck, in die Landstraße mündete. Man hatte keine Mühe hierherzukommen, wenn man die Stelle kannte.

Gab es einen besonderen Grund dafür, dass Ulshöfer sich diesen abgelegenen Platz ausgesucht hatte? Der einzige Grund, der Faber einfiel, war dieser: Ulshöfer wollte als Leiche möglichst lange unentdeckt bleiben. Ganz schön riskant, so überlegte er. Wenn nun etwas schief gegangen wäre? Wenn beispielsweise der Hochsitz tatsächlich vorher zusammengebrochen wäre, und Ulshöfer hätte sich nur angeschossen und hätte dann schwer verletzt drei Tage lang im Farn gelegen! Das war's! Der Hochsitz. Es war ihm um diesen einen, bestimmten, grob zusammengenagelten Hochsitz gegangen, der bei der geringsten Belastung zusammenbrechen konnte. Der Platz und der Hochsitz hatten also zu seinem Plan gehört. Er wollte verschleiern, was er vorhatte. Ulshöfer hatte sich viel Mühe gegeben, hatte sich die Sache mit der Schnur überlegt. Und doch war sein Plan gescheitert, weil er zu dilettantisch vorgegangen war. Faber dachte nach, während er wieder zum See hinunterging, ob er sich freuen sollte, dass Ulshöfers Plan gescheitert war. Er konnte sich aber nicht entscheiden.

17

Es war fast Mittag. Faber überlegte, ob er jetzt noch hinunter nach Königshofen fahren sollte, um sich auf der Messe seine buntgestreiften Hosenträger zu kaufen. Er verschob es, das konnte er auch noch in den nächsten Tagen erledigen.

Also fuhr er über die Dörfer direkt nach Hause in die Schlossgartenstraße. Die Chefin rechnete ohnehin nicht vor dem Ende der Mittagspause mit ihnen beiden, dem Kolibri und ihm selber – in dieser Reihenfolge. Er ließ den Wagen am Straßenrand stehen, dem dunkelroten Golf der Weichen direkt vor der Nase.

»He!«, rief Miriam, als sie miteinander aus dem Fenster schauten und den Wagen unten auf der Straße stehen sahen, »genau so ein Auto wollte ich auch schon immer haben! So eins mit ohne Dach!«

»Nur ohne Dach, nicht mit. Das heißt: Es hat ein Dach, aber man kann es aufmachen und wieder zumachen. Wenn du groß bist, dann darfst du dir eins kaufen«, verkündete Faber. »Wenn du es selber bezahlen kannst.«

»Klar kann ich das. Ich will doch mal einen Job als Millionärin, wenn ich groß bin. Da kann man das.«

Und die Weiche fragte: »Das ist also der berühmte Kolibri von Luise Blaustein?«

»Genau«, erklärte Faber, und irgendwie schmuggelte sich gegen seinen Willen ein Beiklang von Stolz in seine Stimme. »Alfa Romeo Cabriolet, gefühlte zweihundert Jahre alt. Wenn du den fährst, dann meinst du, du würdest mit deinem Hintern direkt die Straße entlangrutschen. Interessante Farbe, dieses Beige-grau. Je nachdem, von wo man ihn sieht, leuchtet er plötzlich richtig blau. Ganz spezielle Lackierung.«

»Das mit dem Blau, also dass er plötzlich blau aufleuchtet, das stimmt«, sagte die Weiche, »aber sonst ist der Wagen in Wirklichkeit grün. Warum sonst heißt er wohl Kolibri?«

»Tatsächlich?«, staunte Faber. »Aber mir gefällt er auch in diesem warmen Grau.«

»Du mit deiner Farbschwäche«, lachte sie. »So hat eben jeder seine kleine Behinderung. Übrigens, von wegen Behinderung. Dabei fällt mir ein: Mein neuer Chef ist ganz bestimmt nicht schwul. Du hast doch kürzlich so was vermutet.«

»Honegg?«

»Genau der.«

»Wie stellst du so etwas fest? Du hast ihn doch nicht etwa gefragt?«

»Ach du liebe Zeit! Nein!«, lachte sie. »Das macht man doch ganz anders!«

»Ach ja? Und wie?«

»Eine Frau lässt, wenn sie ihm irgendwo allein auf dem Flur oder auf der Treppe begegnet, alles, was sie für solche Zwecke hat, schwingen, wackeln und hüpfen und beobachtet dabei, wie er darauf reagiert. Das weißt du nicht?«

»Äh, nein, das ist mir noch nicht aufgefallen. Und?«

»Ihm sind Stielaugen gewachsen. Wie einer Riesenschnecke, kann ich dir sagen! Das war eindeutig.« Sie wandte sich zur Küche. »So, wir müssen uns beeilen. Jetzt hilf mir, den Tisch zu decken. Es gibt Huhn mit Reis. Frikassee Berliner Art, mit Spargel und Champignons.«

»Spargel um diese Jahreszeit?«

»Aus dem Glas selbstverständlich. Aber die Champignons sind frisch. Das müssen sie sein.«

»Papa«, die Kleine fasste ihn an der Hand, um seine Aufmerksamkeit auf sich zu lenken. »Ich war heute zum ersten Mal bei den Vorschulkindern.«

»Im Kindergarten?«

»Ja. Ich hab ein neues Lieblingsgedicht.«

»Nicht mehr ›Was denkt die Maus am Donnerstag‹?«

»Doch, auch, aber das hier ist neu. Wir haben es heute gelernt. Soll ich es mal aufsagen?«

»Selbstverständlich!«

Sie stellte sich in Positur. »Es handelt von den Monaten.«

»Ach? Dann mal los!«

»Januar, Februar, März, April,
die Jahresuhr steht niemals still,
Mai, Juni, Juli, August
Wecken uns allen die Lebenslust.

September, Oktober, November, Dezember,
und dann ..., und dann ...,
fängt das Ganze schon wieder von vorne an:
Januar, Februar, März, April ...«

»He!«, rief Faber, »das ist klasse, da ist Musik drin! Komm, gleich noch mal!« Ihm gefiel der schnelle, packende Rhythmus, und den kleinen Vers konnte er gleich auswendig. Er tanzte, hampelte und schlenkerte dazu seine langen, dünnen Glieder. »Januar, Februar, März, April ... Ich bin jetzt ein Rapper!«

»Aber Papa, du doch nicht! Du bist doch kein Rapper, du bist doch höchstens ein Rocker. Komm, Hände waschen. Mama ruft.«

Am frühen Nachmittag klingelte Faber ein zweites Mal in der Breslauer Straße an der Wohnungstür des alten Oberstudiendirektors Schreck.

Der zierliche, alte Mann mit der weißen Löwenmähne, dem fast weiblichen Gesicht und der tiefen Stimme ließ ihn erst eine Weile in der Tür stehen. Sein Gesichtsausdruck schwankte zwischen abweisend und unglücklich.

Faber dachte, es wäre besser, erst einmal auf gut Wetter zu spielen. »Wie hat Ihnen gestern der Artikel gefallen?«, fragte er. »Das Foto war doch einsame Spitze, oder?«

Der alte Mann reagierte zurückhaltend. »Teswegen sind Sie gekommen, um mich das zu fragen?«

»Nicht nur«, gestand Faber, »ich habe auch noch ein paar Fragen zu den Geschehnissen in Ihrer Amtszeit.«

»Das habe ich befürchtet«, sagte Schreck, »dass Sie keine Ruhe keben werden. Also kommen Sie schon herein.« Er drehte sich zur Seite und gab den Weg frei. »Ich habe schon davon gehört«, er machte eine Pause, lud Faber mit einer Handbewegung ein, Platz zu nehmen, und fuhr fort: »davon gehört, dass Sie sich in die alte Sache von damals regelrecht verbissen haben. Man redet ja schon überall darüber.«

»Ich bin beauftragt zu ermitteln«, sagte Faber, und wie immer, wenn seine Denkmaschinerie auf Turbo lief, klangen seine Worte unnötig barsch. Fühlte sich bei solchen Gelegenheiten schon ein bisschen als edler Ritter hoch zu Pferde, als der Faber, der keine Zeit verlieren durfte, die Wahrheit zu finden.

»Beauftragt? So?« Das klang eindeutig spöttisch. »Sind Sie jetzt so etwas wie eine Sonderkommission? Nun ja.« Der alte Mann schaute zum Fenster hinaus. Er sah müde aus. ›Jetzt‹, dachte Faber, ›sieht er in der Tat wie neunzig aus.‹

»Beauftragt«, Fabers Stimme kam unnötig laut, »die Wahrheit herauszufinden, ja.«

»Die Wahrheit, soso. Wem soll sie denn nützen, diese Wahrheit?«

Faber, der die Sache mit dem vergewaltigten Mädchen nicht aus seinen Gedanken verbannen konnte, beschloss, einen Schuss ins Blaue zu wagen. »Bei der Sache, über die Sie mit mir nicht sprechen wollten, handelt es sich um eine Vergewaltigung.« Er hatte zwar keinerlei Beweis für diese Behauptung, aber er war sicher, dass er auf der richtigen Spur war. »Wenige Monate, bevor Sie sich als Direktor des Riemenschneider-Gymnasiums ins Ichenstadt pensionieren ließen, ist dort an der Schule eine Schülerin vergewaltigt worden. Sagen Sie es mir, wenn ich mich irre.«

Der alte Direktor schaute ihn lange an. Sein Blick war düster und unglücklich. »Sie irren sich nicht«, flüsterte er dann.

»Die Täter waren Schüler Ihrer Schule.« Faber verschwieg, dass er die Zahl der Täter nicht wusste. »Die Sache ist damals nicht angezeigt, sondern vertuscht worden. Stimmt das so, oder irre ich mich?«

»Das stimmt«, gab der alte Mann zu. »Aber das ist alles sehr lange her. Das ist doch längst verjährt.« Von seiner Angewohnheit, die Konsonanten hart auszusprechen, war kaum noch etwas zu merken.

Faber legte seine alte, abgeschabte Ledertasche auf den Tisch und zog langsam die Kopie des ersten Drohbriefes heraus. »Das hier ist ein Auszug aus dem Tagebuch des Mädchens. Erinnern Sie sich an diese Handschrift?« Er hielt ihm das Papier hin, ließ aber seine Hand auf der oberen Hälfte des Blattes liegen, damit der andere nur die Notiz aus dem Tagebuch lesen konnte.

»Sie hat ein Tagebuch geführt?«, fragte der alte Mann, und langsam machte sich Entsetzen breit auf seinem Gesicht.

Faber sah den Oberstudiendirektor nur an und schwieg.

Schreck schob das Blatt zurück, ohne dass er es genauer geprüft hatte. »Tja«, sagte er, »ich erinnere mich nur sehr ungenau. Ich weiß nur, dass wir damals gesagt haben, man kann doch den jungen Leuten so kurz vor dem Abitur nicht die ganze Zukunft verbauen, so haben wir gedacht. Nur wegen ... Das war doch nur ein Ausrutscher. Die Eltern der Schüler haben uns unter Druck gesetzt, das waren einflussreiche Ehepaare, alle vier. Sogar die Eltern der Schülerin haben sich dafür ausgesprochen, die Sache auf sich beruhen zu lassen, damit möglichst wenig Staub aufgewirbelt wird. Sie wissen doch, wie das ist mit dem Leumund von Mädchen, die so etwas hinter sich haben. In Pakistan, da ist es heute noch so, dass eine Frau, wenn so ein Ereignis gerichtlich verfolgt werden soll, vier männliche Zeugen beibringen muss. Entlastungszeugen für sie, wohlgemerkt. Nicht, dass ich das so gutheißen würde, aber was weiß man schon, was wirklich passiert ist?«

›Alter Feigling!‹, konnte da der Faber nur denken. »Wer ist Klaus Ramsthäler?«, fragte er laut.

»Der ist tot. Der ist gestorben vor, lassen Sie mich überlegen, das muss etwa 1998 oder '99 gewesen sein. Der war Lehrer für Deutsch und Geschichte, erst in Tauberbischofsheim und zuletzt in Ichenstadt am Riemenschneider-Gymnasium.«

»In Ichenstadt? Also am selben Gymnasium, an dem er als Schüler war?«

»Ja. Er stammte aus einer Weinbauernfamilie in Oberichenstadt. Als er dort sein Elternhaus geerbt hat, hat er sich nach Ichenstadt versetzen lassen.«

»Wie alt war er, als er starb?«

»Er kann noch keine vierzig Jahre alt gewesen sein, vielleicht siebenunddreißig. Ein junger Studienrat. Er hatte Frau und Kind. Es war ein Jammer.«

»Woran ist er gestorben?«

»An Krebs. Hodenkrebs. Ganz schnell, innerhalb von nur zwei Jahren.«

Faber hatte Mühe, seine Mimik zu kontrollieren. Er wollte auf keinen Fall, dass ihm der alte Direktor die Gedanken ansah, die ihm bei dieser Nachricht durch den Kopf wirbelten.

»Ja«, sagte der Alte. »Den hat seine Strafe sehr direkt getroffen, wenn Sie es denn so sehen wollen. Und sehr gewalttätig. Man könnte, wenn einer an so etwas glaubt, durchaus einen direkten Zusammenhang sehen. Das tue ich zwar nicht, aber auf den Gedanken könnte man durchaus kommen, dass da eine höhere Gewalt unmittelbar Gerechtigkeit geübt hat.«

»Man kann es auch aus psychologischem Blickwinkel sehen«, dachte Faber laut nach, »schlechtes Gewissen, Schuldgefühle, einer wehrt sich nicht gegen die Krankheit – etwas in dieser Richtung.«

»Das wäre schon möglich. Aber das Mädchen hat ja einen ganz normalen Lebensweg gehabt. Danach, meine ich. Nicht anders als andere Mädchen auch.«

»Wurde das Opfer schwanger?«, fragte Faber.

Schreck schüttelte erst energisch den Kopf. Dann hielt er inne und starrte vor sich auf den Boden. Dann nickte er.

»Was ist aus dem Kind geworden?«, bohrte Faber nach.

Wieder schwieg der alte Mann.

Faber, der ahnte, was damals geschehen war, schrie ihn an: »Was ist aus dem Kind geworden?!«

»Eine Schülerin der neunten Klasse kann kein Kind bekommen«, flüsterte Schreck. »Das wäre für eine Schule unmöglich. Undenkbar!«

»Neunte Klasse«, wiederholte Faber und schrieb in seinen Notizblock. »Das Mädchen musste die Schule verlassen? An der Schule ist ein Verbrechen geschehen, und das Opfer musste die Schule verlassen, damit die Täter geschont werden konnten?«

Der alte Mann sah auf und schüttelte stumm den Kopf. »Sie ist bis zum Ende der zehnten Klasse geblieben«, sagte er dann leise. »Ihre Leistungen in der Schule wurden immer ...«, er zögerte.

»Mit oder ohne Schulabschluss?«

»Mit Abschluss. Mit der Mittleren Reife. Damals genügte das Versetzungszeugnis in die elfte Klasse, und ich habe dafür gesorgt, dass sie das bekommen hat. Mit diesem Zeugnis konnte sie später eine Verwaltungslehre machen. Im Landratsamt.«

»Sie hat das Kind nicht bekommen?«

Der alte Direktor schüttelte wieder stumm den Kopf.

»Abgetrieben also.«

Schreck zuckte erst mit den Schultern, besann sich dann aber und nickte.

»Für eine Schülerin wäre das ohne ihre Eltern nicht möglich gewesen.«

»Das ist richtig.« Der alte Direktor richtete sich auf. Offensichtlich war er froh, dass er wenigstens einen Teil seiner Schuld auf die Schultern der Eltern abladen konnte.

»Zwei der beteiligten Schüler hießen Klaus Ramsthäler und Markus Ulshöfer.« Faber beugte sich vor und sah dem alten Mann ins Gesicht. »Wie hießen die anderen?«

»Das weiß ich nicht mehr.«

»Ich bin sicher, Sie wollen es mir nur nicht sagen.« Faber nahm seine große Hand vom Papierbogen und schob ihm den Brief wieder zu. »Hier, lesen Sie, was da oben steht!«

Schreck las sorgfältig den mit Computer geschriebenen Drohbrief auf dem oberen Teil des Bogens. Dann zuckte er geringschätzig mit den Schultern. »Das hier«, er tippte auf den unteren Teil der Seite, »könnte in der Tat aus einem Tagebuch stammen. Trotzdem: Diese Art von anonymen Briefen, davon fliegen so viele in der Welt herum wie bunte Blätter im Herbst.«

»Bedeutet das, dass Sie auch schon so einen Brief bekommen haben?«

»Selbstverständlich. Früher, als ich noch im Dienst war. Häufig sogar. Jetzt schon lange nicht mehr. Aber so etwas gibt es immer wieder. So ein Wisch hat nichts zu bedeuten. Die Leute hier sind so. Wenn sie frustriert sind, dann wissen sie sich nicht anders zu helfen.«

»Ulshöfer hat ihn offensichtlich sehr ernst genommen.«

»Ja, das Tagebuch hat er ernst genommen. Den Text, der da oben steht, eher nicht. Die eigentliche Bedrohung war wohl das Tagebuch. Darin könnten die übrigen Namen stehen. Vielleicht tun sie das, vielleicht aber auch nicht. Aber Ramsthäler und Ulshöfer sind tot. Das Tagebuch ist auch jetzt für die Übrigen die einzige Bedrohung. Stellen Sie sich vor, eine Zeitung würde das ganze Tagebuch abdrucken. In Fortsetzungen: ›Tagebuch eines Opfers‹ oder mit einem noch reißerischen Titel. Das muss unbedingt verhindert werden.«

»Was waren das für Typen? Als Menschen, so vom Psychologischen her, meine ich.«

»Ramsthäler war ein ziemlich stiller Bursche, der wenig aus sich herausging, ein schmaler, dunkelhaariger Junge. Aber Ulshöfer war so ein großer, massiger Kerl, der wollte bestimmen, was gemacht werden sollte. Nicht brutal, aber ehrgeizig. Ich erinnere mich, dass er, als er in der Zwölften war, unbedingt Schulsprecher werden wollte. Und als er nicht gewählt wurde, da hat er daheim sein Zimmer demoliert.«

»Und die anderen zwei?«

»Wie kommen Sie auf zwei? Ich habe nicht gesagt, dass es noch zwei waren.«

»Doch. Sie haben gesagt, alle vier Elternpaare hätten sich massiv dafür eingesetzt, dass die Sache vertuscht wurde, und sogar die Eltern des Mädchens seien einverstanden gewesen. Da bleiben noch zwei.«

»Ich habe Ihnen gesagt, dass ich nichts mehr weiß. Das ist alles so lange her. Bald fünfundzwanzig Jahre.«

»Sechsundzwanzig.«

»Von mir aus auch sechsundzwanzig.«

»Die beiden Männer sind jetzt – wie alt etwa? Um die Mitte der Vierzig? Damals waren sie vermutlich achtzehn oder neunzehn, also sind sie jetzt etwa fünfundvierzig. Sie könnten in Gefahr sein.«

»Durch so einen Brief? Das glaube ich nicht. Die nicht.«

»Ulshöfer ist ...«

»Ulshöfer hat sich selber erschossen. Oder etwa nicht?«

»Doch, das hat er. Seit heute ist es amtlich bestätigt.«

»Na, sehen Sie? Aber das würde doch ein normaler Mensch niemals tun. Ulshöfer hatte sich so etwas wie ein kleines Imperium aufgebaut, hatte folglich sehr viel zu verlieren. Andere haben das nicht.«

»Wie hieß das Mädchen?«

»Ich bitte Sie, wie soll ich das denn nach einer so langen Zeit noch wissen!« Der alte Mann fühlte sich sichtlich wieder auf sicherem Boden.

»Sie müsste jetzt so knapp über die Vierzig sein. Lebt sie hier irgendwo in der Nähe?«

»Ich sagte Ihnen doch gerade, dass ich völlig vergessen habe, wer das Mädchen damals war. Vielleicht ist sie ja nach Amerika ausgewandert? Wie soll ich das denn wissen?«

Faber musste an Hebenstreits Worte denken: ›Frauen sehen solche Dinge intuitiv aus der Sicht der Opfer, aber Männer identifizieren sich mit den Tätern‹, hatte sie gesagt und vom Jägerinstinkt gesprochen.

Selbst, wenn sie neunzig Jahre alt waren, fügte Faber im Stillen hinzu.

18

Kachelmanns Kaltfront brach über ihn herein. Gefühlte null Grad – bei acht Grad auf dem Thermometer – sprangen ihn an. Faber empfand in seiner elend miesen Stimmung den in Wirklichkeit gar nicht so dramatischen Wettersturz so, als müsste er darin erfrieren.

Faber radelte wieder zurück in die Altstadt. Er ließ den Asinus mit Karacho erst die Breslauer, dann die Boxberger Straße hinunter bis über den Mühlwehrkreisel rollen und fuhr danach gemächlich durch die frisch gepflasterte Mühlwehrstraße. Je näher er dem Marktplatz kam, umso gemächlicher und zögerlicher fuhr er. Er entschied, dass er Luise Blausteins dick geschminktes Kapitänsgesicht jetzt nicht ertragen konnte. Er musste alleine sein und in Ruhe nachdenken. Er zog sich die Anorakkapuze über den Kopf, bog nach links ab und fuhr eilig über den Gänsmarkt und durch die Wolfgangstraße zu seiner Kastanie.

Fabers Kastanie stand neben der Wolfgangbrücke am Ufer der Tauber unmittelbar am Wasser. Sie war so hoch, dass sie das Dach der Wolfgangkapelle am anderen Ufer überragte. Ihre vielfingrigen Blätter, über den Sommer von Motten gelöchert, sahen schon gelb und ungesund aus, obgleich der September kaum mehr als halb vorbei war. Doch unbeeindruckt streckte der Baum seine starken, schwarzen, an der Spitze schon kahlen Äste hoch hinaus.

Faber nannte den Baum immer ›meine Kastanie‹, obgleich der Baum selbstverständlich nicht ihm gehörte, sondern irgendjemand anderem, wahrscheinlich der Stadt. Die Tauberwiesen waren städtisches Eigentum. Doch das kümmerte ihn nicht. Für ihn war die Kastanie das Symbol für Standhaftigkeit und Ehrlichkeit, an dem er sich immer wieder aufrichten und bei dem er sich Mut holen konnte.

Auf der alten Brücke stellte er sein Fahrrad gegen die dicke Mauer und lehnte sich über die Brüstung. Die Tauber strömte ruhig unter ihm dahin, und flussaufwärts, wo der Fluss tiefer und sein Grund moorig war, spiegelten sich die Bäume im schwarzen Wasser. Es wurde dunkler, bald würde es regnen. Er fror und zog die Kapuze fest zu. Unter den Bäumen stiegen die ersten Nebelschwaden aus dem Wasser. Wenn das sein Freund, der Schriftsteller Carlheinz Gräter, sähe, so dachte er, der würde daraus den Anfang eines neuen Buches machen: ›Die keltischen Sagengeister entstiegen den schwarzen Wassern der Tauber …‹

Faber rief sich zur Ordnung. Er war kein Romantiker. Nach dem Wettersturz war die Luft kälter als das Wasser, und es bildete sich Nebel. Das war alles. Keltische Sagengeister gehörten nicht zu Fabers Denkwelt.

Sein Blick saugte sich am fließenden Wasser fest, und die Welt um ihn begann sich aufzulösen. Das ruhige Gesicht von Charly Thoma tauchte aus seiner Erinnerung auf. ›Was würdest du an meiner Stelle tun, Charly?‹, fragte er ihn.

›Deine Träume‹, hörte er Charlys Stimme. ›Was war das noch für ein Traum, der dich kürzlich aufgeschreckt hat?‹

Der Wal. Faber hatte von einem großen Wal geträumt, der kurz an die Oberfläche gekommen und gleich wieder tief ins Meer abgetaucht war. An der Oberfläche waren einige Personen zurückgeblieben, zusammen mit einem toten Mädchen. Sein Unterbewusstsein hatte sich im Traum gemeldet, eine Erinnerung war aufgetaucht und gleich wieder versunken. Das konnte nur eines bedeuten: Er wusste etwas über das Mädchen. In seinem Unterbewusstsein war irgendwo eine Erinnerung gespeichert, die er nur nicht zu fassen bekam. Sie hatte sich versteckt und weigerte sich, an der Oberfläche seines Bewusstseins aufzutauchen.

Ihm war elend kalt zumute. Er musste bald eine halbe Stunde auf der zugigen Brücke gestanden haben. Mit steifgefrorenen Gliedern kletterte er auf sein Fahrrad und fuhr heim zum Abendessen. Seine Glieder schienen ihm wie aus Pudding und sein Kopf wie aus Blei. Für einen Augenblick überlegte er, ob die Kälte, die ihn so plagte, nur von außen kam oder ob vielleicht die Gefühlskälte, die er beim alten Dr. Schreck zutage gefördert hatte, sich bei ihm so auswirkte. Aber er brach seine Überlegung gleich wieder ab. Immerhin wusste er jetzt, was er als Nächstes tun konnte. Vielleicht würde es ihm weiterhelfen.

Gleich nach dem Abendessen wollte er wortlos wieder aus dem Haus rennen, aber seine Frau rief ihm nach: »Einen Moment, Faber! Du kannst so nicht mehr fahren auf deinem alten Esel, und ohne Licht!«

Er drehte sich zu ihr um und brummte: »Was denn sonst? Was schlägst du vor?«

»Du musst endlich Nägel mit Köpfen machen! Entweder wir kaufen dir ein neues Auto. Oder zweitens, wir kaufen dir ein neues Fahrrad. Oder drittens, wir kaufen dir für dein Klappergestell eine Lichtanlage für ein paar Euro, so eine kleine mit Batterie. Oder, viertens, du darfst für heute Abend mein Auto nehmen. Aber ohne Licht fährst du mir nicht mehr.«

»Also gut«, brummte er. »Geht klar.«

»Gut. Wofür hast du dich entschieden?«

»Na, wofür schon? Ich nehm' selbstverständlich dein Auto.«

Als er in die Redaktion kam, war die Freitagsausgabe so gut wie fertig, aber die Mannschaft war noch fast vollzählig dort. Nur die Chefin, die für heute den Spätdienst übernommen hatte, war noch in der Abendpause. Hebenstreit saß, als er in sein Zimmer kam, an ihrem Bildschirm und war wie immer konzentriert an der Arbeit.

»Hallo Faber«, rief sie, während sie weiter auf ihren Bildschirm starrte, »ich dachte, Sie würden sich in Königshofen auf der Messe amüsieren, zusammen mit unseren Kollegen vom Tagblatt! Die machen da, so scheint es, heute Abend eine Art außerordentliches Betriebsfest. Sie haben vorhin angerufen und gefragt, ob wir nicht auch kommen wollen. Aber bei uns kann keiner weg, solange wir ...«

Da erst sah sie auf und schaute ihm ins Gesicht. »Sie sehen gar nicht gut aus. Wie geht es denn mit der Ulshöfersache? Sind Sie weitergekommen?«

Er nickte nur, setzte sich an seinen Schreibtisch und brummte etwas. Als er sah, dass sie ihn nicht verstanden hatte, brummte er etwas deutlicher: »Chefin nicht da?«

Hebenstreit versuchte, sein Brummen nachzuahmen. Sie musste dabei die Stimme so tief nach unten drücken, dass es eine Mischung aus Gurgeln und Krächzen wurde:

»Kommt aber gleich.«

Überrascht sah er auf und musste plötzlich lachen. »Dann nehmen Sie sich jetzt ein großes Blatt Papier, schreiben auf, was ich Ihnen sage, und legen nachher den Wisch der Chefin als Notiz auf den Schreibtisch. Ich will gleich weiter.«

Wortlos griff sie nach Schreibblock und Stift und schrieb schon, dieses Mal nicht in ihrer persönlichen Kurzschrift, sondern so, dass auch die Chefin es lesen konnte: »Ulshöfer – Ergebnis – Notiz – Faber«.

Er zählte auf, was er herausgefunden hatte, meist stockend und alles andere als druckreif. Sie schrieb nur Stichworte, versuchte aber, dabei Zusammenhänge deutlich zu machen. Er berichtete, was im Jahr 1981 am Riemenschneider-Gymnasium von Ichenstadt geschehen war, wie man versäumt hatte, damals die Tat zu ahnden und aufzuarbeiten. Ulshöfer habe nacheinander zwei Drohbriefe erhalten. Die Herkunft des ersten sei noch unklar, am ehesten müsse der Absender in dem Opfer von 1981 gesucht werden. Der zweite stamme eindeutig von anderer Hand. Für ihn komme als Verfasserin in erster Linie Ulshöfers Ehefrau Katja in Frage. Die unmittelbaren Zusammenhänge des Todes von Markus Ulshöfer seien damit so gut wie aufgeklärt und sein, Fabers, begrenzter Auftrag sei damit erfüllt. Er könne, er betonte ›könne‹, aufhören. »Fertig«, sagte er schließlich, »so weit geht der vorläufige Bericht. Jetzt muss ich nur noch herausfinden, wer das Mädchen war. Vielleicht finde ich einen Hinweis im Archiv. Das ist von dem Auftrag unabhängig. Doch da ist noch viel zu tun.«

Er hatte sich richtig in Eifer und Zorn hineingeredet. »Überhaupt, dieser ganze Hintergrund, der in der Sache zutage getreten ist, der macht mich ganz fertig. Die haben die Täter verhätschelt und das Opfer alleingelassen. Hat also wirklich das Mädchen, das Opfer von damals, diesen ersten Brief geschrieben? Verständlich wäre es vor diesem Hintergrund. Wenn der Brief also wirklich von dem Mädchen stammt, dann hat sie fünfundzwanzig Jahre gewartet, bis sie Ulshöfer unter Druck gesetzt hat. Warum? Warum so lange? Der Brief ist in seinen Briefkasten geworfen worden, folglich kann sie nicht sehr weit weg wohnen. Ganz bestimmt nicht in Amerika, wie der alte Schreck es am liebsten hätte. Aber wer ist sie? Das alles ist eine Scheißtragik, verstehst du? Und dann: Wer die beiden anderen Burschen waren, das will ich jetzt noch wissen. So wie der alte Schreck reagiert hat, müssten die auch irgendwo hier in der Nähe leben.«

Überrascht stellte er fest, dass Hebenstreit ihn mit großen Augen anstarrte. ›Was habe ich denn nur gesagt?‹, dachte er verwirrt. Und dieser Gesichtsausdruck, wo habe ich so etwas nur schon einmal gesehen?

Erst, als er auf der schmalen Treppe nach oben in die Archivetage war, fiel ihm ein, dass er ›Scheißtragik‹ gesagt hatte. Er hatte sich ereifert, das mochte manches entschuldigen, aber er rief sich zur Ordnung. Fäkalsprache, das war nun ganz gewiss nicht sein Stil, und er würde sich bei ihr entschuldigen müssen. Und außerdem – da war noch etwas gewesen. Er horchte in sich hinein auf das Echo dessen, was er gesagt hatte. Stimmt, er hatte sie geduzt. So etwas gehörte sich nicht. Zwar war es im Eifer passiert und aus Versehen – aber trotzdem. Er, der wesentlich Ältere, musste jeden Anschein von Herablassung vermeiden. Sie hatte richtig erschrocken reagiert, ihr Gesichtsausdruck – nein, das war kein Schrecken gewesen, der sich in ihrem Gesicht gespiegelt hatte, und auch kein Unmut. Jetzt fiel es ihm wieder ein, woher er diesen Ausdruck kannte. Er selber hatte so ausgesehen, wenn er mit Charly Thoma gesprochen hatte. Und

Charly war sein Meister gewesen, den er, man konnte es nicht anders nennen, verehrt hatte. Was für peinliche Dinge doch einem älteren Mann passieren konnten, wenn er mit einer jungen, intelligenten und obendrein auch noch attraktiven Frau zusammenarbeiten musste!

Das Zeitungsarchiv der Tauber-Post war im Land berühmt. Die dicken Bände füllten das oberste Stockwerk und noch einen Teil der Dachetage dazu. Digitalisiert waren bisher nur die Jahre nach 1972. Zwar glaubte Faber nicht, dass es auf den Vorfall am Gymnasium Ichenstadt in der Zeitung auch nur einen kleinen Hinweis geben würde, aber man konnte nie wissen. Versuchen musste er es auf jeden Fall.

Er tippte das Jahr 1981 in den Computer und gab als Stichwort ›Riemenschneider-Gymnasium‹ ein. Dann versuchte er es mit ›Vergewaltigung‹ und ›Notzucht‹, fand aber keinen Hinweis auf die Sache, die er suchte. Schließlich versuchte er es, weil er nicht wusste, in welchem Jahr das Riemenschneider-Gymnasium seinen Namen erhalten hatte, mit ›Gymnasium Ichenstadt‹.

Auf dem Bildschirm erschien ein Foto. Es zeigte eine Gruppe junger Menschen, laut Überschrift den ersten Abiturientenjahrgang am Gymnasium Ichenstadt, darunter stand eine Reihe Namen.

Faber sah die beiden Reihen durch, fand aber niemanden, den er auf Anhieb erkannte. Das Bild war nicht sehr deutlich, der Fotograf hatte offenbar nicht gewusst, wie man eine größere Gruppe für ein Foto aufstellte. Dann erkannte er am rechten Rand den damaligen Direktor Dr. Schreck. Der reckte den Hals und streckte das Kinn in die Luft, wohl, damit er neben dem Abiturienten an seiner Seite, der um einen ganzen Kopf größer war, nicht allzu niedrig aussah.

Dann fand er in der oberen Reihe einen, der Markus Ulshöfer hätte sein können. Er zählte und verglich die Namen. Er war es, noch sehr schlank und mit langen, dunklen Haaren.

An der linken Seite stand eine ältliche Lehrerin. Faber überlegte: Gab es zur damaligen Zeit in der Oberstufe noch Klassenlehrerinnen? Unten, wo die Namen aufgezählt waren, standen dazu nur ›Oberstudiendirektor Dr. Schreck und Oberstudienrätin Gunhild Gerlach.‹

So ging es also nicht. Er probierte es über die Titelseiten an den einzelnen Erscheinungstagen vom Ende des Mai ab. Er gab irgendeinen Stichtag im Mai ein. Welcher, das war egal. Irgendwo musste er ja anfangen.

Sofort erschien die Titelseite der Tauber-Post von diesem Tag. Er überflog die Schlagzeilen am linken Rand und ging dann schnell zum Regionalteil über. Er fand nichts. Im Schnellverfahren ging er die nächsten Wochen durch, immer erst einen kurzen Blick auf die Titelseite, dann einen ausführlicheren in den Regionalteil mit den Kreisnachrichten und den Meldungen aus den Städten werfend.

Im Gymnasium Lauda hatte das alljährliche Konzert ›Jazz in der Aula‹ stattgefunden. Unter dem Bericht stand ›güsch‹, das Kürzel von Günter Schifferdecker. Nach diesem Journalisten war der Preis für vorbildlichen Journalismus benannt, den er, der Faber, vor ein paar Jahren bekommen hatte, und auf den er sehr stolz war. Die Preisurkunde hing in der Redaktion neben seinem Schreibtisch an der Wand. Doch der Bericht war schon vom Herbst des Jahres 1981, folglich brauchte er dort nicht weiterzusuchen.

Hier war also auch nichts zu finden. Wo dann? Bei der Polizei war nichts zu holen, die war nicht eingeschaltet gewesen. Selbst, wenn sie eingeschaltet gewesen wäre, hätte er keine Chance bekommen, die alten Akten einzusehen. Das hieß – mit Lustig wäre es eventuell gegangen, aber wirklich nur eventuell. Da hätten Lustigs Stimmung und seine, Fabers, Fitness und Überredungskunst an dem betreffenden Tag den Ausschlag gegeben.

Wo würde Charly Thoma jetzt weiter machen? ›Radikal‹ würde er vorgehen, so hatte er das immer genannt, aber er hatte damit etwas ganz anderes gemeint als das, was die

Menschen mit dem Wort ›radikal‹ gewöhnlich verbanden, nämlich eine Sache von der Wurzel her angehen und nicht von der Seite her, die man vor den Augen hat. ›Wenn du von einem Menschen etwas willst‹, so hatte er seinem damaligen Volontär Faber gesagt, ›dann fange bei ihm selber an, und nicht bei der Sache, die du ihm verkaufen oder die du von ihm haben willst. Wenn du ein Interview willst, dann frag ihn zuerst, wie es ihm geht. Erkundige dich nach seinem Alltag. *Er* ist der Anfang, *er* ist der Boden, auf dem du aufbaust. Lass ihn erzählen. Dann klinke dich in das ein, was er fühlt und was ihn interessiert, und führe ihn behutsam auf das Feld, auf dem du ihn haben willst.‹

Das, so dachte er, das werde ich jetzt auf dich anwenden, Charly. Wir sind also jetzt im Jahr 1981, da war ich zwar noch nicht hier, ich bin erst ein paar Jahre später zur Zeitung gekommen. Ich fange also bei dir an. Wenn du einen Hinweis auf das bekommen hättest, was im Gymnasium von Ichenstadt passiert ist – was hättest du da getan? Recherchiert hättest du auf jeden Fall, nachgeforscht. Zeugen gesucht, damit eine so schwerwiegende Nachricht abgesichert wäre. Und dann, angenommen, die Nachricht wäre bestätigt worden? Hättest du sie veröffentlicht? Nein. Du hättest bei der Polizei nachgefragt, und wenn du gehört hättest, dass keine Anzeige eingegangen wäre, hättest du eine Notiz ...

Die Notiz!

Plötzlich war die Erinnerung wieder da. Charly Thoma hatte Faber in dessen erstem Jahr bei einer passenden Gelegenheit erklärt, dass es in Ausnahmefällen bestimmte Nachrichten gebe, die man, auch wenn sie wichtig seien, nicht veröffentlichen dürfe. Und er hatte ihm Beispiele gezeigt. Die hatte er aus einem alten Aktenordner genommen, darin war ein dicker Packen aus lauter Notizzetteln abgeheftet gewesen. Alles kriminelle Machenschaften und Fälle, die nie aktenkundig geworden waren. ›Ein Journalist‹, so hatte Charly ihm eingeschärft, ›muss nicht nur reden und schreiben, er muss auch, wo nötig, schweigen können.‹

In den ersten Jahren, in denen Faber bei der Tauber-Post gewesen war, war alles auf Computerbetrieb umgestellt und die letzten zehn oder zwölf Jahre des Archivs waren digitalisiert worden – möglicherweise war er, Faber, zu der Zeit noch nicht einmal Redakteur, sondern noch Volontär gewesen. Er erinnerte sich, wie viel Wirbel und welchen Stress die Umstellung damals verursacht hatte. Seither wurden solche Fälle bei der Chefin auf der Festplatte gespeichert oder auf einem USB-Stick, den die Chefin möglicherweise, Faber musste schmunzeln, irgendwo an den weitläufigen Gefilden ihres Leibes versteckt hielt.

Aber damals hatte Charly Thoma ihm aus dem Ordner einige Notizen gezeigt, Fälle, die ihm als Beispiele dienten dafür, was ein Journalist für sich behalten muss, wenn er davon erfährt. Und darunter war der Fall im Gymnasium in Ichenstadt gewesen, wo eine Schülerin von mehreren Schülern vergewaltigt worden war. Den Namen des Mädchens hatte der Informant nicht genannt. Charly Thoma hatte ihn auf einem anderen Wege erfahren. Aber um das Mädchen zu schützen, war der Fall im alten Aktenordner mit Notizen verschwunden.

Gab es den alten Ordner noch? Es musste ihn geben. Das Archiv war heilig, und niemand würde es wagen, hier etwas wegzuwerfen. Er begann, nach dem Ordner zu suchen. Er musste länger suchen, als er gedacht hatte. Dann, in einer dunklen Ecke, fand er ihn, so eingestaubt, dass er kaum entziffern konnte, was auf der Rückseite stand: ›Notizen. 1954 – ‹. Die zweite Zahl fehlte. Er zog den Ordner aus dem Regal, staubte ihn ab, legte ihn auf den Tisch und schlug ihn auf. Die letzte Notiz lag oben. Sie war von 1985. Er hielt sich nicht damit auf, sie ausführlich zu lesen. Er ging schnell Blatt für Blatt durch. Dann hatte er die beiden Notizen gefunden, die er gesucht hatte. Sie standen beide, mit Maschine geschrieben, auf je einem DIN A 4-Blatt. Charly Thoma hatte die Nachrichten also mündlich bekommen und hatte sie dann mit Schreibmaschine festgehalten. Das zweite Blatt lag obenauf. Es war eine Woche nach dem ersten datiert. Die Notiz war kurz: »Nachtrag zur Notiz vom 6. Juni 1981: Der Name der Schülerin lautet Angelika Sack. Auf Nachfrage bei OStR G.«

Geli! Wie ein Blitz schlug dieser Gedanke in Fabers Gedanken ein, und seine inneren Windungen verkrampften sich schmerzhaft. Konnte das sein? Aber es passte zusammen. Das Opfer damals war demnach Angelika Schmidt, Leos Frau, gewesen, die sich vor etwa einem halben Jahr erhängt hatte. Faber, mit seinen Gedanken noch gar nicht wieder richtig beieinander, musste sich erst sammeln, bevor er weiter denken konnte. »Nichts ist so schlimm«, hatte Gelis Mutter Traute Sack kürzlich zu ihm gesagt, »wie wenn eine Mutter ihrem einzigen Kind ins Grab hinein sehen muss.«

Faber überflog danach das nächste und somit ältere Blatt. Es war oben rechts in der Ecke datiert mit 6.6.81. Er las den Text. Der lautete, am Dienstag, 2. Juni 1981, sei gegen 21.30 Uhr im Gebüsch hinter dem Schulhof eine Schülerin aus der 9. Klasse von vier Schülern aus der 12. und 13. Klasse vergewaltigt worden. Es folgten die Namen der Täter. Der Name der Schülerin war auf diesem Blatt nicht genannt.

Die Quelle der Nachricht stand darunter: Gunhild Gerlach, Oberstudienrätin.

Schnell warf er noch einmal einen Blick auf die andere Notiz. ›OStR G.‹ stand da als Quelle. Charly Thoma hatte demnach bei Oberstudienrätin Gerlach nachgefragt und von ihr im zweiten Anlauf auch den Namen des Mädchens erfahren. Und um sicher zu sein, dass er sich nicht verguckt hatte, las er die Namen der vier Burschen noch einmal: Klaus Ramsthäler, Markus Ulshöfer, Michael Honegg und Benjamin Sperlich.

19

»Na, wie geht's dir heute morgen?«, fragte die Weiche, als Faber sich mit bleichem Gesicht an den Frühstückstisch setzte.

Er winkte nur ab. »Frag nicht! Ich fühle mich wie total aus Gummiblei.«

»Wie hast du geschlafen?«

»Es geht so.«

»Was ist es denn? Darmgrippe? Ein Virus oder sowas? Wo hast du dir das eingefangen?«

Er zuckte stumm mit den Schultern und verzog das Gesicht.

»Weißt du was? Ich glaub, das ist bei dir eher die Seele.«

»Ach, was weiß ich denn.«

Neben seinem Teller sah er einen Brief liegen.

»Den habe ich gestern Abend noch an deine Mutter geschrieben«, sagte sie. »Lies ihn ruhig.«

Er las nur den Umschlag.

»Lies ihn nur, er ist noch nicht zugeklebt.« Sein Gesicht wurde vollends zur Leidensmiene, als er die beiden Bögen entfaltete, welche die Weiche mit ihrer kleinen, krakeligen Handschrift eng beschrieben hatte.

Bad Mergentheim, den 20. September

Liebste Omi,

Wir hoffen, dass es dir wieder gut geht. Wir sind soweit wohlauf, nur Miriam hatte in der letzten Woche ein paar Tage Fieber. Du weißt ja, wie das so geht bei Kindern in diesem Alter. Sie hatte sich angesteckt im Kindergarten, sogar die Leiterin dort war krank. Aber nach drei Tagen war alles schon wieder vorbei.

Kannst du zu Ulis 50. Geburtstag kommen, oder ist das für dich noch zu anstrengend? Bitte komm, wenn es geht.

Ich habe das Gefühl, er braucht dich hier, er glaubt nämlich, wenn er fünfzig ist, dann gehört er zum alten Eisen. Letzte Woche hatte er wieder mal seine Lesebrille verlegt. Weil sie ohnehin schon zu schwach war, ist er ins Kaufhaus gegangen, hat eine von den ganz billigen probiert und tatsächlich gleich fünf Stück davon angebracht, weil sie, sagt er, so billig waren, und weil er sie ja doch gleich wieder verliert. Du siehst, du musst deinen Sohn aufmuntern, vielleicht hört er ja auf Dich. Auf mich hört er in solchen Dingen leider gar nicht. Er sagt, ich bin zu jung, um das zu verstehen. Als würde er nicht fünfzig, sondern achtzig oder neunzig!

Kürzlich hat die Miriam ihn in Verlegenheit gebracht. Im Kindergarten lernen sie jetzt den Unterschied zwischen Buben und Mädchen, und stell dir vor, als kürzlich der Uli morgens aus der Dusche kam, hat sie gerufen: »Papa! Aber du bist ja ein Junge!« Er ist morgens oft gerne ein bisschen brummig, aber da hättest du mal sein Gesicht sehen sollen!

Sonst ist es bei uns wie üblich – Chaos und jede Menge Stress. Uli steckt bis über beide Ohren in der Arbeit. Wenn er sich in eine Sache verbissen hat, du weißt ja, wie er dann ist. Heute Abend hat er kein Wort gesprochen, hat kaum etwas gegessen und ist gleich wieder fortgerannt.

Miriam wäre so gerne mit ihm noch einmal auf die Königshöfer Messe gegangen, aber er hat einfach keine Zeit. Also war ich mit ihr am Dienstag dort, da war Kindertag. Es war für sie nicht dasselbe, als wenn sie mit ihrem Vater gegangen wäre, aber sie war tapfer. Auf dem Kindertag ist es dort zwar billiger, aber die Fahrten sind viel kürzer. Kaum dass ein Karussell losgefahren ist, hält es auch schon wieder an. Außerdem war es proppevoll.

Es ist schon spät. Gerade ist der Uli heimgekommen.

Später.

Er ist gleich ins Bett gegangen. Er sagt, er war die ganze Zeit im Archiv und hat dort etwas gefunden, aber er verrät mir nicht, was es ist. Seine inneren Windungen, sagt er, die wären ganz durcheinander. Er sagt nicht, ob er die Windungen seines Gehirns oder die seines Gedärms meint, aber er rennt alle paar Minuten aufs Klo, da kann man es sich schon denken. Ich mache mir richtig Sorgen, da ist etwas, das ihn belastet. Aber er sagt, es ist nun bald zu Ende. Hoffentlich stimmt das.

Alles Gute und bitte komm bald.
Herzliche Grüße, Uschi, Miriam und Uli

Faber faltete den Brief wortlos zusammen und schob ihn wieder in der Umschlag.

»Nun?« Sie sah ihn fragend an.

»Hm«, brummte er. »Ich muss rüber in die Redaktion und Lustig anrufen.«

»Trink wenigstens den Kaffee aus, wenn du schon nichts essen kannst.«

Und als er gehorchte, ohne zu widersprechen, dachte sie: ›O je, es scheint ihm ja wirklich mies gehen.‹

»Polizeirevier Bad Mergentheim, Obermeister Kirchofer. Guten Morgen.«

«Faber, Tauber-Post. Morgen, Herr Kirchofer. Würden Sie mich bitte mit dem Chef verbinden?«

»Tut mir leid, Herr Faber. Hauptkommissar Lustig ist hinweggerufen worden.« Das kam bei Kirchofer gelegentlich vor, dass er, wenn er aufgeregt war, mit seinen Worten haarscharf daneben lag.

»Was meinen Sie?«, fragte der Faber erschrocken.

»Ich meine, er ist unterwegs. Mit fast der ganzen Mannschaft.«

»Ach so! Also ist was Besonderes los. Was? Und wo?«

»In Königshofen auf der Messe. Da hat es einen Unfall gegeben.«

»Schwer?«

»Kann man sagen, ja. Mit Todesfolge, eine Person.«

»Jetzt, am Morgen?«

»Schon heute Nacht. So gegen Mitternacht.«

»Besondere Umstände?«

»Ja. Ein Mann ist vom Riesenrad heruntergefallen. Das ist immerhin um einiges höher als der Kirchturm der Stadtkirche dort. Die genauen Umstände werden noch untersucht.«

»Ein Mann. Wer?«

»Das kann ich Ihnen nicht sagen.«

«Alt? Jugendlicher? Alkohol? Drogen? Leichtsinn? Haben die da zu mehreren Blödsinn getrieben? Gibt es Zeugen?«

Wieder einmal schoss Faber ein Bündel Fragen auf einmal ab.

»Wie gesagt, Herr Faber, ich kann Ihnen leider nichts sagen. Bitte haben Sie dafür Verständnis.«

Also wollte Faber es bei Lustig daheim versuchen, aber ihm fiel die Telefonnummer nicht ein. Er musste sie erst heraussuchen, und das zeigte ihm, wie sehr die seelische Belastung schon sein Gedächtnis angegriffen hatte. Er wollte schon wieder auflegen, da meldete sich Elsa Lustigs Stimme:

»Gude Morsche, Herr Faber. Dut mir leid, awwer mein Mann is net dahääm. Heut glei frühs hawwe se aagrufe, es wär was passiert, da isser glei fott. Sunscht wääß i nix, da kann i Ihne nix sage.«

»Würden Sie ihm ausrichten, er möchte mich bitte zurückrufen? Ich muss ihm dringend etwas mitteilen.«

»Isch werd's ihm ausrischte.«

»Schon gut, Frau Lustig. Vielen Dank.«

Für einen Augenblick saß Faber an seinem simplen Schreibtisch und starrte vor sich auf die Platte aus Holzimitation. ›Fotografierte Fichte‹, dachte er, ›komisch, dass ihm das bisher noch gar nicht aufgefallen war.‹ Er stand langsam auf und ging zur Chefin hinüber. Deren Tür stand offen. Er klopfte kurz an den Türrahmen. »Morgen, Chefin. Tödlicher Unfall auf der Königshöfer Messe«, sagte er so laut, dass alle im Stockwerk es hören konnten. Und weil er schon wusste, was kommen würde, fügte er gleich hinzu: »Das hat uns gerade noch gefehlt!«

Und es kam, wie er vorausgedacht hatte. Die Chefin blickte kurz auf, murmelte nur: »Übernimm du das!«, und senkte ihren violett umrahmten Blick wieder auf das dicht beschriebene Blatt Papier auf der Mahagoniplatte.

An seinem Schreibtisch machte er sich eine Notiz und sah auf die Uhr. Zehn Uhr dreißig. Er wählte noch einmal die Nummer des Polizeireviers. Der Hauptkommissar komme soeben zur Tür herein, verkündete Kirchofers Stimme, und fast zugleich hörte er Lustigs Stimme so laut, dass er den Hörer vom Ohr reißen musste: »Faber? Ja, was gibt's denn so eilig? Ich hab jetzt eigentlich keine Zeit!«

»Es ist aber wichtig. Zwei Männer sind gefährdet, und die Polizei muss sie warnen. Wenn ich das mache ... auf mich werden sie nicht hören.«

»Und? Sagen Sie mir auch den Grund dafür?«

»Selbstverständlich, aber das ist eine komplizierte Geschichte, die weit zurückreicht. Das ginge nicht so am Telefon, dazu müsste ich bei Ihnen vorbeikommen. Ich müsste dazu ein bisschen weiter ausholen.«

»Und um wen handelt es sich dabei?«

»Um Mikka Honegg und Benjamin Sperlich.«

»Ja, dann allerdings! Sperlich und – wie heißt der andere?«

»Honegg, Michael, genannt Mikka. Das ist der Neue in der Kreditabteilung hier an der Sparkasse. Und Sperlich, den kennen Sie ...«

»Klar kenn' ich den! Sperlich ist tot.«

»Was?«

»Ich sagte: Sperlich ist tot. Ich komme eben aus Königshofen. Sie meinten doch Ihren Kollegen Benjamin Sperlich, den, eh, Reporter von der Konkurrenz, nehme ich an.«

»Ja, das stimmt.«

»Herr Sperlich ist ... Moment bitte. Ja, Kirchofer? Ist gut, sofort. Herr Faber? Kirchofer teilt mir gerade mit, das Fax mit dem vorläufigen Obduktionsbericht ist hereingekommen.

Also, der Herr Sperlich ist in der vergangenen Nacht ums Leben gekommen, wahrscheinlich bei einem Unfall. Jedenfalls hatten wir bisher keine schwerwiegenden Hinweise, die auf etwas anderes hingedeutet haben. Er ist vom Riesenrad heruntergefallen, fünfundvierzig Meter hoch, da bleibt nicht viel übrig. Jetzt allerdings, wo Sie sagen ... Was sind denn das für Hinweise, die Sie haben? Er war gefährdet, sagen sie?«

»Ja. Das hängt mit dem Fall Doktor Ulshöfer zusammen.«

»Mit Doktor Ulshöfer? Da muss ich schon sagen, das erstaunt mich aber sehr. Da müssten Sie mir schon wirklich handfeste Beweise vorlegen.«

»Das tue ich. Ich bin in zwei Minuten bei Ihnen im Revier. Sagen Sie Kirchofer, dass ich komme. Sonst lässt er mich nicht zu Ihnen.«

»Also bis gleich.«

Da schnappte Faber sich die Plastikmappe mit den Unterlagen, schleuderte sie in seine alte Ledertasche, vergewisserte sich, während er den Anorak überwarf, dass die Digitalkamera in dessen Tasche steckte, und schrie so laut er konnte durch das Stockwerk: »Sperlich ist tot!« Dann war er mit zwei Sprüngen, eine Hand immer am Geländer, die schmale Treppe hinunter. Raste auf seinem alten Asinus ferrari um die zwei Ecken auf dem Hoppelpflaster hinüber zum Schloss, stieg nicht einmal im Schlosshof vom Rad, sondern sprang erst ab, als er direkt vor dem Eingang mit dem wuchtigen Schild ›Polizei‹ darüber stand. Er lehnte das alte Fahrrad einfach gegen die Wand, da summte schon die schwere Sicherheitstür, und er stieß sie auf.

Obermeister Kirchofer hinter der Scheibe blickte auf, drückte auf den Summer, der die zweite Sicherheitstür öffnete, und zeigte mit der Hand auf die Treppe, die dahinter sichtbar wurde. Faber brauchte in seinem Tempo also gar nicht erst nachzulassen; das wäre auch schwierig gewesen bei dem Turbo, der in ihm wütete.

Im Obergeschoss stand plötzlich ein bulliger Mann in Uniform vor ihm, breitete die Arme aus und schrie: »Wie kommt dieser unverschämte Kerl denn ... wohl verrückt geworden ... der Faber natürlich! ... wart nur, Bürschle!« Der Beamte schickte sich an, den dreisten Eindringling mit Gewalt festzunehmen und ihm den Arm auf den Rücken zu drehen.

»Lass ihn nur, Schwindt, den habe ich herbestellt«, kam ruhig die Stimme des Ersten Hauptkommissars von hinten. Am Ende des Ganges stand Lustig in der Tür seines Chefbüros und hielt die Hand ausgestreckt. »Kommen Sie nur herein, Herr Faber.«

»Der Schwindling, natürlich!«, brummte Faber, der vor lauter Eile und Eifer den begriffsstutzigen Wächter nicht erkannt hatte, und schlich sich, die weiß getünchte Wand als Rückendeckung nutzend, in einem großen Bogen an dem stiernackigen Polizisten vorbei.

Im Büro schloss der Hauptkommissar die Tür und streckte gleich die Hand aus: »Zeigen Sie her, was Sie haben!«

Faber zögerte. »Info gegen Info«, sagte er dann.

Lustig nickte. »Ist gut. Jetzt geben Sie schon her.«

Faber reichte ihm die Mappe mit den Unterlagen, und Lustig besah sich alles in Ruhe. Die Fotos vom morschen Hochsitz im Wald legte der Hauptkommissar gleich beiseite, ohne sie näher anzusehen. Die anderen Kopien betrachtete er genauer.

»Das ist nicht viel«, sagte er dann. »Ein paar Notizen. Die Kopie von diesem seltsamen Brief mit dem kurzen Auszug, wohl aus einem alten Tagebuch. Das hat Vierneisel mir auch schon gezeigt. Ein paar Notizen zu Vermutungen, die nichts besagen.«

»Nur einen?«, unterbrach Faber ihn. »Was ist mit dem zweiten, mit diesem da?«

»Vierneisel hat nur von einem gesprochen. Von einem zweiten hat er nichts gesagt. Hm.« Er las dessen Kopie. »Nun, das ist eindeutig nach diesem Brief da geschrieben und nimmt dessen, wie soll man sagen, nimmt dessen Motive auf. Aber viel Neues bringt er nicht.«

»Ist es nicht wichtig, dass es zwei Briefe gibt und nicht nur einen, auch wenn im zweiten fast dasselbe steht wie im ersten? Er bekräftigt den ersten. Er sagt, dass die Person nicht locker lässt.«

»Das mag sein«, gab Lustig zu. »Lassen Sie mir von dem bitte eine Kopie hier. Dann ist noch das hier.« Er zeigte auf die Notizen. »Das könnte interessant sein.«

»Das habe ich in unserem Archiv gefunden«, sagte Faber. »Es ist von 1981.« Er zeigte auf die Jahreszahl oben in der rechten Ecke. Dann wies er unten auf den Namen der Informantin. »Oberstudienrätin Gerlach. Die Lehrerin hat hinter dem Rücken des Direktors unsere Zeitung informiert.«

»Leider«, sagte Lustig, »haben wir damit den Namen des Opfers von damals noch nicht. Denn wenn Sperlich tatsächlich im Drogenrausch vom Riesenrad gesprungen ist, könnte in der Tat eine Parallele zu Ulshöfer vorliegen. Damit bekäme dieses alte Tagebuch mehr Gewicht. Aber dazu brauchen wir den Namen des Opfers von damals.«

»Eh«, Faber suchte schnell zwischen den Blättern. Dann fiel ihm ein, er hatte das eine Blatt aus dem Archiv nicht kopiert. Außer dem Namen des Mädchens hatte nichts darauf gestanden. Und er war von dem Inhalt der anderen Notiz so erschrocken gewesen, dass er seine gewohnt ordentliche Buchführung vergessen hatte. Also stand der Name Angelika Sack, verheiratete Schmidt, nicht in seinen Unterlagen. Er hatte ihn nur im Kopf. – Er stutzte. Wie war das? Was hatte Lustig da eben gesagt? »Entschuldigen Sie, ich war gerade mit meinen Gedanken woanders. Mir geht es im Augenblick nicht so gut. Meine inneren Windungen, verstehen Sie ... Was haben sie da von Drogenrausch gesagt?«

»Sperlich ist möglicherweise im Drogenrausch aus dem Riesenrad entweder gefallen oder gesprungen. Das sagt der vorläufige Obduktionsbericht, den mir Vierneisel vorhin herübergefaxt hat. Die Nachricht ist noch zu neu, ich kann dazu sonst noch nichts sagen. Nur, dass technische Ursachen wahrscheinlich ausgeschlossen werden können.«

»Mit anderen Worten: Das Riesenrad war einwandfrei in Ordnung.«

»So ist es. Der Betreiber hat wohl den Kollegen auf deren Frage die TÜV-Unterlagen gezeigt. Die waren weniger als eine Woche alt, das Gerät ist geprüft worden, bevor es auf der Messe in Betrieb ging. Die Kabinen am Riesenrad sind offen, aber doch so gesichert, dass niemand aus Versehen hinausfallen kann. Er musste richtig hinüberklettern. Es kamen, wenigstens bisher, also nur extremer Leichtsinn oder Absicht in Frage. Oder eben Drogenrausch.«

»Hat es noch mehr Verletzte gegeben? Unbeteiligte meine ich. Wenn er doch von da oben mitten unter die Leute gesprungen ist?«

Lustig holte von seinem Schreibtisch ein paar Fotos und hielt sie dem Faber hin. »Die Spurensuche. Da, sehen Sie. Der Körper lag noch innerhalb der Umzäunung. Da durfte außer dem Personal niemand hin. Außerdem waren gegen Mitternacht nur noch wenig Leute dort am Riesenrad.«

»War der Krankenwagen dort? Oder war er gleich ...«

»Die Messe hat einen eigenen Notdienst einschließlich Notarzt. Der war sofort zur Stelle, und als er gesehen hat, dass der Verunglückte tot war, hat er alles absperren lassen und eigenhändig unsere Kollegen von der Nachtschicht angerufen. Unsere technische Abteilung wird wohl das Riesenrad noch einmal genauer unter die Lupe nehmen, aber aufs Ganze gesehen war heute morgen, als der Frühdienst übernommen hat, schon das meiste an Arbeit getan.«

»Und Sperlich, also, ich meine die Leiche ...«

»Ist sofort, wohl so gegen ein Uhr nachts, erst nach Tauberbischofsheim gebracht und von da gleich nach Heilbronn in die Pathologie überführt worden. Der Notarzt hatte wohl schon gleich zu Anfang so eine Bemerkung gemacht, etwas mit den Augen, also in den Pupillen, deute da möglicherweise auf ein, wie sagt man?, auf ein den Antrieb steigerndes Mittel hin. Also wohl Kokain oder etwas Ähnliches. Ich kenne mich da nicht so genau aus. Jedenfalls haben die in

Heilbronn gleich früh am Morgen die Obduktion gemacht. Es war ja nicht so sehr viel zu untersuchen, es ging ja wohl im Wesentlichen nur um diese eine Drogensache. Dieser Bericht hier ist noch nicht der offizielle, nur eine vorläufige Mitteilung. Wehe Ihnen, wenn Sie etwas anfassen!«

Faber verstand diese plötzliche Wendung in Lustigs Worten richtig. Er hatte schon die Hand in der Anoraktasche und fummelte an der Digitalkamera. Lustig hob von dem Telefon auf seinem Schreibtisch den Hörer ab und drehte Faber für einen Augenblick den Rücken zu, nur solange er die Worte sprach: »Lustig hier. Kannst du geschwind rüber kommen und ein paar Kopien machen?« Das waren alles in allem nicht mehr als drei oder vier Sekunden, aber die genügten Faber. Er hielt die Kamera über den Bericht, drückte eins-, zwei-, dreimal ab, schwenkte dabei die Kamera ein bisschen und variierte den Abstand. Darin hatte er Übung, wenigstens eines der Fotos würde wie gestochen auf dem Computerausdruck erscheinen und die Schrift gut lesbar sein. Als Lustig sich wieder umdrehte, war die Kamera schon wieder in Fabers Anoraktasche verschwunden. Weder Lustigs noch Fabers Miene zeigten auch nur die geringste Regung, beide taten so, als wäre in diesen Sekunden nichts geschehen. Nur für einen kleinen Moment, so schien es Faber, glitzerte es lustig in den Augenwinkeln des Hauptkommissars.

Es klopfte, und Lustig übergab einer jungen Beamtin einige von Fabers Papieren zum Kopieren. Als die Polizistin die Tür wieder leise geschlossen hatte, fuhr Lustig fort:

»Vor diesem Hintergrund besteht der Verdacht auf ein Tötungsdelikt. Wie, das kann man noch nicht sagen, aber man wird es auf jeden Fall untersuchen müssen. Selbst, wenn es nur indirekt wäre, wie das ja wohl bei dem Doktor Ulshöfer gegeben war.«

»Bei Sperlich«, unterbrach der Faber den sichtlich sorgfältig überlegten Gedankengang des Hauptkommissars, »also bei Sperlich kann ich mir einen Selbstmord, ich meine so einen richtigen, geplanten wie bei Ulshofer, nicht vorstellen.«

Lustig sah ihn an, leicht ungehalten darüber, dass er in seinem Gedankengang unterbrochen worden war. »Ehrlich gesagt, ich auch nicht«, sagte er dann. »Aber das zählt nicht. Ich werde also die Kollegen von der Kripo einschalten müssen.«

Es klopfte wieder, die junge Beamtin gab dem Hauptkommissar die Kopien und verschwand wortlos. Lustig legte die neuen Blätter auf den Schreibtisch und gab Faber seine Papiere zurück.

»Das meiste davon hatten wir schon, aber für diese Sache mit den vier Namen aus dieser Schule von Ichenstadt, dafür danke ich Ihnen. Es könnte ein Hinweis sein auf so etwas wie einen verborgenen Rachefeldzug. Ich denke, damit sind wir quitt miteinander, wir beide. Schade, dass wir den Namen des Opfers von damals noch nicht haben. Sollten«, er unterbrach sich, machte eine Pause und sah Faber in die Augen, »*sollten* Sie diesen Namen irgendwo auftreiben, dann müssen Sie uns umgehend informieren. Es wird wohl eine Morduntersuchung geben, das werden Sie hoffentlich nicht vergessen. Die Sonderkommission ›Messemord‹, oder wie sie auch heißen wird, braucht solche Informationen dringend. Aber für den Fall, dass Sie den Kontakt mit denen scheuen sollten, auch bei mir wäre die Information in guten Händen. Notfalls auch anonym. So, ich habe den Eindruck, jetzt haben Sie es eilig, wieder an Ihren Computer zu kommen. Da will ich Sie nicht aufhalten. Auf Wiedersehen.«

20

Faber hastete hinüber in die Redaktion und sprang dort die schmale, steile Treppe hinauf. Er nahm sonst nichts wahr, sah nichts und hörte nichts, bis er seine kleine Kamera an den Computer angestöpselt und die Fotos vom Obduktionsbericht vor sich auf den Bildschirm geholt hatte. Er wählte das deutlichste Foto aus, speicherte es und löschte die übrigen. Er zwang sich zur Ruhe, sagte laut: »Tino!«, und begann, langsam und sorgfältig zu lesen.

›Land Baden-Württemberg‹, stand oben und darunter als Absender ›Rechtsmedizinisches Institut Heilbronn‹. Adresse: ›Kriminaldirektion Tauberbischofsheim, Herrn Kriminaldirektor Wolfgang Schiller.‹

Faber überflog die Angaben zur Person des ungeliebten, verblichenen Kollegen Sperlich, den sie in der Pathologie mehr oder weniger zerlegt hatten: geboren 1961 ... wohnhaft in Tauberbischofsheim ... Dann der eigentliche Bericht. Todesursache: Schweres Schädel-Hirn-Trauma als Folge eines Sturzes aus großer Höhe, dazu Halswirbel- und andere Knochenbrüche und zahlreiche innere Verletzungen. Sperlich war also auf der Stelle und unwiderruflich tot gewesen. Im Magen hatten sich Reste eines Abendessens befunden, das mindestens vier Stunden zurückgelegen hatte und dessen Zusammensetzung deshalb nicht mehr genau bestimmt werden konnte. Wahrscheinlich Bratwurst mit Pommes frites. Sperlichs Blutalkoholgehalt habe zum Zeitpunkt seines Todes bei 1,92 Promille (in Worten: eins Komma neun zwei) gelegen.

Er las weiter und suchte nach dem, was Lustig über einen Drogenbefund gesagt hatte. Dort, in der zweiten Hälfte, fand er es: In Sperlichs Körper sei eine hohe Dosis eines Medikamentes gefunden worden, entweder Ketanest oder, wahrscheinlicher, Ketaneol. Pharmazeutisch seien diese zwei Medikamente eng miteinander verwandt, beide seien, so stand dort, Narkosemittel, die extrem stimmungsverstärkend, oft euphorisierend wirkten. Ketaneol werde in Tablettenform verabreicht und auch auf dem kriminellen Drogenmarkt gehandelt.

Narkosemittel, so dachte Faber und sah wieder auf. Sollte das etwa heißen, dass er bewusstlos war? Dass also jemand im Riesenrad den mit fast zwei Promille im Blut schon fast volltrunkenen Sperlich während der Fahrt mit diesem Zeug wie mit einer Art von K.-o.-Tropfen außer Gefecht gesetzt und dann einfach rausgeschmissen hatte?

Faber speicherte das Dokument gleich mehrfach auf Festplatte und USB-Stick und sicherte es. Dann druckte er es aus, las es noch einmal und stellte fest, dass er beim Lesen am Bildschirm einen kurzen Absatz übersehen hatte. Sperlich, so stand da, habe möglicherweise nicht sehr lange vor seinem Tod einen Samenerguss gehabt. Geringe Spermaspuren hätten sich an seiner Kleidung gefunden, jedoch keine in der Harnröhre. Die Samenblase sei aber nur zum Teil gefüllt gewesen. Organisches Material einer weiteren Person sei an seinem Körper nicht gefunden worden.

Er legte das Blatt vor sich auf den Schreibtisch. Was bedeutete das alles? Sah man diesen Bericht für sich allein, oder auch zusammen mit dem Wenigen, das er über das, was in der Nacht geschehen war, wusste, dann deutete alles darauf hin, dass Sperlich erst kräftig vom Messebier gepichelt hatte und später, quasi als Höhepunkt des Abends, zu diesem Ketadings-Zeug übergegangen war. Dann war er ins Riesenrad eingestiegen und, nun völlig zugedröhnt, mitten während der Fahrt hinaus entweder gefallen oder gesprungen. Die Spermaspuren, so überlegte er, hatten möglicherweise nicht viel zu bedeuten. Am späten Abend auf der Messe konnte immer etwas vorkommen. Viel Bier vorher und nachher keine Spuren in der Harnröhre, das passte gut zusammen. Die Spülwirkung von Bier war bekannt. Sollten die Spuren von Bedeutung sein, dann würde man die letzte Stunde vor seinem Tod unter die Lupe nehmen müssen.

Gab es also Zeugen? War jemand mit ihm in der Gondel gewesen, eine Frau vielleicht? Oder in der Nachbargondel? War jemand bei ihm gewesen, als er einstieg? Wie oft war er in dem Riesenrad gefahren? Vierneisel war mit Sicherheit gerade jetzt dabei, diese Dinge zu klären. Was dabei auch herauskommen mochte, nach diesem Bericht konnte es sich nur um Unfall oder Selbstmord, beides im Drogenrausch, handeln.

Aber Benjamin Sperlich hatte 1981 die Schülerin Angelika Sack vergewaltigt, gemeinsam mit Markus Ulshöfer und zwei weiteren Schülern. Und sein Mittäter Ulshöfer war verstorben, war genau wie Sperlich Opfer eines nicht natürlichen Todes geworden, wie man in der Amtssprache dazu sagte. Ulshöfer am Freitagabend, Sperlich am darauf folgenden Donnerstag. Dazwischen lagen ganze sechs Tage, und beide waren erst Mitte Vierzig. Hauptkommissar Lustig hatte sofort erkannt, dass das kein Zufall sein konnte.

Den Gedanken an Ulshöfers Personal mussten sie wohl vorerst fallen lassen. Dort hatte, wenigstens soviel er wusste, niemand etwas mit Sperlich zu tun gehabt. Freilich, man konnte nie wissen – das würde er vielleicht noch untersuchen müssen. Er würde sich also weiter bei Elena einschmeicheln müssen, obgleich das Mädchen ihm auch ein bisschen leid tat. Doch es ging nicht anders.

Aber es gab zwei Drohbriefe an Ulshöfer aus zwei verschiedenen Quellen. Die Polizei sprach aber von nur einem Brief, von dem mit dem Tagebuchauszug. Hielt Kriminalhauptkommissar Vierneisel den zweiten Brief für unwichtig? Bestimmt nicht. Vierneisel war kein Dummkopf. Er selber, Faber, hatte zusammen mit Hebenstreit eine Menge an Erkenntnissen aus dem zweiten Brief und dessen Unterschieden zum ersten gewonnen. Vierneisel hatte keine schlechte Mannschaft, seine Leute hätten das, was er und Hebenstreit entdeckt hatten, auch gefunden, oder doch das meiste davon. Die Polizei kannte demnach den zweiten Brief nicht. Wenigstens hatte sie ihn nicht gekannt, bevor er Lustig eine Kopie übergeben hatte. Das erhärtete den Verdacht, den Hebenstreit geäußert hatte, dass es sich bei dem Verfasser des zweiten Briefes um Katja Ulshöfer handle. Davon war er selber jetzt auch überzeugt: Katja Ulshöfer hatte den zweiten Brief ins Spiel gebracht, um zusätzlichen Druck auf ihren Mann aufzubauen. Aber damit hatte sie noch nicht Halt gemacht. Sie hatte versucht, ihn, Faber selber einzuspannen für ihre Interessen. Er sollte, so hatte sie ihm gesagt, etwas herausfinden, was sie doch längst gewusst haben musste. In Wirklichkeit ging es ihr darum: Durch ihn sollten Presse und Öffentlichkeit erfahren, warum der so hoch geschätzte Doktor sich erschossen hatte. Sein Ansehen und seine Verdienste sollten nachträglich in der Presse breitgetreten und zertrampelt werden. Er kannte genügend Zeitungen, die so etwas getan hätten.

Doch was hatte Katja Ulshöfer mit Benjamin Sperlich zu tun? Hatte der auch Drohbriefe bekommen? Um das herauszufinden, war es jetzt wahrscheinlich zu spät. Da war möglicherweise eine Lücke, die er noch nicht schließen konnte. Fände er eine Verbindung zwischen Sperlich und Katja Ulshöfer, dann wäre sie die erste Verdächtige für – wie hatte Lustig das genannt? Für einen heimlichen Rachefeldzug. Anfangsverdacht, so nannte man das wohl.

Andererseits gab es, wenn er ehrlich war, keinen Hinweis darauf, dass auch der erste Drohbrief von ihr gekommen sein könnte. Der enthielt die Kopie aus dem Tagebuch des Opfers von 1981. Und das Opfer der Vergewaltigung war die damals fünfzehnjährige Angelika Sack gewesen, seine Nachbarin Geli, Leo Schmidts Frau, die sich vor einem halben Jahr erhängt hatte. Von Geli gab es Linien zu Ulshöfer und zu Sperlich, von Katja Ulshöfer nicht.

Doch Geli war seit einem halben Jahr tot und konnte folglich den Brief kaum geschrieben haben. Oder doch? Lag der Brief schon so lange in Ulshöfers Safe, vielleicht gar länger? Schon seit Jahren? Nein, einen solchen Brief zu schreiben und dazu noch Teile aus ihrem eigenen Tagebuch zu kopieren, dazu hätte Geli in den letzten Jahren nicht die Kraft gehabt. Faber erinnerte sich, dass sie in der letzten Zeit vor ihrem Tod kaum ansprechbar gewesen war.

Ihr Mann jedoch, Leo, was war mit dem? Angenommen, Leo hätte nach Gelis Tod deren Tagebuch gefunden und erst da von dem Trauma erfahren, das ihre Krankheit ausgelöst hatte.

Konnte es sein, dass Geli zu Leo in all den Jahren nichts gesagt hatte? Das könnte, so vermutete er, sehr wohl so sein, denn Frauen konnten, das hatte er immer wieder gehört und gelesen, über so extrem leidvolle Erfahrungen oft gar nicht sprechen. Geli hatte es verdrängt und in sich weggeschlossen, und so war die schlimme Erinnerung zu einem schweren Trauma geworden, das am Ende ihr Leben zerstört hatte.

Er musste mit jemandem darüber reden. Mit einer Frau, oder besser noch mit mehr als nur einer. Mit der Weichen zuerst. Mit wem noch? Hebenstreit? Die war dafür vielleicht noch zu jung und außerdem zu intellektuell. Man würde sehen. Mit der Chefin? Luise Blaustein, nein, zu der dürfte er mit solchen Dingen eher nicht kommen. Obgleich – man konnte nie wissen. Carla fiel ihm ein, seine alte Liebe aus ihrer gemeinsamen Studienzeit. Mit der würde er ebenfalls darüber sprechen, über das, was im Obduktionsbericht stand, und möglicherweise auch über die psychologischen Hintergründe von Gelis Tod, die jetzt immer mehr zutage traten. Wenn Carla denn über all das mit ihm reden wollte. Als Oberärztin im Caritaskrankenhaus, die für nichts als für ihre Arbeit lebte, war sie chronisch überlastet.

Er stand auf und ging langsam hinüber ins Konferenzzimmer, mitten in die allmorgendliche Redaktionskonferenz hinein. Ohne in der Runde jemanden anzusehen, setzte er sich ganz ruhig auf seinen Platz, legte die Klarsichtmappe vor sich auf den Tisch und wartete schweigend, bis die Sache, über welche die versammelte Redaktion gerade beriet, abgehandelt war.

Hebenstreit saß, so wie sie es sich angewöhnt hatte, als sie noch seine Volontärin gewesen war, ihm genau gegenüber und schaute ihm aufmerksam ins Gesicht. Er nickte ihr zu und streckte kurz einen Daumen nach oben. Erfolg gehabt! bedeutete das. Hebenstreit zog die Augenbrauen hoch und spitzte kurz die Lippen. Oh!, hieß das, da bin ich aber gespannt!

Auch die Chefin sah es. Sie sagte: »Das wäre erst einmal dies. Jetzt gleich zu dir, Faber. Ich sehe, du hast etwas herausgefunden.«

»Ach? Woran sieht man das denn?«

»Woran?«, ahmte die Chefin ihn nach, »na, woran wohl? Vor anderthalb Stunden bist du noch hier umhergeschlichen wie ein Häufchen Elend mit hängenden Schultern und käsigem Gesicht, so dass wir alle gedacht haben, du brichst uns gleich zusammen. Und jetzt, jetzt strotzt du nur so.«

»Aha!«, sagte er ruhig. »Ich strotze. Im Gesicht? Oder wo strotze ich?«

»Stell dich nicht so an und sei nicht gleich beleidigt! Man sieht dir an, dass du etwas Wichtiges herausgefunden hast, ich nehme an, in der Ulshöfersache. Außerdem hast du eine Klarsichtmappe mit Material vor dir liegen. ›Notiz Thoma 1981/1‹ hast du auf den obersten Klebezettel gemalt. Das ist deine Handschrift.«

»Die Ulshöfer- *und* Sperlichsache«, so sprach der Faber bedeutungsschwer. »Es ist nur eine Sache, Ulshöfer *und* Sperlich.«

Alle sahen ihn wie gebannt an. Hebenstreit stützte ihr hübsches Kinn auf ihre große Hand und lehnte sich halb über den Tisch, um keines seiner Worte zu verpassen.

»Sperlich ist tot«, erklärte die Chefin. »Das wissen wir. Du hast es heute morgen laut genug durchs Haus gebrüllt. Und gleich nachdem du so plötzlich verschwunden warst, kam von der Kripo Tauber die Pressemitteilung über E-Mail, dass in der letzten Nacht in Königshofen auf der Messe am Riesenrad ein Mann ums Leben gekommen ist. Und vor ein paar Minuten kam eine zweite Meldung, bei dem Verunglückten handele es sich um den bekannten Redakteur vom Tagblatt Main-Tauber Benjamin Sperlich. ›Bekannten Redakteur‹. Phh!« Sie formte mit ihren Lippen einen Laut, der ihre ganze Geringschätzung und Verachtung ausdrückte. »Bekannt wohl wofür? Für seinen Größenwahn? Jedenfalls, das kam auch noch, die Kripo Tauber habe eine Sonderkommission zur Aufklärung eingerichtet, unter der Leitung von Kriminalhauptkommissar Vierneisel.«

»Ach!«, rief Faber, »schon? Das ging aber fix!« Ihm hatte auf der Zunge gelegen: Da hat Lustig aber schnell reagiert!, aber das konnte er sich gerade noch verkneifen. »Also der Fall Ulshöfer und der Fall Sperlich sind miteinander nur ein gemeinsamer Fall. Davon geht die Polizei inzwischen auch aus. Hier, die Notiz, die du gleich erspäht hast, Chefin Adlerauge, die beweist es.«

»1981?«, fragte Luise Blaustein, von der Bezeichnung ›Adlerauge‹ sichtlich geschmeichelt, »und was, bitte schön, hätte ich da eventuell geschrieben?«

Der Faber reichte ihr das Blatt hinüber. Sie las es, erst ihre breite Stirne runzelnd, dann immer aufmerksamer und schließlich gespannt.

»Da soll dich doch gleich der Blitz ... Wenn das kein Knaller ist! Du hast Recht, die Fälle gehören zusammen. Die Notiz hier, die ist übrigens nicht von mir.«

»Habe ich das etwa behauptet? Sie stammt noch von deinem Vater.«

»Also gut. Gib Acht, dass diesen Bericht sonst niemand in die Hand bekommt! Bevor du uns die Einzelheiten erklärst, wird jeder hier am Tisch zum absolutem Stillschweigen verpflichtet! Und du wirst dich weiter um die Sache kümmern! Hebenstreit soll dir zu Hand gehen.«

»Na gut«, sagte er, und jeder am Tisch merkte genau, dass er nur so tat, als wäre er von diesem Entschluss der Chefin überrascht. »Dann bilden wir hiermit auch eine Sonderkommission. Hebenstreit und ich. Eine Sondersonderkommission.« Plötzlich starrte er Hebenstreit an.

»Stehen Sie mal auf, bitte! Dieser Pullover! Der ist ja vielleicht klasse! Wo haben Sie den denn her?«

»Von der Messe. Ich habe ihn mir nach Maß stricken lassen. Gestern abgeholt. Sie haben doch gesagt: Wenn man ihn am Sonntag bestellt, kann man ihn am Donnerstag abholen.«

»Die Farbe«, schwärmte er, »wie das schillert! Wie der Kolibri!«

»Von allen Farben, die sie da hatten, haben mir nur diese beiden gefallen.«

»Knallblau und ein helles taubenblau. Passt prima.«

»Finden Sie? Ich dachte, er wäre mehr ultramarin und türkis.«

»Egal. Passt trotzdem prima. Also hiermit übernehme ich in aller Bescheidenheit die Leitung der Sondersonderkommission – eh – Kolibri.« Mit einer weit ausholenden Geste nahm er Hebenstreits schwarzen Filzstift, sagte: »Darf ich mal?«, riss einen Klebezettel ab, schrieb schwungvoll etwas auf die Klebeseite und klatschte den gelben Zettel von innen gegen den durchsichtigen Deckel der Mappe. Er schloss sie wieder und betrachtete sein Werk. Durch die Folie leuchtete es jetzt: »Kommission Kolibri«. Erst dann schlug er die Mappe wieder auf und zog eine Kopie des Obduktionsberichtes hervor. »Vorsicht!«, verkündete er, »das Ding hier ist heiß!« Vorsichtig schob er das Blatt zur Chefin hinüber.

Luise Blaustein rückte ihre Brille zurecht. »Und ob das Ding hier heiß ist!«, verkündete sie, als sie es gelesen hatte. »Wir hier wissen noch nicht einmal, dass sie Sperlich in Heilbronn auseinandergeschnippelt haben. Und du lieferst uns schon den Obduktionsbericht. Woher hast du das?«

Der Faber genoss sichtlich das Lob der Chefin und grinste sie triumphierend an. »Geheimnis!«, erklärte er dann. »Du erwartest doch nicht, dass ich meine Informanten preisgebe!«

Sie prüfte das Blatt genauer. »Ein Foto. Das ist ursprünglich ein Fax, hier oben stehen Datum und Uhrzeit. Das Fax ist noch nicht einmal eine halbe Stunde alt. Und du warst bis vor ein paar Minuten im Schloss bei der Polizei.« Sie schloss zum Nachdenken für einen Moment ihre veilchenblau umrandeten Lider. Dann öffnete sie ihre Augen weit: »Gib's zu«, strahlte sie ihn an, »du hast das Ding dort geklaut!«

»Das ist unzulässig übertrieben«, lachte er. »Es lag bei Lustig auf dem Schreibtisch, und der hat sich freundlicherweise für ein paar Sekunden umgedreht.«

»Das nenne ich nobel«, stellte die Chefin fest. »Wir werden uns dafür erkenntlich zeigen. Wir werden ihn bei der nächsten Gelegenheit öffentlich loben.«

»Na ja, nichts gegen Lustig, aber ganz so nobel war es nun auch wieder nicht. Er wollte etwas dafür.«

»Was? Informationen?«

»Was denn sonst? Zwei Stück.«

»Und? Ich wette, du hast ihm nur eine gegeben. Ich kenne dich lange genug.«

»So ist es«, antwortete er gespielt bescheiden.

»Was habe ich gesagt?«, strahlte sie. »Wenn du eine Sache anpeilst, bist du ein Fuchs, und wenn du sie dann in den Fängen hast, dann bist du ein Terrier. Und wenn du mit der Sache fertig bist, ein Dings, ... ein ...«

»Ein Kamel?«

»Aber nein!«

»Ein Schaf?«

»Genau. Ein Lamm. Ein Unschuldslamm. Dann kannst du kein Wässerchen mehr trüben.«

Also wenn er sich das so überlegte: Fuchs, Terrier und Unschuldslamm in einer Person, und das auch noch aus dem Munde von Luise Blaustein, das konnte ein Lokalredakteur wie Faber durchaus als Lob auffassen.

»Wie ist das«, fuhr sie fort, »eigentlich mit den Papieren aus Ulshöfers Safe? Hast du die nun, oder hast du sie nicht?«

»Was für Papiere?«, fragte er zurück. »Ich habe zwei Briefe, die Ulshöfer bekommen hat. Sonst nichts.«

»Alle Welt erzählt, du hättest Ulshöfers Aufzeichnungen, die er gesammelt hat, um angeblich seine Parteifreunde unter Druck setzen zu können. Sogenannte Beweise für angebliche Vetternwirtschaft, heimliche Seitensprünge ...«

»Alles nur angeblich, wie du schon sagst«, unterbrach er sie. »Ich besitze nichts dergleichen.«

»Tatsächlich? Übrigens, da fällt mir ein«, Luise Blaustein schlug mit ihrer feisten Kapitänshand erst auf den Tisch und dann sich selber gegen die Stirn, »der Landtagsabgeordnete Doktor Kurth hat vor einer halben Stunde angerufen und nach dir gefragt.«

»Grinse-Paule? Was will denn der von mir?«

»Das hat er mir nicht verraten«, antwortete sie pikiert. »Und sprich nicht so vulgär. Ich kenne Paulhanns Kurth schon sehr lange. Er war ein glänzender Student und hat schöne Gedichte gemacht.«

»Heute«, erwiderte Faber rüde, »da fabriziert er nur noch Phrasen und hohles Gedröhn.«

»Ich frage mich immer noch«, wandte Hebenstreit ein, »wie das kommt, dass in der Politik so viele Männer mit den Jahren geistig so sehr abbauen. Es sind ja nicht alle, an der Politik selber kann es also nicht liegen.«

»Die Machtspiele sind es«, sagte Faber, »der Stress. Wer bei Machtkämpfen mitmischen will, dem fressen sie das Herz weg.«

Die Chefin, die Fabers Einstellung in solchen Dingen zur Genüge kannte, senkte den Kopf und wartete geduldig, bis er seine Belehrung beendet hatte. »Bis du jetzt fertig?«, fragte sie dann. »Du möchtest, hat er gesagt, ihn bitte gleich zurückrufen. Er hat mir eine Nummer durchgegeben, unter der er zu erreichen ist. Den Zettel habe ich auf deinen Schreibtisch gelegt. Mach das gleich, einen Abgeordneten Doktor Kurth lässt man nicht warten. Und wenn du ihn anrufst, dann ...« Sie zögerte.

»Ja? Dann was?«

»Faber, ich bitte dich: Sprich ihn bitte mit ›Herr Abgeordneter‹ an.«

»Mein Vater«, Faber stand auf, und aus seinen Worten konnte man den Stolz heraushören, »war nicht Eigentümer einer Zeitung wie der deinige. Mein Vater war nur ein kleiner städtischer Beamter. Damit bin ich nun mal ein Plebejer. Die Sonderkommission entschuldigt sich hiermit.« Er verließ leise, um die übrige Mannschaft nicht zu stören, das Sitzungszimmer und ging hinüber an seinen Schreibtisch, um Grinse-Paule anzurufen. Es meldete sich eine Frauenstimme: »Kurth, guten Tag.«

»Faber von der Tauber-Post. Guten Tag, Frau Kurth. Ist Ihr sehr verehrter Herr Gemahl und Gatte zugegen? Er hat mich gebeten, ihn zurückzurufen.«

»Einen Moment, Herr Faber, er ist im Garten.« Er hörte sie im Hintergrund rufen: »Paulhanns, Telefon!«

Dann kam eine bemüht sonore, in ihrer Wirkung aber eher ölige Stimme: »Ja, Kurth«, und Faber fiel ein, wie Hebenstreit von Grinse-Paule gesagt hatte, der brauche immer nach fünftausend Worten seinen Ölwechsel.

»Guten Tag, Herr Abgeordneter. Sie haben gebeten, dass ich Sie zurückrufen soll. Was kann ich für Sie tun?«

»Ah ja, guten Tag, Herr Faber. Ja, ich denke, ich hätte da eventuell eine größere Sache für Sie. Sagen wir mal: Eine sehr interessante Sache. Aber das sollten wir vielleicht besser nicht am Telefon besprechen. Ich bin heute Morgen nur für ein paar Stunden in meinem Haus in Mergentheim, und ich bin schon im Aufbruch nach Heilbronn, dort trifft sich über das Wochenende die Parteispitze. Wir müssen ja die Nachfolge von Doktor Ulshöfer irgendwie regeln. Können wir uns gleich irgendwo treffen?«

Faber war überrascht, um nicht zu sagen: platt. Was bedeutete das denn? Grinse-Paule bot ihm etwas an? Eine ›größere, interessante Sache?‹ Was wollte er dafür? Er beschloss, auf der Hut zu sein, und sich auf nichts einzulassen.

»Selbstverständlich«, sagte er, und um Zeit zu gewinnen, fügte er hinzu: »Ich schau gleich nach, ob ich weg kann.« Doch wo sollte er sich mit ihm treffen? Auf keinen Fall würde er allein zu Kurth in seine Villa gehen. Am besten wäre es irgendwo, wo freies Feld war. »Wie wäre es mit dem Kurpark?«, fragte er. Richtig, im Kurpark gab es viel freies Gelände. Da würde er leichter sehen können, wohin der Hase lief. »Wir haben einen der schönsten Parks von ganz

Deutschland hier, und man kommt so wenig dazu, ihn zu genießen. Ich schlage vor, wir verbinden das Wichtige mit dem Angenehmen.«

»Der Kurpark?« Der Vorschlag schien dem Herrn Abgeordneten nicht sehr zu behagen. »Na gut. Ich komme an den Eingang gegenüber von der DAK-Klinik; den werden Sie sicher kennen. In einer Viertelstunde. Und bringen Sie die Unterlagen mit, die Sie bei Ulshöfer im Safe gefunden haben.« Damit hatte Paulhanns Kurth schon aufgelegt.

Die Unterlagen aus Ulshöfers Safe. ›Da schau her‹, dachte Faber, ›da lief er ja schon, der Hase!‹

21

Faber packte seine alte, abgeschabte Ledertasche auf den Gepäckträger. Er brauchte genau die besagte Viertelstunde mit dem Fahrrad bis zum Treffpunkt. Der Eingang zum Kurpark, den Kurth ihm genannt hatte, lag zwischen Bäumen und Sträuchern halb versteckt. Er wurde überwiegend vom Gartenbauamt benutzt als Zufahrt mit großen Geräten, wenn die alten Linden gestutzt und dicke Äste abgefahren oder wenn im Frühjahr die Beete neu bepflanzt werden mussten.

Faber hatte sich oft geärgert, wenn in einer Versammlung ein Telefon düdelte und jeder, der dabei stand, hastig nach seinem Handy gesucht hatte. Jacken-, Hand-, Mantel-, Anoraktaschen und Rucksäcke wurden durchwühlt, weil jeder dachte, es sei sein Telefon, das so heftig nach ihm rufe. Also hatten Faber und Hebenstreit sich aus dem Internet Ruftöne heruntergeladen, die sich von allen anderen unterschieden. Hebenstreits Handy zwitscherte jetzt wie ein Buchfink, und Fabers Telefon rasselte wie eine nagelneue Kuhkette.

Er stand auf der ruhigen Straße, beide Hände am Lenker seines Asinus, und schaute sich suchend um. Vom Abgeordneten Dr. Kurth war noch nichts zu sehen. Dabei, so dachte er, schien Grinse-Paule es doch so eilig zu haben. In diesem Augenblick also rasselte in seiner Anoraktasche eine Kuh mit der Kette.

Faber warf wie immer zuerst einen Blick auf das Display. Es zeigte ›Anrufer unbekannt‹. Aus dem Handy kam die Stimme des Abgeordneten.

»Wo sind Sie?«, fragte er.

»Ich stehe am Eingang und warte«, grummelte der Faber unwirsch.

»Gut. Ich bin in zwei Minuten dort.«

Folglich hielt Faber Ausschau nach dem nachtblauen Mercedes, mit dessen Hilfe Kurth seine Wahlkreisauftritte zu inszenieren pflegte, und reagierte überrascht, als hinter ihm die gewollt sonore Stimme ertönte: »Kommen Sie hier entlang!« Der Abgeordnete stand neben einem alten, dunkelgrünen Mazda, der wohl seiner Frau gehörte, und deutete mit der Hand auf den halb versteckt liegenden Eingang zum Park.

Sie schlenderten müßig wie zwei Spaziergänger die dunkle Lindenallee im Kurpark entlang.

»Ein schöner Weg ist das hier«, sagte Faber. Dabei blieb er stehen und betrachtete betont sorgfältig die großen Rasenflächen mit den Blumenrabatten. Darin blühten Herbstastern, Begonien und vom kalten Augustregen zerrupfte Fleißige Lieschen. Die Rosen, die ebenfalls unter dem nasskalten Sommer gelitten hatten, hatten sich wieder erholt und begannen, noch einmal Knospen zu treiben. Er betrieb einen ziemlichen Aufwand mit dem Betrachten und Umschauen, und dieser Aufwand hatte seinen Grund. Er stellte nämlich dabei fest, dass kein Mensch in der Nähe zu sehen war.

»Stimmt«, bestätigte der Abgeordnete nervös. »Schöner Weg.«

Faber merkte ihm an, dass er möglichst schnell erledigen wollte, was er vorhatte, und beschloss, anstatt mit dem feinen Florett mit der schweren Keule zu eröffnen und so zu tun, als hätte der andere ihm Informationen für die Zeitung angeboten. »Sie haben etwas für uns? Geheime Informationen, die Sie an die Öffentlichkeit lancieren wollen?«

»Nicht doch! Nicht doch! Nein! Um Himmels willen, wie kommen Sie denn auf diese Idee?«

»Dann habe ich Sie vorhin am Telefon also falsch verstanden.«

»Ja selbstverständlich! Ihnen persönlich biete ich etwas an, nicht Ihrer Zeitung.«

»Mir.« Das war keine Frage, der Faber stellte es einfach nur fest. »Mir. Aha.« Er wartete weiter.

»Sie sind ein brauchbarer Mann, Herr Faber.« Kurth machte eine bedeutsame Pause. Doch Faber tat ihm nicht den Gefallen zu fragen: »Brauchbar wozu« oder »wofür«. Manchmal hatte seine Weiche ihm ins Ohr gehaucht: »Du bist ein brauchbarer Mann, Faber.« Danach pflegten anschließend seine Gefühle hoch zu Ross durch die Gegend zu traben. Aber von solcher Art dürfte das kaum sein, was Grinse-Paule ihm heute anbot. Er musste schmunzeln.

»Ja, lachen Sie nur! Ich meine das ernst! Sie sollten sich in der Politik nützlich machen. Und sei es in der Kommunalpolitik. Aber vielleicht auch auf Landesebene. Sie haben so etwas.«

›Du meinst, Herr Abgeordneter‹, dachte Faber, ›ich habe etwas, das du brauchen kannst. Die Notizen nämlich, denkst du, habe ich, die Aufzeichnungen, die Ulshöfer sich angeblich über die heimlichen Seitensprünge und Schmiergelder seiner Freunde gemacht hat.‹ – »Ach?«, staunte er laut. »Und was ist das, was ich habe?«

»Weitsichtig sind Sie«, sagte Kurth und nickte dazu.

»Mein Optiker ist da anderer Meinung«, erwiderte Faber trocken.

»Sie wissen, wie ich das meine. Weitblick meine ich. Und Sie haben gute Verbindungen. Wir könnten einen Mann wie Sie gut brauchen.«

»Ich stehe nicht zur Verfügung«, antwortete Faber. »Mit Parteien habe ich nichts am Hut.«

»Es muss ja nicht unbedingt eine Partei sein. Es gibt auch die Möglichkeit, das mehr auf der persönlichen Ebene zu regeln.«

»Ich bin Zeitungsjournalist und will das auch bleiben. Ich eigne mich nicht zum Persönlichen Referenten, falls Sie etwas in der Art meinen sollten. Dafür bin ich zu eigenwillig.«

»Daran hatte ich, ehrlich gesagt, auch nicht gedacht. Und es muss ja auch nicht öffentlich werden. Sie könnten bei Ihrer Zeitung bleiben und sich dort nützlich machen.«

»Ein Job nebenher?«

»Zum Beispiel, ja.«

»Sie sprachen am Telefon von einer ›größeren Sache‹«.

»Eine verantwortungsvolle Aufgabe.«

»Was müsste ich da tun?«

»Nur wenig. Sie müssten sich einfach nur umschauen. Und mit der ›größeren Sache‹ war die Bedeutung gemeint. Es wäre uns wichtig. Entsprechend wäre die Gegenleistung.«

»Bedeutet das, Sie wollen mich gut bezahlen?«

»Wer für uns arbeitet, bekommt auch etwas dafür. Das ist selbstverständlich, jede Arbeit hat ihres Lohnes Wert, auch bei uns.«

Faber musste sich zusammennehmen, um bei dieser Mischung aus hohlen Worten und falsch zitierten Bibelstellen nicht einfach davonzulaufen.

»Aber selbstverständlich«, hörte er den Abgeordneten weiter reden, »wird so etwas nicht bar auf die Hand bezahlt. Wir sind ja viel mehr so etwas wie eine Hilfsgemeinschaft, in der jeder sich auf jeden anderen verlassen kann. Darauf könnten auch Sie notfalls zurückgreifen.«

Grinse-Paule hatte also so etwas wie einen persönlichen Geheimdienst. Und für den wollte er ihn als Zuträger anheuern? Oder war es doch für die Partei? Oder nur eine regionale Clique? Faber als eine Art Stasi-Mann für Männer mit privaten Machtinteressen, das hätte ihm gerade noch gefehlt!

Sie waren am Quellhäuschen der Karlsquelle angekommen. Faber unterbrach Kurths Redefluss: »Es waren keine Unterlagen in Ulshöfers Safe.«

Der Abgeordnete blieb unvermittelt stehen und schaute starr geradeaus. Seine Miene war wie eingefroren. Faber sah es ihm an: Kurth glaubte ihm nicht. Der Abgeordnete war überzeugt, dass Ulshöfer im Safe Material versteckt gehabt hatte, das ihn selber und die ganze ineinander verzahnte und verwobene Führungsschicht der Gegend belastete. Und Faber, davon war er überzeugt, hatte das belastende Material nun in der Hand und wollte es anderweitig nutzen.

»Sie können uns nicht unter Druck setzen!«, zischte er zwischen den Zähnen hervor. »Wenn Sie das versuchen, dann wird es Ihnen übel bekommen! Wem wollen Sie es denn sonst anbieten?«

Sie gingen langsam auf demselben Weg zurück, auf dem sie gekommen waren. »Ich wiederhole und versichere: Ich besitze keine Unterlagen aus Ulshöfers Safe«, beteuerte Faber noch einmal. »Ich habe weder jemals etwas in der Hand gehabt noch habe ich etwas in der Art gesehen. Nur diese zwei Blätter, die hat Frau Ulshöfer mir gegeben. Aber die sind für Sie völlig ohne Bedeutung.« Faber öffnete umständlich seine alte, abgeschabte Ledertasche, die er auf dem Gepäckträger festgeklemmt hatte, und zog die Kopien der Briefe heraus.

»Katja!? Zeigen Sie her!« Kurth riss ihm die Blätter aus der Hand.

»Das hat nichts mit Ihnen zu tun. Weder mit Ihnen noch sonst jemandem in einem öffentlichen Amt. Nur mit Ulshöfer selbst.«

»Na also, immerhin doch! Was ist es?«

»Es sind zwei Drohbriefe. Ulshöfer war einmal an einer Vergewaltigung beteiligt, noch als Schüler. Und das hat jemand herausgefunden und mit diesen Briefen gedroht, es bekanntzumachen. Aber das ist völlig witzlos, das ist schon Jahrzehnte her und längst verjährt.«

»Na, sehen sie? Damit kann bestimmt irgendjemand irgendwann einmal irgendetwas anfangen.«

»Das glaube ich nicht. Erstens ist Ulshöfer tot, und zweitens hat die Polizei die Briefe längst. Man kann also niemandem damit drohen.« Dass die Polizei nur einen der beiden Briefe kannte, das, so fand er, war in diesem Augenblick unerheblich.

»Sagen Sie das nicht!« Kurth las das Blatt. »Wer hat das geschrieben? Seine Frau etwa?«

»Nein. Ich weiß nicht, wer es geschrieben hat. Wenn ich das wüsste, dann hätte ich vielleicht einen verborgenen Mörder aufgespürt.«

»Reden Sie keinen Unsinn! Ulshöfer hat sich selbst erschossen. Leider. Ein großer Verlust für uns alle.«

»Ja, ich weiß.« Gerade eben erst hatte Grinse-Paule ihm demonstriert, wie er den Satz ›Wissen ist Macht‹ verstand.

»Es tut mir leid«, sagte Faber in die Pause hinein. »Mit mehr kann ich Ihnen nicht dienen.« Er sah seinem Gegenüber an, dass der ihm nicht glaubte.

Sie waren wieder am Tor angekommen.

»Sie machen einen Fehler«, drängte Kurth. »Überlegen Sie sich die Sache, ich warne Sie! Sie werden damit nicht durchkommen!«

»Entschuldigen Sie«, sagte Faber schnell und schwang sich auf sein Rad. »Ich muss los. Mir ist nicht gut. Mir liegt etwas im Magen, das ich nicht vertrage.« Er radelte, obgleich das verboten war, in den Kurpark hinein. »Ich muss etwas Falsches gegessen haben«, rief er noch. Dann war er verschwunden.

Faber schlich im Zeitungshaus die schmale und steile Holztreppe hinauf. Er kannte jede Stufe und wusste, welche knarrte, wenn man darauftrat.

»Na?«, rief Luise Blaustein aus ihrem Büro, »Wie war's?«

Er tat, als hätte er sie nicht gehört und wollte die Tür hinter sich schließen.

»Hallo«, flötete sie, »Faberchen! Ich habe dich etwas gefra-hagt!«

Es half nichts, er musste hinüber und es ihr sagen.

»Kurth versucht, bei uns in der Redaktion einen Maulwurf zu platzieren«, berichtete er und gab sich Mühe, dabei den Zorn, der in ihm brannte, vor der Chefin zu verbergen. Nichts verletzte seinen Stolz so sehr wie wenn jemand ihn als Instrument für seine Zwecke einsetzen wollte. So etwas konnte ihn richtig fuchtig machen.

Die Chefin schien nicht überrascht. Sie saß über ihren Schreibtisch gebeugt und las weiter Korrektur. Dann nickte sie bedächtig: »Das dachte ich mir.«

»Wir werden Acht geben und die Mannschaft im Auge behalten müssen«, sagte er. »Was ihm bei mir nicht gelungen ist, wird er vielleicht bei jemand anderem probieren.«

Sie sah auf und winkte ab. »Mach dir darüber keine Gedanken. Was wollte er sonst? Ich nehme an, die Ulshöfer-Unterlagen?«

»Genau.«

»Und? Hast du sie ihm gegeben?«

»Du weißt genau, dass ich gar keine Unterlagen habe. Es gibt keine.«

»Und darüber bist du dir ganz sicher?«

»Wieso nicht? Selbstverständlich bin ich mir da sicher.«

»Schade.«

»Warum das denn?«

»Na, warum wohl, du Lämmchen? Munition können wir doch immer brauchen!«

»Ich könnte den Kerl auf den Mond schießen«, schimpfte er. »Wir haben unnötig Zeit verloren. Ich muss mich um die Sache mit Sperlich kümmern. Diese seltsame Droge geht mir dauernd im Kopf rum. Hast du mal was davon gehört, dass er dadurch aufgefallen wäre?«

»Was für eine Droge ist das, die sie bei ihm gefunden haben?«

»Irgendwas mit Keta. Ketadings.«

»Nie was gehört.«

»Vielleicht könnte man mit Veronika reden«, schlug er vor.

»Welche Veronika? Doch nicht etwa Veronika Herschlein vom Tagblatt? Du willst bei der Konkurrenz anrufen? Ausgerechnet du? Die Herschlein wird dir was husten.«

»Na und? Mehr als nein husten kann sie nicht. Ich probier's einfach.«

»Frag doch Hebenstreit, ob sie das macht.«

So kam es dann auch. Hebenstreit telefonierte von ihrem Apparat aus, während Faber an seinem Schreibtisch saß und neben seiner Arbeit ihr mit einem Ohr zuhörte. Hebenstreit fuhr schweres Geschütz auf und säuselte dabei, als könnte sie kein Wässerchen trüben.

»Hallo Veronika, dürfte ich zu Ben Sperlich etwas fragen?«, flötete sie in den Hörer, »Ja, unser herzliches Beileid. Wir haben es heute früh erfahren. Wisst ihr, wie das passiert ist? – Nein, wir auch nicht. Eine Frage: Hat es bei ihm mal etwas mit Drogen gegeben? – Also bei euch nicht aufgefallen? – Nicht, aha. – Weil im Obduktionsbericht etwas von einem – Selbstverständlich haben wir den! Ihr etwa noch nicht? Morgen gegen Abend könnten wir euch eine Kopie faxen.«

Als Hebenstreit aufstand und sich triumphierend streckte, was bei zwei Meter zehn Zimmerhöhe gar nicht so einfach war, grinste sie strahlend von einem Ohr zum anderen; Faber konnte sich nicht erinnern, dass er sie je so strahlend gesehen hatte.

Ihm lagen noch drei Dinge auf der Seele, die so schnell wie möglich erledigt werden mussten. Eine davon: Er hatte Katja Ulshöfer immer noch nicht unterrichtet von dem, was er im Archiv herausgefunden hatte. Allerdings wollte er ihr jetzt nicht begegnen.

Kam als Nächstes der Anruf bei Carla. Es meldete sich jemand mit »Arztzimmer« und einem Namen, den er nicht verstand. Er fragte nach Frau Dr. Carla Krupka. Die sei, so bekam er zu Antwort, derzeit nicht erreichbar, und ob er ein Angehöriger sei. Genau das sei er, beteuerte Faber, nannte noch einmal klar und deutlich seinen Namen, und bat, ihr auszurichten, dass sie ihn zurückrufen möge. Auf seinem Handy, die Nummer habe sie. Die namenlose Stimme am anderen Ende versprach, es auszurichten.

Als Nächstes schrieb er eine E-Mail:

»Hallo Carla, ich habe ein wichtige Sache am Hals und brauche wieder mal deinen Rat. Schau dir bitte diesen vorläufigen Obduktionsbericht an und sag mir alles, was dir dazu einfällt und was du notfalls dazu noch erfahren kannst. Es geht mir vor allem um das Medikament. Dazu vielleicht noch um die seltsame Sache mit dem Sperma, aber ob das wichtig ist, ist mir nicht klar. Bis möglichst bald, am besten bis vorgestern. U.«

Dann hängte er das Foto des Obduktionsberichts an die Mail und klickte auf ›Abschicken‹.

Und drittens: Sperlichs Exfrau musste befragt werden. Die lebte, soviel ihm bekannt war, in Würzburg. Also musste erst einmal die Adresse gefunden werden. Das konnte Hebenstreit machen.

»Geht's dir besser?« Die Weiche schaute ihm fragend ins Gesicht. Sie saßen beim Mittagessen. »Du siehst nicht mehr ganz so blass aus, aber du bist wie weggetreten. Du merkst gar nicht, was du isst.«

»Das hier ist, glaube ich, Kartoffelsalat«, brummte er.

›Immerhin‹, dachte sie, ›sein Selbstmitleid funktioniert schon wieder. Ein gutes Zeichen.‹

»Und?« Sie ließ nicht locker. »Wie schmeckt er?«

»Ganz gut.«

»Was soll das denn heißen: Ganz gut? Und das hier, was du noch auf dem Teller hast, erkennst du, was das ist?«

»Fisch«, brummte er und sah nicht auf.

»Na, immerhin. Es ist Felchenfilet mit Rahmsoße, im Ofen überbacken. Wenn du das nicht wahrnimmst, dann brauche ich mir künftig mit dem Kochen keine Mühe mehr zu geben.«

Sie aßen schweigend. Miriam machte große Augen, weil sie fürchtete, zwischen ihren Eltern herrsche dicke Luft. Sie zog einen Flunsch, sagte schließlich, sie sei satt, und durfte sich in ihr Kinderzimmer zurückziehen.

»Wie gut kennst du Leo?«, fragte Faber plötzlich und schaute seiner kleinen Tochter traurig nach, als bitte er um Entschuldigung dafür, dass sie so unter ihrem Vater leiden musste.

»Leo Schmidt?« Die Weiche wusste, dass die miese Stimmung an seiner inneren Anspannung lag, und tat, als wäre nichts gewesen, und als hätten sie die ganze Zeit normal miteinander geredet.

»Hm.« Er deutete ein Nicken an und schluckte.

»Wie man eben einen Nachbarn kennt. Was ist mit ihm?«

»Weiß ich noch nicht. Aber Sperlich ist tot.«

»Nein! Dieser eklige Aufschneider! Bestimmt mit seinem Auto! Wann denn?«

»Letzte Nacht. Vom Riesenrad.«

»Überfahren worden?«

»Red keinen Quatsch!« Er blickte auf und sah an ihrem Gesicht, dass sie ihn nur auf den Arm zu nehmen und aufzumuntern suchte. »Runtergefallen, fünfundvierzig Meter tief«, er machte eine schnelle Handbewegung, »so: Platsch! Oder gesprungen. Wahrscheinlich Drogen.«

»Da wäre er nicht der Erste. Und er wird wohl auch nicht der Letzte bleiben. Mit den Drogen, meine ich. Das gibt es häufiger, als du vielleicht denkst. Schon, wenn einer überhaupt Drogen nimmt, ist das eine versteckte Form von Selbstmord.«

»Mag schon sein«, brummte er.

»Und das nimmt dich so mit? Na gut, der war immerhin ein Kollege von dir, aber ...« Ihr fiel nicht ein, wie sie ihm sagen könnte, seine Trauer über diesen Verlust dürfe sich ruhig in Grenzen halten, also begnügte sie sich mit einer abwertenden Geste.

»Noch mal: Wie gut kennst du den Leo?«

»Du denkst doch nicht etwa, dass der damit was zu tun hat!«

»Vielleicht doch.«

Und plötzlich redete er und redete und konnte nicht mehr aufhören. Er berichtete ihr alles, was er herausgefunden hatte. Von den Drohbriefen an Ulshöfer berichtete er, und wie er im Archiv die Namen der vier Schüler herausgefunden hatte, und dass der Ausschnitt aus dem Tagebuch von Geli Schmidt stammte. »Leo hat Gelis Tagebuch gefunden und erst dadurch erfahren, was damals in Ichenstadt passiert ist. Und er muss heimlich einen Rachefeldzug gegen die vier Männer geplant haben, denen er die Schuld an ihrem Tod gibt. Anders passt es nicht zusammen.«

»Wie lange ist es her?« Die Weiche brauchte keine fünf Sekunden, um sich in die für sie noch neuen Gedanken Fabers einzufinden. Sie lamentierte nicht darüber, dass ihr neuer Chef auf der Liste der Vergewaltiger von damals auftauchte, sondern stieß gleich zum Kern der Sache vor. Faber blickte seine Frau an. ›Ich bin stolz auf dich‹, sagte sein Blick.

»Sechsundzwanzig Jahre«, antwortete er.

»Nein, ich meine, seit Geli gestorben ist«, sagte sie. »Wie lange ist das jetzt her?«

»Das war im März.«

»Ein halbes Jahr. Das würde passen. Um einen Racheplan auszuarbeiten, meine ich.«

»Genauso sehe ich es auch.«

»Aber doch nicht Leo! Ich kenne sonst niemanden, der so still ist und der so zurückgezogen lebt. Nein, zurückgezogen stimmt nicht.«

»Siehst du? Das ist mir auch so ergangen. Erst habe ich auch gedacht: ein stiller Mensch, der zurückgezogen lebt. Aber er lebt nicht zurückgezogen, sondern nur unauffällig. Er hat Kontakt mit vielen Menschen, schon immer. Er beobachtet die Leute, auch wenn ihn kaum jemand wahrnimmt.«

»Aber der Leo ist ein richtig lieber Mensch!«

»Ist er normalerweise, ja. Aber wenn ihm jemand seinen ganzen Lebensinhalt aus der Hand risse und würde danach so tun, als wäre nichts geschehen? So muss er das, was geschehen ist, doch sehen und verstehen, dass jemand hinterrücks sein Leben zerstört hat. Versetze dich in seine Lage: Wie würdest du an seiner Stelle reagieren? Stell dir vor, du hättest Geli im Keller gefunden. Du hättest ihr Tagebuch gelesen, und nun soll das Leben einfach so weitergehen? Was hättest du getan, wenn du Leo wärst?«

Sie überlegte. »Wenn ich der Leo wäre, dann wäre ich somit auch Finanzbeamter. Da würde ich versuchen, die Steuersachen der Beteiligten durchzuforsten und alles genau zu prüfen, ob sie nicht irgendwo Dreck am Stecken haben. Wenn ja, dann würde ich versuchen, sie damit am Ende kleinzukriegen. Zu erwürgen, wenn möglich.«

»Auf den Gedanken bin ich noch gar nicht gekommen. So nach dem Motto: Ermittler Faber, liefern Sie uns einen gründlichen Bericht über einen bestimmten Oberamtmann, Name Leo Schmidt, wer er ist, woher er kommt, wie seine politische Gesinnung ist, seine sexuellen Vorlieben, seine Laster, seine heimlichen und seine bekannten Sünden. So etwa? Du merkst, ich zitiere.«

»Wen denn?«

»Keine Ahnung. Shakespeare vielleicht. Vielleicht auch Schiller. Aber du hast Recht: Wir sollten nachprüfen, ob Leo etwas in der Richtung unternommen hat. Allerdings, wenn man es sich genauer überlegt, dann hätte das am Ende wohl so viel, wie er sich erhofft hätte, doch nicht gebracht. Bei Ulshöfer nicht, weil der wahrscheinlich zu klug und zu vorsichtig war, der hätte sich Steuerbetrug kaum geleistet. Bei Honegg schon eher, aber der ist ein Profi, für den kämen nur große Sachen in Frage, die sich wirklich lohnen, und für so etwas gibt es Gesetzeslücken, die nur der Fachmann kennt. Außerdem wohnt Honegg in Tauberbischofsheim, und Leo hätte die dortigen Kollegen einschalten müssen. Das wiederum hätte seinen Plan gefährden können. Mit anderen Worten, Leo hätte ihm wahrscheinlich nichts anhängen können. Sperlich freilich, der würde betrügen, wo er kann, gerade auch in kleinen Dingen, weil er in dem Wahn lebt, er sei der Allergrößte, und ihm kann keiner was anhaben. Gelebt hat – ich kann mich an den Gedanken noch gar nicht gewöhnen, dass es den Überheblichkeit versprühenden Kerl plötzlich nicht mehr geben soll. Ich fürchte, ich muss zu seiner Beerdigung gehen, um sicher zu sein, dass er auch wirklich tot ist. Bei Sperlich hätte Leo bestimmt jede Menge Ungereimtheiten gefunden, wahrscheinlich alles nur Kleinigkeiten, aber genug, um ihn unter Druck zu setzen und vielleicht sogar, um ihm richtig Ärger zu machen. Doch für Sperlich war auch das Finanzamt in Tauberbischofsheim zuständig, und folglich ...«

»War ja nur so ein Gedanke.«

»Kein schlechter. Vielleicht hilft er doch irgendwann weiter. Möglicherweise komme ich hintenherum schneller vorwärts als geradeaus. Vielleicht erfahre ich mehr über Leo, wenn ich Gelis Leben unter die Lupe nehme. Vielleicht sollte ich Traute fragen.«

»Warum gehst du nicht einfach hin und fragst ihn nach ihrem Tagebuch?«

»Komm, jetzt spinnst du aber! Ich kann doch nicht ...«

»Und warum nicht? Ihr seid so gut wie befreundet oder etwa nicht?«

»Doch, das schon.«

»Dann sieh ihn als Freund und nicht als Verdächtigen. Frag ihn, um ihm zu helfen, und nicht, um ihn auszuhorchen. Versuch ernsthaft, ihm beizustehen. Hast du nicht gesagt, sein Pfostenfest am vergangenen Samstag, das sei so etwas wie ein Hilferuf gewesen?«

»Ich hab nicht gesagt, dass es so war. Nur, dass es so gewesen sein könnte.«

»Dann nimm es so. Geh hin und biete ihm deine Hilfe an. Ernsthaft und ehrlich. Nicht hintenherum, sondern direkt und geradeaus. ›Die Wahrheit allein kann heilen‹, das hast du selber schon gesagt.«

»Stimmt ja auch«, brummte er. »Was hast du daran auszusetzen?«

»Gar nichts. Nur, du solltest das nicht nur sagen, sondern dich auch daran halten. Du bist auf der Suche nach der Wahrheit, die nicht nur dir, sondern auch ihm helfen kann, unabhängig davon, wie er in die Sache verwickelt ist. Betroffen ist er in jedem Fall, immerhin ist seine Frau durch diese Sache ums Leben gekommen. Selbst, wenn er wirklich hinter Ulshöfers und Sperlichs Tod stecken sollte, hilfst du ihm, da herauszukommen, bevor er einen Weg findet, sich auch noch an Mikka Honegg zu rächen. Verbünde dich mit ihm, nicht aus Taktik, sondern ehrlich.«

Aber er wehrte sich. »Das habe ich noch nie gehört, dass einer, der recherchiert, sich mit dem Verdächtigen verbündet.«

»Dann bist du eben der Erste, der das tut. Du bist nicht wie alle anderen. Andere könnten so etwas nicht. Aber du kannst es, wenn du willst. Du willst herausfinden, was passiert ist, aber du ermittelst nicht gegen eine Person.«

»Das muss ich mir erst in aller Ruhe überlegen.«

»Tu das. Denk an Tino, lass dir Zeit und mach alles mit halbem Tempo, das geht am Ende schneller, als wenn du die Sache überhastest. Du bist ohnehin überdreht. Heute ist Freitag, und Leo arbeitet noch. Ich glaube nicht, dass er dir wegläuft.«

»Gib mir mal von dem spanischen Cognac. Aber nur einen kleinen.«

»Cognac ist keiner mehr da.«

Also musste er aufstehen und sich selber ein halbes Gläschen Topinambur eingießen. Den Schwarzgebrannten, darin war er unnachgiebig, durfte außer ihm niemand anfassen.

22

Carla hatte sich noch immer nicht gemeldet, als er nach der Mittagspause in die Redaktion radelte. Er war überzeugt, dass er keine Zeit mehr verlieren durfte, und beschloss, gleich dem nachzugehen, was sich im Gespräch mit der Weichen an Gedanken ergeben hatte. Er würde mehrspurig fahren. Er würde versuchen, von außen an Leo heranzukommen, einmal über das Finanzamt und zum anderen über alles, was er aus Gelis Leben erfahren konnte. Er würde ihn damit umgehen, ihn einkreisen. ›Ha!‹, dachte er, ›ich werde noch ein richtiger Stratege!‹ Und dann würde er zu Leo gehen und sagen: ›Hör zu, Leo, das und das hier habe ich in der Hand, du siehst, wie sehr es dich belastet. Du bist mein Freund. Sprich mit mir darüber.‹ Zentrale Stoßrichtung, so würde das wohl der Stratege nennen. Erst einkreisen, dann zentraler Angriff und: Zack!

Um mehr über Gelis Leben und Familie zu erfahren, dafür bot sich in erster Linie Traute Sack, ihre Mutter, an. Traute freilich war labil und deswegen in ärztlicher Behandlung. Es würde schwierig sein auseinanderzuhalten, was an ihrer Aussage nachprüfbare Wahrheit war und was aus ihrer eigenen Phantasie stammte. Wenn sie denn überhaupt redete. Er würde auf jeden Fall einen zweiten Zeugen brauchen. Dann konnte er auch gleich mit diesem zweiten Zeugen anfangen und Traute erst später befragen. Dieser zweite Zeuge musste sich in der Ichenstädter Gesellschaft sehr gut auskennen, noch besser als Faber selber, der für seine Zeitung der Gebietsreporter für das Ichenstädter Gebiet war und dort alle Vereine und jede wichtige Person kannte. Und dieser zweite Zeuge musste neutral und verlässlich sein. Dazu fiel ihm im Augenblick nur ein Name ein: August Werner Meixner, der Vorsitzende des Ichenstädter Heimat- und Kulturvereins. Richtig: Auwe Meixner, den würde er noch heute anrufen.

Die Sache mit dem Finanzamt dagegen würde viel mehr Mühe machen. Dafür würde er Hebenstreit einsetzen, die konnte mit solchen Männern, wie sie dort versammelt waren, am besten umgehen. Seine eigene Informationsquelle dort war bisher immer Leo gewesen. Hebenstreit, das wusste er, hatte im Finanzamt ihre eigenen Kontakte.

Am besten war, er hielt sich an Tino. Das hatte er in den letzten Tagen eindeutig zu wenig getan, und deshalb hatte der Stress ihm so sehr zugesetzt. Ab sofort würde er einfach einen Schritt nach dem anderen tun und die Dinge auf sich zukommen lassen. Ganz in Ruhe. »Tino!«, sagte er laut. Am Deutschordensplatz drehten sich die Touristen um und schauten erstaunt diesen seltsamen Mann an, der auf seinem alten, violett gestrichenen Fahrrad mit sich selber redete.

In diesem Augenblick rasselte sein Handy in der Anoraktasche. Er stieg, mühsam sein Bein über den Sattel schwenkend, vom Rad. ›Carla‹ zeigte das Display. »Na endlich!«, brummte er. »Wo steckst du denn?«

»Hallo Uli«, sagte sie hastig, »wie schön, dass du dich auch mal wieder meldest. Hör zu, ich hab jetzt keine Zeit. Nur so viel: Ich hab deine Mail bekommen, und ich werde mich darum kümmern, okay? So schnell, wie ich kann. Aber nicht jetzt. Wenn es geht, bis heute Abend. Ich ruf dich dann an. Ciao.«

»Adios«, konnte er gerade noch sagen, dann war sie weg.

Als er im Zeitungshaus die Treppe heraufkam, fiel gleich die Chefin über ihn her: »Na endlich, Faber! Hör zu, du musst gleich den Nachruf für Sperlich schreiben! Das will hier sonst keiner übernehmen. Und ich weiß nicht mehr, wo mir der Kopf steht!«

Faber, innerlich noch im Tinotempo, streckte langsam seinen Zeigefinger auf Luise Blausteins Kopf aus und sagte laut: »Das dort ist dein Kopf, und lass ihn auch ruhig dort stehen. Lass dich nicht verrückt machen, Chefin. Um Sperlichs Nachruf kann ich mich nicht kümmern. Ich bin freigestellt für die Nachforschungen zu seinem Tod.«

»Dann sag Hebenstreit ...«

»Die Sonderkommission Kolibri arbeitet konzentriert, fleißig und, wie du bald sehen wirst, auch erfolgreich. Hebenstreit ist unabkömmlich. Ich werde Andreas ein paar Tipps geben, und dann wird das schnell erledigt sein.«

»Also gut. Wenn es nur bald vom Tisch ist. Was werde ich bald sehen? Heißt das, du bist mit der Sache schon fertig?«

»Noch nicht ganz. Wir stecken noch im Tunnel, aber da vorne schimmert es schon ein bisschen heller.«

»Wird auch Zeit! Spätestens am Montag stehst du wieder zur Verfügung und machst deinen normalen Dienst!«

Dabei war es jetzt Freitagnachmittag. Morgen, am Samstag, hatte Faber seinen freien Tag, und am Sonntag tagte die Redaktion erst nachmittags, weil da die Montagsausgabe gemacht wurde. Die enthielt hauptsächlich Berichte von den regionalen Sportveranstaltungen, und die fanden erst im Laufe des Sonntags statt. Für Faber war da in der Regel nicht viel zu tun. Die Chefin stellte ihm somit für die Nachforschungen wieder einmal großzügig seine eigene Freizeit zur Verfügung.

Andreas Oehm hatte von seinem Schreibtisch aus alles mitgehört und warf Faber einen undankbaren, fast schon gehässigen Blick zu.

»Komm, Andreas«, sagte der, »das haben wir gleich. Was haben wir an Fotos von Sperlich?«

»Im Archiv? Eine ganze Reihe.«

»Nimm das hässlichste, das dabei ist. Aber groß, mindestens eine Spalte breit. Daneben zwei Module Text, nicht mehr. ›Wir trauern um unseren Kollegen, blablabla, der in der Nacht zum Freitag durch einen Unfall, blablabla‹, fertig. Das ist kurz, aber prägnant. Mehr ist nicht nötig.«

Er setzte sich an seinen Schreibtisch. Elena, die Sprechstundenhilfe, die wollte er noch anrufen. Und mit Katja Ulshöfer reden, lag auch noch vor ihm oder stand vielmehr vor ihm wie eine Mauer. Doch er würde ihr ganz ruhig mitteilen, was er herausgefunden hatte und ihr damit zeigen, dass er sich nicht einfach so einspannen ließ. Und falls sich herausstellen sollte, dass sie und Sperlich sich doch gekannt hatten ... aber eins nach dem anderen.

Er suchte den Zettel mit Elenas Nummer heraus und wählte.

»Guten Tag, Elena. Hier ...«

»Guten Tag, Herr Faber«, flötete sie schon.

»Oh! Haben Sie meinen Anruf erwartet, oder woher kennen Sie ...«

»Ihre Stimme erkenne ich sofort.«

»Wie geht es Ihnen heute? Ich hoffe, es geht ein bisschen besser als vorgestern, nach der Beerdigung. Das war ja ...«

»Danke, es geht besser.«

»Sie klingen auch viel frischer.« Sie hatte, so dachte er, anscheinend die Angewohnheit, alle Fragen zu beantworten, bevor sie gestellt waren. »Wie lange haben Sie noch Urlaub?«, fragte er.

»Bis zum Ende der nächsten Woche.«

»Und was passiert dann?«

»Dann sind wir alle entlassen, die ganze Praxis. Für wie lange, das wissen wir nicht.«

»Was bedeutet das?«

»Frau Ulsefer hat mir gesagt, sie will uns vielleicht wieder einstellen. Wir sollen bereit bleiben.«

»Frau Ulshöfer will die Praxis weiter betreiben? Wie das denn?«

»Sie sucht einen neuen Facharzt, einen neuen Herrn Doktor. Sie will die Praxis verpachten.«

»Ja, geht das denn?«

»Ich glaube, ja. Die Praxis gehört ihr doch jetzt.«

›Sieh an‹, dachte Faber, ›Katja macht Tempo.‹ – »Haben Sie den Herrn Sperlich gekannt?«, fragte er.

»Wen?«, fragte sie zurück, hörbar irritiert.

»Herrn Benjamin Sperlich aus Tauberbischofsheim. Der ist in der letzten Nacht gestorben. Er war ein Kollege von mir.«

»Oh, das tut mir aber sehr leid. Sind Sie bestimmt sehr traurig. Dieses Mal muss ich Sie trösten.«

»War der mal bei Ihnen?«

»Bei mir? Nein.«

»In der Praxis, meine ich.«

»Ach so! In der Praxis, das weiß ich nicht. Und wenn er da gewesen wäre, dann dürfte ich Ihnen das nicht sagen. Sie verstehen, ich darf über Patienten nicht sprechen.«

»Selbstverständlich verstehe ich das. Aber wenn einer *nicht* in der Praxis war, darüber dürften Sie doch sicher reden.«

»Was ist das? Ich habe nicht verstanden. Aber ich kenne keinen Mann mit diesem Namen.«

»Schon gut, Elena. Kann ich Sie bei Gelegenheit zu etwas einladen? Zu einem Kaffee vielleicht?«

»Oh, ja, gerne! Wann ...«

»Gut, ich melde mich dann rechtzeitig.«

Er legte schnell auf und überlegte. Genau genommen, so dachte er, gehörte sich das, was er da tat, nicht. Er würde sie irgendwann, wenn diese Sache zu Ende war, mitten in der Stadt zu einem Kaffee oder zu einem Eis einladen und würde ihr dabei von seiner Frau und seiner Tochter erzählen.

So ging das, dachte er, eines nach dem anderen. Jetzt suchte er im Telefonbuch von Ichenstadt die Nummer von August Werner Meixner heraus.

Er warf einen Blick auf die Uhr; Meixner würde um diese Zeit wahrscheinlich daheim beim Kaffee sitzen. Er bekam sofort Verbindung.

»Faber hier. Hallo, Auwe, alter Knabe, ich grüße dich.«

»Hallo Faber! Ich hab schon mit dei'm Anruf g'rechnet.«

»Tatsächlich?« Dem Faber fuhr es in die Glieder wie ein elektrischer Schock. Hatte er etwas Wichtiges vergessen? Eine Verabredung? »Ist was Besonderes los?«, fragte er vorsichtshalber.

»Na klar doch! Ich werd in der nächsten Woche fünfundsiebzig! Deswegen rufst du doch an, oder? Du willst doch ein Interview für dei' Zeitung, nehm ich an.«

»Genau.« Faber fiel es wie ein Stein von der Seele. Das würde bald erledigt sein, so ein Geburtstagsinterview war für ihn Routine. »Aber dazu komme ich gleich noch. Zuerst muss ich dich noch was anderes fragen. Damit ich's nicht vergesse.«

»Schieß los!«

»Kennst du dich mit der weit verzweigten Familie Sack aus?«

»In welcher Hinsicht?«

»Wie die miteinander verwandt sind. Nichts Privates.«

»Klar, kenn-i-mi da aus. Geht's um was Spezielles dabei?«

»Ja, aber nur ein bisschen. Um Hans-Joachim Sack.«

»Der Achim? Der ist doch schon lang doot!«

»Ich weiß. Wann ist der gestorben?«

»Ich denk mal, das war so anfangs der neunziger Jahre, an sei'm zweite Herzinfarkt. Neunzig im Herbst könnt das g'wesen sei, oder einundneunzig im Frühjahr. Der war-en Klassekamerad von mir.«

»Deshalb frag ich dich danach. Wie viele Familien mit dem Namen Sack gibt es denn? Ich meine, in Unter- und in Oberichenstadt. Und wie hat der in den großen Sackclan reingehört?«

»So an die zwanzig Familien mit dem Name Sack könnte des scho-sei, also nur die Haushalte, die den Familiennamen ›Sack‹ tragen. Es ist der häufigste Name in Ichenstadt. Mer könnt fast sagen, dass jeder Zweite irgendwo 'n Verwandte mit dem Familiennamen hat. Am besten ich geh mal die Reihe durch.«

»Mach aber langsam, damit ich mitschreiben kann.«

Hebenstreit schaute überrascht von ihrem Schreibtisch auf. Sie wusste: Faber schrieb nie ein Gespräch Wort für Wort mit, sondern machte sich höchstens ein paar Notizen. Er hatte ein Bildgedächtnis und baute seine Artikel meistens von den Fotos her auf, die er mit seiner Digitalkamera gemacht hatte. Auch jetzt saß er auf seinem Stuhl weit zurückgelehnt und machte keine Anstalten, auch nur seinen Stift in die Hand zu nehmen.

»Die Leut versuche halt, die einzelnen Zweige der großen Sippe zu unnerscheide, indem se ihnen Zusatzname gewwe«, berichtete Meixner. »Entweder nach besonnere Kennzeiche oder nach Berufe, die über Generatione in dieser Familie üblich waren, oft auch nach-em Ort, wo's Haus der Familie stand. Zum Beispiel in Oberichenstadt die eine, die seit Generationen in einem Haus am Wehr lebt, wo der Bach aufgestaut ist, die heißt bis heut ›Wasser-Sack‹, und wenige Häuser weiter die annere, deren Vorfahren Müller waren, und die bis heut in der früheren Mühle wohnen, die heiße ›Mehl-Sack‹. Der Gerhard Sack, der bis vor-en paar Jahr das Schreibwareng'schäft in Unterichenstadt hatte, der hieß ›Papier-Sack‹ so wie heut sei Sohn auch. Die Schüler haben nie was anneres g'sagt, als dass sie ihre Schulhefte beim Papier-Sack kaufe. Und der Besitzer vom-e Weingut, den kennst du, glaub ich auch. I mein den, er immer so laut jammeret, wie schlecht 's ihm geht.«

Faber kannte ihn. Meixners Beschreibung war unverkennbar.

»Dabei geht's dem gar net so schlecht, wie er immer tut. Der macht das nur, um dem Neid der Leute zuvorzukommen. Und das wisse die Leute natürlich auch. Der also heißt ›der arme Sack‹.«

»Und Achim?«

»Achim Sack war der Bruder vom Gerhard, war also eigentlich ein Papier-Sack. Aber den haben sie dann den ›Sack mi'm Flüchtling‹ g'heiße. Weil der ein Flüchtlingsmädle g'heiratet hat. Das war im Jahr neunundfünfzig, des weiß i noch, weil wir Klassenkameraden ware, der Achim und ich, und weil ich im selben Jahr g'heiratet hab.«

»Dieses Flüchtlingsmädchen hieß wie? Weißt du das noch?«

»Die hieß Edeltraud. Edeltraud Kauter. Die kam von irgendwo aus dem Jugoslawischen.«

»Wie ging es den beiden?«

»Ach, die hawwe's schwer g'habt in der Gemeinde, na klar doch. Der Achim hat gegen eine unausgesprochene Regel verstoße. Man hat ei'fach kein Flüchtlingsmädle heirate derfe, das waren so was wie zwei getrennte Kulturen, Flüchtlinge und Einheimische. Wenigstens damals hat man das noch nicht getan, später hat sich das dann ja geändert, Gott sei Dank, sag ich mal. Also der Achim und die Edeltraud, die sind, das kann man schon sagen, richtig geschnitten worden. Aber er hat auswärts gearbeitet, in Bischeme beim Weyrich, da hat ihm das, denk-i-mal, net so viel ausgemacht.«

»Da hat das meiste dann seine Frau abgekriegt, meinst du.«

»Das kammer wohl so sage, ja. Die ist im Ort nie richtig akzeptiert gewese, obgleich sie ›Kauter‹ geheißen hat, und das ja eigentlich ein alter, schwäbischer Name ist. Aber sie kam halt von irgendwo aus dem Osten. Die war auch berufstätig.«

»Ach ja? Was hat sie gemacht?«

»Die war Krankenschwester, richtig mit Diplom, nicht nur Pflegehilfskraft wie so viele heutzudaach. Fachlich war die richtig gut. In Wertheim, im Städtische. Dann, wie das Kind gekomme ist, hat sie da aufg'hört, hat aber später wieder a'gefange. Ich glaub, als Nachtschwester. Auch dort.«

»Sie hatten also Kinder?«

»Ja, en Mädle. Die hieß, glaub ich, Angelika.«

»Auwe, ich bewundere dich. Du bist ein wandelndes Lexikon.«

»Na ja, halb so schlimm. Du weißt ja, ich war früher mal bei der Post, da hat mer net so viel zu tun g'habt. Ich befass mich mit Heimatkunde jetzt schon bald seit ei'm halbe Jahrhundert.«

»Da gehört dir eigentlich bald ein Orden von der Landesregierung.«

»Das musst schon du selber denen verklickern. Ich kann ja schlecht hiegehe und sage, ich wollt-en Orden.«

»Aber nehmen würdest du ihn, oder?«

»Na klar doch, tät ich den nemme. Und jetzt noch schnell die anneren Säcke, also Sack-Familien ...«

»Mach mal langsam. Mit dem Mädchen, der Angelika, war da mal was? Ich meine, gab es Gerüchte?«

»Gerüchte? Selbstverständlich. Gerüchte gibt es immer in so-em Ort, da gibt doch die Maulwetze niemals Ruh. Des liegt an der Größe vom Ort. In-em kleine Dorf gibt es wenig Gerüchte, weil da jeder jeden annern kennt. In-erer große Stadt gibt es so gut wie gar kei' Gerüchte, weil die Leute enanner net kenne un weil jeder em annere egal is. Aber die Größenordnung von Ichenstadt, die ist ideal als Brutstätte für Gerüchte, man kennt enanner vom Sehe oder vom Höre, aber mer kennt enanner net wirklich. Da traut jeder jedem alles zu. Ich halt es schon seit langem so: Von dem, was die Leute so erzähle, glaub ich immer nur die Hälfte. Und wenn an dieser Hälfte noch irgendwas interessant ist, dann glaubt mer am besten gar nix. Damit kommt mer der Wahrheit am nächste. Weißt du, wenn en paar Jahrhunnert lang die begabten Leute alle fortziehen, weil sie hier keine Awweit finne, und nur noch die Unbeweglichen daheim hocke bleibe, dann wird das halt so. Das ist nicht nur in Ichenstadt so, des ist in Lauda oder Grünsfeld oder Künshofe nicht viel anners.«

»Hast du mal was gehört über eine Vergewaltigung unter Schülern am Riemenschneider-Gymnasium?«

»Also, da wurde mal was gemunkelt. Das ist aber schon sehr lang her. Schon Jahrzehnte.«

»Wurde dabei der Name von Achim Sacks Tochter Angelika genannt?«

»Auch, ja. Aber wie gesagt: Ich hab damals auf so was nichts gegeben. Die hat dann ja auch irgendwann g'heiratet.

Einen vom Finanzamt, aber den kenn-i-net. Sie hat ja Verwaltung gelernt im Landratsamt in Bischeme, und da hat se den kenneg'lernt. Die Zwei sind dann ja nach Mergentheim gezogen. Eigentlich waren's ja drei, dem Achim sei Frau, also die Edeltraut, die Mutter vom Mädle, die ist auch mit. Da war der Achim schon g'storwe. Du fragst aber arg speziell. Da steckt doch was dahinner.«

»Ja. Die Angelika hat sich im letzten Frühjahr aufgehängt.«

»Um Gottes Willen! Des wusst-i-net. Und untersuchst du jetzt, was da dahinner steckt? Du bist doch hinner irgendwas her, ich kenn dich doch.«

»Das berichte ich dir ein andermal. Und ich denke, das reicht mir auch schon. Und mit deinem Geburtstag, da habe ich eine gute Idee: Du schreibst dir deinen Artikel selber so, wie du es willst, legst ein Foto dazu, auf dem du noch schön jung und knusprig aussiehst. Das schickst du mir dann her, und ich bring es in die Zeitung. Du wirst dich nicht beklagen. Einverstanden?«

»Einverstanden. Ich schreib ja immer ziemlich viel, manchmal zu viel, aber du wirst des, was übrig ist, dann schon wegstutzen. Aber schicken tu ich dir das nicht. I mach dir-en annere Vorschlag: Du wirst dir des abholen. Wir zwei müssen mal wieder en gut's Viertele mitenanner trinke. Ich hab im Keller noch en klasse Silvaner vom Schillinger in Marbach.«

»Nur eine Frage noch. Kennst du noch vom Josef Dürr das Büchle ›Schleh' un Hasselnüß‹?«

»Na, klar doch! G'schichtli und Gedichtli aus'm Taubergrund. Das hawwe mir doch neu auflege lasse, noch nit lang. Gehört zur Grundausstattung für jeden Heimatverein. Des hab i hier bei mir. Privat. Ist richtig interessant, das Ding.«

»Kannst du mir das mal ausleihen?«

»Na, klar doch! Musst halt bald vorbeikomme, dann geb-i dir's mit. Wie wär's mit Anfang nächster Woche?

’s muss halt vor mei’m Geburtstag sei, weil – sonst hat des mit dem Artikel ja kein’n Wert mehr.«

»Wann ist der genau?«

»Heut in-erer Woche.«

»Das reicht. Am Montag oder Dienstag komm ich. Ist hiermit versprochen, Auwe. Ich melde mich vorher noch mal. Ich lass mir doch deinen Silvaner nicht entgehen!«

Als er auflegte, stand Hebenstreit neben ihm. Sogleich stand er auf, es machte ihm Schmerzen im Genick, wenn er so weit an ihr hochsehen musste. Er wusste, was es bedeutete, wenn sie einfach so stumm neben seinem Stuhl stand und wartete, bis er sein Telefongespräch beendet hatte. Es bedeutete, sie wollte mit ihm reden über das, was sie inzwischen herausgefunden hatte. Das hatte sich in den etwas mehr als zwei Jahren, seit sie miteinander arbeiteten, so eingespielt. Also gingen sie die zwei Schritte hinüber zu ihrem Schreibtisch. Dort setzte sie sich, und er stand neben ihr. So reichte er um einen halben Kopf über ihre gestrubbelte Kurzhaarfrisur hinaus, und die geordnete Hierarchie war auch sichtbar wieder hergestellt.

»Finanzamt«, sagte sie nur.

»Schon erledigt?«, fragte er erstaunt und suchte mit den Augen nach ihren Notizen, aber vor ihr auf dem Schreibtisch lag nur weißes Papier.

»Nichts«, sagte sie. »Entweder danebengeschossen, oder die machen dicht.«

»Was genau haben Sie gefragt?«

»Ich habe die Namen Ulshöfer und Sperlich genannt und gefragt, ob bei denen oder einem von ihnen im vergangenen Halbjahr Sonderprüfungen vorgenommen worden sind.«

»Hm.« Er nickte. »Gut, dass Sie Honegg weggelassen haben. Ihr Kontaktmann wird sich bei den beiden Namen denken, dass es um mehr geht als nur um Steuersachen. Sperlichs Sachen liegen in Tauberbischofsheim. Na gut.« Er wusste, dass Hebenstreits Kontaktperson im Finanzamt ganz oben saß, die käme auch an Unterlagen in Tauberbischofsheim, wenn sie wollte. Hebenstreit sagte immer ›er‹, aber Faber wusste, dass es sich bei Hebenstreits Kontaktperson um eine Frau handelte. »Und?«, fuhr er fort, »nichts?«

»So behauptet er. Mein Informant sagt, er hat extra in den Unterlagen nachgesehen. Entweder, es ist wirklich nichts da, oder er lügt. In diesem Fall hieße das, er darf nichts sagen. Eine geheime Aktion, und das würde bedeuten, eine große Sache.«

»Was von beidem, glauben Sie, ist es?«

»Ich glaube eher, dass wirklich nichts da ist. Aber sicher kann man da selbstverständlich nicht sein.«

»Lassen Sie's gut sein«, entschied er. »Es war auch nur so ein Gedanke. Ich denke, da war wirklich nichts. Ich glaube, wir würden Sie vermissen, falls Sie tatsächlich beim Spiegel ankämen.«

Das, so fand er, war des Lobes nun wirklich mehr als genug.

23

Jetzt, so entschloss er sich schweren Herzens zuzugeben, war es Zeit für Katja Ulshöfer. Er hätte die Begegnung gerne noch weiter hinausgeschoben, aber was sein musste, das musste nun mal sein.

Ulshöfers Privatnummer stand nicht im Telefonbuch, Faber hatte nur die Nummer der Praxis. Dort ließ er es klingeln, bis es nach fünf Rufzeichen im Hörer knackte und er am veränderten Ton hörte, dass sein Anruf nach oben in die Wohnung umgeleitet wurde.

»Ulshöfer?«, meldete sie sich mit tiefer Stimme. Es klang wie eine Frage.

Er meldete sich betont sachlich: »Faber. Haben Sie jetzt gerade Zeit?«

»Was haben Sie herausgefunden?«, fragte sie zurück.

Was sollte er darauf antworten? Er beschloss, sie nicht zu warnen. »Nun ja«, sagte er, »dies und das.«

»Gut, bis gleich.« Sie hatte schon aufgelegt.

Er nahm sein Fahrrad und klemmte die alte Ledertasche auf den Gepäckträger. Am Freitagnachmittag war die Tür des hellblauen Hauses am Gänsmarkt geschlossen. Er drückte zwei Knöpfe auf einmal, den, neben dem ›Praxis Dr. Ulshöfer‹ stand, und den mit ›Privat‹ darüber.

Aus der Sprechanlage kam ihre Stimme: »Ja, bitte?«

»Faber«, sagte er nur. Der Türöffner summte. Er drückte die schwere Metalltür auf und schob wieder sein altes Fahrrad in den Flur.

Die Praxistür in der ersten Etage war geschlossen. »Kommen Sie hier herauf!«, rief sie von oben, und er stieg die zweite Treppe hinauf.

Sie stand in der Wohnungstür. Auf diesem Stockwerk sah alles viel wohnlicher aus als in dem darunter.

»Kommen Sie herein«, sagte sie, »und nehmen Sie Platz.«

In der Wohnung schlug ein großer Hund an, und Faber erschrak. Das Gebell kam aus einem Zimmer, dessen Tür nur angelehnt war.

»Still, Ada!«, rief Katja. »Platz!«

Doch die Hündin hörte nicht. Sie schob die Nase zwischen Tür und Rahmen und kam heraus in den Flur und verbellte den Eindringling.

»Ada, still!«, rief Katja Ulshöfer wieder, »zurück in dein Zimmer! – Sie ist nicht gefährlich«, beruhigte sie Faber. Der hatte die Beschwichtigung aber nicht nötig, er hatte schon gesehen, dass es sich um ein lebhaftes, junges Tier handelte, dessen Unruhe vor allem aus Langeweile und Neugier genährt wurde.

Faber ging langsam in die Hocke, zog die Mundwinkel weit auseinander, streckte dazu seine Zunge weit heraus und hechelte. Sofort hörte die Hündin auf zu bellen, blickte ihn aufmerksam an und beobachtete neugierig das seltsame Verhalten des ihr fremden Mannes. Dann begann sie mit dem Schwanzstummel zu wedeln und ebenfalls zu hecheln.

Er hob langsam den Handrücken vor sein Gesicht, spuckte ein wenig darauf und schob ihn ihr ohne Hast entgegen. Die Hündin schnupperte eifrig daran und leckte den Speichel ab. Jetzt konnte er ihr den Kopf streicheln.

»Ihr ist langweilig«, sagte er, während er aufstand, »so ein junges Tier braucht einen Spielgefährten. Und sie vermisst ihr Herrchen.«

»Kommen Sie dort hinein«, sagte Katja und deutete auf eine offene Tür, während sie mit den Worten »Ada, still!« mit dem Fuß das Tier in das Zimmer zurückschob.

Das Wohnzimmer war sehr hell. Sie deutete auf eine Sitzgruppe, die in einer Art Erker stand.

»Nehmen Sie Platz!«, sagte sie.

Faber schaute durch das große Fenster hinunter auf den jetzt nur wenig belebten Gänsmarkt. Von da unten, so erinnerte er sich, sah man an diesem Haus den flachen, aber breiten Erker, der wie ein Giebel gestaltet mitten in die Fassade gesetzt war.

Faber schritt vorsichtig über das Feinparkett und schaute nach oben gegen die getäfelte Decke, beide aus dem gleichen, hellen Holz. Der Raum hatte fünf Fenster, die alle nach Westen gingen und die Sonne des späten Nachmittags hereinließen.

Mitten im Raum lag ein großer Orientteppich, der ihn an den erinnerte, den er unten in der Praxis gesehen hatte, nur dass dieser hier teurer aussah und so gut wie neu schien. Die Möbel im Zimmer, eine Sitzgruppe und das zugehörige Tischchen, hatten alle denselben angenehm warmen Farbton mit leichter Maserung. ›Kirsche‹, dachte er und genoss für einen Augenblick den geschmackvoll eingerichteten Raum. Er setzte sich, nachdem sie auf der lindgrünen Couch Platz genommen hatte, in einen leicht geschwungenen, bequemen Sessel und hielt die Tasche mit beiden Händen vor sich auf dem Schoß.

»Wie kommen Sie zurecht?«, fragte er schnell, bevor sie etwas sagen konnte.

»Nun, ja, es geht schon. Es muss ja weitergehen«, antwortete sie.

»Was wird aus der Praxis?«

»Die bleibt, wie sie ist«, antwortete sie. »Was sollte damit sonst geschehen? Ich werde sie verpachten, am besten wieder an einen Urologen.«

»Die Praxis gehört Ihnen?«

»Freilich. Wir haben sie vor zehn Jahren miteinander gekauft, mein Mann und ich. Die eine Hälfte habe ich bezahlt, und für die andere hat er einen Kredit aufgenommen, dazu noch einen für die Einrichtung. Aber die Kredite sind selbstverständlich längst getilgt. Und seine Hälfte erbe ich jetzt. So einfach ist das.«

»Und die Wohnung? Werden Sie hier wohnen bleiben?«

»Selbstverständlich werde ich das. Warum sollte ich die Wohnung verkaufen?«

»Ach, die gehört Ihnen auch gemeinsam?«

»Nein, die Wohnung gehört mir allein.« Sie beugte sich vor und sah ihn an. »Hören Sie, Faber, könnte es sein, dass Sie die Lage falsch einschätzen? Was haben Sie gedacht? Dass ich auf der Straße sitzen würde? Glauben Sie mir, wer einmal bangen musste, ›kann ich die Miete bezahlen, oder sitze ich auf der Straße?‹, der sorgt, wenn er zu Wohlstand kommt, als Erstes dafür, dass er nie wieder auf der Straße sitzt.« Sie lehnte sich wieder zurück.

»Die Sache ist so«, fuhr sie fort, »Als mein Mann noch studiert und mein Schwiegervater uns jedes bisschen Unterstützung verweigert hat, da habe ich weitergearbeitet. Buchhalterin war ich in der Uniklinik, und damit habe ich uns beide ernährt, und wir konnten die teure Miete bezahlen. Und als er hier oben am Caritaskrankenhaus als Stationsarzt billige Arbeitskraft war, da habe ich mir in der Stadt eine Stelle gesucht, bei einer Installationsfirma in der Münzgasse. Mit der Materie kenne ich mich aus, ich habe mal in einer Installationsfirma gelernt. Mein Vater war ein einfacher Handwerker. In Sandhausen war er Polier, aber solange er gelebt hat, hat er uns geholfen, wo es ging. Sein Bruder, mein Onkel, hatte ein Installationsgeschäft.«

»Wo Sie gelernt haben?«, unterbrach er sie.

»Genau. Als dieser Onkel starb, habe ich geerbt, und wir haben mit dem Geld die Wohnung und die Praxis gekauft. Zu der Zeit war dieses Haus hier noch in der Planung. Das war vor etwa zwölf Jahren.«

»Ich erinnere mich«, sagte Faber, »früher standen hier mehrere alte Häuser.«

»So ist es. Mein Mann war zu der Zeit dabei, seinen Facharzt zu machen. Und ich werde auf das, was wir aufgebaut haben, sehr gut aufpassen, darauf können Sie Gift nehmen.«

Sie atmete tief durch. Bevor sie weiter reden konnte, fragte Faber schnell: »Sie haben in der Praxis die Buchhaltung gemacht, die Rechnungen und überhaupt das Schriftliche.«

Sie nickte. »Das wird in der Zukunft so wohl nicht mehr möglich sein«, sagte sie dann und lachte. »Ich kann ja meinem Pächter nicht gut in die Rechnungen schauen.«

»Aber die Post ist bisher durch Ihre Hände gegangen?«

»Ach, Sie wollen auf die beiden Briefe hinaus? Die sind nicht mit der Post gekommen.«

»Aber es kommt doch wohl niemand auf den Gedanken, seinem Doktor so einen Drohbrief persönlich in die Hand zu drücken!«

»Das nun nicht gerade«, lachte sie. »Aber jeder kann so einen Brief irgendwohin legen. Ins Wartezimmer zum Beispiel.«

›Jetzt!‹, dachte er. ›Da ist die Lücke!‹ Sofort verschärfte er den Ton: »Aber alle Patienten haben doch feste Termine! In der Warteecke sitzen zwei oder höchstens drei Personen! Hätte jemand da etwas liegen gelassen, dann hätten Karin oder Elena das doch gleich bemerkt! Die haben das doch immer im Blick!« Sein Ton wurde immer noch schärfer. »Mit solchen Mätzchen können Sie mir nicht kommen!«

Sie bekam große Augen, als sie aus seinem Mund die Namen der Angestellten hörte, so selbstverständlich, als würde er die jungen Frauen schon seit Jahren kennen.

»Hier«, er griff in die Ledertasche und warf die vergrößerten Fotos der beiden Briefe auf den niedrigen Tisch. Die Ausdrucke steckten in Plastikfolien, alles war sauber geordnet.

»Was denken Sie«, sagte er schneidend, »wie das Gutachten unserer Sachverständigen für Handschriften dazu aussieht? Dieser Brief hier«, er stach mit dem Zeigefinger auf die Vergrößerung des zweiten Umschlags ein, »der hat diese Praxis nie verlassen. Das beweise ich Ihnen sofort, wenn Sie wollen, einen Schritt nach dem anderen. Den haben Sie geschrieben, Sie selber! Wollen Sie die Einzelheiten dazu hören? Da – der Neuner in der Postleitzahl, weiter, hier das kleine r, das mit Schwung ausläuft, das ist eindeutig Ihres. Dann, weiter ...«

Sie war überrumpelt, wich zurück und hob die Hand zur Aufgabe.

Doch er setzte nach: »Und hier bei diesem, dem ersten Brief, den ...«

»Mit dem habe ich nichts zu tun!«, rief sie eilig.

»Ach so?! Und wie ist der ins Haus gekommen?«

»Er war bei der Post im Briefkasten der Praxis.«

Plötzlich wurde er wieder leise. »Wann?«, fragte er sie.

»Vor ein paar Wochen. Ende August. Vor drei Wochen ungefähr.«

»Da haben Sie ihn gesehen und geöffnet?«

»Nein, nicht geöffnet. Mein Mann bekam jeden Tag viel Post, die an ihn persönlich adressiert war. So viel etwa.« Sie zeigte mit der Hand, wie dick der Stoß Briefe an jedem Tag gewesen war. »Ich habe ihn dazwischengeschoben und ihm dann den Stapel auf den Tisch gelegt.«

»Aber Sie haben gesehen, dass mit dem Brief etwas nicht in Ordnung war?«

»Selbstverständlich habe ich das. Mit dieser Versicherung haben wir nichts zu tun. Außerdem war der Brief schon einmal offen gewesen und danach mit Klebestreifen wieder geschlossen worden, und drittens sah man, dass die Schrift verstellt war. Kein Mensch hat so eine«, sie suchte nach dem treffenden Wort, »so eine verquälte Handschrift.«

»Doch Sie wollten wissen, was drin stand, nicht wahr? Nach dieser Sache mit Mallorca haben Sie ihm fest auf die Finger geschaut.«

»Sache mit Mallorca? Wovon reden Sie?«

»Sie wollten, dass ich die Wahrheit herausfinde. Voilà, hier haben Sie sie. Ich rede von der Hotelrechnung vom vergangenen März. Da war Ihr Mann doch mit einer Gespielin auf Mallorca zur Fortbildung, und das wussten Sie. Ich verstehe gut, dass Sie ihm danach auf die Finger geschaut haben und wissen wollten, was los ist. Also haben Sie den Brief später, als er ihn gelesen hatte, gesucht. Gefunden haben Sie ihn in der Praxis. Dass Sie diesen Safe in seinem Sprechzimmer hinter dem hübschen Bild mit dem Penistumor nicht gekannt haben, können Sie mir nicht erzählen.«

»Aber ich habe Ihnen doch gesagt ...«

»Zu jedem Wandsafe gehören mindestens zwei Schlüssel«, unterbrach er sie. »Einen davon, so haben Sie mir richtig gesagt, hatte Ihr Mann an seinem Schlüsselbund. Zu dem anderen hatten Sie Zugang. Etwas anderes können Sie mir nicht erzählen, Sie haben die Praxis seinerzeit mitgeplant und danach zehn Jahre lang darin gearbeitet. Wie Sie an den Schlüssel gekommen sind, das ist mir egal, es spielt keine Rolle. Sie haben jedenfalls den Brief gefunden und haben sich gedacht, das trifft sich ja gut, dass ihm hier jemand die Daumenschrauben anlegt. Die werde ich ihm gleich noch ein bisschen kräftiger anziehen, damit es ihm auch richtig wehtut. Sie wollten ihm von den Schmerzen, die er Ihnen vorher zugemutet hatte, möglichst viel zurückgeben. Deshalb haben Sie den zweiten Brief geschrieben und haben ihn unter den Posteingang geschoben. War's nicht so?«

Sie versuchte nicht mehr, sich zu verteidigen, sondern saß nur schweigend mit weit geöffneten Augen da. Er fuhr mit immer leiser werdender Stimme fort: »Der Tagebucheintrag im ersten Brief meint tatsächlich, genau wie Sie vermutet haben, eine Vergewaltigung, und an der war Markus Ulshöfer beteiligt. Ich weiß inzwischen auch, wer das Opfer war.«

Sie raffte sich noch einmal auf. »Ihre Vermutungen ...«

»Keine Vermutungen«, unterbrach er sie rüde. »Ich kenne den Namen, ich kenne sie sogar persönlich. Oder besser: Ich kannte sie. Das Mädchen ist tot.«

Er sah ihre erschrockenen Augen und fuhr fort: »Sie ist tot seit einem halben Jahr. Sie hat sich erhängt. Aber sie war längst kein Mädchen mehr, sondern inzwischen eine Frau von mehr als vierzig Jahren. Sie war meine Nachbarin in der Liobastraße. Und das, wovon im Tagebuch die Rede ist, das ist sechsundzwanzig Jahre her. Damals, freilich, damals war sie ein Mädchen. – So. Das war es, was Sie wissen wollten.«

»Wenn das stimmt, dass sie seit einem halben Jahr tot ist«, sagte sie, »dann kann sie den Brief nicht in den Briefkasten geworfen haben.«

»Richtig. Deshalb habe ich Sie vorhin auch so hart angefasst. Musste ja einen richtigen Überfall auf Sie starten, damit Sie mir die richtige Wahrheit sagen, und nicht wieder nur ihre eigene.«

»Es tut mir leid«, sagte sie leise. »Ich hoffe, daran wird unsere – , unsere Bekanntschaft nicht zerbrechen.«

»Das«, er packte die Papiere in seine alte Schweinsledertasche und lehnte sich in seinem Sessel zurück, »das warten wir am besten einfach ab. Entschuldigen Sie, aber nach all diesem Zeug bin ich erst einmal geschafft.«

Er stand auf, klemmte die Tasche unter den Arm und wandte sich zum Gehen. Sie stand ebenfalls auf.

»Klaus Ramsthäler«, sagte er. »Vorgestern haben Sie behauptet, Sie hätten den Namen noch nie gehört.«

»Ja, das stimmt auch. Ich kenne niemanden, der so heißt.«

Er hob feierlich die linke Hand. »Großes Indianerehrenwort?«

Sie erwiderte die Geste genauso feierlich. »Großes Indianerehrenwort!«

»Und Benjamin Sperlich? Jetzt nicht gleich Nein sagen! Erst nachdenken!«

»Den Namen habe ich schon gehört. Oder gelesen. Hat der nicht irgendwas mit einer Zeitung zu tun?«

»Hat er. Den Mann kennen Sie nicht? So einer mit einer auffällig großen Nase und mit genauso auffällig arrogantem Auftreten? Graublond, die Haare so in die Stirn gekämmt? Lügen Sie mich jetzt nicht wieder an, sonst machen Sie alles kaputt! Er ist ein Kollege von mir, ich kann ihn jederzeit fragen.«

»Nein, den kenne ich nicht. Warum?«

»Der war damals auch dabei. Und der ist auch tot, letzte Nacht auf der Königshöfer Messe vom Riesenrad gesprungen.«

»Wie wollen Sie ihn denn fragen, wenn er tot ist?«, fragte sie überrascht.

Da zwinkerte er ihr zu. »Trick siebzehn!«, sagte er, schon wieder ernst. »Aber verstehen Sie jetzt, warum mir elend zumute ist?«

Sie nickte stumm.

»Auf Wiedersehen, Katja«, sagte er und ging. »Ich melde mich irgendwann einmal.«

Faber radelte durch die Härterichstraße und von da über den Bahnübergang bis an die Tauberbrücke.

Dort stieg er ab, lehnte das Fahrrad gegen die Brüstung und betrachtete seine Kastanie. Man sah ihr den Wetterumschwung der vergangenen Tage an. Sie war jetzt fast kahl. Schon ihr Anblick ließ ihn frieren.

»Ja, Alte«, redete er sie laut an, so dass auf der Brücke die radelnden Touristen auf dem Radweg ›Liebliches Taubertal‹ sich erstaunt nach ihm umdrehten. »Ja, Alte, es sind kalte Zeiten angebrochen für uns beide. Du kannst mir auch nicht sagen, wie das alles ausgehen wird, oder?«

Doch die Kastanie antwortete nicht, so sehr er auch in sich hineinhorchte.

Seine Kuhkette in der Anoraktasche rasselte. ›Carla‹ stand auf dem Display.

»Na endlich!«, seufzte er. »Ich warte schon seit …«

»Hör gut zu«, schnitt sie ihm das Wort ab, »und labere nicht rum! Ich bin hier gleich fertig, dann habe ich frei. Ich habe alles nachgeforscht, ein Kollege hat mir noch geholfen. Wir treffen uns um –, in genau zehn Minuten. Wo bist du jetzt?«

»Ich stehe auf der Wolfgangbrücke.«

»Und was tust du da?«

»Ich hadere.«

»Was tust du da sonst noch?«

»Nichts. Ich hadere, reicht das nicht? Und ich friere.«

»Also brauchen wir einen Platz, an dem du dich aufwärmen kannst. Wie wäre es mit dem Café Mittnacht? Das ist doch gleich bei euch nebenan.«

»Einverstanden. Bis gleich.«

24

Er fuhr zurück in die Redaktion, stellte sein Fahrrad im Hof ab und ging die zwei Häuser weiter ins Café. Er hatte sich gerade seinen Tee mit Rum bestellt, als Carla hereinkam und sich gleich zu ihm an den Tisch setzte. Sie bestellte sich eine kleine Kanne Rotbuschtee, dann musterte sie ihn und sagte:

»Du siehst tatsächlich mitgenommen aus. Das scheint dich ja ganz schön zu schlauchen. Aber es wird dir bald besser gehen. Hier.« Sie holte den Obduktionsbericht, den er ihr gemailt hatte, hervor und legte ihn vor ihm auf den Tisch. »Du hast nach dem Medikament gefragt. Es sind zwei verschiedene. Beide aus demselben Wirkstoff entwickelt, aber verschieden angewandt.«

»Gut«, sagte er, »Augenblick.« Er stand auf, machte schnell zwei Schritte zum Garderobenständer und holte seinen Notizblock aus der Anoraktasche. »So, jetzt. Eins nach dem anderen. Nach Möglichkeit bitte so, dass ich es verstehen kann.«

»Es geht also um die Medikamente«, begann sie ihren Bericht. »Das eine kenne ich gut. Ketanest hat jeder Notarzt vorrätig in seiner Medikamententasche, und wir hatten es selbstverständlich auch, als ich noch in der Notaufnahme gearbeitet habe. Es ist ein Narkosemittel, das wird in die Vene injiziert und wirkt dann sehr schnell. Innerhalb von wenigen Sekunden. Es stabilisiert gleichzeitig den Kreislauf, steigert den Blutdruck und den Puls. Aber es hat auch massive psychische Wirkungen, manchmal euphorische: Der schwer verletzte Patient liegt im Rettungswagen auf der Trage und strahlt dich an. Dabei spürt er keine Schmerzen mehr. Er spürt nur den Himmel auf Erden. Meistens aber gibt es einen Horrortrip.«

»Das kommt wahrscheinlich weniger in Frage«, bemerkte Faber. »Da müsste ihm das jemand in der Gondel des Riesenrades gespritzt und ihn rausgeschmissen haben. Das hätte erstens jeder gesehen, zweitens war er allein in der Gondel, und drittens hatte er keinen Einstich in der Vene.«

»War auch nur der Vollständigkeit halber«, sagte sie. »Das andere, Ketaneol, wirkt ähnlich, aber die Wirkung ist gebremst. Es ist eine Variante in Tablettenform. Die narkotische Wirkung ist schwächer, aber es hat daneben eine besondere Eigenschaft.«

»Nämlich?«

»Jetzt pass genau auf: Es verstärkt die psychischen Grundstimmungen. Wenn jemand eine Depression hat, dann wird damit seine Stimmung noch düsterer. Wenn er einen Größenwahn hat, dann wird er manisch und will allen beweisen, wie mächtig er ist. Wenn seine Grundstimmung voller Zorn ist, dann rastet er aus, betätigt sich auf der Stelle als Terrorist oder läuft Amok. Man hat Ketaneol früher in der Psychiatrie eingesetzt bei Patienten, die auf andere Medikamente nicht ansprachen, und deren Stimmung, ich nenne es mal so, sich festgehakt hatte. Man hat versucht, damit die festgefahrenen Stimmungen, die sich nicht in die Gegenrichtung bewegen ließen, zu lösen, indem man sie noch ein Stück tiefer gestoßen hat. Verstehst du, was ich meine?«

»Nur so ungefähr.«

»Also hier ein einfacheres Beispiel: Wenn einer zu hohen Blutdruck hat, weißt du, was dann das Beste dagegen ist?«

»Woher sollte ich das wissen?«

»Das Beste dagegen ist, wenn er Sport treibt. Richtig fest den Körper belastet. Sich verausgabt, rennt, Gymnastik betreibt.«

»Tatsächlich?«, er hob interessiert den Kopf. »Das hätte ich jetzt nicht gedacht.«

»Siehst du? Die körperliche Belastung treibt den Blutdruck erst noch höher, aber dann, wenn der Mensch zur Ruhe kommt, regelt der Körper ihn danach wieder von alleine herunter.«

»Ich glaube, ich verstehe.«

»So ähnlich hatte man sich das bei diesem Ketaneol auch vorgestellt. Es sollte den Antrieb steigern. Wenn ein Patient mit Depressionen auf Mittel, die seine Stimmung aufhellen sollten, nicht ansprach, dann gab man ihm Ketaneol. Das verstärkte seine depressive Stimmung noch, er wurde also für eine kurze Zeit noch schwermütiger, aber die festgehakte Stimmung löste sich, und seine Psyche hat die Ausgeglichenheit dann allein wiederhergestellt. So weit so gut. Oder eigentlich: so schlecht. Man ist von diesem Medikament bald wieder abgekommen.«

»Ach? Und warum?«

»Es war zu unsicher und hatte zu viele Nebenwirkungen. Es steigerte die vorherrschende Stimmungslage zu unkontrolliert. Es war gefährlich. Man konnte es ohnehin nur in

Kliniken einsetzen, weil man die Patienten ruhigstellen musste, wenn man es anwandte. Sonst hätten sie getobt und sich oder anderen etwas angetan.«

»Ruhigstellen heißt, man musste sie ans Bett fesseln?«

»Ja. Und jetzt zu deinem Benjamin Sperlich.«

»Meinem Sperlich?«, staunte er. Woher wusste Carla den Namen?

»Na klar. Der Name steht doch groß und breit da oben auf dem Blatt, das vor dir liegt.«

»Ja, natürlich.«

»Und ich weiß doch, was passiert ist. Und der Kollege, den ich konsultiert habe, auch.«

›Wie affektiert sie redet‹, dachte Faber. ›*Konsultiert* hat sie einen Kollegen, nicht einfach nur um Rat gefragt. Aber das bedeutet wohl, dass sie die Sache sehr ernst nimmt. So ernst wie ich.‹

»Ich nehme die Sache mit Sperlich nicht weniger ernst als du«, sagte sie.

Er sah sie an. ›Wir beide denken immer noch auf derselben Wellenlänge‹, dachte er. Genau wie damals, vor mehr als zwanzig Jahren.

»Ich sehe«, sagte sie leise, »wir beide denken immer noch auf derselben Wellenlänge.«

Er nickte und schwieg.

»Deiner Familie geht es gut?«, fragte sie und spitzte ihren Mund, als wollte sie pfeifen.

Er lachte. »Ja. Frau und Tochter sind wohlauf. Bitte weiter mit Sperlich.«

»Sperlich hatte eine hohe Dosis von diesem Ketaneol im Körper. Die war viel zu hoch, kein Arzt hätte ihm die so verabreicht.«

»Also hat er sich das Zeug selber besorgt, um, wie soll ich sagen, um den Abend damit ausklingen zu lassen. Du sagst, das gibt es als Tabletten?«

»Ja, Ketaneol gibt es nur als Tabletten. Sie sind so viereckig, ein bisschen abgerundet und hellblau.«

»Viereckig und hellblau? Könnte es sein, dass er sie verwechselt hat? Dass er geglaubt hat, es wäre dieses ... Dings, dieses ...«

»Meinst du Viagra? Könnte sein«, sagte sie, »zumindest ist es nicht auszuschließen.«

»Die Spermaspuren! Das passt zusammen!«

An den Nachbartischen drehten sich die Kurgäste nach dem Mann um, der da so seltsame Worte durch das Café rief.

»Er hat ...«

»Psst!«, machte sie und legte den Finger an die Lippen. »Schrei nicht so! Nein, es passt nicht! Das müssen fünf oder sechs Tabletten Ketaneol gewesen sein. So viel Viagra nimmt kein Mensch. – Aber es gibt noch eine andere Möglichkeit der Verwechslung.«

»Nämlich?«

»Amphetamin. Auch Speed genannt. Es gibt auf dem schwarzen Markt Amphetamintabletten, die so aussehen.«

»Auch das würde passen. Er wollte sich aufputschen.«

»Und er hätte versehentlich die falschen Drogen gekauft?«, fragte sie.

»Oder nicht er hat sie beim Einkauf verwechselt, sondern der Dealer. Wie wär's damit?«

»Das wäre schon eher möglich«, sagte sie.

»Fehlte nur noch«, dachte er laut nach, »dass der Dealer die Drogen mit Absicht verwechselt hätte. Weißt du, was das ergäbe? Einen so gut wie perfekten Mord. Wir müssen nach dem Dealer suchen.«

»Langsam, langsam!« Sie legte ihre schmale, aber kraftvolle Hand auf seinen Arm. »Ich bin noch nicht fertig. Jetzt halt dich erst einmal fest!«

Er schaute sie gespannt an. »Ich höre.«

»Sperlich war in psychiatrischer Behandlung. Nicht in der allerletzten Zeit, aber früher.«

»Nein!«

»Doch. Bei dem Kollegen, den ich konsultiert habe. Den Namen verrate ich dir nicht. Es muss absolut unter uns bleiben. Er darf nämlich nichts ausplaudern, eigentlich nicht einmal an mich. Er macht sich damit strafbar. Wenn was rauskommt, dann ist er die längste Zeit Psychiater gewesen.«

»Klar. Aber immerhin geht es jetzt um eine Morduntersuchung. Kannst du mir die Diagnose sagen? Bei Sperlich, meine ich? Ich bin Chef der Sonderkommission, die in dieser Mordsache ermittelt. Zumindest bei uns in der Zeitung.«

»Sondersonderkommission, du und deine lange Hebenstreit, denke ich mir. Also die Diagnose. Sie lautet: Schizoaffektive Psychose mit narzisstischer Persönlichkeitsstörung.«

»Die Übersetzung bitte.«

»Probier's selber!«

»Also: narzisstisch. Das hat jeder von uns am ihm auch so gesehen. Aber was bedeutet das andere?«

»Schizo bedeutet, er hatte Probleme damit, seine eigenen Gedanken und das, was er von der Außenwelt wahrnahm, auseinanderzuhalten. Er fuhr mit seiner Wahrnehmung auf zwei Geleisen. Er hatte zwei Wahrheiten gleichzeitig im Kopf. Affektiv bedeutet, das war nicht immer so, sondern nur, wenn er erregt war. Das mit der narzisstischen Störung dazu bedeutet, er hat alles allein auf sich selber bezogen. Wenn ihm dann einer eine Überdosis Ketaneol verabreicht, dann glaubt er ernstlich, er sei der Schöpfer und zugleich der Richter der ganzen Menschheit und des Weltalls.«

»Um Gottes Willen! Doch nicht etwa im Ernst?«

»Doch, allen Ernstes. Es gibt Untersuchungen darüber. In Bonn haben sie mal einen Selbstversuch gemacht. Willst du wissen, wie der Mediziner hieß?«

»Hm. Sag schon, vielleicht kann ich's brauchen.«

»Der war Professor und hieß Günter Hole.«

Faber notierte in seinen Block. »Gut. Weiter!«

»Also, bei der Menge, die in Sperlichs Körper gefunden wurde, hatte der einen unvorstellbaren Macht- und Egorausch. In so einem Rausch teilt er sich in immer mehr Personen auf. Er nimmt es allen Ernstes so wahr, dass er sich selber vervielfacht. Er teilt sich in tausend machtvolle Ichs, und dann nimmt er das Weltall in Besitz, indem alle seine Ichs dorthin hinausfliegen.«

»Das ist ja furchtbar!«, rief er. »Das ist die schlimmste Geisteskrankheit, von der ich bisher gehört habe!«

»Ja, aber nur, solange er diese Menge von diesem Zeug im Blut und damit im Gehirn hat.«

»Und so ist er von dort oben gesprungen?«

Sie nickte. »Und das mit einem Triumphschrei, darauf würde ich wetten.«

»Als tausend Sperlichs, die ins Weltall fliegen? Du, da wird mir ja schlecht, wenn ich mir das vorstelle. Da wird einem richtig übel!«

»Da kann einem auch übel werden«, stimmte sie zu.

»Das bedeutet«, überlegte Faber laut, »dass er nicht gewusst hat, was er da nimmt. Zumindest hat er die Wirkung von dieser Menge nicht gekannt. Weißt du, was ich denke?«

»Du hast es schon angedeutet, ja. Jemand hat ihm das absichtlich untergeschoben.«

»Genau so. Und nicht nur das. Wenn jetzt derjenige, der ihm das gegeben hat, von Sperlichs Veranlagung oder Krankheit, oder wie immer wir das nennen wollen, gewusst hat? Und er hätte auch gewusst, wie das Zeug gerade bei ihm wirkte? Der müsste ihm das gegeben haben, kurz bevor Sperlich ins Riesenrad gestiegen ist. Ein Mord, der nach Selbstmord aussehen sollte. Das wäre dann der hinterhältigste Mord, von dem ich je gehört hab. Wer also war in den letzten Minuten – wie viel Minuten?«

»Zehn bis fünfzehn.«

»Wer also war in den letzten fünfzehn Minuten bei ihm? Es muss Zeugen geben, die ihn gesehen haben, und die sagen können, ob er allein oder mit jemandem zusammen war. Leider gibt Vierneisel absolut keine Information frei.«

»Weißt du etwas, was die Polizei nicht weiß?«

»Ach komm, ich bitte dich, wie kommst du denn auf so eine Idee?«

»Ich kenne dich«, antwortete sie schlicht. »Vielleicht könntest du das eine oder andere eintauschen?«

Er wich ihr aus: »Mal sehen.«

»Noch was«, sagte sie. »Die Sache mit dem Sperma.«

»Hat das denn wirklich was zu bedeuten?«

»Vielleicht doch.«

»Aber an seinem Körper war kein fremdes Genmaterial. Meinst du, er hat sich selber – aber das hätten die auch herausgefunden.«

»Es gibt noch weitere Möglichkeiten. Sie könnte es mit der Hand gemacht haben. Oder – denk einfach an Bill Clinton.«

»Du meinst ...«

»Tu nicht so. Du kennst dich doch aus.«

»Alles, was ich auf diesem Gebiet weiß, habe ich früher einmal von dir gelernt«, sagte er. »Also müssen wir nach einer Frau suchen? Nach einer Frau, die in der letzten Viertelstunde mit ihm zusammen war?«

»Nicht unbedingt«, gab sie zu bedenken. »Bist du dir da so sicher? Vielleicht war er ja bisexuell? – So, ich muss gehen. Du kannst mich jederzeit anrufen, wenn du noch Fragen an mich hast.«

»Nur eine Frage noch: Dieses Ketaneol, woher bekommt man das?«

»Jeder Arzt kann es ohne Mühe besorgen. Es ist zwar aus dem Handel, aber es gibt überall noch Restbestände. Außerdem wird es auf dem illegalen Drogenmarkt gehandelt. Du musst also nach einem Mediziner suchen oder nach jemandem, der Kontakte zum Drogenhandel hat.«

»Wenn ich Kontakte zum illegalen Drogenhandel suchen wollte«, so überlegte er laut, »wohin würde ich da gehen? Hier in Mergentheim ...«

»Für Ketaneol würde ich nach Wertheim gehen«, unterbrach sie ihn. »Bleib du nur sitzen und trink deinen Tee. Ich zahle im Vorbeigehen vorne an der Theke. Ciao, Uli.«

»Adios, Carla.«

In der Redaktion betrat Faber gar nicht erst sein Zimmer. Er rief nur, während er an der Zimmertür vorübereilte, Hebenstreit zu: »Kommen Sie ins Konferenzzimmer!«

Hebenstreit, die genau verstanden hatte, was diese Aufforderung bedeutete, brachte alles mit, was sie an Unterlagen über den Fall Ulshöfer/Sperlich hatte, und setzte sich wortlos an den langen Tisch, ihm genau gegenüber. Ein eingespieltes Team waren sie inzwischen, das, um in seiner Arbeit voranzukommen, nicht viele Worte brauchte; dem Faber wurde das erst jetzt richtig bewusst. Er dachte an die Anfangszeit zurück; wie oft hatte er sich da über das lange Elend geärgert! Und wie oft war sie vorlaut gewesen und ihm mit ihrer Arroganz auf die Nerven gegangen! Das alles hatte sich, meist ganz allmählich und fast unmerklich, geändert. Und ehrlich: Wie oft hatte er sie um ihren scharfen Intellekt beneidet! Auch das war vorüber. Hebenstreit, darin war er sich sicher, würde ihren Weg machen. Sie hatte in den letzten Monaten häufiger Gelegenheit gehabt, ihren Instinkt für Hintergründe und Zusammenhänge und dazu ihre treffsichere Formulierungskunst zu beweisen. Und sie hatte Lorbeeren geerntet, hatte gestrahlt vor Stolz, wenn ein Artikel von ihr in einer großen Zeitung erschienen war, der Stuttgarter oder gar der Süddeutschen. Sein Küken Hebenstreit, gegen das er sich am Anfang so gewehrt hatte, würde bald aus der kleinen und engen Lokalredaktion hinausgewachsen sein.

»Sperlich war krank«, berichtete er, während sie ihre Erkenntnisse abglichen. »Eine Psychose.« Er berichtete, was er von Carla erfahren hatte.

»So, wie Sie es schildern«, sagte sie, »würde ich es eher für eine Behinderung halten.«

»Das ist für uns und unsere Arbeit auch egal«, winkte er ab. »Jedenfalls wird uns jetzt klar, warum er niemals eine Prüfung machen konnte, als er versucht hat zu studieren. ›Schizoaffektive Psychose‹ bedeutet: Wenn er aufgeregt war, dann sind ihm seine verschiedenen Wahrheiten durcheinander gekommen. Dann hat er plötzlich Dinge aus seiner zweiten, der Phantasiewelt in seine Examensarbeit geschrieben, oder er hat im Mündlichen irgendwelche verstiegenen Behauptungen aufgestellt und die Prüfer vor den Kopf gestoßen. Wenn einem so etwas ein- oder zweimal passiert ist, dann geht er, so vermute ich mal, in überhaupt keine Prüfung mehr.«

»Ich habe mit seiner Frau gesprochen«, gab Hebenstreit erst jetzt preis.

»Schon?« Der Faber zog anerkennend die Augenbrauen hoch.

»Mit seiner Exfrau, um genau zu sein«, ergänzte sie. »Die hat ein paar richtige kleine Bomben losgelassen. Klar, sie ist nicht gut auf ihn zu sprechen, aber manches passt genau zu dem Benjamin Sperlich, wie wir ihn kennen – eh – gekannt haben. Ich kann mich gar nicht daran gewöhnen, dass wir von dem Ekel in der Vergangenheit reden. Sie hat mir erzählt, im Studium hätte er sich insgesamt acht Mal für das Erste Examen angemeldet. Und dann hat er sich jedes Mal eine Woche vorher wieder abgemeldet. Hätte er das nicht getan, dann hätte es als nicht bestanden gegolten. Sie hätten miteinander studiert, und sie wüsste das ganz genau. Acht Mal! Das muss sich einer mal vorstellen! Jedes Semester neu, acht Semester lang, das sind vier Jahre! Vier Jahre lang hat er eine einzige Prüfung vor sich her geschoben! Das passt, so sehe ich das, genau zusammen mit dem, was Ihnen Ihre Doktor Krupka gesagt hat.«

Doch dann, als Faber versuchte, ihr das mit dem Sex zu erklären, da geriet er ins Stocken. Carla habe, so druckste und stotterte er, noch etwas gesagt über ..., oder eigentlich mehr angedeutet, also da sei vielleicht ..., bis es halbwegs heraus war, wenigstens so viel, dass Hebenstreit verstand, was er meinte.

»Ach so!«, rief sie. »*Das* meinen Sie! Das ist das Mittel, das sich am besten bewährt hat, wenn eine Frau unbedingt erreichen will, dass ein Mann tut, was sie will. Was meinen

Sie wohl, wie damals die schöne Cleopatra den alten Cäsar rumgekriegt hat?«

Als Faber nach Hause kam, lag die Weiche wieder mal im Wohnzimmer auf der Couch. Sie hatte ein Buch vor sich, las darin und konnte sich von der Geschichte gar nicht losreißen.

»Was ist mit dem Abendessen?«, fragte er ungeduldig.

»Ist es schon so spät?« Sie setzte sich auf, las aber weiter. »Im Silberrücken-Verlag haben sie jetzt auch Krimis«, teilte sie mit und zeigte ihm die Titelseite. »Gut aufgemacht, findest du nicht auch? Die Autorin schreibt gut. Helene Wiedergrün heißt sie. Ist das nicht ein schöner Name?«

»Der Verlag heißt Silberburg und nicht Silberrücken«, brummte er. »Was ist nun mit dem Abendessen?«

»Ich habe uns zwei Paar Weißwürste vom Metzger mitgebracht.« Sie blieb auf der Couch sitzen und las weiter. »Machst du sie uns bitte heiß?«, flötete sie, als er sich nicht rührte.

»Weißwürste zum Abendessen? Du weißt doch, die sollen das Mittagsläuten nicht hören.«

»Tun sie auch nicht. Unser Kühlschrank ist schalldicht. Jetzt mach schon!«

Er fügte sich und ging langsam hinüber in die Küche. »Was macht Miriam?«, rief er von dort.

»Ich bin hier!«, rief die Kleine und kam aus ihrem Zimmer hinüber zu ihm in die Küche. »Hallo Papa!«

»Schnauzengruß!«, befahl er lachend, und sie spitzte gehorsam ihr Mündchen und drückte ihm einen Schmatz auf die Wange.

»Iiih, du stachelst.« Sie verzog das Gesicht.

»Miriam!«, rief ihre Mutter aus dem Wohnzimmer. »Zeig doch mal dem Papa, was für ein Geburtstagsgedicht du für ihn im Kindergarten gelernt hast!«

Die Kleine stellte sich in Positur. »Happy birthday to you, Marmelade im Schuh ...«

»Nicht das!«, rief die Weiche wieder. »Das andere!«
Sofort begann Miriam:

»Hoch soll er leben,
an der Decke kleben,
runterfallen,
Pflaster knallen –
so ist das Leben.«

Faber kam bei ›runterfallen, Pflaster knallen‹ ganz von selbst Sperlichs Bild vor das innere Auge, wie der da vor dem Riesenrad auf dem Pflaster lag, und ihm wurde richtig mulmig in der Magengrube.

»In diesem Alter lernen sie halt am leichtesten«, lachte die Weiche und kam aus dem Wohnzimmer herüber. »Du verstehst jetzt, warum ich gesagt habe, sie soll es dir heute schon aufsagen, und nicht erst an deinem Geburtstag.«

»Ja, ja«, brummte er, »›so ist das Leben.‹ Lernt ihr solche altklugen Sprüche jetzt im Kindergarten?«

»Bestimmt nicht von der Leiterin«, versuchte die Weiche ihn zu beschwichtigen. »Bei wem hast du das gelernt? Bestimmt von den anderen Kindern, oder?«

Ihre Tochter nickte. »Das kann ich von der Linda«, sagte sie stolz.

»Musst du heute Abend noch mal fort?«, fragte die Weiche, als sie beim Essen saßen. Sie nahm sich süßen Senf und schaute ihn an.

Er kaute, schüttelte den Kopf und schluckte. »Ich muss nur noch mal meine Sachen durchsehen. Morgen früh will ich mit Leo anfangen, da muss ich alles parat haben. Übrigens, was würdest du davon halten, wenn ich versuchen würde, Marathon zu laufen?«

»Das dachte ich mir«, antwortete sie prompt, »dass so etwas von dir bald mal kommen würde. Typisch Mann. Anstatt über seine Gefühle zu reden, läuft er Marathon.«

25

Doch am nächsten Morgen fing der Faber nicht, wie er vorgehabt hatte, bei Leo an. Er saß noch gar nicht am Frühstückstisch, als aus dem Radio die Nachricht kam, in Tauberbischofsheim habe es einen Mordfall gegeben.

»Nein!« Faber setzte sich, sprang aber sofort wieder auf und rief beschwörend: »Nicht Honegg!«

Es handle sich, so meldete der Nachrichtensprecher weiter, um eine junge Frau. Die sei heute im Morgengrauen auf dem Radweg ›Liebliches Taubertal‹ am Tauberufer von fünf Männern erst misshandelt und dann in die Tauber geworfen worden. Dort sei sie ertrunken. Die Ermittlungen seien schwierig. Das Dezernat für Tötungsdelikte bei der Kriminalpolizei Tauberbischofsheim habe heute schon in aller Frühe eine Sonderkommission gebildet.

»Das hat mit deiner Sache nichts zu tun«, versuchte die Weiche ihn zu beruhigen.

Er nickte. »So sieht es aus«, bestätigte er. »Das heißt: Ich will es wenigstens hoffen. Ich muss auf jeden Fall gleich Lustig anrufen. Wahrscheinlich kann die Kripo nicht viel mehr tun, als die bisherige Sonderkommission zu teilen. Die haben ja nicht genug Leute.«

Faber hatte Mühe, den Ersten Hauptkommissar Lustig zu erreichen. Er brauchte drei Anläufe, bis er zu ihm durchdrang.

»Guten Morgen, Herr Faber. Ich dachte, Sie hätten samstags frei.«

»Ja, das dachte ich vor ein paar Tagen auch noch«, lachte Faber. »Aber in so einem Sonderfall wie dem Messemord besitzen wir in der Tauber-Post selbstverständlich auch eine Sonderkommission. Da müssen wir auch samstags Sonderschichten einlegen und der Polizei helfen, wo wir können.«

»Natürlich.« Lustig konnte ironisch klingen, ohne dass er dazu die Stimme verändern musste. »Sie sind also unter die Sonderlinge gegangen. Ich kann Ihnen zum Messefall Königshofen leider nichts sagen. Die Tauberbischofsheimer sind mitten in den Ermittlungen.«

»Was ist mit der jungen Frau in der Tauber heute morgen?«

»Da handelt es sich vermutlich um eine Beziehungstat«, erklärte der Hauptkommissar. »Die Männer und die junge Frau haben sich wohl gekannt und sind miteinander in Streit geraten, und dabei ist die Frau in die Tauber gestoßen und dann allein gelassen worden. Sie war bewusstlos und ist ertrunken.«

»So etwas gibt es tatsächlich?«

»Etwas gibt es heutzutage, ja. Leider. In bestimmten Kreisen.«

»In bestimmten Kreisen, aha. Das bedeutet, die Männer sind bekannt.«

»Sie sind alle namentlich bekannt und sind inzwischen auch schon alle festgenommen, bis auf einen. Der ist noch flüchtig, aber wohl nicht mehr lange.«

»Wer leitet die Sonderkommission in diesem Fall?«

»Die hat der Kriminalhauptkommissar Vierneisel übernommen.«

»Das bedeutet: Den Messemord bearbeitet jetzt Federolf?«

»So ist es. Oberkommissar Federolf leitet jetzt die Kommission Messemord.«

»Federolf lässt noch weniger Informationen raus als Vierneisel.«

»Das mag so sein, aber da kann ich Ihnen leider nicht helfen.«

»Ich hab vielleicht noch etwas gefunden, das könnte der Kripo weiterhelfen.«

»In Sachen Messemord?«

»In Sachen Ulshöfer und Sperlich.«

»Sie wissen, dass Sie alles, was Sie wissen, sofort an die Kripo weitergeben müssen.«

»Das ist mir völlig klar.« Immer, wenn er im Grenzbereich zum Rechtsbruch arbeitete, schaffte Faber es, seine Stimme am Telefon besonders ehrlich klingen zu lassen. »Deswegen sag ich's Ihnen ja auch gleich. Vierneisel oder jetzt erst recht Federolf, die lassen ja niemanden an sich ran. Was soll denen so ein kleiner Schreiberling schon …«

Aber Lustig unterbrach ihn rüde: »Was heißt das: Sie haben *vielleicht* etwas gefunden?«

»Ich muss es erst noch nachprüfen. Ich habe es bisher aus nur einer Quelle. Bis heute Nachmittag könnte ich es sicher haben. Und ich brauche dringend den neuesten Stand in Sachen Sperlich.«

»Ich werde sehen, was sich machen lässt. Melden Sie sich noch mal, aber nicht zu früh. Ich brauche ein bisschen Zeit. So gegen, sagen wir, gegen fünf. Rufen Sie gleich durch auf meinen Apparat. Ich gebe Ihnen ausnahmsweise die Durchwahl, aber die müssen Sie sofort wieder vergessen.«

»Aber Herr Lustig! Sie kennen doch mein Gedächtnis. Ich vergesse doch ohnehin alles gleich wieder.«

»Ach ja? Dann bis heute Nachmittag. Und grüßen Sie Ihre Frau.«

»Was für eine Frau?«, lachte Faber und legte auf.

Die Weiche stand in der Tür zu seinem Arbeitszimmer.

»Was wird jetzt mit Leo?«, fragte sie.

»Ich soll dir Grüße vom Lustig ausrichten«, sagte er. »Wie spät ist es?«

»Kurz vor halb zehn.«

»Um Punkt zehn Uhr gehe ich zu ihm hinüber. Vor zehn Uhr kann man am Samstag niemandem kommen. Lasst mich so lange in Ruhe, damit ich mich vorbereiten kann.«

Faber wollte sich innerlich auf die Begegnung einstellen. Also setzte er sich an seinen Schreibtisch und überlegte: Was weiß ich über Leo?

Mit vollem Namen heißt er Leonhard Schmidt, überlegte er, aber alle sagen nur Leo. Aufgewachsen in Mergentheim, zwei Jahre älter als ich. Ich kenne ihn schon lange von – woher? Stimmt, ursprünglich vom örtlichen Fischereiverein.

Leo hat seine Mittlere Reife an der Realschule gemacht, danach eine Verwaltungslehre bei der Stadt. Nach der Kreisreform 1973, bei der Bad Mergentheim den Status einer Kreisstadt verloren hat, machte er in Tauberbischofsheim im Landratsamt eine Zusatzausbildung zum Finanzbeamten. Bei seiner ›Verbeamtung‹, ein Wort, das er auch heute noch gerne benutzt, – bei dem Gedanken musste der Faber schmunzeln, – muss Leo etwa fünfundzwanzig Jahre alt gewesen sein. Auf jeden Fall war das, bevor in Ichenstadt das mit Geli passierte.

Geli, also seine spätere Frau Angelika Sack, hat er im Landratsamt kennengelernt. Lange Zeit war sie für ihn dort nichts als eine jüngere Kollegin aus einer anderen Abteilung, und sie sind sich nur langsam näher gekommen. Leo verstand nicht, was Geli davon abhielt, sich ganz auf ihn einzulassen. Erst 1991, als Gelis Vater Achim Sack gestorben war, haben Geli und Leo geheiratet. Bald danach haben sie im vorderen Weberdorf das Haus an der Ecke von Liobastraße und Schlossgartenstraße gebaut, und Gelis Mutter Traute ist mit ihnen eingezogen. Traute zahlt auch heute noch Miete, nicht über die Maßen viel, nur so viel, wie sie anderswo für eine kleine Wohnung auch zahlen müsste. Mehr könnte sie sich von ihrer bescheidenen Krankenschwesternrente auch nicht leisten.

Leo und seine Schwiegermutter Traute, so überlegte er weiter, haben sich von Anfang an gut verstanden. Das hat sich auch nach Gelis Tod nicht geändert. In der Zeit, in der sie zu sprechen aufgehört hatte, nannte er sie manchmal auch halb im Scherz und um sie aufzumuntern, ›meine Schweigemutter‹ anstelle von ›meine Schwiegermutter‹.

Faber sah auf die Uhr. Es war genau zehn Uhr. Er suchte aus seinem privaten Notizbuch, das immer auf dem Schreibtisch lag, Leos Telefonnummer heraus.

»Guten Morgen, Leo. Ich muss mit dir etwas Wichtiges besprechen. Kann ich zu dir rüberkommen? – Ja, dringend. Geht's gleich? – Gut, in zwei Minuten bin ich drüben.«

Faber überprüfte zum vierten oder fünften Mal, ob er auch wirklich alle Unterlagen, die er brauchte, eingesteckt hatte. Dann klemmte er sich die alte Aktentasche unter den Arm und stand auf.

»Es geht los!«, rief er zur Weichen hinüber.

»Alles Gute!«, rief sie zurück. »Und denk an Tino!«

Das tat er dann auch. Er schritt langsam, fast bedächtig, als ginge alle Hektik der Welt ihn nichts mehr an, die Treppe hinunter, zur Haustür hinaus, überquerte die Schlossgartenstraße und bog in die Liobastraße ein.

Leo stand schon wartend in seiner Haustür. »Du schreitest daher«, sagte er, als er Faber kommen sah, »als gingest du zu deiner eigenen Beerdigung.«

Faber reagierte auf diese Worte nicht. Er verzog keine Miene und wartete ab.

»Oder zu meiner«, ergänzte Leo und versuchte zu lachen, als hätte er einen Scherz gemacht.

Erst, als sie in Leos Wohnzimmer saßen, sprach Faber. »Ich hoffe«, sagte er, »dass es bei dieser Sache weder um deine noch um meine Beerdigung geht. Aber es ist eine schwierige Sache. Ich habe von der Tauber-Post einen Sonderauftrag.«

»Ich weiß«, erklärte Leo. »Alle wissen es. Kann ich dir etwas anbieten? Einen Cognac? Oder einen Kaffee?«

»Danke.

»Danke – ja, oder danke – nein?«

»Danke, nein. Vielleicht später. Dieser Sonderauftrag betrifft die Ulshöfer- und Sperlichsache.«

»Ich weiß. Ulshöfer hat sich selbst erschossen, und Sperlich ist auf der Messe vom Riesenrad gefallen. Die Zeitungen haben genug darüber geschrieben.«

»Sperlich ist nicht einfach gefallen, sondern er ist unter Drogeneinfluss, genauer: unter der Überdosis eines Medikamentes, das Ketaneol heißt, selber gesprungen.«

»Nein!« Leo war aufgesprungen. In seinem Gesicht spiegelten sich eine Fülle unterschiedlicher Empfindungen gleichzeitig. Er öffnete den Mund und schien noch etwas sagen zu wollen, schwieg aber dann doch.

»Doch«, sagte Faber so ruhig, als wäre er Tino selber. »Du kannst dich darauf verlassen. Es gibt einen Zusammenhang. Sogar einen sehr großen Zusammenhang. Eine Schleppe aus Trauer. Ein Land aus lauter Leid.« Wie so häufig, wenn er mit seinen Gefühlen engagiert war, übertrieb Faber in seiner Beschreibung. »Schwarzes Wasser aus Qual und Schmerz.«

»Warum kommst du damit zu mir?«

»Ich spreche von Geli.«

»Du bist gekommen, um mir wegen Geli Vorwürfe zu machen? Niemand konnte wissen, was mit ihr wirklich los und wie gefährlich das war.«

»Niemand macht dir Vorwürfe wegen Geli. Und ob niemand etwas wissen konnte oder nicht – das spielt jetzt keine Rolle mehr.«

»Was wirfst du mir dann vor?«

»Ich will versuchen, dir zu helfen. Nimm das ernst, was ich sage, und nimm es als Angebot eines Freundes. Hier«, er öffnete die Tasche und zog den inzwischen schon recht ansehnlichen Packen aus Notizen hervor. »Sieh dir das einfach mal an, und dann reden wir in Ruhe. Du wirst sehen, dass es einen Zusammenhang gibt. Ich suche eine Person, die das alles eingefädelt hat.«

Er breitete alle Blätter, die säuberlich in Plastikhüllen steckten, so auf dem Tisch aus, dass Leo jedes Blatt lesen konnte. Der zeigte plötzlich auf eines der Blätter und sagte: »Das da! Das kenne ich! Das ist Gelis Handschrift. Ein Stück aus ihrem Tagebuch. Eine halbe Seite etwa.«

Faber nickte nur. Er fragte Leo nicht, ob er den anderen Teil des Drohbriefes an Ulshöfer geschrieben hatte. »Schau dich bitte weiter um«, sagte er. »Du kannst sie gerne in die Hand nehmen. Es sind Kopien. Die Originale sind gut verwahrt.«

Leo sah sich jedes Blatt an. Die Fotos vom Hochsitz im Wald legte er gleich wieder beiseite. Lange studierte er die Notizen, die Faber sich von den Gesprächen mit Dr. Schreck und Auwe Meixner gemacht hatte, und den seltsamen Drohbrief.

»Gibt es dazu einen Briefumschlag?«, fragte er.

Faber schob ihm die Plastikhülle zu, in welcher der mit der Hand beschriebene Umschlag steckte. Leo las in der linken, oberen Ecke ›Berliner Leben‹, studierte die Adresse in der sichtlich verstellten, steilen Handschrift und atmete schwer.

Als er die Notiz von Charly Thoma aus dem Archiv gelesen hatte, legte er alles wieder auf den Tisch. Er war bleich.

»Du ermittelst gegen mich«, sagte er. »Das darf doch wohl nicht wahr sein!«

»Hast du eine Lebensversicherung?«, fragte Faber.

»Ja, aber ...«

»Bei welcher Gesellschaft?«, unterbrach Faber ihn.

»Bei der ›Berliner Leben‹«, antwortete Leo. »Aber ...«

»Siehst du, was da oben in der Ecke steht?«

»Selbstverständlich sehe ich das. Aber daraus kannst du mir keinen Strick drehen!«

»Wie kommen solche Briefe? Ich meine: Die Adresse, wie steht die auf dem Umschlag?«

»Gedruckt. Auf ein Etikett gedruckt, wie halt bei Computeradressen, und dann auf den Umschlag geklebt.«

»Kann man so ein Etikett entfernen? Abziehen etwa oder mit Dampf ablösen?«

»Woher soll ich das wissen? Aber ich habe damit nichts zu tun. Ich schwöre es dir, Faber.«

»Leo, du hast selbst gesagt, es zeigt alles auf dich. Wie erklärst du dir das dann?«

»Gar nicht. Ich kann es nicht. Noch nicht. Aber es wird sich aufklären, davon bin ich überzeugt. Es muss sich aufklären, es gibt keinen anderen Weg.«

»Du weißt etwas, was ich wissen will?«

»Frag mich das bitte nicht, Faber. Du weißt nicht, dass Geli Tagebuch geführt hat, all die Jahre hindurch.«

Faber antwortete nicht, sondern wartete schweigend.

Leo stand auf. »Bleib hier sitzen, ich bin gleich wieder da«, sagte er. Damit verschwand er ins Nebenzimmer.

Erst jetzt fiel dem Faber ein, was er da möglicherweise angerichtet hatte. Wenn Leo jetzt durch die Hintertür oder durchs Fenster auf Nimmerwiedersehen verschwand, dachte er, dann konnte er, Faber, sich gleich begraben lassen. Die Polizei würde ihm vorwerfen, er habe Leo gewarnt, um ihn entkommen zu lassen. Vor seinem inneren Auge sah er den Schwindling, wie der ihn genüsslich auf seinem Grill röstete, und dann hängten sie ihn mit dem Kopf nach unten auf und schnitten ihm die Haut streifenweise ...

Aus dem Nebenzimmer hörte er Geräusche. Nicht solche, wie wenn einer durch ein Fenster kletterte, eher rumpelte und raschelte es, als würde jemand etwas suchen, das er gut versteckt hatte.

Leo stand in der Tür. Unter dem Arm hielt er einen Stapel Bücher, die wie Fotoalben aussahen. ›Na gut‹, dachte Faber. Er war froh, dass Leo überhaupt noch da und nicht, wie er befürchtet hatte, verschwunden war. Da würde er dessen alte Familienfotos eben über sich ergehen lassen. Vielleicht konnte er zu den Bildern Fragen stellen.

»Das ist es«, sagte Leo und setzte den Stapel vor Faber auf den Tisch. »Fünf Bände. Gelis Tagebuch. Ich habe nicht gewusst, dass sie es so lange und so durchgehend geführt hat. Ich habe es erst gefunden, als wir sie schon begraben hatten. Da habe ich ihren Schreibtisch ausgeräumt. Es steckte in der untersten Schublade. Fest verschlossen. Wir mussten die Schublade aufbrechen, weil wir den Schlüssel nicht gefunden haben.«

Faber rührte sich noch immer nicht. Er starrte nur auf den Stapel, lauter Bücher mit farbig verzierten Umschlägen, so wie man sie in Schreibwarengeschäften im Schaufenster liegen sehen konnte, immer im Wechsel eines gegen das andere gelegt, damit der Stapel nicht auseinanderfiel.

Er nahm das mit blauen Phantasieblumen bedruckte Buch, das oben lag, und öffnete es. In der Mitte der ersten Seite stand eine große, mit der Hand geschriebene Fünf. Er schaute zu Leo hinüber, und als der nickte, blätterte er weiter. Oben in der Ecke stand ›4. Juni 2002‹. Er ließ die Blätter schnell durch seine Finger gleiten. Die letzte Eintragung stand unter ›13. Oktober 2004‹. Danach kam nichts mehr. Die Seiten im letzten Drittel dieses Bandes waren leer.

Dann zog er den untersten Band aus dem Stapel. Das Buch war halb zerdrückt, der Einband stark zerschlissen. ›Tagebuch‹ stand auf der ersten Seite, und darunter ›von Angelika Sack‹. Er schlug die Seite um. Als erstes Datum stand da: ›18. Mai 1980‹. Alles in runder, gezierter Mädchenhandschrift mit Kringeln an der Stelle von Punkten, Herzchen für den i-Punkt und das Wort ›Tagebuch‹ mit einer Girlande aus lauter Blümchen unterstrichen. Geli war zu diesem Zeitpunkt vierzehn Jahre alt gewesen.

»Du erlaubst, dass ich darin lese?«, fragte Faber, schlug das Buch wieder zu und schaute Leo ins Gesicht.

»Lies es«, sagte Leo. »Darin findest du deinen Fluss aus Qual und Schmerz.«

»Gut.« Faber stand auf. »Ich verspreche dir, dass ich es nicht aus der Hand geben werde. Ich bringe es dir so schnell wie möglich zurück. Wahrscheinlich noch heute. Heute gegen Abend.«

»Lass dir ruhig Zeit.«

Faber brachte die fünf Bände nur mit Mühe in seiner abgeschabten Ledertasche unter. Um dabei die Blätter mit seinen Notizen nicht zu zerknüllen, steckte er sie zwischen die Seiten eines Tagebuches. Da, so dachte er, war dann alles, was er suchte, beieinander.

»Ich werde mir das in Ruhe ansehen«, sagte Faber. »Eventuell, wenn ich noch Fragen habe ...«

Leo unterbrach ihn: »Du kannst mich jederzeit fragen, was du willst.«

»Du bist ja schon wieder da!«, staunte die Weiche, als Faber mit der dicken Tasche unter dem Arm zur Tür hereinkam. »Wie lange warst denn fort? Doch nicht einmal eine halbe Stunde! Und? Wie ist es gelaufen?«

»Ganz anders, als ich es mir vorgestellt hatte«, sagte er.

»Besser oder schlechter?«

»Da bin ich mir nicht ganz sicher. Aber wahrscheinlich besser. Da, schau mal, was ich habe.« Er öffnete die Tasche und ließ sie einen schnellen Blick hineinwerfen. »Gelis Tagebücher«, erklärte er nur. Er stand schon in der Tür zu seinem Arbeitskämmerchen. »Ich darf von jetzt an nicht gestört werden.«

Damit schloss er die Tür hinter sich.

Nach etwa zehn Minuten klopfte die Weiche vorsichtig und öffnete die Tür. In der Hand trug sie ein kleines Tablett, darauf standen eine Flasche mit Wasser und ein Glas.

»Bad Mergentheimer Leitungswasser«, erklärte sie, »kaum gekühlt und nur leicht gesprudelt. Du wirst ja jetzt bald fünfzig, und alte Leute sollen bekanntlich bei der Arbeit viel trinken.« Sie setzte das Tablett vorsichtig an den Rand der mit Papier überladenen Tischplatte und verschwand ohne weitere, unnötige Worte.

Faber nahm sie gar nicht wahr. Wieder einmal war er so tief in seine Gedankenwelt hinabgetaucht, dass er für die übrige Welt verloren war.

Als es Zeit für das Mittagessen wurde, horchte die Weiche an der Tür, wagte aber nicht, ihn zu stören. Sie vertraute darauf, dass das Mergentheimer Wasser ihn rechtzeitig zwicken und in die normale Welt zurückrufen würde. Sie hatte einen Eintopf aus Rindfleisch, Lauch, Zucchini, rotem Paprika, Tomaten, Möhren und Mais auf dem Herd; der konnte notfalls auch eine Viertelstunde warten.

Dann, als sie im Bad die Spülung hörte, passte sie ihn im Flur ab und sagte nur: »Komm, wir können essen. Danach kannst du gleich weitermachen.« Auf diese Weise lotste sie ihn, obgleich er mit seinen Gedanken noch tief in der Arbeit steckte, an den Essenstisch. Erst gegen Ende der Mahlzeit sahen seine Augen wieder klarer in die Welt. Die Ungeduld und vor allem das Selbstmitleid der vergangenen Tage waren daraus verschwunden.

»Du bist am Ziel«, sagte sie, »man sieht es. Oder doch fast am Ziel.«

Er nickte kurz. »Fast«, sagte er dann. Sonst sagte er nichts. Dann verschwand er wieder in seinem Zimmer.

Dort schrieb er, als er alle fünf Bände durchgelesen und über alles, was da stand, genau nachgedacht hatte, am Computer eine eigene Zusammenfassung von Gelis Tagebüchern. Er hatte große Mühe, seinen Zorn über die Dinge, die er dort gelesen hatte, im Zaum zu halten und ihn nicht in seinen kurzen Bericht einfließen zu lassen. Er speicherte, sicherte das Ergebnis sorgfältig und druckte gleich mehrere Kopien aus.

Dann ging er hinüber ins Wohnzimmer.

»Möchtest du einen Kaffee?«, fragte ihn die Weiche.

Er nickte stumm. Dann besann er sich, dass er sich jetzt ja entspannen konnte. »Gerne, ja«, sagte er und schaute sie an.

»Wie weit bist du?«

»Mit dem Tagebuch? Fertig.«

»Schon?«

»Mit der Hand geschrieben. Das geht schnell, wenn einer geübt ist.«

»Und? Wie ist es?«

»Schlimmer, als ich dachte«, antwortete er. »Viel schlimmer.«

»Hat es dir weitergeholfen?«

»Herauszufinden, wer dahintersteckt, meinst du? Ja. Es hat mir geholfen.«

»Leo?«

»Warte es ab!«

»Was wirst du jetzt tun?«

Er trank seinen Kaffee und schwieg. Dann stand er auf: »Ich bin nachher gleich mit Lustig verabredet.«

Er rief die Durchwahlnummer an, die Lustig ihm gegeben hatte. Der hatte zwar gesagt »So gegen fünf Uhr«, und jetzt war es erst halb, aber der Hauptkommissar meldete sich gleich nach dem ersten Rufzeichen.

»Kommen Sie gleich rüber.« Faber erschrak über Lustigs Befehlston, und er musste den Hörer vom Ohr nehmen, damit sein Ohr keinen Schaden abbekam. »Mit allem, was Sie haben.«

26

Also setzte Faber sich auf sein Fahrrad und radelte hinüber zum Schloss. Der Beamte an der Pforte schien schon Bescheid zu wissen, er ließ ihn sofort durch und zeigte gleich auf die Treppe. Lustig wartete schon auf dem Flur vor seinem Büro. Er zeigte mit der Hand auf einen Besucherstuhl.

»Ihre Unterlagen«, befahl er, noch bevor der Faber sich auf den Stuhl gesetzt hatte. »Notizen, Kopien, alles, was Sie herausgefunden haben.« Dann, als ihm klar wurde, dass er hier nicht einen seiner Beamtenanwärter vor sich hatte, lächelte er entschuldigend und schob in sanfterem Ton nach: »Bitte.«

Faber, dessen innere Windungen sich bei solchen Tönen gerne verkrampften, lehnte sich auf seinem Stuhl zurück und sagte, um der Verspannung entgegen zu wirken, laut zu sich selbst: »Tino.« Dann legte er die alte, abgeschabte Ledertasche vor sich auf den Tisch.

»Das Opfer der Vergewaltigung von 1981 heißt Angelika Schmidt«, sagte er.

»Der Suizid in der Liobastraße im März dieses Jahres?«, fragte Lustig. »Die Frau des Finanzbeamten Leo Schmidt?«

»Genau die. Meine Nachbarin. Geborene Angelika Sack aus Ichenstadt.«

Lustig atmete schwer. Er war schon dabei, alle Möglichkeiten, die sich aus dieser Information ergaben, in seinem

Kopf durchzugehen, zu ordnen und zu sortieren. Faber konnte es in Lustigs schwerem Schädel richtig rattern hören.

»Woher haben Sie das?«, fragte Lustig.

Faber holte den Stapel Papier aus seiner Tasche hervor und legte ihn auf den Tisch, aber auf seine Seite, so dass Lustig ihn sah, sich aber noch gedulden musste. Der Packen war mit einer Schnur zusammengehalten. Er löste die Schnur, zog die Notiz von Charly Thoma heraus und legte sie vor Lustig auf den Tisch.

»Quelle Numero eins«, sagte er dazu.

Lustig las die wenigen Worte, die darauf standen, und legte das Papier vor sich hin. »Die Logik könnte stimmen«, sagte er dann. »Sie haben gesagt, Sie hätten noch eine zweite Quelle für die Information. Das allein«, dabei tippte er auf das Blatt, »würde mir auch nicht genügen. Eine mehr als ein Vierteljahrhundert alte Notiz allein ist zu wenig. Sie hilft uns nicht wirklich weiter. Daraufhin könnten wir gar nichts unternehmen.«

»Die zweite Quelle sind Angelika Schmidts Tagebücher.«

»Ah ja! Wenn das so ist! Das nenne ich doch mal …« Er warf dem Faber einen anerkennenden Blick zu, verriet aber nicht, wie er diese Leistung hatte nennen wollen. »Wenn Sie die haben, dann …«

»Ich habe sie gelesen.« Faber verriet nicht, dass er die Bücher noch zu Hause bei sich liegen hatte. »Aber ich kann sie selbstverständlich nicht beschlagnahmen. Das müssten Sie schon tun.«

»Vorausgesetzt, die Bücher sind bis morgen früh nicht verschwunden!« Lustig war anscheinend der Auffassung, Faber hätte die Bücher einfach einpacken, mitbringen und bei ihm abliefern sollen. »Bis morgen früh. So lange werden wir jetzt, am Wochenende, wohl brauchen, bis wir vom Richter einen Durchsuchungsbeschluss bekommen.«

»Ich habe einen Bericht verfasst«, verriet Faber erst jetzt, »eine Art Zusammenfassung auf ein paar Seiten.« Er schob drei dicht beschriebene Seiten Papier über den Tisch.

Der Erste Hauptkommissar las langsam:

Angelika Schmidt geb. Sack,
Tagebücher von 1980 bis 2004.
Zusammenfassende Auszüge, erstellt von
Hans-Ulrich Faber, stellv. Redaktionsleiter
der Tauber-Post in Bad Mergentheim

Nach allem, was wir aus diesen Tagebüchern ersehen können, ist Angelika als Kind eher unauffällig und schüchtern gewesen. Ihre Eintragungen bescheinigen ihr ein gutes Auffassungsvermögen. Sie geht nach der Grundschule in Unterichenstadt auf das Riemenschneider-Gymnasium. Bis zum Mai 1981 sind ihre Einträge lückenhaft und von eher backfischhaft schwärmerischer Art. Ihre Handschrift zeigt sich zu dieser Zeit noch fast kindlich und mädchenhaft, verziert mit Herzchen und Blümchen. Im Mai 1981 ist sie Schülerin der 9. Klasse, 15 Jahre alt und in sexuellen Dingen so gut wie ahnungslos.

Der Einbruch in ihre Welt erfolgt am Abend des 2. Juni 1981 durch eine Vergewaltigung, die sie erleidet. Tat und Tathergang beschreibt sie anfangs nur in Andeutungen, aber bald nach den Ereignissen zeichnet sie, innerlich schwer verwundet und daher lückenhaft, den Tathergang in dem Tagebuch auf. Dabei nennt sie die Namen der vier Täter, die sie alle von ihrer Schule als Schüler der oberen Jahrgänge kennt.

Angelika Sack ist damit ein Opfer geworden, und Opfer wurden zu allen Zeiten aus Aberglauben und Angst vor dem Unglück gemieden. Eine Schule als Bildungsstätte, die auch zur Klarheit des Denkens erziehen soll, macht darin keine Ausnahme. Zusätzliche Belastung bedeutet für das Mädchen, dass es von allen Seiten mehr oder weniger gezwungen wird, das Kind abzutreiben. Dabei machen vor allem ihre Eltern sich schuldig, indem sie die Abtreibung unmittelbar veranlassen. Nähere Einzelheiten teilt sie nicht mit.

Dem Direktor des Gymnasiums, OStD Dr. Otto Schreck, wird offenbar sein Fehler erst klar, als Geli wegen schlechter Leistungen nach der 10. Klasse die Schule verlassen muss. Sie absolviert danach eine Verwaltungslehre im Landratsamt Tauberbischofsheim.

Dort lernt sie eines Tages den um zehn Jahre älteren Leo Schmidt kennen. Sie kann sich lange nicht zu einer näheren Beziehung entschließen, Selbsthass und Furcht vor der Sexualität hindern sie daran.

Angelika Sack ist über all die Jahre mit ihrem Trauma völlig allein. Sie hat offenbar versucht, ihre Erinnerungen nach innen wegzuschließen und sie durch ihre eigene Kraft einzukapseln, so wie man manchmal von Krebsgeschwüren hören kann, dass der Körper es schafft, sie zu isolieren und abzutöten. Das ist ihr aber nicht gelungen. Als Beispiele für diese Versuche muss man wohl einige Gedichte aus dem Jahr 1989, da war sie 24, verstehen, die sie in ihr Tagebuch geschrieben hat:

›Die ganze Welt scheint mich zu hassen,
sie lockt mich, doch ich trau ihr nicht.‹ (Beispiel aus Band zwei von 1989)

Ihr Vater stirbt 1991 an seinem zweiten Herzinfarkt, den ersten hatte er 1980 erlitten. Erst nach dem Tod ihres Vaters sucht sie Halt bei Leo, und 1992 heiratet sie ihn. Über ihre Vergangenheit teilt sie ihm anscheinend so gut wie nichts mit, und Leo will wohl auch nichts davon hören. Leo, inzwischen 37 Jahre alt, hat zu dieser Zeit schon Geld gespart, und sie bauen miteinander ein einfaches Einfamilienhaus in Bad Mergentheim, Liobastraße 19.

Gelis Mutter Traute Sack trug von Anfang an und trägt bis heute zur Finanzierung bei. Sie wohnt im selben Haus in der Dachwohnung.

In den ersten Jahren mit Leo Schmidt geht es Angelika anscheinend etwas besser. Leo ist ein ruhiger Mann, bei dem sie Halt findet, auch wenn er von dem, was sich in ihrer Seele abspielt, kaum etwas weiß und versteht. Das Paar wünscht sich Kinder. Sie haben sogar schon Namen für ihre Kinder ausgesucht (Band zwei von 1994) und in ihrem neuen Haus Kinderzimmer einrichten lassen. Aber sie bekommen keine Kinder, weil Geli so schwer traumatisiert ist. Im Bett mit Leo empfindet sie es jedes Mal so, als wiederholte sich die Szene von damals. Leo meint es gut, und er versucht in solchen Situationen alles, um sie zu beruhigen, aber sie kann nicht. Sie ist dann richtig außer sich vor Entsetzen. Das mit dem ›außer sich sein‹ nimmt ihre schwer verwundete Seele wörtlich: Geli riecht dann plötzlich den Duft von dem Jasmin, der damals am Schulhof geblüht hat, und sie steigt aus ihrem Körper heraus. Sie schwebt unter der Zimmerdecke und sieht sich wieder da unten liegen mit den vier Tätern von damals.

Lustig legte das zweite Blatt, in dem er gerade las, auf den Tisch und stand auf.

»Das sieht aber böse aus«, sagte er. Er ging zum Telefon und nahm den Hörer ab, sagte: »Kannst du uns bitte eine Flasche Wasser mit zwei Gläsern rüberbringen?«, und legte wieder auf.

»Ich habe ja schon viel erlebt«, fuhr er fort, »auch, dass so eine Sache solche Folgen haben kann. Trotzdem muss ich mich immer noch richtig wappnen, wenn ich so etwas wie das hier lese.«

»Sie können mir glauben«, warf Faber ein, »dass mich, seit ich weiß, was damals in Ichenstadt passiert ist, das Elend verfolgt und nicht loslässt. Vollends, seit ich weiß, dass meine Nachbarin Geli Schmidt das Opfer war. Niemand hat es da für nötig gehalten, sich um sie zu kümmern. Ich weiß nicht, ob Sie den alten Doktor Schreck kennen.«

»Den Oberstudiendirektor?« Lustig sah auf. »Sicher kenne ich den. Der wohnt doch nicht weit von uns in der Breslauer Straße. Er taucht ja hier drin auf.« Lustig schnippte mit dem Finger gegen das Blatt.

»Ja. Der war damals der Schulleiter am Gymnasium. Er hat beide Augen zugedrückt. Die armen Abiturienten, so hat er noch gestern zu mir gesagt, man konnte doch wegen so etwas den jungen Leuten nicht die Zukunft verbauen. Nur wegen so einer Lappalie – das hat er so nicht gesagt, aber geklungen hat es so. Doch für das Mädchen hat ohne eigenes Verschulden damit ein Leidensweg begonnen, der Jahrzehnte gedauert und mit dem Strick geendet hat. Manchmal könnte ich an den Menschen verzweifeln.«

»Sie können mir glauben, mein lieber Herr Faber, dass ich Ihre Gefühle gut verstehe. Als ich jung war, habe ich gedacht, ich könnte mithelfen, etwas daran zu ändern, wenn ich zur Polizei gehe. Aber wir werden die Menschen nicht ändern, Sie nicht, und ich auch nicht.«

»Ja«, gab Faber resigniert zu, »ich weiß.«

Es klopfte an der Tür. Eine junge Beamtin stellte eine Flasche Wasser und zwei Gläser auf den Tisch und ging wortlos wieder hinaus. Lustig goss erst dem Faber und dann sich selbst ein und trank. Dann nahm er das Blatt wieder auf und las weiter.

Angelika geht es nun wieder schlechter, und je länger es geht, umso schlimmer wird es. An einem Dienstag, 2002, da ist sie schon zehn Jahre lang mit Leo verheiratet und das Ereignis liegt schon mehr als zwanzig Jahre zurück, begegnet ihr, als sie in Bad Mergentheim über den Marktplatz geht, in Dr. Markus Ulshöfer einer der Täter von damals. Sie gerät in eine so starke Angst und Erregung, dass sie umkehren und sich heimschleppen muss (Band vier von 2002). Seither beobachtet sie ängstlich die Straßen und Plätze, über die sie geht.

Im Februar 2003 verliert sie ihre Arbeit. Häufig hat sie sich während der Arbeitszeit in trüben Gedanken verloren und wird immer öfter von ihrem Chef getadelt. Immer häufiger ist sie in Schwermut verfallen.

Zu den seelischen treten jetzt auch körperliche Störungen, zuerst als Schlaf- , dann auch als Essstörungen. Sie magert immer mehr ab. In den letzten drei Jahren ihres Lebens wirkt sie nach außen wie erstarrt und emotionslos. Sie ist innerlich abgestorben. Ihre verdrängte Wut richtet sich nun nur noch gegen sie selbst. Dabei vertraut sie sich nur ihrem Tagebuch an, das sie, mit größeren Unterbrechungen, die ganze Zeit über bis zum Herbst 2004 führt, in den letzten zwei Jahren nur mehr mit kurzen, hingekritzelten Einträgen. Im Oktober 2004 enden die Eintragungen ganz. Im März 2007 erhängt sie sich im Heizungskeller ihres Hauses. Ihr Ehemann Leo Schmidt findet das Tagebuch in ihrem Nachlass und erfährt, so seine eigene Aussage, erst jetzt, was damals geschehen ist, und wie es in den darauf folgenden 26 Jahren Angelikas Leben zerstört hat.

Der Hauptkommissar schob die drei Blätter zusammen, legte sie langsam vor sich auf die einfache Tischplatte und schwieg.

»Sie können sich darauf verlassen, dass ich nichts verfälscht habe«, versicherte unaufgefordert Faber nach einer Weile.

»Daran zweifle ich nicht«, antwortete Lustig. »Aber wir brauchen die richtigen Tagebücher. Die echten. Vorher können wir nichts unternehmen. Und wir müssen selbstverständlich Herrn Schmidt befragen.«

»So«, sagte der Faber. »Das war mein Anteil. Jetzt sind Sie dran. ›Haut für Haut‹, wie der Teufel zu sagen pflegt, wenn er mit Gott feilscht.«

Lustig schaute ihn überrascht an. »Tatsächlich? Woher haben Sie denn das?«

»Buch Hiob.«

»Also gut. Sie wollen damit sagen, dass jetzt mein Anteil am Tausch fällig ist, nehme ich an. Sie haben ja schon einmal wertvolle Beweise gesammelt, die wir dann verwenden konnten. Das ist zwar schon ein paar Jahre her, aber ...«

Faber hatte seinen Notizblock vor sich liegen und den Stift in der Hand. »Ich höre«, sagte er nur.

»Zeugen berichten«, sagte Lustig, »der Herr Sperlich sei in Begleitung einer Frau gewesen. Gegen 23 Uhr.«

»Weiß man, wer diese Frau war?«, fragte Faber.

»Bis jetzt noch nicht. Bis jetzt heißt: Bis heute, 15 Uhr, das ist der Stand, den ich Ihnen berichten kann. Die Frau wird beschrieben als höchstens mittelgroß und schmal, auffällig gekleidet mit einer Art Glitzerjacke. Dazu stark geschminkt und, so sagen die Zeugen einvernehmlich, mit einer schwarzen Perücke. Die Perücke stimmt überein mit den Spuren, die wir an Sperlichs Kleidung gefunden haben. Wir haben mehrere schwarze Haare gefunden, echtes Menschenhaar, aber tot. Die Frau trug also eine Naturhaarperücke.«

»Als Hure aufgemacht?«

»Möglicherweise«, antwortete Lustig vorsichtig. »Aber ein bisschen zu auffällig. Und nur die Kleidung am Oberkörper. Sie trug wahrscheinlich Jeans, aber in dem Punkt sind die Zeugen sich nicht einig.«

»Es war ganz schön kalt am Donnerstag. In der Nacht, meine ich.«

»Diese Frau und der Herr Sperlich haben sich wohl als Liebespaar betätigt.«

»Das haben die Zeugen beobachtet? Interessant, wonach solche Menschen Ausschau halten. Aber an ihm waren keine Spuren.«

»So ist es.«

»Wo wurden sie beobachtet?«

»In der Geisterbahn und danach wohl auch auf dem Riesenrad. Wobei die Zeugen sich beim Riesenrad nicht ganz einig sind.«

»Könnte das bedeuten: Er ist zweimal gefahren, und beim ersten Mal war sie dabei, beim zweiten Mal aber nicht mehr?«

»Das wäre wohl möglich, aber unbedingt folgern muss man es aus den Zeugenaussagen nicht.«

»Was sagen die Leute vom Riesenrad?«

»Sie hätten gesehen, wie beide miteinander gegen 23:50 Uhr in eine der Gondeln gestiegen sind. In der Gondel waren sie allein. Es sei nicht mehr viel Betrieb gewesen, so mitten in der

Woche und kurz vor Mitternacht. Wann die Frau ausgestiegen ist, darauf hätten sie nicht geachtet.«

»Könnte es sein, dass sie noch in der Gondel war, als es passierte? Dass sie, als Sperlich da unten lag und alle anderen geschockt und abgelenkt waren, sich einfach klammheimlich verdrückt hat?«

»Das habe ich den Kollegen Federolf auch gefragt. Er sagt, es sei unwahrscheinlich, aber auszuschließen sei es nicht. Sperlich allerdings ist wahrscheinlich nicht von einer anderen Person gestoßen worden, sondern selber gesprungen.«

»Im Drogenrausch. Das ist bekannt.«

»Ja. Ein die Antriebe steigerndes Mittel.«

»Aber die Frau haben Sie noch nicht gefunden?«

»Bisher noch nicht. Aber es kann nicht mehr lange dauern. Wir suchen sie dringend, vorerst als Zeugin.«

»Sie könnte ihm das Mittel gegeben haben.«

»Das würden wir sie dann wohl als Erstes fragen. Es könnte ja auch so gewesen sein, dass es so etwas wie ein Unfall war. Dass sie ihm, sagen wir einmal, in der Geisterbahn beim Turteln dieses Mittel gegeben hat, ...«

»Um seine Antriebe zu steigern?«

»Irgendetwas in dieser Art, ja. Und dann hat er zuviel genommen oder er hat es nicht vertragen oder es hat bei ihm besonders stark gewirkt oder etwas in der Art. Dann hätten wir es mit einem Unglücksfall zu tun.«

»Ermittelt Federolf in diese Richtung?«

»Auch. Wir ermitteln in alle Richtungen. Mehr kann ich Ihnen jetzt nicht sagen, Sie verstehen, die bekannten ermittlungstechnischen Gründe.«

»Die in Wirklichkeit ermittlungs*taktische* Gründe sind. Klar. Würden Sie mich benachrichtigen, wenn eine Festnahme ansteht?«

»Für den Fall, dass ich dann im Dienst bin, ja. Für den anderen Fall kann ich Ihnen nichts versprechen. Da müssten Sie sich an den diensthabenden Kollegen wenden.«

»Wann haben Sie am Wochenende Dienst?«

»Heute bin ich in zehn Minuten fertig. Morgen habe ich Spätdienst.«

»Angenommen, ich müsste Sie heute noch in einer wichtigen Sache anrufen – wie kann ich Sie erreichen?«

»Ich bin zu Hause. Sie erreichen mich unter meiner Privatnummer.«

27

Als Faber wieder daheim war, empfing ihn die Weiche an der Wohnungstür: »Gut, dass du wieder da bist. Fuzzy war hier und hat nach dir gefragt.«

»Was, Fuzzy?! Wo, hier?«

»Hier an unserer Wohnungstür hat er geläutet.«

»Dann muss es ihn aber arg gezwackt haben! Wann war das?«

»Nicht lange, nachdem du fortgegangen bist. Ich hab ihm gesagt, du bist zur Polizei gegangen, dort würde er dich finden. Aber da wollte er anscheinend nicht hin. Er hat nur das Gesicht verzogen.«

»Das kann ich mir denken. Wie hat er ausgesehen? Ich meine: manierlich oder mehr heruntergekommen?«

»Ganz manierlich. Sogar seine neuen Zähne hat er dringehabt. Seine Zahnprothese meine ich.«

»Hat er gesagt, was er von mir will?«

»Unbedingt mit dir reden will er. Was, das hat er mir nicht verraten. Er hat nur gesagt, ich soll dir ausrichten, er sei Donnerstag Nacht auf der Messe gewesen.«

»Der hat was gesehen! Das kann nichts anderes bedeuten. Hat er dir gesagt, wo ich ihn finde?«

»Ja, das hat er. Er hat gesagt, er ist im Moshammerstift.«

»Ich muss sofort zu ihm.«

»Ist es so wichtig?«

»Noch viel wichtiger!«

Faber radelte auf seinem Asinus hinaus in das obere Stück der Milchlingstraße, wo, nicht weit vom Neuen Friedhof, die Stadt Bad Mergentheim gemeinsam mit den beiden kirchlichen Konfessionen das Obdachlosenheim Moshammerstift betrieb.

Er stieg die Außentreppe zum Eingang hinauf und läutete an der leicht beschädigten Tür. Sie wies Spuren von heftigen Fußtritten auf. Anscheinend hatte erst kürzlich einer der Kunden an ihr für erlittene Schicksalsschläge Rache geübt.

»Guten Abend«, quäkte prompt der Lautsprecher neben der Tür, »suchen Sie eine Unterkunft für die Nacht oder über das Wochenende? Wir können Ihnen im Augenblick nur zwei Nächte anbieten. Aber Sie müssen sich schnell entschließen, um 19 Uhr wird das Haus geschlossen.«

»Ich möchte nur jemanden besuchen«, sagte Faber freundlich und lächelte den zerkratzten Lautsprecher an. »Faber ist mein Name.«

»Wen möchten Sie besuchen, Herr Faber?«

»Herrn Wiesinger. Manfred Wiesinger.«

Die lädierte Haustür summte Zustimmung, und er drückte sie auf.

Das Moshammerstift befand sich in einem recht alten und schon ziemlich abgewohnten Haus. Links, wenn man durch die Haustür hereinkam, war in der Wand ein halboffenes Schiebfenster, das man aber sehr schnell schließen konnte. Ein Mann saß dahinter. Er stand auf und beugte sich weit vor, um den Ankömmling genau betrachten zu können.

Faber sagte laut und klar: »Guten Abend«, und neigte dazu leicht seinen Kopf. Dann streckte er sich, spreizte leicht die Beine und stand so, kerzengerade und unbeweglich und sah starr nach vorne zur Treppe.

»Polizei?«, fragte der Mann, sichtlich eingeschüchtert.

Faber antwortete nicht. Erst nach eine Weile sagte er: »Nein.« Wieder ließ er einige Zeit verstreichen. »Keine Sorge«, setzte er dann hinzu.

In diesem Augenblick kam Fuzzy so eilig die Treppe herunter, dass sein roter Bart und seine struppigen Haare flogen, als würden sie ihm davongeweht. Er ging schnurstracks auf den Ausgang zu und an Faber vorbei, ohne ihn zu begrüßen oder auch nur nach links oder nach rechts zu sehen. Faber eilte hinterher, zur Tür hinaus und die Treppe hinunter, die Straße entlang, immer hinter Fuzzy her. Der blieb erst stehen, als das Moshammerstift außer Sicht kam.

»Gut, dass du kommst, Faber«, sagte er und bleckte seine neue Zahnprothese.

»Grüß dich, Fuzzy. Du machst dich. Gut siehst du aus mit deinen neuen Zähnen. Jetzt fehlt dir nur noch ein fester Arbeitsplatz, dann hast du's geschafft.«

»I awweid dran«, sagte Fuzzy. Es klang sehr entschlossen.

Doch Faber zweifelte. »Da bin ich aber gespannt«, lachte er. »Meine Frau sagte mir, du war am Donnerstag auf der Messe?«

»Hm.« Fuzzy nickte.

»Erzähle!«

»I awweid do beim Fritz.«

»Fritz, und wie weiter?«

»Gar nix weider! Hugo Fritz heißt der. Dem die Geisterbahn g'heert. Von Diebinge is der.«

»Ein Schausteller namens Hugo Fritz aus Diebingen.«

»Dübingen!«, korrigierte Fuzzy.

»Ach so, Tübingen!«

»Genau. Dem helf i jed's Jahr uffbaue und abbaue un dies und das. Morche muss i widder helfe abbau'n. Glei um neune, wenn's Feuerwerk a'geht. Da fahre die in der anner Nacht noch zum Wase na Cannstadt, da geht's glei weider.«

»Und du warst auch am letzten Donnerstag dort. Also vorgestern. Wann genau?«

»Spät. Den ganze Awend bis feddich war.«

»Fertig, also Schluss, war wahrscheinlich um Mitternacht?«

»Hm.« Fuzzy nickte. »Do hab i se g'sehe, in der Geisterbahn drin. Den Sperlitz.«

»Meinst du Sperlich? Benjamin Sperlich?«

»Vom Daachblad.«

»Der heißt Sperlich. Du meinst doch den, der vom Riesenrad gefallen ist?«

»Genau den. Der war da drin mit anerer.«

»Mit einerer. Einer Frau, meinst du.«

Fuzzy nickte noch, doch dann drehte er sich plötzlich um und sagte: »Un mehr waiß i jetz ned.«

Faber verstand genau, was Fuzzy damit sagen wollte. »Ich mache dir einen Vorschlag«, sagte er. »Kann ich dich einladen zu einem guten Essen oder so etwas?«

Fuzzy wiegte sein Haupt hin und her. Das, so wusste Faber, hieß: Vielleicht. Man konnte also darüber reden. »Hier«, sagte er. Er zog einen Zehneuroschein aus seinem Geldbeutel.

Fuzzy schielte herüber und wiegte weiter den Kopf hin und her. Also musste Faber sich schweren Herzens auch noch von einem zweiten Schein trennen. »Das reicht dir morgen für eine Schweinshaxe beim Moll in Königshofen, und noch zwei Viertel Roten dazu.«

Fuzzy griff zu, und beide Scheine verschwanden blitzschnell in den Taschen seiner um zwei Nummern zu großen Lederhose.

»Die war Profi«, berichtete er weiter, als wären sie nicht unterbrochen gewesen. »Arrich uffg'macht. Aber ned jung. Wem-mer genauer g'schaut hat, hat mer g'sehe, dass se scho älder war. Die hat mid-dem geschäkert un-en a'gehimmelt un gesocht, er wär der Allergrößte üwwerhaupt. Un se hat mid-em geknutscht, dass-er ›Ho!‹ g'macht hat«. Und Fuzzy machte große Augen und eine bedeutsame Miene.

Faber verstand, was Fuzzy ihm mitteilen wollte, aber er ging nicht auf Einzelheiten ein. »Figur?«, fragte er, »groß, klein, dick, dünn?« Er stellte sich Katja Ulshöfer vor und hielt seine Hand flach in die Höhe seiner Augenbrauen.

»Dünn und so groß etwa?«

»Dünn«, bestätigte Fuzzy. »Aber eher ned so arrich groß. V'laicht so wie i.«

»Haarfarbe?«

»Schwaz. Ganz schwaz. So en Wuschl.« Er formte mit seinen gichtigen Händen eine übertrieben große Kugel um seinen Kopf.

Das, so dachte Faber, stimmte mit der Perücke überein, von der Lustig gesprochen hatte. »Aber gekannt hast du sie nicht zufällig, oder?«

»V'laicht«, sagte Fuzzy.

Faber machte seinem Ärger Luft: »Komm mir nicht so, Fuzzy! Mehr kommt nicht in Frage!«

»I main wergli v'laicht!«, wehrte sich der. »Die war veränert.«

»Dann versuch es und stell sie dir ohne diesen Wuschelkopf vor!«

»Du kennst se aach«, sagte Fuzzy. »Gut sogar. Bei dir inner Straß gecheüber wohnt se.«

Jetzt war es also heraus. Genau das, was der Faber fürchtete, seit er heute Vormittag mit Leo gesprochen hatte.

»Hast du das auch der Kripo gesagt?«, fragte er.

»'m,'m.« Fuzzy schüttelte energisch den Kopf.

»Du hast es verschwiegen?«

»'m, 'm.«

»Nicht gesagt und nicht verschwiegen? Ja, was nun?«

»Se ham mich ned g'fracht.«

»Danach nicht?«

»Üwerhaupt ned. Mich hat üwerhaupt kaner irchendwas g'fracht.«

»Wieso das denn nicht?«, rief Faber.

»Weil – 's hat mich kaner ernst genomm'«, strahlte Fuzzy ihn an.

»Und selber hingehen zur Polizei und sagen, du hättest was gesehen, das würdest du nie tun, oder?«

Fuzzy nickte mit ernster Miene. »Um's Verregge ned«, bestätigte er.

Als Faber nach Hause kam, war es schon fast dunkel. Eilig packte er die Tagebücher in seine alte Ledertasche.

»Willst du noch fort?«, fragte die Weiche. »Bleib hier, es gibt gleich Nachtessen.«

»Ich muss noch zu Leo hinüber. Ihr müsst heute ohne mich essen.« Damit machte er schon die Wohnungstür hinter sich zu und eilte über die Straße.

An Leos Haustür drückte er unnötig lange auf die Klingel, so als wollte er ein schlafendes Haus aufwecken.

»Ja, ich komme ja schon«, hörte er Leo von innen durch die Tür rufen. »Was ist denn los? – Ach du bist es, Faber!«

»Ich bringe dir Gelis Tagebücher zurück«, sagte Faber. Er redete sehr laut im Flur. »Das sind wichtige Dokumente. Die Polizei wird sie brauchen.«

»Jetzt komm erst mal herein und setz dich.« Leo bot ihm im Wohnzimmer einen Stuhl an. »Ich hatte nicht damit gerechnet, dass du sie noch heute zurückbringst. Hast du schon alles gelesen?«

»Ich habe ein Exzerpt gemacht. Eine Zusammenfassung, weißt du, so wie man das manchmal bei wissenschaftlichen Büchern macht.«

»Warum das denn? Wieso machst du dir solche Mühe?«

»So etwas macht man, um sicher zu sein, dass man das, was da drin steht, auch alles richtig verstanden hat.«

»Du siehst abgekämpft aus. Solltest dich mal wieder richtig ausschlafen.«

»Ausschlafen. Das tue ich, wenn ich fertig bin.«

»Und wann bist du fertig?«

»Bald. Sehr bald.« Er redete immer noch so laut, und er wählte die Worte, als hielte er eine öffentliche Rede. »Die Beweiskette ist geschlossen. Nur noch schnell eine Frage: War deine Schwiegermutter in letzter Zeit in Wertheim? Einmal? Oder auch öfter?«

»Das weiß ich nicht. Frag sie das doch einfach selber.«

»Das wird bald die Polizei tun. Wahrscheinlich hat sie dort eine Quelle für das Ketaneol. Auf dem Schwarzen Markt. Besitzt sie einen PC?«

»Die Polizei?« Leos Gesicht zeigte nacheinander erst Überraschung, dann Erschütterung. »Was ist passiert? Du meinst, wegen Ulshöfer?«

»Nochmal, Leo: Besitzt sie einen Computer?«

»Einen Computer? Traute? Nein.«

»Vielleicht hat sie den Brief an Ulshöfer ja auf deinem PC geschrieben?«

»Du meinst: hier? An meinem Schreibtisch?«

»Vielleicht. Ist der geschützt?«

»Mit Kennwort, meinst du? Freilich ist er das. Das heißt, nur die gespeicherten Dateien. An das Schreibprogramm kommt man so ran, ohne Kennwort. Da drüben auf dem Schreibtisch, das ist er.«

»Ein Notebook.«

»Genau. Mir genügt es, mehr brauche ich nicht.«

»Nimmst du das immer mit zur Arbeit?«

»Ins Finanzamt? Aber nein, das bleibt immer da, wo es jetzt ist. Höchstens, wenn das Wetter besonders schön ist, dann arbeite ich damit manchmal draußen auf der Terrasse. Aber aus dem Haus nehme ich es nicht mit.«

»Könntest du mal nachschauen, ob du etwas findest? Unter den Dokumenten?«

Leo schaltete den flachen Computer ein und wartete, dass der Bildschirm hell wurde. Dann erschien auf einem strahlend blauen Hintergrund eine große Meeresschildkröte, die ihnen aus ihren großen Pupillen direkt in die Augen blickte.

»Oh!«, rief Faber, »du bist ein Romantiker! Schau mal, ob du unter den Dokumenten etwas findest.«

Leo richtete den kleinen Pfeil auf die Stelle, wo ›Dokumente‹ stand, und klickte zweimal. Es erschien eine lange Reihe von Titeln.

»Ist etwas dabei, das du nicht kennst?«, fragte Faber. »Was du nicht selber geschrieben hast?«

»Nein«, sagte Leo. »Ich kann nichts finden. Das ist alles von mir.«

»Es könnte aber sein«, so dachte Faber laut nach, »dass jemand etwas geschrieben hat, und er hat es danach sofort wieder gelöscht?«

»Oder«, jetzt beteiligte auch Leo sich mit an der Suche, »oder er hat es in den Papierkorb geworfen.«

»Meinst du den realen unter deinem Schreibtisch oder den virtuellen auf dem Bildschirm?«

»Den hier, auf dem Bildschirm«, sagte Leo.

»Das kann man doch normalerweise zurückholen, oder?«

Leo war schon dabei, unter ›Papierkorb‹ zu suchen. ›Schriftverkehr‹ stand dort. Dort, in einer langen Liste, stand auch ›Unbenannt‹, daneben ›8 KB‹. Ein kleines Dokument. Leo stellte die Datei wieder her und holte das Dokument auf den Bildschirm. Es ging ganz leicht.

›*Sehr geehrter Herr Dr. Ulshöfer!*‹, stand da. ›*Lesen Sie, was hier aufgeschrieben steht, und dann horchen Sie in sich hinein, ob Sie sich daran noch erinnern!*‹

Es war der Drohbrief an Dr. Markus Ulshöfer.

»Der Brief an Ulshöfer ist also auf diesem Computer geschrieben worden«, sagte Faber. Er richtete sich wieder auf und wandte sich ab.

»Du solltest am besten alles so lassen, wie du es eben gefunden hast«, sprach er wieder sehr laut, als würde er zum Haus reden. »Und die Tagebücher lässt du am besten genau so auf dem Tisch liegen. Ich denke, Federolf wird den Durchsuchungsbeschluss vielleicht schon in der Hand haben. Das ist am Wochenende zwar nicht ganz so leicht wie sonst, weil er den diensthabenden Richter erst erreichen muss. Aber spätestens morgen früh werden die Herren von der Kriminalpolizei hier sein und alles auseinandernehmen.«

»Wer ist Federolf?«, fragte in diesem Moment eine barsche Stimme hinter ihnen. In der Zimmertür stand Traute Sack.

»Federolf«, antwortete Faber und drehte sich zu Traute um, »so heißt der Oberkommissar bei der Kripo, der den Messemord untersucht.«

»Messemord?«, fuhr Leo auf. »Was hat Traute damit – ich denke, es geht um Ulshöfer?«

»Um beide geht es«, erklärte Faber. »Sie ist gesehen worden. Es gibt Zeugen, die sie kurz vor Mitternacht auf der Messe gesehen haben. Zusammen mit Sperlich. Sogar im Riesenrad.« Dass sie auch miteinander in der Geisterbahn gesehen worden waren und was sie da gemacht hatten, davon sagte er nichts. Das, so dachte er, würde er ihr ersparen.

Traute stand immer noch mit unbewegter Miene in der Tür.

»Wo waren Sie vorgestern, am Donnerstagabend, Traute?« Faber wandte sich wieder an Leo. »War sie hier bei dir?«

Doch Leo schwieg.

»Du willst sie nicht verraten, stimmt's? Lass nur, Leo, es ist schon alles durchgespielt. Sie war zur Betriebsfeier auf der Messe. Das Tagblatt hatte alle Mitarbeiter eingeladen, auch die Austrägerinnen. Klar, zuverlässige Leute gibt es nicht mehr so viele, die muss man sich warmhalten, wenn man sie hat. Aber sie ist gar nicht zur Betriebsfeier gegangen, die Kollegen dort haben sie gar nicht gesehen. Sie ist nur hingefahren, weil sie wusste, dass Sperlich dort war. Den hat sie sich geangelt, viel später, als er schon leicht angetrunken war. Mit dem hatte sie ein Stelldichein. Dem hat sie ein paar Pillen zugesteckt, und hat gesagt: ›Wir beide machen miteinander die Nacht durch! Hier, ich hab Speed, damit hältst du durch!‹ Stimmt's so? Wann war sie wieder hier, Leo? Um halb eins in der Nacht? Der Shuttle, der spezielle Messebus, fährt alle halbe Stunde an der Straße vor der Tauberfrankenhalle ab, der letzte um zehn nach zwölf. Gell, Traute, sich die Schminke aus dem Gesicht wischen, die Jeansjacke umdrehen, so dass das Glitzerzeug nach innen kommt, und die schwarze Perücke auf dem Weg zur Haltestelle bei einem der Häuser in den Mülleimer werfen, das alles ist kein Hexenwerk. Dafür genügen grad mal zwei Minuten. Und der Busfahrer, wenn der gefragt wird, der kann auch nichts sagen, denn die von der Kripo wissen ja nicht, wie die Frau ohne Perücke ausgesehen hat. Dass sie ganz weißhaarig ist, darauf müsste ja erst mal einer kommen. Doch eines interessiert mich noch. Das mit Honegg, das wird ja nun nichts mehr. Was hatten Sie mit dem vor, Traute?«

Ihr Gesicht war noch immer wie versteinert. Doch plötzlich sagte sie leise: »Kommen Sie mit mir nach oben, Faber.«

»Nein, Traute!«, rief Leo. »Nicht!« Und als sie heftig nickte, sie lasse sich nicht davon abbringen, rief er: »Warte, Faber, ich geh mit!«

»Sie brauchen keine Angst zu haben, Faber«, sagte sie. »Es wird Ihnen nichts geschehen. Und du, Leo, du bleibst hier unten. Du brauchst dir keine Sorgen zu machen.«

Faber nahm seinen ganzen Mut zusammen und stieg mit Traute hinauf in ihre Dachwohnung.

»Setzen Sie sich dorthin«, sagte sie. »Und hören Sie gut zu. Sie wissen ja schon das meiste, da sollen Sie auch noch den Rest hören. Vielleicht können Sie mich ja verstehen.«

Er ließ sich in dem schmalen und unbequemen Sessel nieder und sie setzte sich auf einen einfachen Stuhl ihm gegenüber. Er erinnerte sich, dass sie vor gerade mal einer Woche genau so einander gegenüber gesessen hatten. Traute schien zu überlegen, wie sie mit ihrer Erklärung beginnen sollte.

Doch der Faber kam ihr zuvor. »Sie brauchen sich eigentlich keine großen Sorgen zu machen«, sagte er mit ruhiger Stimme. »Einen anonymen Brief zu schreiben, auch wenn es ein Drohbrief ist, das allein ist noch nicht strafbar. Was Doktor Ulshöfer daraus gemacht hat, das ist seine Sache, dafür kann man Sie nicht verantwortlich machen. Und Sperlich hat dieses Zeug auch selber geschluckt. Sie haben es ihm zwar angeboten, aber genommen hat er es selber. Vielleicht haben Sie ja zu ihm gesagt: ›Nimm am besten gleich drei Stück oder auch fünf‹, aber das wird Ihnen kaum jemand beweisen können. Und gesprungen ist er ganz allein. Sich zu verkleiden, das ist nicht strafbar, und in der Geisterbahn zu knutschen auch nicht. Dass Sie ihn gekannt haben, das wird man Ihnen beweisen. Sein Name steht in Gelis Tagebüchern, und Sie haben sich ausgerechnet bei seiner Zeitung vor drei Monaten als Austrägerin anstellen lassen. Daraus wird man vielleicht Rachegefühle ableiten, aber da bin ich mir noch nicht einmal so sicher. Es käme wahrscheinlich auf den Staatsanwalt an und wie erfahren der ist. Lebenserfahren, meine ich. Also, ob er so etwas für wahrscheinlich hält nach mehr als einem Vierteljahrhundert.«

»Die Tagebücher«, sie musste sich erst räuspern, bevor sie reden konnte, »die Tagebücher liegen unten beim Leo. Sie könnten verschwinden. Die Sache ist noch nicht erledigt. Ich brauche nur noch ein paar Tage.«

»Das würde ich Ihnen nicht raten«, erwiderte er, »nicht einmal, es zu versuchen. Dazu ist es zu spät. Die Polizei weiß, was in den Tagebüchern steht. Ich an Ihrer Stelle würde jetzt lieber die Flucht nach vorne antreten und die Wahrheit ans Licht bringen, wo es nur geht. Dabei kommen Sie in jedem Fall am besten weg.«

»Was sind Sie eigentlich?«, fragte sie. »Erst machen Sie sich so viel Mühe und Arbeit, um alles herauszufinden, und jetzt – jetzt tun Sie so, als wären Sie mein Anwalt.«

»Mir geht es um die Wahrheit«, sagte er, »und nicht um Rache. Ich hasse böse Taten, aber nicht die Menschen, die sie tun. Was diese Leute der Geli angetan haben und wie sich das über die ganze Zeit ausgewirkt hat, das darf nicht unter den Teppich gekehrt werden. Und das steht in ihren Tagebüchern. Die müsste man auf irgendeine Weise an die Öffentlichkeit bringen. Als Mahnung, welche Folgen aus solchen Taten entstehen können.«

»Glauben Sie nur nicht, dass das einer lesen würde.«

»Aber es könnte helfen, traumatisierte Frauen früher zu verstehen und sie rechtzeitig zu behandeln. Man könnte sie vielleicht vor den schlimmsten Folgen bewahren.«

Als er von ›den schlimmsten Folgen‹ sprach, wurde ihre Miene wieder eisig.

»Geli konnte sich nicht lösen von der Last«, sagte er leise. »Sie hat immer alles in ihrem Innersten weggeschlossen. Und Ihnen geht es mit solchen Ungerechtigkeiten nicht anders. Sie werden auch zu einem Eisberg, wenn die Rede darauf kommt oder wenn der Gedanke an Geli aufkommt. Sie können sich auch nicht lösen. Geli war Ihre Tochter, sie war Ihnen ähnlich. Sie sind auch in Gefahr, Traute.«

»Die werden mich nicht noch einmal kriegen.« Ihre Stimme war leise, aber hart. »Sie wissen nicht, Faber, wie das ist, wenn ein Mensch sein ganzes Leben lang immer nur an die Seite geschoben wird. Als Kind vertrieben von Männern, mit denen wir, solange wir zurückdenken konnten, friedlich zusammengelebt hatten. Aber dann hat man uns einfach so in Viehwaggons verladen und weggebracht. In Wertheim sind wir ausgeladen worden, nach Wochen, und sind hingebracht worden zu einer Ansammlung von Gebäuden, die hieß Reinhardshof. Das hat vorher zu den Fliegern gehört.«

»Der Fliegerhorst Reinhardshof, ja.«

»Dort war das Flüchtlingslager. Wir waren ziemlich lange in Wertheim, da habe ich mich schon ein bisschen ausgekannt. Deshalb bin ich später auch wieder dorthin gegangen und habe im Krankenhaus gelernt und dann lange gearbeitet. Vom Reinhardshof sind wir dann später nach Unterichenstadt gebracht worden. Aber dort wollte niemand etwas mit uns zu tun haben, manche bis heute nicht. Immer und überall eine Fremde zu sein und keine Heimat zu haben, – wer das nicht selbst erlebt hat, der kann sich das gar nicht vorstellen, wie das ist. Ich war kürzlich wieder zum ersten Mal in meiner Heimat. Ich weiß nicht, ob Leo Ihnen davon berichtet hat.«

»In Jugoslawien? Ja, Sie selber haben es vor einer Woche erwähnt.«

»Im früheren Jugoslawien. In Theresienberg. Trezi gora sagen sie heute dazu. Eine Kusine von mir lebt noch dort.

Genauer, unsere Mütter waren zueinander Kusinen. Ich habe gedacht, vielleicht kann ich dort leben. Es ist auch schön dort, aber es geht nicht. Dort bin ich auch fremd, und die Menschen verstehen mich nicht. Es ist also egal, wohin ich gehe.«

»Was hatten Sie für Honegg geplant?«

»Nichts Besonderes. Den kenne ich zu wenig. Ich weiß nur, wo er wohnt. In Tauberbischofsheim in der Hauptstraße, unterhalb vom Sonnenplatz, gegenüber von der riesigen Sparkasse, da hat er eine kleine, aber elegante und sehr teure Wohnung. Da hätte ich ihm im Dunkeln hinter der Ecke aufgelauert mit dem Messer. Mit einem Dolch. Den hab ich mir mitgebracht. Mit den beiden anderen, da musste ich mir viel mehr Mühe geben, und ich musste sie gut kennen, damit ich Zeit genug hatte für alle. Damit es nicht so schnell herauskam. Bei dem Letzten, da wäre es egal gewesen.«

»Warum? Was wäre danach gekommen?«

»Nichts. Es wäre nichts mehr gekommen. Es wäre einfach vorbeigewesen.«

Sie stand auf und ging mit kleinen Schritten nach nebenan in die kleine Küche. Nach einer Weile kam sie mit einer Streichholzschachtel wieder und legte sie auf den Tisch.

Sie schob die kleine Schachtel auf, so dass er hineinsehen konnte. Sie war gefüllt mit kleinen, hübsch gezeichneten Bohnen, alle schwarz, hellbraun und beige marmoriert, jede mit einem anderen Muster.

»Die sind hübsch«, sagte er irritiert. Hübsch waren die kleinen Bohnen in der Tat, aber er verstand nicht, was sie ihm damit sagen wollte.

Sie schob die kleine Schachtel zu und trug sie wieder in die Küche.

»Traute, ist alles in Ordnung mit Ihnen?«, rief er ihr nach. »Soll ich Leo Bescheid sagen, dass er einen Arzt ruft?«

»Wann wird die Polizei hier sein?«, fragte sie, als sie aus der Küche zurückkam, als hätte sie seine Frage nicht gehört.

»Das weiß ich nicht. Geht es Ihnen nicht gut?«

»Ich muss jetzt einen Brief schreiben, und vorher mach ich mir noch einen Kaffee.« Sie sagte es wie zu sich selbst, als wäre sie allein in der Wohnung.

Sie kramte in der Küche herum und setzte den Wasserkocher auf.

»Also«, sagte er, »ich gehe dann.« Er hörte die elektrische Kaffeemühle surren.

»Sie brauchen keine Angst zu haben«, sagte er noch einmal, als er schon an der Treppe stand. »Ihnen kann wirklich nicht viel passieren.«

An Leos Wohnzimmertür klopfte er kurz und trat gleich ein. Leo saß noch am Tisch. Er starrte schweigend vor sich auf die Tischdecke.

»Du solltest dich um sie kümmern«, sagte Faber leise. »Ich glaube, es geht ihr nicht gut. Sie scheint mir ziemlich durcheinander zu sein.«

Kaum hatte er Leos Haustür hinter sich zugezogen, trat er einen Schritt zur Seite und vergewisserte sich, dass Leo ihn nicht durch das Wohnzimmerfenster sehen konnte. Er zog sein Handy aus der Tasche und schloss für ein paar Sekunden die Augen. Dann wählte er die Privatnummer vom Ersten Hauptkommissar Lustig. Lustig meldete sich schon nach dem ersten Rufzeichen, als hätte er neben seinem Telefon gesessen und gewartet.

28

Anders, als er es erwartete hatte, schlief Faber in dieser Nacht nicht gut. Er hatte geglaubt, dass er nun, wo das Schlimmste vorüber war, erleichtert aufatmen und lange und erholsam schlafen könnte. Doch er schlief unruhig und wurde von schweren Träumen geplagt, als hätte er am Abend weiße Bohnen mit besonders fettem Hammelfleisch gegessen. Er irrte im Traum durch ein fremdes, großes und verwinkeltes Haus, in welchem fremde Redakteure ihn drangsalierten. Sie hatten riesige Schnäbel, mit denen sie nach ihm hackten. Er irrte im Gebäude umher und versuchte zu fliehen, aber er fand den Ausgang nicht.

Dann wieder lag er lange wach und fand keine Ruhe. Schließlich, schon gegen Morgen, schlief er wieder ein und träumte von vielen kleinen, bunten Bohnen, solchen, wie Traute sie ihm in der Streichholzschachtel gezeigt hatte.

Er wachte auf. Die Bohnen! Sie hatte so sonderbar geklungen, als sie ihm die kleine Schachtel gezeigt hatte. Was waren das für Bohnen gewesen? Ein Verdacht stieg in ihm auf. Oder genauer: Der Verdacht, der schon länger in ihm geschlummert hatte, trat jetzt in sein Bewusstsein. Mit den kleinen, hübschen Bohnen stimmte etwas nicht.

Aber wen konnte man jetzt, am Sonntagmorgen, nach kleinen, bunten Bohnen fragen? Die Weiche, die er beim Frühstück darauf ansprach, antwortete nur: »Bunte Bohnen? Meinst du rote, so wie man sie für Chili con carne nimmt? Das sind, glaube ich, mexikanische.« Das half ganz gewiss nicht weiter.

Nach dem Frühstück suchte er in der Zeitung nach dem Dienstplan der Apotheken für das Wochenende. Sonntagsdienst hatte die Apotheke in der Ochsengasse. Den Apotheker kannte er. Er entschuldigte sich bei ihm, dass er ausgerechnet am Sonntagmorgen mit so einer seltsamen Frage ...

»Schon gut. Worum geht's denn?«, fragte der Apotheker.

»Kennen Sie so kleine, marmorierte Bohnen?«, fragte Faber.

»Kleine Bohnen, also Samen. Das kommt darauf an. Wie klein etwa?«

»Die größten kaum mehr als halb so lang, wie mein kleiner Fingernagel breit ist.«

»Also weniger als ein Zentimeter?«

»Ja, vielleicht so zwischen fünf und acht Millimeter lang.«

»Dazu fiele mir schon was ein. Beschreiben Sie mir die noch genauer?«

»Dunkelbraun bis schwarz, dabei hellbraun, beige oder grau marmoriert, aber jede anders. Richtig hübsche, kleine Böhnchen. Sagt Ihnen diese Beschreibung etwas?«

»Oh ja, die sagt mir was, und zwar nichts Gutes. Es könnte sich dabei eigentlich nur um Rizinussamen handeln. Die sehen so aus wie das, was Sie beschreiben.«

»Nichts Gutes, sagen Sie? Was ist an denen so schlimm?«

»Die sind extrem giftig. Die enthalten einen Giftstoff, der heißt Rizin. Rizin ist das stärkste pflanzliche Gift, das es in der Natur überhaupt gibt.«

»Kann man diese Samen hier bei uns bekommen?«

»Kaum. Der Rizinusstrauch wächst zwar bei uns in manchen Parks oder Botanischen Gärten, aber die Vegetationszeit ist in unserem Klima zu kurz, so dass er keine Samen ausbildet. Aber wenn Sie nur ein bisschen weiter südlich suchen, in Italien oder in Südfrankreich und erst recht in Spanien, dann kann es sein, dass Sie einen Rizinus am Wegrand stehen sehen wie Unkraut. Um so etwas kümmert sich in solchen Ländern kein Mensch.«

»Auch Jugoslawien? Das frühere Jugoslawien, meine ich. Kroatien beispielsweise.«

»Selbstverständlich, im Süden zumindest. Da gilt das Gleiche.«

»Wenn jemand solche Samen einnimmt, wie lange dauert es dann, bis das Gift wirkt?«

»Haben Sie vor, jemanden umzubringen?«

»Um Himmels willen, nein! Es ist noch ernster. Ich spreche von jemandem, der es möglicherweise selber einnimmt, um sich zu töten.«

»Dann müssten Sie schon jetzt direkt neben ihm stehen, um noch etwas zu verhindern. Haben Sie jemanden dabei beobachtet?«

»Möglicherweise, ja.«

»Wann war das?«

»Gestern Abend.«

»Wenn dieser Mensch das ernsthaft und in genügender Menge eingenommen hat, dann dürfte es jetzt zu spät sein.«

»Wie lange braucht das Gift?«

»Bis zum Tod? Das kommt auf die Körpermasse an. Bei einem Mann von hundert Kilogramm Gewicht dauert es natürlich länger als bei einem Kind oder einer zarten Frau. Und auf die Menge, die eingenommen wird, kommt es selbstverständlich auch an. Wie schwer ist die Person etwa?«

»Geschätzte, sagen wir, knapp fünfzig Kilo. Und wie viel sie eingenommen hat, weiß ich nicht. Was ich gesehen habe, waren vielleicht zehn solche Böhnchen.«

»Fünf Samen könnten bei dieser Person schon genügen, zehn reichen mit Sicherheit. Sind Sie sicher, dass Sie gestern Abend so etwas beobachtet haben?«

»Nein, nicht ganz sicher. Wie wird denn das Zeug eingenommen?«

»Die einfachste Möglichkeit ist, sie schlicht zu zerkauen. Das schmeckt allerdings sehr schlecht. Ich sag's mal so, verstehen Sie mich jetzt nicht falsch: Wenn ich mich damit umbringen wollte, dann würde ich die kleinen Bohnen mit Kaffee zusammen in einer Kaffeemühle mahlen, Kaffee aufbrühen und alles miteinander mit Zucker trinken.«

Faber bekam vor Schreck weiche Knie. Er sah Traute in ihrer Küche stehen, mit der Kaffeemühle in der Hand. ›Ich muss einen Brief schreiben‹, hatte sie gesagt, ›und vorher mache ich mir noch einen Kaffee.‹

»Herr Faber?«, klang die besorgte Stimme des Apothekers aus dem Hörer. »Alles in Ordnung mit Ihnen?«

Faber warf sich seinen Anorak über, sprang die Treppe hinunter und rannte über die Straße zu Leos Haus. An der Haustür klingelte er Sturm, klopfte, rief und polterte mit den Schuhen gegen die Tür: »Leo! Traute! Aufmachen, sofort!«

Leo erschien nach etwas mehr als zwei Minuten. Er war im Bademantel und gerade dabei, sich seine dünnen, grauen Haare abzutrocknen.

»Was ist denn los!? Warum machst du solchen Krach? Sei endlich still! Traute schläft noch.«

»Wo ist sie?«

»Oben natürlich. Sie hat gesagt, sie will heute morgen nicht gestört werden, weil sie lange schlafen will.«

»Schnell, wir müssen zu ihr hoch!«

»Was ist denn mit dir los, zum Donnerwetter noch mal?! Jetzt komm erst einmal herein.«

Genau in diesem Augenblick hörten sie hinter sich Bremsen quietschen. Zwei Wagen fuhren vor und hielten auf der Straße direkt vor Leos Haustür. Der erste kam aus der Schlossgartenstraße eingebogen, der zweite kam von der anderen Seite her die Liobastraße herauf. Männer sprangen aus allen Autotüren. Faber erkannte den Kriminaloberkommissar Federolf.

»Der Faber! Mal wieder!«, rief er. »Sie sind anscheinend immer schon vorher da, wenn irgendwo was passiert!« Er wandte sich an Leo: »Sind Sie Herr Leonhard Schmidt?«

Leo war so überrascht, dass er nur nicken konnte.

»Hausdurchsuchung«, sagte Federolf jetzt in normaler Lautstärke und hielt Leo dabei ein rotes Blatt Papier unter die Nase.

Leo verschwand im Wohnzimmer und kam mit seiner Lesebrille in der Hand wieder. Umständlich setzte er sie auf und las das Papier. ›Durchsuchungsauftrag‹ stand oben darüber. Mehr konnte Faber nicht erkennen.

»Kommen Sie schnell mit nach oben!«, rief Faber und sprang schon die Treppe hinauf.

»Nicht, Faber! Nicht stören!«, schrie Leo ihm nach. Und zu Federolf gewandt: »Meine Schwiegermutter. Sie hat mir gesagt, sie will heute in Ruhe ausschlafen.«

Federolf teilte schnell und routiniert seine Leute ein: »Fangt mit dem Wohnzimmer an!« Dann wandte er sich an

Leo: »Frau Edeltraud Sack«, sagte er, »die wohnt doch bei Ihnen? Ist das Ihre Schwiegermutter?«

»Ja. Warum?«

»Wir müssen sofort mit ihr sprechen.« Er stieg ebenfalls die beiden Treppen hinauf, immer zwei Stufen auf einmal, dem Faber nach.

Der stand inzwischen vor Trautes Wohnungstür im Dachgeschoss. An der Türklinke hing an einem Wollfaden ein handgemaltes Schild, darauf stand in großen Buchstaben: »Bitte nicht stören!«

Er drückte die Klinke herunter. »Traute!«, rief er laut. Die Tür war von innen verschlossen.

»Machen Sie Platz!«, befahl Federolf und rief laut: »Frau Sack! Machen Sie auf, Polizei!«

Drinnen rührte sich nichts.

»Herr Schmidt, sind Sie sicher, dass sie da drin ist?«, rief Federolf die Treppe hinunter.

»Leo, bring den Schlüssel mit rauf!«, rief Faber hinterher.

»Hallo, Hefner und Janitza! Kommt rauf! Tür aufbrechen!«, rief Federolf.

Aber Leo kam schon die Treppe herauf und hatte den Schlüssel zu Trautes Wohnungstür in der Hand. Er schloss auf und öffnete die Tür. Ein unangenehm strenger Geruch kam aus der Wohnung. Der Faber erkannte: Es roch nach Tod. Er wollte gleich hinein, aber Federolf hielt ihn zurück.

»Sie bleiben hier! – Achtung! Spuren«, sagte er leise zu den beiden Beamten.

Faber, die polizeiliche Anordnung missachtend, betrat die Wohnung gleich nach den drei Polizisten. Aber er ging ihnen nicht ins Schlafzimmer nach, sondern machte einen großen Schritt ins Wohnzimmer hinein. Er hatte vom kleinen Flur aus durch die Tür entdeckt, dass auf dem schmalen Couchtisch ein Bogen Papier lag. Er war dicht beschrieben und von einem kleinen Häkeldeckchen zu einem Teil verdeckt. Er wusste, was das war: Das konnte nur der Brief sein, den Traute gestern Abend noch hatte schreiben wollen. Ihr Abschiedsbrief. Vielleicht sogar mit ihrem Geständnis darin.

Faber hatte seine kleine Kamera schon in der Hand und zog schnell das Deckchen beiseite, ohne das Papier zu berühren. Als einer der Beamten durch die Schlafzimmertür schaute und rief: »He! Was machen Sie denn da?«, da hatte er schon fünf Aufnahmen geschossen.

»Ich mache doch gar nichts«, sagte er mit Unschuldsmiene. »Und ich fasse ja auch nichts an.«

Dann schaute er hinüber ins Schlafzimmer. Traute lag in ihrem Bett, zugedeckt, als schliefe sie. Trotzdem erschrak er. Ihr Gesicht sah im Tod leidend aus. Am schlimmsten, so fand er, war die Haut. Sie sah käsig aus. Hätte er nicht gewusst, dass es Traute war, er hätte sie nicht gleich erkannt.

Leo stand neben ihrem Bett, stumm, mit vor Entsetzen aufgerissenen Augen.

Federolf befahl laut: »Alles raus hier!«, und schob erst Faber und dann Leo durch die Tür hinaus. Faber konnte gerade noch mit einem letzten Blick Abschied von Traute nehmen.

»Hast du sie gesehen?«, flüsterte Leo Faber zu. »Ihre Hand. Sie war ganz steif. Und eiskalt.«

»Sie ist schon gestern Abend gestorben«, tröstete Faber ihn. »Du hättest ohnehin nichts mehr ausrichten können.«

»Aber«, sagte Leo, »wie denn? Einfach so? Da legt sich einer ins Bett und ist tot?«

»So etwas kommt vor«, antwortete Faber. »So ist das Leben.«

Er zeigte auf ein Tischchen in der Ecke des Wohnzimmers. »Da, Leo«, sagte er, »sie hat Musik gehört.«

Auf dem einfachen Tischchen stand ein altmodischer Plattenspieler, das Kontrolllicht brannte noch. Eine große Langspielplatte lag darauf. »Die Winterreise von Franz Schubert«, las Faber laut vor. Ein Gedanke tauchte plötzlich in ihm auf. Schnell nahm er ein Papiertaschentuch, schaltete mit dem Tonarm den Plattenspieler ein und setzte die Nadel auf die Platte. Nach kurzem Rauschen erklang Fritz Wunderlichs helle und klare Stimme: »Fremd bin ich eingezogen, fremd zieh ich wieder aus ...«

»Finger weg!«, schrie Federolf. »Sind Sie verrückt geworden!? Raus jetzt endlich!«

Eilig hob Faber den Tonarm mit der Nadel wieder von der Platte. »Sie hat eine Nachricht hinterlassen«, sagte er ruhig zu Federolf hinüber und schoss noch schnell ein Foto vom Plattencover mit dem Bild von Fritz Wunderlich. Dann machte er, dass er aus der Wohnung kam, bevor der Oberkommissar endgültig ausrastete.

Federolf verschloss und versiegelte erst das Schlafzimmer und danach auch noch die Wohnungstür. Offenbar traute er niemandem. Erst dann rief er den Polizeiarzt an.

Die übrigen Beamten trugen unten gerade miteinander einen Karton zum Auto. Faber erkannte Gelis Tagebücher, darunter schaute Leos Computer, das schöne neue Notebook mit der neuesten Software, hervor. Sie würden Trautes Brief an Ulshöfer darin finden.

Eine Viertelstunde später kam schon der Polizeiarzt. Er kam mit Blaulicht und Tatütata, obgleich er sich bei Traute nun doch hätte Zeit lassen können. Aber anscheinend fuhr er gerne rasant, wenn andere ausweichen mussten.

Außerdem schien er redselig zu sein und gerne seine Kenntnisse zur Schau zu stellen.

»Vasomotorischer Schock«, verriet er Faber, als er seine Sachen wieder einpackte. »Die Extremitäten blutleer, daher die käsige Hautfarbe. Dafür der Rumpf mit besonders stark ausgeprägten Totenflecken. Deutet alles auf Vergiftung. Vor etwa zwölf bis vierzehn Stunden. Könnte sich um Suizid handeln. Ich betone: könnte!«

Faber, der ihn gar nicht danach gefragt hatte, nickte bedächtig und verständnisvoll. »Dachte ich mir«, sagte er dann und setzte eine weise Miene auf.

»Sind Sie ein Verwandter?«, fragte ihn der Arzt.

»Nachbar«, sagte Faber wortkarg. Je redseliger der Doktor wurde, umso enger verschloss es ihm die Kehle.

»Kenne ich Sie nicht irgendwoher? Ihr Gesicht kommt mir bekannt vor.«

»Schon möglich.«

»Scheußlicher Tod jedenfalls.«

»Na«, wandte Faber ein, froh darüber, dass er sein soeben erworbenes Wissen gleich vorführen konnte, »aber so etwas dauert doch höchstens ein paar Stunden.«

»Ha! Na und? Was glauben Sie, wie lang so jemandem diese Stunden werden!«

Damit, so musste Faber zugeben, damit hatte der redselige Doktor auch wieder Recht.

Die Weiche wusste schon, was geschehen war, als Faber die Wohnung betrat. Sie hatte erschrocken den Leichenwagen vor Leos Haus stehen gesehen. Eilig hatte sie gezählt, ob jemand Wichtiges fehlte. Leo selber hatte sie bei den Menschen entdeckt, die dort betroffen herumstanden und zusahen, wie der Sarg eingeladen wurde. Faber hatte mit dem Doktor in der Haustür gestanden. Es konnte sich somit, folgerte sie, nur um Traute handeln, die da mit ihren Füßen voraus diese Welt verließ.

»Ich kann jetzt nicht kochen«, verkündete sie. »Ich fühle mich dazu nicht in der Lage. Wenn ihr heute etwas zu Mittag essen wollt, dann müsst ihr zusehen, wo ihr etwas findet.«

»Wir könnten irgendwo hingehen«, schlug Faber vor. Er tat es eher zaghaft und mehr aus Rücksicht auf Miriam.

»Von mir aus.« Die Weiche tat einen tiefen Seufzer. »Aber ich glaube, ich kann heute nichts essen.«

»Wir könnten auf der Messe irgendetwas Kleines ...«

»Oh, ja!«, rief Miriam.

Die Weiche seufzte theatralisch. »Also gut. Von mir aus.«

Vorher übertrug Faber noch die Fotos von dem Brief in den Computer der Redaktion. Er suchte das deutlichste Foto aus und speicherte es. Erst dann holte er es auf den Bildschirm und versuchte, den Text zu lesen. Er verstand ihn nicht. Es lag nicht am Foto, das war gestochen scharf. Die Worte in der steilen Schrift waren deutlich zu lesen, auch Sätze waren zu erkennen. Aber der Inhalt war zum größten Teil unverständlich und ohne Zusammenhang.

Oben drüber stand: ›An den Herrn Richter!‹ Es folgte eine Mischung aus Selbstrechtfertigung, Klage und Anklage gegen die Menschen, in der Wortwahl ähnlich wie im Drohbrief gegen Ulshöfer, nur noch viel verwirrter. Dazwischen gab es kurze, verständliche Passagen: ›Schade, dass die Gerechtigkeit den Honegg nicht mehr eingeholt hat‹, oder weiter unten ›den Ramsthäler hat die göttliche Gerechtigkeit ja gleich zu Anfang direkt getroffen.‹

Wenn man den Brief genau auswertete, konnte man ihn als Geständnis lesen. Aber das, so dachte Faber traurig, würde jetzt niemandem mehr helfen.

›Traute‹, so dachte er traurig, ›war einen ähnlichen Weg gegangen wie ihre Tochter Geli.‹

Zu Mittag machte Faber sein Versprechen wahr und fuhr mit seiner Familie nach Königshofen zur Messe. Sie parkten das Auto am selben Platz in der Gasse an der alten Stadtmauer wie am letzten Sonntag.

›Am letzten Sonntag war das gewesen, aber was‹, dachte Faber, ›war in dieser einen Woche alles geschehen!‹

Die Sonne schien wieder, und der Messeplatz war noch einmal voller Menschen. Jetzt endlich kam Faber dazu, sich seine gestreiften Hosenträger zu kaufen. Er kaufte gleich zwei Paar, sicherheitshalber. Zum Essen begnügten sie sich mit einer Kleinigkeit zwischendurch, Faber und Miriam aßen jeder ein Fischbrötchen, die Weiche entschied sich dann doch für eine Bratwurst. Und endlich kam er auch dazu, mit seiner Tochter Boxauto zu fahren. Er kaufte an der Kasse gleich einen verbilligten Sechserpacken Karten und es machte ihm Spaß, mit seiner Miriam an der Seite zwischen den Autos herumzukurven und diese aus dem Weg zu boxen. Er achtete darauf, dass Miriam gut angeschnallt war.

»Festhalten!«, schrie er, »es ist gefährlich!« Die Kleine quietschte vor Vergnügen.

»Jetzt den da!«, schrie sie mit ausgestrecktem Ärmchen, und Faber fuhr einem erschrockenen Jungen in die Flanke.

»Ha!«, schrie er. »Und welchen jetzt?«

Die Weiche stand inzwischen tatenlos an der Seite und wartete.

»Na«, fragte sie, als die beiden außer Atem, aber glücklich wieder vor ihr standen, »hast du dich ausgetobt? Deinen Aggressionsstau abgebaut?«

»Erst noch die Geisterbahn«, entschied er.

Die Geisterbahn war ungewöhnlich groß und aufwändig gebaut. Eine Fahrt dauerte zehn Minuten. Dafür war sie auch unverschämt teuer. Zum Fürchten war sie nicht. Miriam freilich drückte sich gegen ihren Vater. Einmal, als ein Riesengorilla plötzlich vor ihnen stand, hörte er, wie sie erschrocken den Atem anhielt.

»Platz da, King Kong!«, schrie Faber, »dieses Kind steht unter meinem Schutz!«

Faber schaute umher, ob er Fuzzy vielleicht schon entdecken konnte, aber er sah ihn nicht. Was hatte der noch gesagt, wann sie anfangen würden mit dem Abbauen? Stimmt: Um neun. Bis dahin war noch viel Zeit.

Glücklich und atemlos standen sie schließlich wieder im Freien. Sofort schlug er den Weg zum Riesenrad ein.

Wenn man direkt darunter stand, sah das Ding noch viel riesiger aus als aus der Ferne. Sie stiegen alle drei in eine der Gondeln, die rund und oben offen war. Die Bank an der Außenwand so niedrig wie die Sitzbänkchen in Miriams Kindergarten. Das primitive Türchen war so eingerichtet, dass es nur nach innen aufgehen sollte, aber eine Stahlfeder war kaputt, und ein Flügel ging auch nach außen auf.

Das riesige Rad brachte sie langsam in die Höhe, erst sahen sie die Kassenbude von oben, dann die benachbarten

Stände der Handwerker und Baufirmen und schließlich schaute man über das Dach der großen Halle hinweg. Als das Rad ganz oben war, hatten sie einen wunderschönen Blick über den Taubergrund, über die Weinberge an den Hängen, über die im Abendlicht funkelnden Herbstwälder auf den Höhen und das Tal entlang mit dem dunklen Band der Tauber darin. Daran hingen die Dörfer wie Perlen an einer Schnur. Direkt unter ihnen lagen die große Messe und das alte Städtchen Königshofen mit der Kirche und den engen Gassen.

»Oh!«, rief Miriam begeistert, »das hätte ich nicht gedacht, dass die Welt so groß ist!«

Und Faber dachte: Genau von hier aus ist Benjamin Sperlich gesprungen. Von hier oben sah es noch viel höher aus als von unten. Nachts, wenn man die Höhe nicht wahrnahm und nur die vielen Lichter unter sich sah, dann konnte einer wie Sperlich tatsächlich denken, er wäre nicht mehr auf dieser Erde.

Als das Rad wieder anhielt, waren sie einhellig der Meinung, einmal sei genug, sie hätten alles gesehen.

Als es Abend wurde, beschlossen sie, miteinander das Feuerwerk anzuschauen. »Und zwar«, sagte Faber und hob den Zeigefinger, »von oben!«

So fuhren sie nach Beckstein hinüber, und von dort ein schmales Sträßchen hinauf durch die Weinberge.

»Kennst du diesen Weg noch, Weiche?«, fragte er.

»Ja«, seufzte sie selig. »Ach, wie lang ist das jetzt her!«

»Sechs oder sieben Jahre«, antwortete er prosaisch.

Als sie auf der Höhe angekommen und ausgestiegen waren, hatten sie eine phantastische Sicht über das Tal. Es war inzwischen ganz dunkel geworden und die Lichter der Messe leuchteten herüber. Mitten drin, beleuchtet und gleißend wie ein außerirdisches Raumschiff, strahlte das Riesenrad.

Die Weiche legte den Arm um ihn und lehnte ihren Kopf an seine Schulter.

»Ach, Uli«, seufzte sie, »schau doch! Ist das nicht schön? So, mit diesen Lichtern, so hab ich mir immer den Himmel vorgestellt.«

Faber legte seinen rechten Arm um ihre Schulter. Mit dem linken Daumen fasste er hinter seinen neuen Hosenträger und ließ ihn kräftig schnalzen.

»Ja«, lachte er, »der Gedanke ist interessant, aber nicht neu: die Messe als Vorstufe zur ewigen Seligkeit. Erinnerst du dich an das Gedicht?

Gel, wenn's halt nimmi seine söllt',
daß miir uns säh' uff dere Welt,
sou werde-mer doch hoffe däffe,
g'wiiß in Kün'shoufe uns zu treffe.

Gell, da staunst du, dass ich das auswendig kann?«

»Naja«, sagte die Weiche, »aber bei dir klingt das immer noch wie eine Fremdsprache.«

Epilog

Am Montag war in der Tauber-Post der Teil ›Bad Mergentheim und die Region‹ mit einer besonders großen Schlagzeile aufgemacht:

Messemord aufgeklärt!

Darunter: *Bei der Täterin handelt es sich um eine verwirrte Frau aus Bad Mergentheim. Sie legte ein Geständnis ab.*

Der Artikel schloss mit einem Lob für die Polizei, in welchem der Erste Hauptkommissar Karl-Heinz Lustig besonders erwähnt wurde.

Auf der dritten Seite fand sich eine Pressemitteilung der Konservativen Fortschrittspartei, der Landtagsabgeordnete Dr. Paulhanns Kurth habe dem Kreisvorstand vorgeschlagen, sich durch eine Nachwahl zu ergänzen und so die Lücke, die das verstorbene Vorstandsmitglied Dr. Markus Ulshöfer hinterlassen habe, wieder zu füllen. Kurth habe dafür die Ehefrau des Verstorbenen, Frau Katja Ulshöfer, vorgeschlagen.

Noch die ganze Woche lang brachte die Zeitung immer mehr Erkenntnisse. Wer sich für solche Einzelheiten interessiert, darf gerne in der Burgstraße bei der Tauber-Post nachfragen. Die verfügt, wie bekannt, für solche Zwecke über ein ausgezeichnetes Archiv.

Zu dieser Geschichte

Dies ist ein Roman, und die darin handelnden Personen gibt es nicht wirklich, ich habe sie mir, Hand aufs Herz, alle miteinander nur ausgedacht. Familiennamen wie Sack, Ulshöfer, Schreck, Vierneisel, Oehm, Thoma oder Wirsching, die in der Geschichte eine Rolle spielen, habe ich in die Erzählung übernommen, weil sie häufige Familiennamen im Taubergrund sind. Es handelt sich einfach nur um einen Trick, um der erfundenen Geschichte eine Lasur von Realität zu geben.

Erfunden ist auch das Städtchen Ichenstadt im Taubertal mit dem Riemenschneider-Gymnasium und allem anderen, was in dieser Geschichte dort angesiedelt wurde. Einfach nur ausgedacht habe ich mir auch in Bad Mergentheim die putzige Lokalredaktion der Tauber-Post, das Obdachlosenheim Moshammerstift und im Stadtteil Weberdorf die Liobastraße.

Erfunden ist außerdem das Medikament Ketaneol.

Nicht erfunden dagegen ist die in der Geschichte beschriebene, mehr als fünfhundert Jahre alte Königshöfer Messe, die auf Weisung Kaiser Karls V. von 1530 hin jedes Jahr in der Woche um den Matthäustag, also um den 21. September, stattfindet. Das Gedicht »Der Künichshöufer Markt« stammt aus dem im Verlag Alfred Frank, Singen, erschienen Bändchen »Schlehe un Hasselnüss – G'schichtli un Gedichtli aus'm Taubergrund« von Josef Dürr.

Ich danke allen, die sich mit mir Gedanken gemacht haben, damit diese Geschichte entstehen konnte, vor allem meinem Apotheker für die Unterrichtung über pflanzliche Gifte und Herrn Thomas Burkart, dem Leitenden Psychologen im Psychologischen Zentrum Kitzbergklinik in Bad Mergentheim. Ohne seinen fachlichen Beistand hätte ich über ein so schwieriges Thema wie das der traumatischen Störungen nicht schreiben können.

Bad Mergentheim, im Mai 2008

Wolfgang Stahnke